泉州文庫
遷中題

（明）黃景昉 著

陳慶元 點校

甌安館詩集

泉州文庫整理出版委員會

商務印書館

前　言

　　泉州建制一千三百多年,爲中國歷史文化名城和古代海外交通的重要港口。"比屋弦誦,人文爲閩最",素稱海濱鄒魯、文獻之邦。代有經邦緯國、出類拔萃之才,歐陽詹、曾公亮、蘇頌、蔡清、王慎中、俞大猷、李贄、鄭成功、李光地等一大批傑出人物留下了大量具有歷史、文學、藝術、哲學、軍事、經濟價值的文化遺產。據不完全統計,見載於史籍的著作家有一千四百二十六人,著作多達三千七百三十九種,其中唐五代二十九人三十二種,宋代二百人三百九十一種,元代二十一人四十種,明代五百三十六人一千五百八十五種,清代六百四十人一千六百九十一種;收入《四庫全書》一百一十五家一百六十四種,《四庫全書存目叢書》五十六家七十四種,《續修四庫全書》十四家十七種。二〇〇八年國務院頒布第一批國家珍貴古籍名錄,屬泉人著述、出版者十三種。

　　遺憾的是,雖然泉州典籍贍富,每一時代都有一批重要著作相繼問世,但歷經歲月淘汰、劫難摧殘,加上庋藏環境不良,遺存至今十無二三,多成珍籍孤本。這些文化遺產,是歷史的見證,是泉州人民同時也是中華民族的寶貴文化財富,亟待搶救保護,古爲今用。

　　對泉州地方文獻的搜集與整理,最早有南宋嘉定年間的《清源文集》十卷,明萬曆二十五年《清源文獻》十八卷繼出,入清則有《清源文獻纂續合編》三十六卷問世。這些文獻彙編,或已佚失,或存本極少。二十世紀四十年代,泉州成立"晉江文獻整理委員會",準備整理出版歷代泉人著作,因經費短缺未果。八十年代,地方文史界發起研究"泉州學",再次計劃編輯地方文獻叢書,可惜後來也因爲各種條件的限制,其事遂寢。但是這兩次努力,爲地方文獻叢書的整理出版做了準備,留下了珍貴的文獻資料和書目彙編。

　　二〇〇五年三月,中共泉州市委、泉州市政府決定將地方文獻叢書出版工作列爲國民經濟和社會發展第十一個五年規劃的一項文化工程。翌年，正式成立"泉州地方典籍《泉州文庫》整理出版委員會"，着手對分散庋藏於全國各大圖書館及民間的古籍進行調查搜集，整理出《泉州文庫備考書目》二百六十七家六百一十四種，以後又陸續檢索出遺漏書目近百家一百八十餘種。經過省內外專家學者多次論證，最後篩選出一百五十部二百五十餘種著作，組成一套有一定規模、自成體系、比較完整，可以概括泉人著作風貌、反映泉州千餘年文化發展脉絡的地方文獻叢書，取名《泉州文庫》，二〇一一年起陸續出版發行。

整理出版《泉州文庫》的宗旨是：遵循國家的文化方針政策，保護和利用珍貴文獻典籍，以期繼承發揚中華民族優秀文化傳統，增進民族團結，維護國家統一，提高民族自信心和凝聚力，加强社會主義核心價值體系建設，增强文化軟實力，爲泉州的物質文明和精神文明建設服務。

《泉州文庫》始唐迄清，原著點校，收録標準着眼於學術性、科學性、文學性、地域性、原創性、權威性，具有全國重要影響和著名歷史人物的代表作優先。所録著作涵蓋泉州各縣（市、區），包括金門縣及歷史上泉州府屬同安縣，曾在泉州任職、寄寓、活動過的非泉籍人氏的作品，則取其内容與泉州密切相關的專門著作。文庫採用繁體字横排印刷，内容涉及政治、經濟、歷史、地理、哲學、宗教、軍事、語言文字、文化教育、文學藝術、科學技術等領域，其中不乏孤稀珍罕舊槧秘笈，堪稱温陵文獻之幟志。

值此《泉州文庫》出版之際，謹向各支持單位、個人和參加點校的專家學者表示誠摯的感謝！由於涉及的學科和内容至爲廣泛，工作底本每有蛀蝕脱漏，加之書成衆手，雖經反覆校勘，但限於水平，不足或錯誤之處還是難免，敬請讀者批評指教。

泉州地方典籍《泉州文庫》整理出版委員會
二〇一一年三月

整理凡例

一、《泉州文庫》(以下簡稱"文庫")收録對象爲有關泉州的專門著作和泉州籍人士(包括長期寓居泉州的著名人物)著作,地域範圍爲泉州一府七縣,即晋江(包括現在的晋江市、石獅市、鯉城區、豐澤區、洛江區)、南安、惠安(包括泉港區)、同安(包括金門縣)、安溪、永春、德化。成書下限爲一九四九年九月以前(個别選題酌情下延)。選題内容以文學藝術、歷史、地理、哲學、政治、軍事、科技、語言教育等文化典籍爲主,以發掘珍本、孤本爲重點,有全國性影響、學術價值高、富有原創性著作優先,兼及零散資料匯總。

二、每種著作盡量收集不同版本進行比較,選擇其中年代較早、内容完整、校刻最精的版本爲工作底本,并與有關史籍、筆記、文集、叢書參校,文字擇善而從。

三、尊重原著,作者原有注釋與説明文字概予保留。後來增加者,則視其價值取捨。

四、凡底本訛誤衍漏,增字以[ ]表示,正字以( )表示,難辨或無法補正的缺脱文字以□表示,明顯錯字徑直改正,均不作校記。

五、凡底本與其他版本文字差異,各有所長,取捨兩難,或原文脱訛嚴重致點讀困難,或史實明顯錯誤者,正文仍從底本,而於篇末校勘記中説明。

六、凡人名、地名、官名脱誤者,均予改正,訛誤而又查不到出處之人名、地名、官名及少數民族部落名同異譯者,依原文不予改動。

七、少數民族名稱凡帶有侮辱性的字樣,除舊史中習見的泛稱以外,均加引號以示區别,并於校記中説明。

八、標點符號執行一九九六年實施的國家《標點符號用法》。文庫點校循新版二十四史及《清史稿》例,一般不使用破折號和省略號。

九、原文不分段者，按文意自然分段。

十、凡異體字、俗體字、通假字，如非人名、地名，改動又無關文旨者，一般改爲通用字；異體字已經約定俗成、容易辨認者不改。個别著作爲保持原本文字語言風貌，其通假字則不校改。

十一、避諱字、缺筆字盡量改正。早期因避諱所產生的詞彙成爲習慣者不改正。

十二、古籍行文中涉及國家、朝廷、皇帝、上司、宗族等所用抬頭格式均予取消。

十三、文庫一般一册收録一種著作，篇幅小的著作由兩種或若干種組成一册，篇幅大的著作則分成兩册或若干册。

十四、文庫採用横排、繁體字印刷出版。每册前置前言、凡例。每種著作仿《四庫全書》提要之例，由編者撰寫《校點後記》，簡略介紹作者生平、著作内容及評價、版本情况，說明其他需要說明的問題。

泉州地方典籍《泉州文庫》整理出版委員會辦公室
二〇〇七年二月五日

目　　錄

甌安館詩集卷一 …………………………………………… 1
　四古 ……………………………………………………… 1
　　豆娘子 ………………………………………………… 1
　　同生之什 ……………………………………………… 2
　　庶見 …………………………………………………… 2
　　壽母篇 ………………………………………………… 3
　　四友通 ………………………………………………… 4
　古樂府 …………………………………………………… 4
　　昔何處 ………………………………………………… 4
　　改韓氏拘幽操 ………………………………………… 4
　　來日大難 ……………………………………………… 5
　　獨漉 …………………………………………………… 5
　　空倉雀 ………………………………………………… 5
　　枯魚過河泣 …………………………………………… 5
　　公無渡河 ……………………………………………… 6
　　妾薄命 ………………………………………………… 6
　　哀三良 ………………………………………………… 6
　　隱括焦仲卿妻辭 ……………………………………… 6
　　煌煌京洛行 …………………………………………… 7
　　董逃行 ………………………………………………… 7
　　平陵東 ………………………………………………… 8

門有車馬客	8
述昏	8
將進酒	8
昔思君	9
清商雜調	9
昭君怨二首	10
從軍五更轉	10
五雜組	10
兩頭纖纖	10

甌安館詩集卷二 11

五言古詩一四十一首 11

登太白樓	11
雨後刈園	11
上塚	11
新雨	11
艷詩二首	12
排廟詩	12
姚節母詩爲孟長先生	13
報國寺雙松	13
過馮唐里	13
入滁過磨盤山	13
舟次劍浦送李玄馭之江右	13
南湖	14
惜陰詩	14
喜雨	14
玉署新槐	14

送文璞禪師之七臺山仍用招隱之義兼以爲別	15
舟同郭闇生曾玄雲抵鳳山述江上所見	15
紀誤	15
習池二首	16
過仁威觀紆折數里小憩青羊澗聽泉同静聽上人	16
知書樓詠爲吳大車年丈	16
秋懷二首	17
齋中讀書追擬謝康樂之作	17
過莆拜彭惠安墓下	17
喜大兄可文謁銓至賦呈二首	18
送何舅悌嫺丈謫漳平二首	18
紀恩詩	19
將入都五鼓出城別親友作二首	19
遣三山姬	19
送大兄可文儀部出視粤西學政二首	20
九日登五鳳樓同諸僚長	20
賜騎馬遊西苑坐宴仍觀放火箭恭紀	20
哭王子房中丞	21
出都抵潞河別諸送者	21

甌安館詩集卷三 ……… 23

五言古詩二十六首 ……… 23

擬古詩五首	23
雜詩二十首	24
讀史於鼎革之際得十九人各隨其性所近遇所宜人爲一詩冀覽者或哀其志	27
亂後郊行述所見二首	30

3

烏衣歎	30
久杜門偶出見外家屋壞盡瓦礫滿地慨然	31
桐頌送孫坡還吳興	31
園居料理雜花木偶成三首	31
黃鶯來	32
門人河間左念源黃岡劉克猶同時會殿二試各舉第一親朋或侈其事賦答	32
南北詠忽忽成篇倣漢人四愁七哀之義六首	32

甌安館詩集卷四 ... 34

五言古詩三五十首 ... 34

甌安館坐處有五觀焉各系一詩識之五首	34
伯兄館署澹軒憑河榕絕大是千百年物	35
仲兄南樓隸屋旁正面淨塔	35
四弟晉園特宏舊木石價皆昂環水搆亭右疊山通樓余為名補山樓以旌其勝	35
五弟航齋與伯兄館毗河業見余八汝詠中茲增為修徑麗堂雜植花卉有足觀者	35
兄子知章別墅有源川澄閣超然臺諸勝前夏韓雲太守假館其中	36
過兒知白玄圃書示	36
摛齋為林墐存茹賦兼呈素菴先生	36
郭太僕復菴北郭草堂稱絕麗去之二十年毀盡矣慨寄閣生姻丈並亦仲婿	36
登祖宅土山徘徊松下同可貴弟	37
林素菴招集潔身堂同楊碧湖黃季采諸丈	37
林希菴宅後園多菓樹歲可贌錢二十千宏曠可知嘗約就樹下啖荔未果	37

避暑林光禄園池調適竟日先徐侍御家物二首 …………………… 38
偶入郡庠見學宫聖廟頽塌甚惕然 …………………………………… 38
楊碧湖數誇余天竺巖之勝未及遊勉步來韻 ………………………… 38
民夫行 ………………………………………………………………… 39
漳郡圍久遥念城中困苦狀 …………………………………………… 39
七夕二首 ……………………………………………………………… 39
雨中獨坐用韻柬楊碧湖銓部 ………………………………………… 39
録古來變姓名諸公 …………………………………………………… 40
宋潘逍遥閒生無足述没數百年後乃爲侍郎卓敬作緣亦一奇也戲詠
　其事 ………………………………………………………………… 41
蔣園二青石獅子口銜丸齗爪悉具舊自張某宦家徙 ………………… 42
張夏鍾孝廉齋後營臺榭臨流制殊佳承天寺僧輒露色謂奪我舊放生
　池詩代解紛 ………………………………………………………… 42
同年黄源簡家居徒步行未一輿也亦里中佳話乎述示媿仰意 ……… 42
哀陳天章總督 ………………………………………………………… 43
清溪寇阻 ……………………………………………………………… 43
寒宗自曾大父以來兒未有庶出者自余始弟可沖兄子原含近繼之賦
　示家人 ……………………………………………………………… 43
蘇東坡雪浪石在定州學中余所親見嘗搨歸爲圖尋失去悵憶久之 … 44
余平生所失書畫有趙孟頫松王叔明山水李獻吉行草徐文長雪蕉圖
　皆佳品也偶懷用自寬釋 …………………………………………… 44
黑夜池翫 ……………………………………………………………… 44
夜飲歸爲街司所詰 …………………………………………………… 44
湯泉詠 ………………………………………………………………… 45
昔稱有温泉無寒火傳或間載爲賦補闕遺 …………………………… 45
齋闢三井因感二舊井壓屋堵下 ……………………………………… 45

甌安館詩集

　　送高徵之郡伯還寧晉 ……………………………………………… 45
　　送趙卧齋御史還兼柬雄縣諸門徒 ………………………………… 46
甌安館詩集卷五 …………………………………………………………… 47
　　七言古詩一三十五首 ……………………………………………… 47
　　　曹娥廟 ……………………………………………………………… 47
　　　宿田家自云前夜失牛 …………………………………………… 47
　　　送春詞 ……………………………………………………………… 47
　　　元夜贈大柳驛主人 ……………………………………………… 48
　　　擬贈陳道民捷武試兼呈其尊人冷生 ………………………… 48
　　　擬送田進士奉勅宣諭貴州土司 ……………………………… 48
　　　清華園小雨 ………………………………………………………… 48
　　　出都奉別何舅悌兼簡鄭大白太史 …………………………… 48
　　　戲爲荷墅招何舅悌 ……………………………………………… 49
　　　歌送何玄子恩貢北上 …………………………………………… 49
　　　來雲石歌爲某給諫作代 ………………………………………… 50
　　　出塞行爲經略賦 ………………………………………………… 50
　　　歲寒松柏詩 ………………………………………………………… 50
　　　爲司理唐侯題壽金陵金緒菴六十初度 …………………… 51
　　　夜觀臘梅復移酌海棠花下 …………………………………… 51
　　　送王緘三秀才歸越兼呈賢叔季重先生 …………………… 51
　　　定州學舍中觀蘇長公雪浪石銘次韻二首 ………………… 51
　　　爲閃中畏太史知願解元賦壽尊人廣山先生 ……………… 52
　　　次韻贈韓雨公先輩 ……………………………………………… 52
　　　題沈青門百花畫卷 ……………………………………………… 52
　　　贈范佩蘭琴客步師相張二水先生嚴韻 …………………… 53
　　　送同年黃水簾給諫之南京兆幕兼柬李曉湘孫魯山二丈 …… 53

吳大車計部輪直草塲久不赴蒙恩罰俸賦趣之兼代解嘲 …… 53

再調吳大車計部 …… 54

秦淮書閣圖題爲閃知愿先輩 …… 54

案頭古鼎容數升餘以注酒飲李括蒼年丈一吸輒盡亦快舉也爲賦 …… 54

放歌贈阿龍從叔 …… 54

家藏雲間孫文簡宗伯所贈先高祖參政東石賦一卷賦殊佳書亦遒美因攜入都遇盜失之悵惋累月 …… 55

上書歎 …… 55

遣祭國雍蒙賜羊不忍殺畜之院中偶成 …… 56

過陳太學園觀海棠同丘德如詹事 …… 56

朝夕道雙塔寺悵然懷里中舊塔書寄 …… 56

送林存茹郭亦仲二婿落第還時余業得請行舟亦佇發 …… 57

舟次濟寧遇周宜興先生北上愴別 …… 57

甌安館詩集卷六 …… 58

七言古詩二三十七首 …… 58

趨省走江上送入援金陵師 …… 58

寶雞鳴 …… 58

哀何武 …… 58

見行朝翰林所撰某誥辭非是懼題 …… 59

三山靈源閣焚 …… 59

蒙遣官齎勅召不赴難自明書用寫歎 …… 59

秦渠怨 …… 60

滅沒行 …… 60

亂中 …… 60

亂累年至戊子冬少息始乘間略問篇籍 …… 61

公邀霍魯齋直指登清源山飲達旦作 …… 61

甌安館詩集

拈史得邵平瓜感詠 …… 61
門人楚學憲王念尼書到獲觀楚士近詩文慨題其簡 …… 62
或饋玉酒壺頗佳輒移送方伯周公元亮 …… 62
別意贈夏寒雲太守 …… 62
劍池歌示兒知白 …… 63
擬草黃石齋先生碑銘屢輟筆愧懼交集 …… 63
寄頌唐敏乙大令嘉其知我 …… 63
擬張平子四愁兼用杜陵八哀體四首 …… 64
洛陽橋工成賦美黃仲霖兵憲 …… 64
重修門前禮拜寺塔 …… 65
題邊景昭鸕鶿畫 …… 65
代白頭吟 …… 65
伯仲二兄間歲壽各登六衾賦祝 …… 66
壽仙遊唐梅臣六十 …… 66
用詩代序題林遯菴栖霞吟集 …… 66
盲麒麟追悼秦伯起比部 …… 67
贈新安江鴻臣篆友 …… 67
李白把酒問月後宋楊廷秀亦有斯作偶效 …… 67
賦懷故友鄭大白何培所二太史 …… 68
過筍堤講堂舊處三首 …… 68
郡中已數年無烏鴉聲亂後增訝 …… 68

甌安館詩集卷七 …… 69

五言律一一百五首 …… 69
登釣臺二首 …… 69
史二小送余至洪塘兼有劍浦之行賦別并贈二首 …… 69
松濤 …… 69

柳浪	69
憶竹居舊館	70
望金山寺	70
古虞道中	70
上徐一我老師二首	70
題陳無瑜詩二首	70
賦得風入四蹄輕	71
苦雨四首	71
爲陳冷生題畫梅二首	71
送人還武夷	71
舟雨二首	72
建溪五首	72
盱江飲麻姑酒	72
同吴興郁仲開言別二首	73
九日宿三摩菴	73
贈嚴上人二首	73
旅懷寄傅子訒林爲磐二丈四首	73
寄鄭大白二首	74
泊鱘魚嘴	74
阻風四首	74
桐城野眺二首	75
大雨雹二首	75
述懷八首	75
遊海淀二首	76
昌平道中二首	76
自白溝抵上谷一帶隄路翏翯榆柳森然日暮揚鞭忘其身之在薊	

北矣二首	77
邯鄲道	77
銅雀臺八首	77
道中曉霧	78
夜飲石梅菴同郭闇生分韻	78
元日讀竺侯叔詩便送之會城謁中丞南公	78
家居即事八首	79
薔薇花	80
鄭汝交王異度諸丈邀集平臺二首	80
贈陳道掌	80
月夜突過林守一書舍二首	80
陳昌基挾二美見過戲贈	81
仙霞嶺二首	81
送姚子雲之新城謁宮傅霽宇王公二首	81
觀政後呈同部諸公八首	81
送張世調訓浦城	82
壽阮年母	82

甌安館詩集卷八

五言律二一百三首 — 83

壽王六瑞給諫封翁二首	83
贈邵文學	83
為唐梅臣尊人二首	83
鳳至二首	83
河清二首	84
館中即事十首	84
送傅子訒年丈之饒黃二州二首	85

送陳昌基還三山二首 ……………………………… 85
春三日聞吴斯椒林爲磐過郭闇生園酌酒限韻微怪其不我以也即用來
　韻輒得四首 ………………………………………… 86
三日集聽雨亭修禊二首 …………………………… 86
新山雨後二首 ……………………………………… 86
月夜舟同郭闇生泊三友幔口聽泉三首 …………… 87
臘日二首 …………………………………………… 87
春謁王父長史公新阡恭詠四首 …………………… 87
雪中同諸館丈出郭迓韓蒲州師相二首 …………… 88
承王季重先生佳詠見貽次韻奉答 ………………… 88
除夕同沈芭先蔡擎父守歲二首 …………………… 88
贈黄彬叔 …………………………………………… 88
送張亦寓毅孺二丈南還二首 ……………………… 89
寒食上陵重過昌平道中有感二首 ………………… 89
仝閃中畏李括蒼二年丈集太平菴二首 …………… 89
五日過閃中畏邱園二首 …………………………… 89
徐仲子弘祖持賢母傳册見示爲賦仍送南還二首 … 90
五鼓起坐偶述 ……………………………………… 90
庚午元日二首 ……………………………………… 90
禱雨宿署中占呈同志四首 ………………………… 90
百舌鳥二首 ………………………………………… 91
宿良鄉 ……………………………………………… 91
上谷謁楊忠愍祠 …………………………………… 91
畿南道中四首 ……………………………………… 91
汴城宿某王孫邱園荷田數頃亭閣間之僕輩因汎舟爲樂二首 … 92
渡江望黄鶴樓二首 ………………………………… 92

11

甌安館詩集

漢川晚渡 ……………………………………………… 92
皂市登白龍寺閣 ………………………………………… 93
竟陵承王六瑞給諫邀同黃仲宅胡公遠公占諸丈集東林水亭汎河雨
　宿西塔分賦二首 …………………………………… 93
贈鍾陔夏爲退谷先生嗣子三首 ………………………… 93
道襄陽二首 ……………………………………………… 93
遇真官禮張邈遇像道士因出銅扇笠見示二首 ………… 94
葉縣遇風 ………………………………………………… 94
滎澤渡黃河輒申薄祭二首 ……………………………… 94
堯母陵 …………………………………………………… 94
爲吳天石年丈悼兒 ……………………………………… 95
憶昔八首 ………………………………………………… 95
詠馮夫人和戎二首 ……………………………………… 96
賀吳大車年丈得第八女二首 …………………………… 96

甌安館詩集卷九 …………………………………… 97
五言律三一百四首 ……………………………………… 97
　立夏日邀同社諸公過集四弟可冲齋頭分賦四首 …… 97
　微風吹瓦佛同二兄可發分詠 ………………………… 97
　九日山懷古二首 ……………………………………… 97
　舟峰追和劉屏山先生韻 ……………………………… 98
　林守一有龍巖之遊雨中過訪占謝二首 ……………… 98
　送二兄可發之陽江時連得大兄可文撫州訊悵別倂寄三首 …… 98
　賦得清晨入古寺二首 ………………………………… 98
　郊行即目二首 ………………………………………… 99
　哭鄭大白先生十首 …………………………………… 99
　黃世稺邀集蔡莊飲達旦風月特清美爲賦二首 ……… 100

促織 …… 100

柬浮梁令傅子訒年丈二首 …… 101

訪幼所受業師於田舍即成二首 …… 101

病菊 …… 101

可冲弟園移橘柚數株賞玩之餘賦示兼勗二首 …… 101

示德菴上人余時有幼兒之戚二首 …… 102

謝四舅五舅召讌李園陪給諫孝廉二舅賦呈二首 …… 102

歲暮偶述四首 …… 102

穀日雨歸自南安二首 …… 103

題陳俶闇年丈霞圃別業四首 …… 103

送陳宗九試南都 …… 103

巢雲巖爲詹司寇咫亭先生著書處二首 …… 103

得周元立司理書知爲蘇坡公佛印建留玉閣於金山米海岳修研山
 閣於北固各系一詩以美之兼代裁答二首 …… 104

贈謝耽韻表弟 …… 104

大兄可文魁闈書志喜二首 …… 104

贈董叔會二首 …… 104

題訪賢亭爲黃季弢徵士二首 …… 105

曹能始觀察招社集不赴占謝二首 …… 105

自太平驛捨船行四十里至建州作三首 …… 105

楓橋雨泊二首 …… 106

桃源贈龔君路明府二首 …… 106

過郯城 …… 106

林益謙給諫自鳳陽省陵還話及憤歎四首 …… 106

寄項仲昭司業二首 …… 107

用韻答閔中畏年丈二首 …… 107

13

宿左坊同丘德如官贊二首	107
講筵恭紀十首	108
送許班王戌歸	109
經幕王式弓死鳳陽難甚烈賦悲之	109
戲詠遊絲二首	109
賜扇二首	109
仲兄可發以夏末入都旋跟蹌趨就南試是晨適陪祀太廟復詣禮部護日歸追送弗及詩用寫歎二首	110
送章聖俞判欽州二首	110

甌安館詩集卷十 111

五言律四一百三首 111

悶寄二首	111
再乞歸不允二首	111
送郭聞生姻丈南還二首	111
過石鐙菴	112
書到四首	112
贈何平子步王覺四先生韻二首	112
禮稽山館唐像	112
送王斗瞻督儲甘固	113
周元立選部投詠索未見書賦答二首	113
經歲二首	113
柬項仲昭宮諭二首	113
以日講章呈黃石齋先生辱貽佳篇步謝二首	114
安仁道中	114
病中五首	114
建陽逢揭君緝王上白二門人遲建令黃石公未至	115

夜循寶應湖隄行二首 …………………………………… 115
過清浦訪吳大車倉部即別二首 …………………………… 115
宿遷雨阻二首 ……………………………………………… 115
過景州怪不得蘇振我中翰信遣詢之逝矣愴然志感二首 … 116
寄金子駿侍御二首 ………………………………………… 116
送馬還初納言之沂州 ……………………………………… 116
候駕宿道宫偶成二首 ……………………………………… 116
贈陸岫青按史 ……………………………………………… 116
蒙遣同王素公宗伯金山題主飯國豐寺晚歸小憩摩訶菴作三首 … 117
徐州進人面豆紀異二首 …………………………………… 117
福藩變聞驚悼二首 ………………………………………… 117
長女没哀寄林婿存茹三首 ………………………………… 118
哭王御之太守四首 ………………………………………… 118
題詹事府二首 ……………………………………………… 118
賜直房帳枕被褥等物二首 ………………………………… 119
黄石齋先生自戍所召復原官喜寄四首 …………………… 119
送悼靈王葬出郊便道過慈慧寺二首 ……………………… 119
癸未二月上丁遣祭國學禮成識四首 ……………………… 120
汴河决二首 ………………………………………………… 120
閣中即事八首 ……………………………………………… 120
可冲弟入都未幾值余致政行賦示四首 …………………… 121
出都留柬少宰李括蒼年丈二首 …………………………… 122
楚門人吳既閑孝廉附舟至廣陵別贈二首 ………………… 122
武林晤姜燕及少宗伯便送之南院二首 …………………… 122
寄余武貞宫庶二首 ………………………………………… 123
承蕭山來世兄渡江見訪即別賦贈二首 …………………… 123

15

蘭溪宴趙文懿祠臺特高偉感題二首 …… 123

自水口下芋原舟人夜曼歌爲節聲微可聽三首 …… 124

楓亭驛二首 …… 124

甌安館詩集卷十一 …… 125

五言律五一百首 …… 125

聞甲申三月十九日京師報痛絕四首 …… 125

哭臨承天寺中二首 …… 125

得弘光南都紀元詔三首 …… 126

揭萬年州守自請督援師南行別贈二首 …… 126

三山紀事四首 …… 126

行宮太廟叼攝祭值先帝再期之辰得伏地慟哭因憶去年亦於是日五鼓詣寺哭拜二首 …… 127

哭黃石齋先生五首 …… 127

傾都八首 …… 128

送董伯音孝廉還會稽三首 …… 129

哭王上白門人四首 …… 129

爲江友代贈某君 …… 129

輓涂德公待詔二首 …… 130

鄞侯山爲黃石齋先生手闢即祠其地寄題追步原韻 …… 130

送吳祐之歸毘陵二首 …… 131

池月二首 …… 131

九日集張夏鍾館賦贈四首 …… 132

園中花木狀二十首 …… 132

庚寅初度日季女于歸書示兒輩二首 …… 134

過質園開窗野眺同諸社丈二首 …… 135

登林存茹堦跂亭二首 …… 135

吳浯溪宅後山亭特高勝爲題三首 …………………………………… 135
侯官令王德遠門人畫圖貽詩見祝和答二首 ……………………… 136
遙美上元縣某典史二首 …………………………………………… 136
臘暮五首 …………………………………………………………… 136
至後晚集二首 ……………………………………………………… 137
守歲二首 …………………………………………………………… 137

甌安館詩集卷十二 …………………………………………… 138
五言律六一百二首 ……………………………………………… 138
黃仲霖兵憲招飲署中即事八首 …………………………………… 138
舉第四男答客 ……………………………………………………… 139
春樹交榮所未葉惟槐棗桐椿四種耳感題三首 …………………… 139
園中喜益母草盛生二首 …………………………………………… 139
往汴河決張林宗先生畢命水中諸名士多爲賦哀詞者輒依韻奉輓
　如其篇數五首 …………………………………………………… 140
雨後課小奴種雜花子三首 ………………………………………… 140
賦得雨中山果落二首 ……………………………………………… 141
夏韓雲舊守至自新安宴呈四首 …………………………………… 141
有所避出宿雙路墓廬四首 ………………………………………… 141
村曉二首 …………………………………………………………… 142
戲拈左傳中雋語爲詩略加詮次 …………………………………… 142
[闕題] ……………………………………………………………… 143
池蛙夜連鳴不絕呵之二首 ………………………………………… 144
偕諸丈邀韓雲夏公登清源絕頂晚過百丈坪遇風小憩新亭同和
　夏韻四首 ………………………………………………………… 144
蜕巖西偕樂亭在焉前黃石齋少宰稱爲此山雄攬余息可易作雄攬亭
　也即用原韻二首 ………………………………………………… 144
望南臺追懷黃布衣先生二首 ……………………………………… 145

甌安館詩集

山歸經北郭有蕭條非昔之歎_{二首}	145
城北羅一峰書院屬議毀聞之惕然_{二首}	145
題李孝伯花隱別業_{四首}	145
寄寧晉張公儀孝廉_{二首}	146
暑甚得雨解喜詠_{三首}	146
池漲_{二首}	147
小疾晚粥_{二首}	147
劉賡穆自漳中送到竹輿賦謝_{二首}	147
得兄子原含貢士京中書_{二首}	147
每歲秋熱逾酷茲小涼以雨故起居粗適_{四首}	148
月初出在池北望乃漸南夜各隨所照移坐_{二首}	148
鈴鴿_{二首}	148
庭前金錢花盛開戲詠	149
秋萱	149
赬桐花呼百日紅以端午日采盡旋再開自初夏迄秋未已他方鮮見俗頗不甚貴重_{二首}	149
題所藏琥珀冠子_{三首}	149
秋後尚聞杜鵑鳴微有所況_{二首}	150
觀網魚作_{二首}	150
盂蘭會諭諸上人	150
贈夏四雨玉_{二首}	150
因夏韓雲還寄訊楚中諸及門友_{二首}	151

甌安館詩集卷十三 ... 152

五言律七_{一百六首} ... 152

答客_{四首} ... 152
廢人不宜詠美好物完全事輒錄其缺落可憎者得若干則 ... 152

老者有生所必至顧俗或諱焉不曰大塊佚我以老乎作諸老詩 …… 154

縣壯得老匪直也人吾聞物老則群精依之謂之五酉於宣尼亦云 …… 155

閱吳興閔同生詩有十樵題云本唐皮陸唱和之什戲效其體 …… 156

思樵漁一也難偏廢稍追補所未及 …… 158

夏至四首 …… 158

題隋史王頒傳後二首 …… 159

溫子昇不修容止嘗云詩章易作逋峭難為今不知逋峭何義也略意解
 兼代解嘲三首 …… 159

團焦二首 …… 160

木野狐二首 …… 160

園獲白鼻貓殺之二首 …… 160

晤黃季采微及粵西近事二首 …… 160

傳粵梧州制府舊署絕宏邃無敢居者某郡王強即為宮未幾薨署後曾
 侵吳清惠廷舉宅云吳屢形見亦異聞也二首 …… 161

是歲荔支熟較遲意別有感二首 …… 161

蟬二首 …… 161

螢二首 …… 161

蝶二首 …… 162

蚊二首 …… 162

青白眼害事非淺亂世尤甚詩以呵之二首 …… 162

賦得陰德猶耳鳴二首 …… 162

郡學宮內井碑題夫子泉為亭覆之閩宋王梅溪太守集業有詩相傳
 已久三首 …… 163

朱廣文來詢建州前陷城狀三首 …… 163

林存茹郭亦仲二婿落第未還賦懷二首 …… 163

得夏寒雲書答寄二首 …… 164

- 家人好生摘葡萄詩代諭勸二首 ······ 164
- 秋海棠 ······ 164
- 香萱 ······ 164
- 矮雞冠 ······ 165
- 金絲蝴蝶 ······ 165
- 錦竹 ······ 165
- 答門人馮魯望宣撫二首 ······ 165

甌安館詩集卷十四 ······ 166
五言律八一百三首 ······ 166
- 莊少師廟前柏傳自宋有異他木二首 ······ 166
- 次唐梅臣歸鶴詩韻二首 ······ 166
- 林希菴招飲棚園屬有詩紀遊和如闕五首 ······ 166
- 再和林希菴棚園韻五首 ······ 167
- 野飲二首 ······ 168
- 觀虛市作二首 ······ 168
- 入寺見廊多繫馬呈諸上人三首 ······ 168
- 鱸魚鱠二首 ······ 168
- 五弟園多蓼花為詠二首 ······ 169
- 曉起二首 ······ 169
- 中秋月食二首 ······ 169
- 夜宴有述二首 ······ 169
- 夜坐觀飛星過二首 ······ 170
- 諸兄弟夕數過合飲二首 ······ 170
- 呼水二首 ······ 170
- 夜獨宿晨持齋素者累年微覺有味二首 ······ 170
- 梧桐子二首 ······ 171

紅佛桑花自初夏開至冬盡又一種照殿紅亦佳乃不甚爲本地
　　所貴二首 ··· 171
贈吳臣牧 ·· 171
過訪黃俞實客舍二首 ··· 171
贈黃玄寧兼柬無能蔡叟二首 ···································· 172
木芙蓉黃蜀葵花始開日適會客二首 ·························· 172
遲周元亮方伯抵郡信二首 ······································· 172
有異獸見靈水豕鬃人面能行走食人莫辨何物姑志怪二首 ··· 172
蜘蛛網二首 ··· 173
江丈陽官各生日夜爲置酒二首 ································· 173
風後園木多損敗略加料理二首 ································· 173
藥裹二首 ·· 173
問莊任公微疾二首 ·· 174
友人詩用小妻字余謂見漢書枚乘傳楊康侯曰竇融傳亦有之嘉其
　　彊記 ·· 174
韓退之書未知籍湜輩能不畔否意感其言二首 ··············· 174
得宋硯微患窪心詢爲舊物二首 ································· 174
三醉芙蓉信佳余意惟曉開大白花最勝紅斯下矣謾評質看花
　　君子二首 ··· 175
九日用黃花事率影借泉寔近十月始開二首 ·················· 175
紅葉二首 ·· 175
食柿二首 ·· 176
池魚躍二首 ··· 176
悼王覺四宗伯三首 ·· 176
詢錢御冷鄭玄岳吳鹿友三老起居二首 ························ 176
林素菴獵草多余囊對壘之作閱之惘然二首 ·················· 177

甌安館詩集

- 偶翻王季重詩戲效其體二首 …… 177
- 嘲某韻友二首 …… 177
- 題牡丹亭記後二首 …… 177
- 閱李易安打馬圖感咏二首 …… 178
- 九日同林素菴楊碧湖過周芮公園登樓限韻四首 …… 178
- 節後二日復同諸客讌兒知白館中二首 …… 178
- 蔡壻送菊花二本 …… 179
- 晤蒲九華極談惠邑困苦狀二首 …… 179

甌安館詩集卷十五 …… 180
五言排律一四十四首 …… 180

- 擬蚤朝詩 …… 180
- 賦得長安一片月 …… 180
- 送曾大雲臨川令之官 …… 180
- 夏母雙節詩 …… 181
- 溪漲限韻 …… 181
- 送孔玉橫太史奉使歸壽封翁 …… 181
- 皇極殿成賜百官宴輔臣獻詩志喜 …… 181
- 初入瀛州言志 …… 181
- 陪祀朝日壇禮成 …… 182
- 送陳二何年丈守瓊州 …… 182
- 擬元夕賜金水橋觀燈應制分韻得尤字 …… 182
- 初月 …… 182
- 送黃方石先生訓龍泉 …… 182
- 送郭仲常吉士予假歸粵 …… 183
- 南陽東七里爲卧龍崗諸葛忠武侯草廬在焉遺像巋然慨題二十韻 …… 183

道旁有崔府君廟偶憶盧充金盌戲詠其事 …………………… 183

追贈潮守葉古崖先生 …………………………………………… 184

擬中和節詔賜公卿尺應制 ……………………………………… 184

熊心開中丞擢制兩廣賦贈 ……………………………………… 184

前輩王一江山人爲先高祖參政寫米南宮拜石圖感閲恭詠 … 184

賦得萬户擣衣聲 ………………………………………………… 185

寄張紹和徵君 …………………………………………………… 185

過何舅悌荷墅觀漲 ……………………………………………… 185

筍江書院成呈黄季發社長 ……………………………………… 185

賦坐中一物得豹皮勉成十二韻 ………………………………… 186

次韻贈許梻 ……………………………………………………… 186

何兄悌太常邀步南郊觀圜丘享殿齋宫諸制恭述 …………… 186

家叔竺侯弟可賁兄子原含同應拔貢試意殊期之 …………… 186

直講筵三載值皇五子六子及二公主生疊被宫花紅紵之賜賦紀 …… 187

攲器圖詩爲傅渼溪給諫 ………………………………………… 187

皇太子冠侍班叨賜銀幣有述 …………………………………… 187

淮藩册封成紀事 ………………………………………………… 188

雙壽詩爲梁慎可中翰 …………………………………………… 188

詹事府印永樂二年造翰林院印正統六年造俱銅鑄詹印稍加鉅余
　以學士掌院署詹得兼視二篆書識歲月 …………………… 188

德政殿侍講西銘恭述 …………………………………………… 188

登文昭閣 ………………………………………………………… 189

贈周鑑唐道友兼別時余業有歸志 ……………………………… 189

曾弗人孝廉善詩吟弗輟未老髮盡白戲嘲 ……………………… 189

寶應湖遇風 ……………………………………………………… 190

南還度分水關 …………………………………………………… 190

抵家親友屢問速歸意不答賦示 ……………………………………… 190

焚黃先祖父墳感涕 ………………………………………………………… 190

上外祖海鹽公塚 …………………………………………………………… 191

追哭蔣中陛傅幼心李玄馭三給諫 ……………………………………… 191

甌安館詩集卷十六 …………………………………………………… 192

五言排律二五十首 ……………………………………………………… 192

洪塘宿曹能始石倉山園時已他屬 ……………………………………… 192

舟沿洪江抵蕭家渡始登車甚適怪前屢過未知 ……………………… 192

釣龍臺謁閩忠懿王像 ……………………………………………………… 192

擬扈從行不果 ……………………………………………………………… 193

同年路皓月熊魚山同入閩喜贈 ………………………………………… 193

別曹西峯侍郎 ……………………………………………………………… 193

何鏡山家藏書被旨括進官一子國博示酬賦呈培所姻丈太史 ……… 193

發篋得傅渼溪給諫詩若爲蔣八公暨余同拜命詠者傅蔣並前歿泣步
原韻 ……………………………………………………………………… 194

晉王述有言兵郎可嫁女與之偶詠其事 ……………………………… 194

避兵暫宿溪渼村舍 ………………………………………………………… 194

驚聞鐵竈墓廬焚 …………………………………………………………… 194

先高祖參政趙塘墳木可百年大俱合抱亂後不免盜斧恨極寫歎 …… 195

同諸公羈困東城聞城外呼噪聲 ………………………………………… 195

東城再困踰月解期如往歲人倍之 ……………………………………… 195

烏程閔同生肅翼城史文起起明相繼爲吾泉兵憲同卒於官賦悼 …… 195

理學坊焚 …………………………………………………………………… 196

哭何培所姻丈 ……………………………………………………………… 196

武林舊居停到頗話余武貞末後自沉狀 ………………………………… 196

哀熊雨殷給諫 ……………………………………………………………… 196

門人林道生給諫流泊久苦不得其確耗 …… 196
答餘杭陳素心文學 …… 197
彭讓木侍郎子士煐死於賊家没入園林燬盡傷之 …… 197
崇陽門樓祀唐王刺史潮守祠僧云其遺裔 …… 197
捐六十金助修雒陽橋工成紀事 …… 197
重修筍江橋時余所捐視洛橋可三之一 …… 198
傷故友趙天甫女出家爲尼 …… 198
鄭海臣廣文遠餉地黄答謝 …… 198
贈黄仁表 …… 198
同年陳平人中丞子蕩佚憂其弗類 …… 199
壽張晦中少宗伯時年八十有五 …… 199
送楊似公按粤 …… 199
懷楊惺之太守 …… 199
所親有雀角訟憾余不爲援者賦示 …… 199
勉幼兒姪 …… 200
送兄子原舍之訓平海 …… 200
長泰縣破詢劉賡穆消息 …… 200
漳郡孝廉落第還道梗多寓泉城感歎 …… 200
爲高徵之郡伯請如制歸不得 …… 200
戲詠官署内土神 …… 201
從友人乞龍眼栽 …… 201
揭潛銘銓部哀信聞爲位哭酹之以詩 …… 201
鄧台生侍御没妾扈郎自縊殉之輙因頌妾微咎其室人亦輿論也扈京師人 …… 201
余先後遣五妾僅留有子者一人病况可知 …… 202
代嫁傅表弟女 …… 202

甌安館詩集

送門人侯官令王德遠擢判平樂 ………………………… 202
賦得落花滿地紅斑斑 ………………………………………… 202
飲張園同周芮公楊碧湖二丈適大雷雨 ………………… 203
陽井歎 ………………………………………………………… 203
家蓄耕織圖殊精妙舊得自余集生中丞 ………………… 203
東老雖貧樂有餘回道人句也與余合 …………………… 203

甌安館詩集卷十七 ………………………………………… 204
七言律一八十二首 ……………………………………… 204
常州贈別 …………………………………………………… 204
經李淮撫廢園 ……………………………………………… 204
感懷 ………………………………………………………… 204
南還示社中諸子 …………………………………………… 204
題陳無瑜齋樓 ……………………………………………… 204
賀趙靖菴郡伯得孫 ………………………………………… 205
讀王道思先生集二首 ……………………………………… 205
夜飲述席上所見 …………………………………………… 205
撫州天寧寺步月同吳興郁仲開兄弟 ……………………… 205
月夜客中 …………………………………………………… 205
庚申哀詔 …………………………………………………… 205
登滕王閣二首 ……………………………………………… 206
立秋日同傅子訒王何稱林爲磐郭闇生穿蓮東湖分得蓮字 …… 206
五日集何舅悌邸舍 ………………………………………… 206
將往西山 …………………………………………………… 206
聖德詩 ……………………………………………………… 206
五月渡瀘 …………………………………………………… 207
賦得明光曉奏催 …………………………………………… 207

恭述皇上念邊詩 ……………………………………… 207
從何稚孝先生騎馬出海淀暮抵高梁橋已昏黑矣先生馬上揚鞭裁如
　　二十許人而余前日適墮馬 ……………………… 207
宿高梁橋 ……………………………………………… 207
承陳二何年丈貽詩見慰步答 ………………………… 207
恭謁長陵 ……………………………………………… 207
定陵 …………………………………………………… 208
北望 …………………………………………………… 208
幽忠詠有序 …………………………………………… 208
和南二太中丞視師海上詩四首 ……………………… 209
仝家叔竺侯過集黃小凌宅 …………………………… 210
送揭陽唐祖蔭文學歸應粵試 ………………………… 210
承中丞南公貽札賦謝 ………………………………… 210
發莆陽 ………………………………………………… 210
玉獅嶺 ………………………………………………… 210
洪山橋仝李玄馭陳叔度張元敬賦別 ………………… 211
題張蓬別業 …………………………………………… 211
贈餘杭陳素心 ………………………………………… 211
延令旅懷 ……………………………………………… 211
漢王節妃井 …………………………………………… 211
溫泉 …………………………………………………… 211
寄懷慶守陳宜蘇先生 ………………………………… 212
寄桐城方肅之 ………………………………………… 212
送會稽章爰發之太原 ………………………………… 212
乙丑都下逢宜興孫思服頗期余以異日自覺性疎貌寢乃不知所言也
　　漫贈一律 ………………………………………… 212

壽荊州朱司理年母	212
送孔玉横前輩奉使歸壽封翁二首	212
壽蔣年祖母吳太恭人九十	213
閣試鴻鴈來賓	213
文華門賜經略尚方劍蟒玉紀事	213
送安吉州守孫及華之任二首	213
清明宴集廣通寺醉宿道宮戲呈閃中畏李括蒼二年丈太史二首	213
雙壽詩爲陳御史尊人	214
閣試玉河春水	214
賦得龍池柳色雨中深	214
賦得夏木囀黃鸝	214
雪封梅蕊	214
爲蕭山徐明選題高大母李節婦册詢知是同邑里人也母大節凜然剏我同邑	214
請假出都奉別諸同館丈二首	215
追哭吳磊石御史有序	215
武林宿昭慶寺	215
延平遇蔣八公同官別贈	215
初抵家作	215
示内	215
贈黃季弢徵士	216
閱邸報感題二首	216

甌安館詩集卷十八 217

七言律二八十首 217

移館有述二首	217
柬簡劭思司理二首	217

答池直夫	217
喜李仲章入閩即別賦贈	217
訪黃俞平不遇	218
寄葛更生水部	218
送簡劭思司理擢儀部	218
莆陽曾長修孝廉枉顧索拙集賦謝	218
題圯上授書圖爲吳縞菴年丈祝	218
鄧林神楓詠	218
輓黃崧岳尊師	218
寒食後試新茗小集喜雨	219
集黃俞平草堂賦贈	219
賦得春水滿四澤	219
送陳中丞公子還江右	219
奉壽何鏡山先生	219
雙孔雀	219
送吳縞菴進士廷試	219
蔡擎父出未央瓦見示二首	220
賦得園柳變鳴禽	220
題林對陽年伯祖八十壽圖	220
壽姚石嶺令君	220
薄暮出潤城便乘興渡江風正帆飽瞬息抵岸仍馳七十里至真州東方既白矣二首	220
送虞部田三峨年丈奉使歸蜀	221
贈別司馬堯夫	221
雪朝蔡擎父見過	221
臘八日同蔡擎父	221

己巳元日早朝恭侍皇極殿班紀事二首 ………………………………… 221
讀周元立嫺丈兩都詩有懷 …………………………………………… 221
同李曉湘給諫過集郭仲常吉士宅分賦二首 ………………………… 222
王希韓年丈令大同以伯兄大司馬霽宇督師宣大改任謁銓時大同撫
　鎮頗失師獨希韓却虜全城功甚偉賦此壯之 ……………………… 222
大雪過閔中畢年丈同用蘇長公韻二首 ……………………………… 222
再用前韻二首 ………………………………………………………… 222
贈陸嗣端年丈時以水部郎小謫 ……………………………………… 223
送王六瑞給諫南還 …………………………………………………… 223
雨憇淇門 ……………………………………………………………… 223
闈中呈鍾昭明給諫暨同考諸公二首 ………………………………… 223
撤棘侍讌楚王殿上箋謝 ……………………………………………… 223
譚友夏就訪鄂城答贈時余將有景陵之行 …………………………… 223
茶醉亭雨望同王六瑞胡公占諸丈 …………………………………… 224
追哭黃廣文伯素二首 ………………………………………………… 224
登太和絕頂二首 ……………………………………………………… 224
南巖 …………………………………………………………………… 224
再過漳水冬涸已梁之矣 ……………………………………………… 224
應馬御輦解元太母壽詩之索 ………………………………………… 225
寄懷門人季豹嘉生御之三王子 ……………………………………… 225
雨 ……………………………………………………………………… 225
賦得雨中春樹萬人家 ………………………………………………… 225
上同年莊羹若詹事壇 ………………………………………………… 225
徐晉斌孝廉南歸過訪答贈二首 ……………………………………… 225
題林讓菴銓部石筍山房 ……………………………………………… 226
涇上王慎五秀才投贈和送南還 ……………………………………… 226

暑甚步紫雲寺覓還一上人飯賦示 …… 226

得鄭大白宮贊書有岷藩册使之行却寄二首 …… 226

五音石詠仝郭闇生姻丈二首 …… 226

贈温遜卿徵士 …… 227

雷薦亭爲林讓菴勳部 …… 227

步韻答陳昌基孝廉二首 …… 227

大兄可文客撫州病瘧書到皇然 …… 227

集北郭草堂賦呈闇生姻丈二首 …… 227

送同年林青斐廣文歸漳浦 …… 228

三訪蔡摯父不答意似恨恨戲爲元和體詩以廣之 …… 228

輓林小楚茂才 …… 228

小楚隕數日其婦黃自經殉之再用前韻 …… 228

懷陳冷生社丈二首 …… 228

甌安館詩集卷十九 …… 229

七言律三八十二首 …… 229

禮拜寺塔二首 …… 229

筍江月色 …… 229

十月九日補重陽詩二首 …… 229

曉起 …… 229

至日漫興二首 …… 230

至後一日仝陳宗九林爲磐集歐陽懋寅館懷郭闇生不至 …… 230

壽樊紫蓋郡伯二首 …… 230

贈別黃石齋先生二首 …… 230

元二日送可冲弟之湖州兼寄譚服膺明府 …… 231

少保黃彭湖先生歲八十五得男賦賀 …… 231

送葉君節還福唐 …… 231

宿清源洞留題二首 …………………………………… 231

戲爲小遊仙詞二首 …………………………………… 231

伏月承周台石銀臺邀同林勳部讓菴家文學叔竺侯集圭峰禪寺夜布
　席金雞橋上望月徘徊久之用韻賦答三首 ……………… 232

南臺同林讓菴姻丈邀集黃季跂周台石二先生是日重建天然圖畫石
　亭用韻各賦二首 ……………………………………… 232

贈張翁 ………………………………………………… 232

壽蘇尚書夫人 ………………………………………… 232

同年黃宛懷中翰爲尚書蘇公督葬竣事還朝兼過里賦別 … 233

題畫壽林讓菴銓部 …………………………………… 233

送陳道掌還三山 ……………………………………… 233

寄題張紹和徵君萬石山館二首 ……………………… 233

爲陳禮之題畫兼送之端州 …………………………… 233

送諸葛滬水參藩溫處 ………………………………… 233

爲葉君節君馨賦壽賢母龔太夫人兼謝 ……………… 234

鄭平遠携姬暫之將樂舟別賦贈 ……………………… 234

先封史誕辰寔值中秋余乙卯舉于鄉歲閏八月得馳觴爲壽去之二十
　年甲戌伯兄可文成進士歸適中秋再閏而先封史不復作矣涕述寄
　仲兄可發兼示可冲可程二弟 ………………………… 234

呈京口張斗垣太公 …………………………………… 234

贈李通州 ……………………………………………… 234

送丹陽賀景崋憲副獻表還兼祝初度 ………………… 234

爲王霍童司李尊人壽 ………………………………… 235

答何凝生 ……………………………………………… 235

送李曉湘大僕之南滁州 ……………………………… 235

續小遊仙詩二首 ……………………………………… 235

石節母詩爲印須水部賦兼送之荆州 …………………… 235
感事八首 …………………………………………………… 235
門人陳泰交廣文投詩答寄 ………………………………… 236
送林石房大行使蜀兼柬陳平人蜀憲 ……………………… 237
代壽某金吾 ………………………………………………… 237
上元月有食之禮部郭仲常李玄馭二丈同自觀象臺測驗歸見過留酌
 ……………………………………………………………… 237
行散 ………………………………………………………… 237
賜鰣魚 ……………………………………………………… 237
驚聞昌平失守報二首 ……………………………………… 237
慰蔡擎父 …………………………………………………… 238
魯青海索壽母詩賦呈 ……………………………………… 238
爲王訥吾年丈壽母兼送之江右 …………………………… 238
北闈呈同官閃中畏年丈二首 ……………………………… 238
壁上追和張永嘉辭塲之作 ………………………………… 238
爲錢希聲進士題其大父前臨江守哀冊 …………………… 239
雪甚被雨衣詣會極門捧勅歸自哂 ………………………… 239
送李衡嶠給諫謫歸 ………………………………………… 239
送丘德如宮諭予假歸楚 …………………………………… 239
壽詩呈某令君 ……………………………………………… 239
贈黃孝翼徵士 ……………………………………………… 239
和劉漁仲韻答贈二首 ……………………………………… 240
磨勘試卷嚴賦呈禮部科諸公二首 ………………………… 240
送葉永華門人還松陽 ……………………………………… 240
春榜放喜黃以實趙前之許欽哉並首經闈 ………………… 240
揭萬年以五經連雋二榜喜贈 ……………………………… 240

33

送黃五湖之建陽令 …………………………………… 241

甌安館詩集卷二十

七言律四八十二首

送松梅合幹圖擬應制 …………………………………… 242
懷閔中畏年丈 …………………………………… 242
送周元立媚丈謫歸 …………………………………… 242
謝王二彌館丈送魚 …………………………………… 242
贈熊足菴兼呈賢子雪堂銓部 …………………………………… 242
得項仲昭宮諭謫官信二首 …………………………………… 243
出都別諸同人二首 …………………………………… 243
呈張二水先生 …………………………………… 243
贈周台石納言兼呈元立銓部 …………………………………… 243
壽傅渼溪給諫大母 …………………………………… 243
楊康侯中翰尊人於余同庚初歸自京師賦贈時余病新愈 …………………………………… 244
還朝過太平驛次壁間韻二首 …………………………………… 244
桃源逢林爲磐選部譴歸夜酌賦別三首 …………………………………… 244
用韻贈郯城令二首 …………………………………… 244
恩縣贈甯獻誠廣文 …………………………………… 245
吳橋輓劉式伯司訓 …………………………………… 245
送葉潤山年丈之漳州 …………………………………… 245
送涂德公戍楚二首 …………………………………… 245
周貞女詠 …………………………………… 245
桐城令張能因母苦節善詩爲題其冊 …………………………………… 246
送馬抑伯請假還汝州 …………………………………… 246
吳行若學憲太母壽詩 …………………………………… 246
壽某水部尊人 …………………………………… 246

閣中西房牡丹盛開偕僚長諸公讌花下同用前輩李文達公玉堂賞花
　詩韻八首 ································· 246
送吳鹿友樞輔南征仍用前韻八首 ················· 247
西直門外斗母殿芝產梁間為賦 ··················· 248
嘉定伯周公誕日徵詩為壽漫題 ··················· 248
贈張鯢淵中丞 ······························· 248
壽黃季發布衣九十 ··························· 249
壽楊心谷封翁八十 ··························· 249
讀陳克翼中翰國變紀恨詩賦贈二首 ··············· 249
送陳克翼中翰還朝二首 ······················· 249
林素菴選部葬親禮成時初夏有玄鴈環繞之祥次韻為贈 · 249
秋次楓亭寄壽簡甫從叔時可貴弟適登賢書 ········· 250
哭蔣八公先生四首 ··························· 250
題可亭五弟航齋用韻八首 ····················· 250
贈林礽 ··································· 251
黃季發先生歲九十加二賦賀 ··················· 251
同門劉暉吉大行奉使到感贈 ··················· 251
送謝爾玄還三山 ····························· 252
送邵旭如令如二孝廉還武林二首 ··············· 252
過楊慧谷銓部蔬隱處賦呈二首 ················· 252
亂後諸紳皆徒行談及寫歎二首 ················· 252
水解哀蔡掔甫 ····························· 253
陳平人中丞喪歸自蜀匲形特小不忍觀哀告同志二首 · 253

甌安館詩集卷二十一 ··························· 254
　七言律五八十三首 ························· 254
　　荒感十詠 ······························· 254

荒感後十詠再用前韻	255
荒感又後十詠三用前韻	256
荒感又後十詠四用前韻	257
荒感又後十詠五用前韻	258
荒感又後十詠六用前韻	260
荒感又後十詠七用前韻	261
荒感又後十詠八用前韻	262
哭何培所媕翁太史二首	263
劉乾所言動頗異憂之	263

甌安館詩集卷二十二 … 264

七言律六八十一首 … 264

九日步周芮公銓部韻	264
月夜從周芮公媕丈過可冲弟園賦答	264
贈惠邑劉赤坡明府	264
雨中登源山和高南安明府即席韻	264
贈陳伯搏	264
詠史體贈張伯羹	265
爲周芮公媕丈慰	265
壽林素菴媕丈	265
壽林平菴宗伯	265
黃毅翁宮傅壽九十加三賦賀三首	265
送黃仁表之舊京	266
贈趙叔寶石齋先生高弟時偕其子仁表南行	266
壽李蟠卿丈	266
送劉賡穆還長泰二首	266
有以九雲山僧見者視之前中翰陳君殷子也悲贈	266

張伯羹求壽母詩爲賦 …… 266

送趙珍流司教龍溪 …… 267

同年彭伯棟侍郎陳子羽太守治園郊外雅極宏蒨近聞各漸盡慨然 …… 267

憶前宿楓亭薛園時主人方遠宦木石新搆池特寬頗受西旭余爲署日熨波亭世變後想亦非昔 …… 267

官募修雒陽橋工感詠 …… 267

重新崇陽門樓即事 …… 267

清源洞裴道人蛻處忽薄板墮塑像爲隕或云仙代受闆郡災厄者未可知也聊識 …… 268

郊行見舊所遵蹊徑培加壯闊云以過師又道旁樹木悉髠盡二首 …… 268

補山樓詩爲四弟可冲賦 …… 268

賦得庭中有奇樹 …… 268

兄子原含讀書處前俯源川爲題南有堂勖之取嘉魚詩意亦以反釋氏南無之旨 …… 268

贈莊遲軒 …… 269

寄訊蔡無能道丈二首 …… 269

郭亦仲婿示詩佳喜慰 …… 269

家弟可貴相從久詩殊斐然賦嘉兼策 …… 269

壽陳默菴母太淑人九十 …… 269

林爲磐楊康侯二銓部見過留酌 …… 269

集謝稺甫李景先張夏鍾三孝廉 …… 270

齒歎 …… 270

戲贈某小友 …… 270

題陸放翁詩簡二首 …… 270

劉須溪集僅傳雜記數本耳慨成 …… 270

見昔人有曉行暮宿詩漫擬二首 …… 270
舟行朝暮景并述二首 …… 271
前詩稍荒寒乃爲憶囊昔舟車郵傳狀以張之用欣兒輩二首 …… 271
詩成旋自悔其蓬心也追警 …… 271
張夏鍾齋後池臺甚佳余爲誦陸務觀題秋風亭常倚曲闌貪看水不安
　四壁怕遮山之句以美之 …… 271
楊碧湖臺成索題額用松風柳月爲贈二首 …… 272
何培所太史逝後得所扶舊藤竹杖感題 …… 272
蚶江柴小秀才䢀青舊從文酒之遊別後尋隕妻殉之席間偶追談其事
　…… 272
青鳥二首 …… 272
重陽後半月始得菊花遲之 …… 272
夜頗用山果下酒漸屏諸筆 …… 273
母命卽齋亭設醮有祝二首 …… 273
嘲某黃冠 …… 273
小疾晝眠起見天色正青日光花影隱隱如在簾幕中微有所省 …… 273
夜臥醒恒覺帳中皆白了了可見 …… 273
夜同張挺玉王容小酌 …… 273
三年前城閉人饑多飯番薯充糧價亦騰踊近無復薦此物者至用以喂
　豚感歎 …… 274
坐處榜靜賓雙九爲繹其義 …… 274
紀石青孝廉信來走答 …… 274
得白下黃五湖書却寄 …… 274
送何人士比部之官 …… 274
寄訊崑山徐錫餘太史 …… 274
舊貽仲兄八駿鏐盃失其半茲喜復完賀之 …… 275

蔣園歎二首 ……………………………………… 275
送德化令王榜歸寶應兼訊賢叔鐵山年丈 ……… 275
郡無擣衣聲或以爲疑賦解 ………………………… 275
贈亘和尚有序 ……………………………………… 275
贈林存鉉 …………………………………………… 276
鄭海臣歲貢及期追悼丁仲美趙天甫二丈 ……… 276
送高亦昭中翰還武林 …………………………… 276
送過百齡奕史南還時附霍直指行 ……………… 276

甌安館詩集卷二十三 ………………………………… 277

七言律七八十二首 ……………………………… 277

壽同年王鏡水司李八十 ………………………… 277
送林俞卿應貢入都 ……………………………… 277
答侯官令王德遠門人 …………………………… 277
王爾輯茂才遠承過訪送歸 ……………………… 277
費弦甫自貴陽入泉訪舊寓累月別贈 …………… 277
鞔洪爾潛妹丈 …………………………………… 278
酒過 ……………………………………………… 278
李蟠卿自清溪送到白鷳喜詠二首 ……………… 278
謝友人薏苡之饋時老母適需作湯 ……………… 278
有援幾人肯向死前休之句爲韻者漫擬四首 …… 278
清明郭外歸述所見兼識鄙感四首 ……………… 279
再用韻答亘上人 ………………………………… 279
送唐梅臣還仙遊 ………………………………… 279
吳生起元求節母壽詩出何太史文爲徵賦贈 …… 280
答贈張湘曉大行 ………………………………… 280
送潘江如南還其父木公稱名士有中清堂詩 …… 280

寄壽京口張君表太公二首 ··· 280
黃世平將赴公車過別溯同鄉榜越三十七載于茲矣感贈 ············· 280
登林素菴宅後三層樓爲題二首 ·· 280
承天寺僧或破律爲諸精進大德累詩以警之 ························· 281
久不得郭闇生娴丈信 ·· 281
楊惺之携家滯嶺表累年其娴汪憲副自秦中特走使見詢賦代裁答
 ·· 281
晤周宿來比部頗詢雲間諸交遊末狀 ································· 281
寄王孟衍大令 ·· 281
送邑黎令歸鄆城 ··· 281
楊子先登第歸十年始赴廷試占送 ···································· 282
端陽小酌前兩歲苦各有郊外之行 ···································· 282
壺中紅白蓮盛開 ··· 282
所不出臨漳門者六年偶行見道木盡伐橋梁中斷不勝淒然之感噫孰
　爲爲之二首 ·· 282
集林希菴洋嶼栖霞洞中分韻同賦二首 ······························· 282
稻垂登見田家刈穫盈野有足樂者 ···································· 283
城外李大學士舊宅巋然獨存輒興歎仰 ······························· 283
同林希菴吳浯溪步過筍江橋觀橋斷處微商修復工費 ·············· 283
松溪高令最 ··· 283
送履上人還新安 ··· 283
前遊栖霞洞詩輒承黃闕菴夏寒雲二公俯和再步韻謝二首 ········ 283
三和栖霞洞韻二首 ·· 284
四和栖霞洞韻二首 ·· 284
五和栖霞洞韻二首 ·· 284
贈李孝義中翰 ·· 284

集同年張晦中水心亭館 285
苦熱二首 285
六月晦偶成 285
吳園樟樹特巨偉稱數百年物曩先王父長史每從吳侍御公游宴其下 285
過周芮公園見一樸樹生池邊覆水不侵階庭輒舒引數十丈夭矯紆徐極有好勢 285
竹近簷斜生穿戶爲直之 285
七夕 286
登仲兄屋旁新樓喜詠二首 286
近經月不出客鮮到諸僕各散歸門巷寂然枯坐時有佳趣 286
再用前韻 286
貯冠帶舊藤匭爲伯兄衢州還見予置架上塵絲凝積目及增歎 286
雍門歎 287
道梗江右磁久不至睹所蓄舊種蓮缸識感 287
月夜楊碧湖社丈移觴過戲贈 287
原韻答碧湖丈見和詩 287
初夜濃雲四合徐廼全徹月皎甚書示兒輩 287
連夜月色佳頗慰 287
聞淨寺中棟宇墜塌聲驚訊 287
臺下雪洞不便居召工改築 288
送夏韓雲舊守還休寧二首 288
聞揭君緝銓部信哀寄二首 288
贈林奕卿社丈二首 288

甌安館詩集卷二十四 289
七言律八八十二首 289

贈洪霞農 …………………………………………………… 289

壽莊遲軒 …………………………………………………… 289

蔣用弢屢惠佳紙賦謝 …………………………………… 289

前遊栖霞洞詩凡五詠已竭闕菴黃公貽和遂至累章韻愈奇勉酬
　　如數八首 ……………………………………………… 289

再和二韻以終前九章之義 ……………………………… 290

次韻答張涇叔二首 ……………………………………… 290

送王伯咨孝廉北上 ……………………………………… 291

壽贈黃闕菴兵憲二首 …………………………………… 291

樵郡詩話樓祀嚴滄浪爲周元亮使君手建二首 ……… 291

橋成承諸公攜酒過落賦謝二首 ………………………… 291

林希菴詩來賀橋成輒櫽括其意爲答 …………………… 292

周芮公見和橋成韻步答二首 …………………………… 292

即事書林希菴園館二首 ………………………………… 292

楊碧湖臺館東偏改長廊臨水制殊佳漫題二首 ……… 292

送張鴻儀還邵武 ………………………………………… 293

臘霽夜偕楊碧湖橋上步月 ……………………………… 293

過飲楊碧湖池廊再用前韻四首 ………………………… 293

周芮公誕日招集戲述所見 ……………………………… 293

閒步吳園 ………………………………………………… 294

徙梅 ……………………………………………………… 294

臾園觀梅同莊任公周芮公楊碧湖諸丈二首 ………… 294

席上偶見 ………………………………………………… 294

承天寺山門植數榕樹爲臺間小石塔各琢圓龕像佛有足觀者爲識
　　……………………………………………………………… 294

狀壁間石佛 ……………………………………………… 294

可冲弟園梅大放喜詠二首 ··· 295
示淮孫 ··· 295
奉高徵之郡伯 ·· 295
送許以升應貢北上 ··· 295
和莊任公橋成韻 ·· 295
賦得城東門二首 ·· 295
觀迎春作三首 ·· 296
臘月二十五日俗謂天神下降之期偶詠 ·························· 296
張挺玉奕師以逼除歸同安道阻復來話歎 ······················· 296
除夕偕兄弟守歲二首 ·· 296
步吳稚雲鄰丈韻答贈四首 ·· 297
再和吳稚雲韻四首 ··· 297
三和吳稚雲韻四首 ··· 298
園中紅梅未謝小桃巳萼山茶玉蘭各漸開二首 ················· 298
里中社集少宗伯張公維機冢宰莊公欽鄰宮保大宗伯林公欲楫並號達
　尊肪齒卑叨與末坐非倫幸家慈謝太夫人歲亦踰八矣輒有斯詠 ··· 298
元四日讌飲會者十人倣京師團拜禮雨寒甚 ···················· 299
兵寓楊園賦慰碧湖社丈 ··· 299
送妻父張明宇還京師二首 ·· 299
人日 ·· 299
楊質人許惠詠橋詩未至趣之 ····································· 299
寄鄭鳳超中翰兼懷郊郏二仲貢士 ······························· 299
林俞卿丈佳詠索序病未遑賦代裁答二首 ······················· 300

甌安館詩集卷二十五 ·· 301

七言律九八十二首 ··· 301
三山舊寓林康懿公賜第追愴 ····································· 301

薛文清有告老出京詩余雖百不逮公而易退粗同敬步原韻 …… 301

書岳文肅傳後 ………………………………………………… 301

讀王威寧伯詩絕伉爽想見其人 ……………………………… 301

陳白沙莊定山自成一家詩趣亦瀟灑可念 …………………… 301

追嘲楊南峰儀曹頗效其體 …………………………………… 302

李西涯懷麓堂一派最爲彼時所宗後葉福唐祖是 …………… 302

王守溪較超然自得饒骨立不囿習氣 ………………………… 302

金山一點大如拳王文成兒時詠也奇偉可知 ………………… 302

閩林貞肅詩峻挺如其人名迺在鄭善夫後當以德掩其言 …… 302

王浚川夙負詩名宦屢謫晚忽超騰而才亦漸退知通宦乃不甚利詩於嚴介溪亦云 ……………………………………………… 302

題王渼陂雜劇 ………………………………………………… 302

曇陽子 ………………………………………………………… 303

郡黃孔昭山人工詩善畫品右諸名流鮮知者 ………………… 303

李卓吾墓在北通州郭外舊嘗一登 …………………………… 303

昔賢有雪月夜觀水晶碁詩戲倣 ……………………………… 303

王三明揮使示所藏范文正手書伯夷頌宋元暨本朝諸公多題辭謬續其後二首 …………………………………………………… 303

得李澹河給諫信欣所舉士鄒君新擢狀頭兼簡劉稚川太史 … 304

壽亘上人 ……………………………………………………… 304

園曇花盛開年至數次 ………………………………………… 304

或餉波羅蜜喜詠 ……………………………………………… 304

秋園偶興八首 ………………………………………………… 304

曾節婦詩 ……………………………………………………… 305

市民以其父答於營將刺殺將坐死頗哀其志 ………………… 305

詠開元寺雙塔三首 …………………………………………… 305

劉薦叔大行舊為述所居九潭之勝索詩未果追題兼申嘅悵二首 ……	306
李大姑至自惠邑傷其晚困 ……………………………………	306
題唐伯虎達摩畫 ………………………………………………	306
九月朔大風二首 ………………………………………………	306
曉霽登臺 ………………………………………………………	307
壽江鎬臣 ………………………………………………………	307
家藏硯是宋孝宗淳熙丙午歲德壽宮慶壽物底用淡金墨書微滅	
可見二首 ……………………………………………………	307
贈王豐功孝廉 …………………………………………………	307
送蕭青水廣文簿崑山 …………………………………………	307
送歐陽伊湄經幕令粵昌化二首 ………………………………	308
漳圍急望援師未至二首 ………………………………………	308
聞漳城斗米直白金三斤餘援毫涕隕二首 ……………………	308
山陰劉北漁過訪略詢諸同人末狀二首 ………………………	308
部選郭亦仲堵第一惜不移之大對也寄勖 ……………………	309
望後夜獨坐對月靜久胸次冷然 ………………………………	309
優某頗為漳人所憐戲嘲 ………………………………………	309
詠史 ……………………………………………………………	309
追悼漳烈士楊君祥圍 …………………………………………	309
集楊園記即日事二首 …………………………………………	309
經曾中丞桃浪舊館毀傷盡感題二首 …………………………	310
題朱晦翁墨像 …………………………………………………	310
步王豐功韻答贈 ………………………………………………	310
集闕武夷詩偶閱山志因憶戊辰舊遊追補宿漏四首 …………	310
宋末熊禾社本同避元不仕隱武夷詩以高之 …………………	311
閩郡志蒲壽庚以城降元得官子孫貴顯泉人避其薰炙者九十年元亡	

45

乃已意惕然有感……311

朱紫陽有云泉人置蘇子容丞相不道好談呂太尉蔡新州事余讀其言而悲之……311

誦丘釣磯景炎元年七歌輒有今古不殊之歎……311

有詢趙子昂書畫從未寫姓者漫答……311

贈劉北漁越客……312

漳園解送諸孝廉南歸……312

治園徙芭蕉牆外……312

木芙蓉開匝月始盡賦酬兼頌……312

追懷唐宋以來寓泉郡秦系韓偓李邴諸公……312

周于呂陳旭之過酌二首……312

贈李德御……313

甌安館詩集卷二十六……314

七言律十八十三首……314

某總戎索贈……314

壽鄭寅台……314

東石武夷司李爲舊同官吳鹿友邑人……314

扳轅圖題贈周元亮方伯……314

周元亮方伯尊人偕壽詩……314

爲楊碧湖銓部悼亡……315

送趙臥齋直指還都……315

寄高彙旃學憲……315

寄門人任仙孟兼柬熊魚山年丈……315

大水……315

懷黃俞實……315

九日或送菊偶詠……315

柑柚數株餂于蟲遇風顛委賦示園丁二首	316
記某年林園觀菊絕佳後覓不再得	316
楊質人園居頗損于水賦呈二首	316
范佩蘭遊歸過訪	316
賀徽客江㟶臣得男	316
謝爾玄孝廉自三山寄到曹石倉明詩選僅什二三詢之業半被焚熁撫卷愴然二首	317
輓謝稚甫舅廣文	317
悼黃石齋二郎	317
蔡無能書來告困戲答	317
喜郭亦仲婿頗欲觀余所著書	317
贈林存悔	317
送可賁弟之海澄	318
別高徵之郡伯	318
可冲弟還自祖鄉頗聞海上之信	318
李園見白竹異之	318
聞楓亭驛焚	318
題張二水先生白毫菴詩二首	318
夜集林觀曾屋後園亭	319
夜月	319
賣珠兒	319
邑名公後有淪落者歎惋兼勗兒輩	319
張挺玉奕師生日置酒	319
黃季采之三山途阻還訪歎	319
哭劉稚川殿撰四首	319
覩舊友吳緼菴手蹟感題	320

重理藥欄	320
傷友人楊悝之妻女流落狀	320
亘和尚托鉢詠	320
周芮公送二水凫卻還占謝	321
唐萬首絕句何仲言詩與焉仲言梁何遜字也讀爲失笑	321
盧仝詩有竹弟石兄之語戲嘲	321
於枇杷花下開小靜室賦落二首	321
賦得愁多知夜長	321
爲張碻菴楊碧湖作贊許一觴潤筆哂寄	321
寡姊數有所責望愧之	322
高徵之遂不免彈章爲慨	322
喜移竹已活	322
靜室前鋪小石道狀如蛇引	322
壽莊陽初冢宰八十	322
張晦中云冬月恒飲蔗漿即用爲頌	322
藏經所飯僧同林平菴宗伯	322
張伯羹還自海上晚過留酌	323
罷市	323
仲兄誕辰陪集李蟠卿楊質人黃孟汝三丈	323
送可冲弟之鷺門二首	323
答莆林台正文學	323
林祖夏示所著詩賦贈	323
和方八公來韻二首	324
寄鄭奚仲兼懷牧仲令昆二首	324
李暉仲爲奚仲知交幷寄	324
或邀送某貴人賦代辭免	324

夜長思畜一鳴鷄爲節	324
送吳用退入都	325
得兄子原含平海信	325
公修城外石鼓塔	325
冬田歎	325
林綏之爲篆華罅二大字賦謝	325
冬夜雷	325
擬駐某遊客行不果戲贈	326
無題	326

甌安館詩集卷二十七

七言律十一八十四首 ... 327

吳門申霖臣中翰過泉賦贈二首	327
壽林希菴社丈	327
偶聞意外謗惕然	327
鄭牧仲貽札示所著書謝答二首	327
答鄭奚仲	328
贈王仁樞爲吾友忠端公冢孫	328
賦酬陳季仲郭友日朱露初三丈	328
送權上人還南巖	328
傅朗人歸自粵東過酌	328
夜偕陳石人鄭彌夫小坐	328
黃俞實邀集吳園避暑同諸社丈	328
酒行聆蛙鼓爲節飲徒咸噱	329
送申霖臣還姑蘇	329
莆田方鏘字八公與舊同官蔣公號同意箴之祈其少改	329
戲爲吳長濤楊碧湖二丈解紛	329

輓張伯羹 ……………………………………………………… 329

門人新城趙良士令邵武再歲未一相聞旋掛彈章惜之 …… 329

寄杭憲呂正始門人 ……………………………………………… 330

答周元亮方伯 …………………………………………………… 330

酒間偶述 ………………………………………………………… 330

頌陳家紫荔支 …………………………………………………… 330

雨後督小僮收棗 ………………………………………………… 330

步鄭牧仲韻答寄五首 …………………………………………… 330

陳曾則有留別源墅詩賦和兼送還莆二首 ……………………… 331

傷舊輔史文簡宅奪于兵聞鄰郡林兼宇陳培所兩尚書家後亦然二首
 …………………………………………………………………… 331

哭同年黃源簡侍郎 ……………………………………………… 331

立秋大風雨二首 ………………………………………………… 332

曬書 ……………………………………………………………… 332

送江皜臣之三山 ………………………………………………… 332

過林素菴栖綠園同黃俞實尤元禎二丈 ………………………… 332

寄鄭海臣廣文 …………………………………………………… 332

母黨稍替得謝表姪入泮爲喜 …………………………………… 332

林奕卿札來辨謗慰釋之 ………………………………………… 333

亘上人許爲修造净寺適貲竭未有應也識愧二首 ……………… 333

林翀漢光祿以甲乙聯第歲復甲午時年八十四矣秋榜仟開賦祝紀盛郡中林中丞錦峰見後壬戌林太守震西見後乙丑至公而三皆同姓爲奇二首 ………………………………………………………… 333

和傅朗人惠州官署早梅詩二首 ………………………………… 333

諭南邑里正 ……………………………………………………… 334

童子爲小木舟長徑咫汎汎池中戲詠 …………………………… 334

送某禪僧往東洋應其國人之請二首 …… 334
途梗念諸子衿赴省非易 …… 334
諭諸親友 …… 334
黃造夫爲余窗友長二歲日將赴科塲壯之 …… 335
曉起 …… 335
亭居枯坐日對群鴿而已偶成二首 …… 335
林小眉有海上之行許歸日見過不果寄嘲三首 …… 335
寄福州守彭公培元 …… 336
莊心玄名善寫真爲余圖廼不甚肖 …… 336
或饋梨偶憶河間佳種 …… 336
張碻菴招集楊園即事二首 …… 336
夜飲輒先歸聞諸客有流連達旦者 …… 336
姪知掌試南安前茅賀可冲弟 …… 336
寄鄭平遠兼訊令子審之二首 …… 337
聞薦舉諸公多違限免寄楊質人表弟 …… 337
詩梓垂成未便出書示兒輩二首 …… 337
酒勞諸寫刻工人 …… 337
泓亭偶集呈席上主客二首 …… 337
題祝京兆真蹟後三首 …… 338
書感 …… 338
韓退之云水大而物之大小畢浮余恒誦之 …… 338
擬渡海不果二首 …… 338
過康店驛呈陳默菴社長憶蚤歲甲寅同過此越今五甲矣風景可知 …… 339

甌安館詩集卷二十八 …… 340

七言絕句一百八首 …… 340

甌安館詩集	
夜集王季重先生樓頭二首	340
南還過延平遣訊史二小二首	340
燈詞四首	340
檗谷祖鄉二首	340
自酌	341
紅梅八首	341
過杉關	341
永安寺看張天覺虞伯生二碑二首	342
午夜步庭中月白如畫二首	342
聽人談劉總戎綎遺事四首	342
望建州	342
壽徐侍御夫人二首	342
邢州詢李于鱗先生遺蹟四首	343
偶成	343
投傅子訒二詩以新茶見答復戲柬之二首	343
踏徑四首	343
無題二首	344
西亭翫荷四首	344
小至二首	344
社日戲詠桃花二首	344
己巳虜警書事十首	344
謝唐行一孝廉惠炭二首	345
戲柬閔知愿解元二首	346
偶題	346
爲南大司農鄭玄岳師題磻溪釣圖二首	346
冒宗起大行索贈	346

過黃粱戲爲口號 ……346

宴楚邸頗有談藩封初事者即成 ……346

口占別王六瑞昆弟二首 ……346

宿五龍道宮觀日月池池旁朱魚近萬頭娟靜可愛二首 ……347

穀豐樓詠爲童孩之明府四首 ……347

紅蓮花二首 ……347

夾竹桃 ……347

訪吳大車不值云有桃源之行戲題其壁二首 ……347

七夕前三日集李園分賦二首 ……348

家有織成草書四幅失其一相傳七世祖處士公物祖生宣廟壬子底
　今壬申凡二百一年書法殊遒媚如新觸手四首 ……348

擬官軍收復登州口號三首 ……348

旋聞賊劫留萊撫之報慨然二首 ……348

風乎亭詠爲林讓菴銓部三首 ……349

霞亭訪周青丘賦四首 ……349

問郭闍生疾二首 ……349

洞中夜起占示某上人二首 ……349

戲柬陳俶闇年丈 ……350

甌安館詩集卷二十九 ……351

七言絕句二一百九首 ……351

示五弟可程二首 ……351

贈畫壽戈明府 ……351

僦舟清湖敝甚蘭溪遇陳石夫司理爲易假官舫占謝二首 ……351

漫興四首 ……351

送周誠生醫士南還 ……352

移僦書別鄭鶴二首 ……352

趨朝口號二首 ··· 352

得林婿存茹賢書報時在闈中二首 ······························· 352

題畫 ·· 352

將歸料閱所攜書慨題其簡二首 ··································· 352

饒州別錢東渤大行二首 ·· 353

喜郭婿亦仲捷秋闈書示次女二首 ································ 353

騎八十里暮抵滕縣作三首 ··· 353

贈萬瞻明都尉三首 ·· 353

送客過金魚池同王光復朱茂如李括蒼年丈三首 ············ 354

寄王仲初山人三首 ·· 354

送周宜興先生南還四首 ·· 354

晚過摩訶菴二首 ··· 354

聞朝士多從某皇親遊戲詠四首 ··································· 355

追和黃石齋先生獄中雜詠十四首 ································ 355

再和前韻十四首 ··· 356

宮詞十首 ·· 357

紛紜行頗及都下近狀八首 ··· 358

歸舟述沿河所見十首 ··· 359

姑蘇赴徐九一宮諭舟中宴占謝三首 ····························· 359

寄訊徐一我師三首 ·· 360

歸抵楓亭家人未有至者戲成三首 ································ 360

甌安館詩集卷三十 ··· 361

七言絕句三六言五言絕句附 共一百二十六首 ················ 361

變聞大臨四首 ·· 361

金陵歎二首 ··· 361

三山口號二首 ·· 361

紀泉郡丙戌來三年亂狀八首 ………………………………… 361

霍魯齋直指過飲賦呈二首 …………………………………… 362

酒過謝周元亮方伯二首 ……………………………………… 362

哭仲兄餘菴別駕八首 ………………………………………… 362

次兒知雄有遠行臨別示三首 ………………………………… 363

邑舊紳先後出山賦助輿謳之疾三首 ………………………… 363

感題二首 ……………………………………………………… 364

六言絕句附 …………………………………………………… 364

韓雨公幽香谷詠二首 ………………………………………… 364

雜興同可賁弟八首 …………………………………………… 364

自題小影四首 ………………………………………………… 365

偶述二首 ……………………………………………………… 365

示侍僮三首 …………………………………………………… 365

答客二首 ……………………………………………………… 365

五言絕句附 …………………………………………………… 366

獨坐二首 ……………………………………………………… 366

俠客 …………………………………………………………… 366

麗人 …………………………………………………………… 366

酒徒 …………………………………………………………… 366

才子 …………………………………………………………… 366

仙跡山 ………………………………………………………… 366

石佛巖 ………………………………………………………… 366

銅鉢巖 ………………………………………………………… 367

琵琶街 ………………………………………………………… 367

采石磯二首 …………………………………………………… 367

舟泊沙上題詩三首 …………………………………………… 367

阻水三首	367
望瀑泉	367
步屧	368
灌園二首	368
道上見杜鵑花二首	368
蜀茶二首	368
秋夜聞雨二首	368
墩上塔	368
賦得閒雲來竹房	369
漁舟泛月	369
訪客不遇書壁二首	369
紀戊子年六月五日事六首	369
題畫二首	369
園二十四景各系五言敢附輞川之遊終遵栗里之義云爾	370
[闕題]	371
題四弟補山樓二首	371
清源登百丈坪二首	371

附錄 …… 373

鹿鳩集序	黃景昉	373
黃景昉傳	錢海岳	373
黃景昉傳	張廷玉等	374

校點後記 …… 375

甌安館詩集卷一

四　古

（以上原缺）聽受指嗾。云奉天符,陰減人口。

人口奚罪,而天減之。淫佚驕奢,抑或其宜。爲我祈虎,命不重來。胡不高舉,四靈是師。

虎怒哮闞,我稟陽精。何知仁義,刓避公卿。於菟猛毅,白額崢嶸。誰能節足,學鳳鸞聲。

哀我人斯,莫編虎鬚。爾非李廣,枉彎爾弧。宛宛君侯,縞綬垂朱。曷往愬之,覆謂士也愚。

哀我人斯,莫履虎尾。爾非裴旻,枉鏃爾矢。桓桓將軍,鳴刀拂鞞。曷往圖之,覆謂若也鄙。

人生實難,苦荼甘薺。命委山君,知復何計。毒臘非腴,貫盈則斃。豈無犬羊,充彼吞噬。

圓穹閟覆,厥謚曰旻。驅除黑虎,樂過千春。虎歸良適,山椒海濆。林居室處,各惟其群。

豆娘子

李獻吉有言:"豆娘子,蜻蜓之細者也。輕盈側媚,群遊而寡忌,見之傷焉。"余因之演爲四章,意兼羨慕,亦所遇殊乎。夫物形鉅細洪纖,何擇之有?此昔賢所爲賦鷦鷯與?

豆子娘,楚楚衣裳,點水微涼。爾之涼兮,物莫以爲亢兮,莫爾傷兮。

豆子卿，冉冉咿嚶，穿花欸輕。爾之輕兮，物莫以爲名兮，莫爾争兮。

豆卿子卿，豆娘子娘。姬稚憐撲，秋夏其常。爾與其撲於姬稚之忉忉兮，孰與負三神山而翶兮，斷六鼇兮。

豆娘子娘，豆卿子卿。霜雪飄戕，天地無情。爾與其戕於霜雪之澄澄兮，孰與搏九萬里而升兮，運大鵬兮。

同生之什

《小宛》序云："兄弟相戒，以免禍之。"詩意略有倣。

莫苞匪林，莫峭匪淵。莫興戎伏莽，匪爾多言。攬衣戒旦，袖濕漣漣。孰爲爲之亂，匪降自天。

匪鳶曷飛，匪鮪曷游。匪張弧植戟，曷爾多尤。閉户逃責，屋鳴啾啾。孰致至之命，不與人謀。

追我先公，貽謨藹藹。金石堂懸，禮明樂顯。兒病負薪，中憋洗腆。其敢舍之嬉遊，及爾沉湎。

肅我聖母，垂訓諄諄。絲綸陞錫，日麗春温。兒欣繞膝，蚤伏丘園。其敢苟焉夷佚，及爾翩反。

共載膠舟，尚或楫之。矧我同生，推乾就濕。覯時命之艱難兮，瞻烏靡集。大聲疾號，呼不給吸。

旁嗟泥轍，尚或室之。矧我同生，分梨讓栗。痛乾坤之板蕩兮，履虎惟咥。長慮周防，得不償失。

輪囷當趨，前于後喁。非惟喁之，又從爲之笙竽。不聞婁氏面唾乾無，唾久不得拭，纍纍如珠。

睍睆乍鳴，我邁爾征。非惟征之，又從爲之琮珩。維昔姬公哺吐賓迎，吐多不得飯，喀喀如醒。

庶見

知其無可奈何，猶幾幸一見之者，所云庶見也。亦《詩》素冠韠遺音。

庶見法冠兮,范有綏共往還兮。徒椎髻之攢攢兮,我心酸兮。
庶見法衣兮,裼有副紛陸離兮。徒繡罷之披披兮,我心悲兮。
我迺不習爲優兮,峩冠博帶尚爾留兮。天地大矣,於區區毛髮乎奚讐。
我迺不習爲僧兮,方袍革履尚爾能兮。古今往矣,於莽莽金元乎奚懲。

壽母篇

母謝太夫人以辛卯閏二月庚申壽登八袠。偕諸兄弟、兒孫奉觴賀,退而名篇。

歲躔辛卯,再閏仲春。惟我八袠壽母,於焉紛綸。兒孫肅跪,累席重茵。以及中外婦孺,帷列如雲。

日麗庚申,漸邇花朝。惟我八袠壽母,於焉逍遥。官師鼎來,建隼垂貂。以及旄倪僕御,階擁如潮。

鷄鳴載起,有煒其裾。先禮天禮佛惟謹,徐就扳(板)輿。髮未全白,猶可勝梳。後庭何喧喧,宰羊與猪。

鶯坡微動,有繅其音。特屛巫屛祝勿進,恭諷召南。目不甚瞭,猶可辨針。內户何盈盈,羅玉與金。

惟我高大父,官長岳方。晨昏温清,鵠立萱堂。聞諸吳史,五世其昌。母也儷只,八十載山高水長。

惟我外大母,算躋耄耋。視聽明聰,龜巢藕節。肇爾魏甥,宅相惟傑。母也臻只,八十載露湛霜澈。

中厨左顧,母若有所憶。酒清弗飲,肉乾弗食。惟先君之不同時,疇與馨此黍稷。無廢前勳,是惟爾父之德。

末觴夕移,母若有所思。琴拊弗彈,笙炙弗吹。惟故國之不長存,疇與攬此芳菲。無慕俗榮,是惟爾友之歸。

伯拜稽首,蒼髯華髮。余暨仲焉從之,如茅斯脱。兒齒老兮母則康,欲歌之兮滄浪。願百歲兮,以詠以觴。

季拜稽首，輕裘緩帶。余曁叔焉先之，如旗斯旆。兒齒強兮母逾高，欲報之兮劬勞。願二紀兮，將翔將翺。

四　友　通

同心爲友，顧友豈盡同心哉！油油然與之偕，而不自失己矣。於古今得四友焉，爲通其礙。

翹翹錯薪，親者無失其爲親。有美彌子，婉孌推襟。既曰襟止，由曷嗔止。

煢煢伏兔，故者無失其爲故。頗哀李卿，徬徨泣渡。既曰渡止，蘇曷慕止。

芳蘭密匦，莫剪蒿蓬。棱棱叔夜，孤委山公。公誠庸止，安得盡步兵其人，竹林空止。

側柏高參，敢辭黛溜。落落泉明，酒來江守。守誠陋止，安得盡漁父其人，桃源覯止。

古　樂　府

昔　何　處

口號。非敢準商、周禮，或云於《琴引》差近。

麥漸漸兮吐芒，昔何處兮池塘。喔喔兮雉呟，窮晝夜兮悽惶。不知我者，謂我或狂。

黍離離兮擢穗，昔何處兮闤闠。咿咿兮雞喙，橫古今兮涕淚。不知我者，謂我或醉。

棘蓬蓬兮鉤衣，昔何處兮軒墀。窣窣兮狐威，廢食眠兮渴饑。不知我者，謂我懟誰。

改韓氏拘幽操

臣罪當誅，天王聖明。韓退之旨固佳，寔強作窾語，微枉其是非之實。文王豈誠聖紂哉！舜號泣于田,亦曰我罪伊何而已。

皇威震兮颶馳,陳井鉞兮參旗。臣罪兮自知,念先棄兮粒民阻饑。世奉職兮,獫夷日星。亘終古其爛爛兮,臣不足以見之。迷晝夜兮曦暉,錯陰陽兮偶奇。誤人兮庖羲,臣尚庶幾君王之一悟兮,重式廓兮九圍。

來日大難

來日大難,衣敝履單。屬何所遇,氣若芳蘭。占對靜敏,諦視安閒。曰遇仙師,授藥一丸。一解。丸色如泥,和以天倪。澹涵砂象,錯落玉犀。服之未敢,包裹裝題。欲從子晉,請其刀圭。二解。人生重滯,安得飛遊。且可飲酒,殺馬椎牛。千金舞榭,百雉歌樓。茫茫蹻跖,矻矻軻丘。三解。顧視群仙,差池雲裏。供事上皇,給役妃子。膚臘不華,鶴饑欲死。頹然復醉,萬事悠爾。四解。

獨 漉

獨漉獨漉,泥深波泍。無與同清,誰與同濁。落花戀枝,歸鳥戀巢。巢傾枝折,雨散風拋。燕使入秦,車馳轂擊。顧盻沈雄,中有怒色。翩翩浣女,矢不嫁人。壺飧飯客,如宿情親。忍篋衣冠,幽蒙塵土。胡舞白題,於義奚取。龍劍匣動,四壁悲鳴。國恥未雪,不如無生。兩不通名,裂眦衝髮。高問太白,底時食月。月黑風昏,中夜候門。東詣淮陽,謁倉海君。

空倉雀

園林雀飽看,兒子學粘竿。田疇雀飽啄,翁嫗防偷穀。汝巢安所妨,天遣直空倉。莫作繁華夢,當年百萬箱。萬箱朽盡塵,倉屋四無鄰。即愁雛嗛腹,粗免弋驚人。驚人復驚犬,秦相機謀淺。隨處慕翩躚,屬誰安偃蹇。吾聞冶鑄金,偏忌不祥心。蟲蟻時吞取,空倉匝地陰。

枯魚過河泣

枯魚泣過河,自分無生理。猶念河中魚,於我鱗鬣比。忍死貽之書,寥寥數行耳。磨用烏鰂墨，寫用海苔紙。奉投河伯宮，千萬誡魴鯉。極防密網施，莫貪香餌美。魴鯉得書笑，漠不動憂喜。汝自釜中遊，何關同輩事。一旦曝腮回，命委張胡子。始念枯魚賢，微辭有深指。我故不解書，書題復爾爾。所以聖哲言，亡羊補牢始。

公 無 渡 河

公欲渡河，何不操爾舟、維爾楫？舟楫尚有覆没時，亂流披髮嗟何及。豈苦黄泉無地入，爲我謂河伯，殺湍埋洪，憐此老翁。北邙不少纍纍塚，安事葬諸魚腹中。河伯咈然，生死信天。人自不較計，玩我百川，彼曷不聽婦人言。昔者范客商丘開，投下高臺。淫隈河曲，歡得珠回。亦有吕梁狂者子，行歌遊泳，自云始乎故，長乎性，成乎命。仲尼惑之，謬疑賢聖。忠信誰堪錯怒濤，世儒卒苦誤莊騒。惟應麗玉箜篌引，淚斷津頭霍子高。

妾 薄 命

妾貌花樣妍，妾命紙張薄。愛歇孰憐今，恩深猶記昨。恩亦此儀容，怨亦此儀容。各當萬乘主，邢尹合誰雄。反因嬌寵極，寂寞愁難度。不經屋貯金，舊亦簾櫳駐。寒暑漸推移，君情轉面疑。也知終棄置，剛遇艷陽時。平生嬉笑端，一一悉尤積。爲語專房懼，幾人眠敞席。

哀 三 良

三良生秦世，勳蹟初微渺。令自以善終，他年復誰曉。天遣殉穆公，臨穴歌黄鳥。千載子車名，流連哀未了。秦人氣象矗，周末風規藐。強即諧媚姿，題成磊落表。想應寒與奚，衰謝閉荆篠。不然黃髮翁，彌縫亦小小。建安才士林，詞筆森健矯。拊瑟涕漣洏，聲傳楚燕趙。益嗟荆慶疏，爰惜田橫夭。今古一貉丘，悲歡枉荼蓼。回首暮雲平，東方月出皎。

櫽括焦仲卿妻辭

孔雀東南飛，毛羽光陸離。仲卿府小吏，得婦字蘭芝。兩意初和諧，不爲公姥知。婦行無偏斜,咎他織作遲。一解。姑性故難堪,婦詞亦小厲。便可斥遣歸,太損低回勢。斥歸豈好懷,妝束煙花麗。展我嫁時衣,綢疊箱囊細。二解。辭姑淚汎瀾,棄婦理慼顏。猶感登車意,相期赴府還。妾作蒲葦紉,君如磐石安。預知母兄暴,終不如我言。三解。新婦慧以妍,小吏愿而樸。慧因見事明,愿故鍾情篤。媒妁苦煩人,車馬來繹絡。虛誇窈窕郎,家貯黃金屋。四解。謝家事夫壻,中道還兄門。母慈猶可懇,兄怒敢重論。強持剪刀尺,當窗繡袂裙。何處馬嘶動,聲如磐石君。五解。磐石有時遷,蒲葦依舊綴。憶昔垂登車,回頭為君說。君懷抱柱信,妾愛臨流潔。庭際墮嚴霜,懸知不久別。六解。遠邇驚傳報,廬江簡事稀。婦浮清淺水,夫掛鬱盤枝。巧樹東西合,珍禽日夜啼。行人經墓拜,千載華山畿。七解。

煌煌京洛行

洛川仍纘緒,鄗邑特開基。便佗函關險,還輸輦路夷。漫山縈野穀,中土叶靈蓍。二室淮風雨,千門麗斗箕。閉關苞豹略,封岱答鴻慈。爰及明章繼,真稱雅頌師。鼓鐘親勸講,歌管自徵詩。宛汝圖書秘,襄樊海嶽維。士窮安退讓,官肅奉驅馳。公府除良掾,賢關聚可兒。浪談如逼貴,清議豈遺卑。北戶銜恩貢,西都望幸思。后能修記注,儒解頌雍熙。甲閱袁楊並,椒宮鄧竇疑。炎精誰令缺,魁柄合教持。末造愁黔首,當年掃赤眉。魏塗空有讖,漢鼎欲誰支。四海嚴鉤黨,三分揉亂絲。政歸閹奄赫,兵召寇猖披。不盡曹瞞恨,惟應葛亮知。

董逃行

酒坐且勿嘈嘈,聽我徐歌董逃。秦初跡兆臨洮,左右雙鞬帶刀。結交胡帥羌豪,何侯計拙心勞。內苦閹豎薰饕,召兵趣發蘭皋。奚異逐鼠進獒,便大虎噉狐嗥。廢君弒后政操,劍履上殿足高。樹威斬艾如毛,盡燒宮闕填壕。徧掘陵寢弓韜,徙都西上虎牢。謬依杜曲定陶,一望四野蓬蒿。垂首無言繹騷,山東盜起袁曹。掠來塗布豬膏,青蓋金車兩旄。春秋郿塢翔翱,粟積千萬周遭。兒女放縱貪叨,最憐兩婦憂熬。皇甫夫人榜號,伯喈女子氊臊。吾民命細秋毫,卜云十日鳴蟄。千里草長將薅,重愁天意滔滔,布乎食汝豚羔。

平陵東

平陵東,陵樹咽盡秋風。宅潴潢汗,塚露火紅,野葛狼毒氣烘隆。追昔丞相侯封,高門晨啓車通,東郡太守虎符銅。先是家數多惡怪,庭鴈嗤嗤狗嚙群。空旋復走去無踪,鄉里小兒利隙鴻。詭彼濯龍,成敗豈足論英雄。嗚呼!天道張弓,先發者凶,亦歎隋朝楊楚公。

門有車馬客

門有車馬客,駕言發舊京。爲問舊京事,零涕欲沾纓。昔日王侯宅,無數荊棘生。虎狼紛偃息,狐兔劇縱橫。阡術何廣廣,中分內外城。盤街騎馬過,題署莫能名。古寺松林下,今爲廟市行。盛衰倏如此,天地終無情。重問西陵樹,霜風旦暮平。攬衣忽起走,相戒合吞聲。

述昏

花燭何煌煌,迎歸貯空房。阿姑前慰藉,兒子帝京郎。帝京妾幼居,家世老尚書。黽勉承嘉運,迢迢萬里餘。東家嫁女兒,相望接衡宇。妾命直孤虛,遠離風塵苦。別母損啼顏,從姑陟萬山。羹湯難識性,況屬路途間。翻畏鄰幾甸,迎門若爲見。姑已許擡頭,郎猶羞識面。偷視帝京樓,全非昔日遊。衣冠容變盡,賓客話鵂鶹。作婦總隨人,何處愬情親。驚得家中信,花開又一春。

將進酒

願得傾東海之波釀酒,屈北山之柄治杓。一醉三萬六千日,吾將與杜康儕父、劉伶小子兮逍遙。或云醉損德,酒害生,沈昏惑志,喧怒啓爭。吾亦知若言之爲是兮,顧安能學毛鄭老儒,白首呷嚶?日逐逐於金張許史之側兮,欣乞其冷炙殘鯖。且若但未得酒中趣耳，酒天浩邈，酒地寬平。忘機適性，減見韜精。熟視焉不覩泰山，靜聽焉不聞雷霆。又烏有損德害生之爲患兮，如兒輩所聽熒。只今素髭刺出，赤舌曉鳴。所遇非夙昔兮，微斯物吾孰與破此愁城，摧此獷兵。鄭泉遺語近癡迂，形化謬希土範壺。就使陶家壺貯酒，曾看一滴及脣無？君不見酒滴墓前墓草濕，厚地連山終不入，何如留取生前百杯吸。

　　　　昔　思　君

昔君與我兮，形影相親。今君與我兮，息于重陰。昔君與我兮，雲雨相追。今君與我兮，赫其炎暉。昔君與我兮，飴蜜相惜。今君與我兮，參以黃蘗。我敢他疑，命寔爲之。

　　　　清　商　雜　調

　歌子夜，舞前溪。雉朝飛，烏夜啼。芙蓉苑北，松柏陵西。好自襠著鐵裲，更誰馬蹋銅蹄。

　嚼黃絲，裁白紵。出北門，吟東武。流水隴頭，太山梁甫。莫傷薤上露晞，且護籬邊雀乳。

　勞楚豔，奏吳趨。沈水香，博山爐。宋家督護，秦氏羅敷。因逐石城年少，暫過清溪小姑。

　道旁柳，陌上桑。嬌嬈女，播搭郎。芳分蘭蕙，酒薄沙糖。嗟哉烏八九子，凄甚鴈兩三行。

　望遠海，度關山。上雲樂，行路難。春風駘蕩，北斗闌干。憑道慕容最猛，只今菩薩也蠻。

　來赤鳳，拂白鳩。庚吳郡，檀江州。豪稱無忌，姬字莫愁。看落釵頭翡翠，聽殘陌上箜篌。

　赤闌橋，白石磯。消懊惱，送別離。漢妤辭輦，秦女卷衣。試問斑雖遠逝，何如黃鵠高飛。

激皓齒,揚朱脣。醉十日,揚千春。龜鶴雖老,鸑鳳弗臣。中山原如孺子,絕世郫有佳人。

邯鄲主,廣平公。將進酒,思悲翁。鳧觀碣石,居就新豐。連歲兵交城北,幾時鼓漏天東。

聖人出,君子行。漢德盛,胡運傾。放牛牧野,飲馬長城。何事遽攖猛虎,稍留高吸長鯨。

昭君怨二首

紫花騮馬誰經騎,一曲琵琶馬上悲。無奈曲聲吹不反,君王原自愛蛾眉。

其二

珍重披圖殺畫師,禍生婁敬慕閼氏。直須青草胡天出,一洗和蕃公主詩。

從軍五更轉

一更野吐煙,相喚枕戈眠。似聞營帳裏,歌舞正翩然。二更刁斗作,何處喧聲博。囊無胡王頭,百萬終輸却。三更月欲斜,淒切怨胡笳。倚著朦朧思,尋聲去夢家。四更閨夢斷,雪壓弓刀滿。憶自出陽關,誰人諳被煖。五更河漢低,沙磧罷鳴鷄。鷄只家中叫,城烏獨自啼。

五雜組

五雜組,虎豹文。往復還,日月輪。不獲已,去從軍。五雜組,胸背花。往復還,駟馬車。不獲已,學種瓜。

兩頭纖纖

兩頭纖纖畫婦眉,半白半黑繡兒衣。腷腷膊膊鷄報時,磊磊落落石彈棋。兩頭纖纖吐角菱,半白半黑坐禪僧。腷腷膊膊裂縑繒,磊磊落落玉山崩。兩頭纖纖棗核乾,半白半黑鬢毛斑。腷腷膊膊馬披鞍,磊磊落落天下看。

甌安館詩集卷二

五言古詩一 四十一首

登太白樓

任城無美酒,安得古人居。有如垂釣者,得意不在魚。李白東山人,暮向夜郎死。足跡半天下,酒壚何處是。此地獨高樓,風流重所與。遇非眼中人,低頭不肯語。人去日復西,啞啞烏夜啼。只應許主簿,留客醉如泥。

雨後刈園

春雨暮連朝,春草肥惟天。園丁前致辭,枝繁木易凋。汝辭良起我,脆物終不牢。火攻亦下策,磨汝金錯刀。種樹莫當戶,斷藤莫遺苗。腹堅根葉健,濃花慘不驕。花情在一枝,安用百千條。我看風前柳,不及雨後蕉。

上塚

白白山下菊,花開小麥熟。念彼長寢人,烹雞召吾族。古塚石欹斜,何處栽墓木。安得宋卿翁,小兒雞窠宿。此去洛陽江,五里稍不足。亦自美遊觀,慘慘寡所樂。野火墮冥錢,草痕燒猶綠。雨過日微黃,吹氣淚雙燭。何代去桃源,居然三萬六。諸孫七世餘,拜跪不能哭。羅列自成行,聲低饋奠肅。美酒熱茶湯,蒸稻白如玉。歲歲逢清明,不肯賤賣肉。鬼啗人不見,徒飽生者腹。顧視墓旁兒,唊餌忘牛牧。

新雨

長安好風物,一一差可數。白雪大於掌,黃塵濃似霧。獨慳三月雨,若爲神

11

所妒。何處不垂楊,花時輒歸去。我故不肯歸,留觀雨後絮。輕蟬未放聲,宮鴉各上樹。微風冷然來,呼童出巾屨。雨亦不能多,澹若侵晨露。弱柳舒長條,飄飄何所訴。回首江南春,別來雨幾度。別雨猶悵然,別家已經年。

艷　詩二首

京城十五女,宮樣貼花黄。嫁與江南人,不肯學南妝。單衫銀杏子,秀若新田秧。水晶排作齒,吹氣自生凉。□喜看人眼,垂眉故倚床。燈前强不見,只自繡鴛鴦。郎可少飲酒,性行學端莊。大姊字蘭芝,小妹欺海棠。同是一家人,何事羞見郎。

其　二

朝來共對鏡,頗自喜雙眉。調脂未上唇,故印在郎衣。低頭教鸚鵡,從郎乞首詩。江南風俗異,呼人作小姨。已敢與郎語,却憐初嫁時。微風吹損人,只怪襪行遲。郎今官幾品,花酒好自持。絮絮太多情,新買五兩絲。刻絲繡作佛,我是比丘尼。

排　廟詩

黄金百如意,但向燕市趨。燕市何所有,頗亦無所無。大寮青琅玕,中使錦甌瓻。呵聲夾道細,競造波斯胡。波斯坐上頭,呼使碧眼奴。木客來秦地,鮫人出海隅。兼復善拂拭,手爪自然殊。十榻十氍毹,問君何所需。買鷹得鷂子,買馬得龍駒。買琴得蛇跗,買劍得鹿盧。君欲買玉否,玉種自闐于。青鳥乍啣來,雞冠赤不踰。雙玉謂之瑴,五穀謂之區。釵頭金鳳子,飾以明月珠。裝帶尤相宜,天衣結五銖。別有傾城價,自名爲都膚。仙家高靿鞾,石室富珊瑚。珊瑚何離離,枝葉自相扶。金膏差大國,水晶如小邾。憑君自擊碎,請易十五都。是日政三五,觀者塞道途。如在玉山行,不覺白日晡。好物逢買主,大家各歡娛。譬彼燕市中,荊卿遇狗屠。一客獨憔悴,似復是吾徒。探囊無一物,空手捋髭鬚。終日强摩娑,爲彼所揶揄。歸來但怨怒,私自悔爲儒。

姚節母詩爲孟長先生

疏桐高百尺，一半是霜皮。上有哀寡鵠，徘徊常苦悲。舌乾啼破口，念與雄別時。孤雛新出卵，乳淚和成糜。遣與鳳凰友，顧盼多光儀。凉秋八九月，木脫巢纍纍。墜桑卿上樹，毛羽日摧頹。不惜毛羽摧，晨夜望雛飛。六翮既以就，四海安足爲。

報國寺雙松

中庭何鬱鬱，奇鬼護深松。橫梢俯十畝，矯若未張弓。其一差偃蹇，雌枝欲避雄。常疑風雨來，春蚓遶禪宮。座上千手佛，腕臂盤蛟龍。現身作松樹，形質將無同。何意千丈姿，故以曲爲工。物性猶如此，愧我直如虹。

過馮唐里

蕭然老郎官，苦心熟邊計。無人守雲中，未敢媚皇帝。匹馬此經行，荒碑卧古地。日暮如有人，衣冠仍漢製。古人多奇行，儻宕隨所至。不然千秋下，寂寞復誰記。衛霍不薦士，強云希上意。嘆惜李將軍，不把馮公臂。

入滁過磨盤山

曉發當山行，昨朝意已冷。未到先攬帷，有如鵝伸頸。何處鐘聲微，虛堂佛像猛。端然見僮僕，凉露滿衣領。路轉樹如絲，溪鳴汲不井。寒蟲依草光，小犬舐雲影。客指西南峰，云是環滁境。候吏抱關迎，僧雛負茗請。語客且勿喧，尋山耐孤迥。

舟次劍浦送李玄馭之江右

李侯經世姿，其才利盤錯。學道於庖丁，澄情類櫟木。終日垂兩眉，未肯輕酬酢。與談天下事，便便舌轉轆。亦有善談人，中虛無底橐。君言輒簡要，動如經手作。十日附舟車，所得良不薄。私戀酒與花，畏君神形肅。相畏復相親，頻擬就君宿。嵇阮與山公，識度故相若。劍水東西流，雙龍會干莫。何意此別君，孤舟獨擁僕。又似別家時，匆匆三日惡。亦知竟乖分，未謂如此速。豈以延津水，遙思豐城鍔。江右我舊遊，風景仍在目。山頂麻姑壇，江邊滕王閣。坐無狂顛生，獨遊恐不樂。人生非鹿豕，安得常相逐。努力賦二都，天路終可託。

南　　湖

南湖靜無波，宿雨朝晴未。陰駁漸開雲，見山尖似髻。天水相涵虛，鏡光物恆媚。復有雙飛霞，如砂綴鏡鼻。疏柳舊能眠，稚菱今又刺。笙簫寡上船，烏雀公巢寺。翻覺西湖喧，嫣然脂粉氣。我故寂寞人，我取寧人棄。

惜　陰　詩

長林無靜樹，百川無停流。不聞銅漏水，而可浴鳧鷗。茲地睠清切，自昔富琳球。北瞻天路迥，雙闕若雲浮。院門不下牡，梧柏樹修修。人鳥聲皆善，翰墨相與柔。莫謂朝參懶，兼無案牘憂。歎息西飛烏，長繩繫不留。頗聞長者言，志士易悲秋。膏車金絡馬，乃非意所求。

喜　　雨

饑鶴歡相媚，好雨如有靈。乍傳風少女，果應夜雙星。魚龍西海子，咫尺破滄溟。豈惟宮樹綠，二麥當更青。雨匪自天降，露禱關朝庭。和氣瀰天壤，自足驅雷丁。天視良不遠，先聖垂六經。洪範徵恆燠，衛風詠既零。願得十日雨，兼亦霽雷霆。微臣書大有，陛下壽千齡。

玉　署　新　槐

長日近西清，緒風轉南陸。讀罷自憑軒，已復見新綠。槐影最宜人，雖暑乃不溽。密葉如錢規，盤根避砌曲。託生翰墨場，枝柯自肅肅。負彼龍鳳姿，未肯希兔目。攀枝忽有懷，吾徒宜相勗。百代解與楊，此地曾休沐。謂解大紳、楊東里諸先[生]。

送文璞禪師之七臺山仍用招隱之義兼以爲別

至人甘塊處，曠士慕川觀。稽首文大師，去去何當還。莫以寰區隘，不及七臺山。山深徑路蕪，峰壑劇巑岏。董佛一具骨，名姓系其巖。頗聞風雨夜，螢火密如薑。又如鐘鼓聲，鏜嗒千波瀾。山魈友木客，腳手獰且頑。大師弘願力，兀坐莫能奸。顧已費堅忍，離居良獨難。眷彼城南區，塔影何桓桓。阿練紛綿邈，伊蒲亦馨乾。時有諸古德，白足白旃檀。居人盡好事，而永斷慳貪。供養千花鉢，莊嚴明月冠。陽春二三月，好鳥鳴珊珊。其音尤和暢，禪誦滿精藍。師能爲我駐，豈必絕人間？師意兩不酬，中夜起長歎。祖衣雙不借，翩舉如飛翰。

舟同郭闇生曾玄雲抵鳳山述江上所見

水碧類膏沐，山青亂袍蓋。誰遣千尺橋，繫汝十圍帶。客莫誇瀛州，意已如吳會。風景漸菰蘆，節物餘蒲艾。乍雨檣易乾，晚潮江稍大。遙指山縣花，並隱雙溪外。野鳥白無端，穄荔紅未最。且復狂醉眠，不覺動欣嘅。自有茲山來，風流今百代。何人獨扁舟，僁僁並郭泰。

紀誤

綆短不汲深，斯言良有味。嗟余頑鄙姿，久合方外置。貂尾濫華纓，螭頭直草制。是晨天氣晶，親覲重瞳麗。勑紙黃似鴉，中有蛟龍字。心知執玉難，上殿神先悸。藩吏老龍鍾，東西忘審諦。磬折欲從之，於禮爲非例。故乏膽堅剛，亦緣學疑滯。常恐並淮南，謫去守天廁。叨逢寬大朝，未即從黥劓。歸臥三日惡，至今猶病嚏。因思適館初，獲事熹皇帝。同舍三四郎，大昕仍搖曳。竟坐朝參遲，矧堪註誤繫。黽勉奉至尊，竭心自勗厲。慎當學數馬，恭則如承祭。東方偷桃兒，滑稽無較計。大隱居市朝，小遺及殿砌。腰領汝幾何，豈足膏斧劂？不見魯宣尼，鞠躬恒屏氣。煌煌明主恩，誅乃宥瑣細。終慙體骨疏，致遠吾恐泥。盍掛神武冠，行采故園荔。重復語兒曹，金門難避世。

習　池二首

習郁種魚池，相傳古亭館。涓涓石甃平，所溉遂百畹。昔賢經濟心，不肯不澹遠。山公廊廟器，家典尚書選。持節督方州，遭遇未爲晚。不應白銅鞮，窮年事杯盌。中原板蕩初，爲歡日已短。盈把神州淚，易一兒女莞。無乃父風然，蚤歲誤嵇阮。逖矣龐德公，採藥竟不反。

其　二

山公池頭醉，羊公碑下淚。坐令漢水深，流光照嵐翠。韻事合雄心，即目成姿媚。想當遊宴時，攔街作鐃吹。葛彊爾何人，名亦鄒湛類。反覺古人殊，哀樂如無謂。百里香爐峰，峩峩燭星緯。棄置魏晉間，徒焉飽精魅。運會苟未逢，靈山亦自閟。英雄學神僊，斯語幾人遂。

過仁威觀紆折數里小憩青羊澗聽泉同靜聽上人

萬靈拱媚參，威過理亦瀆。古嶽只蒼然，不食香火福。茲地較清逈，淙淙漱寒玉。陰嶺氣恒悽，金宮色微禿。既憑華子岡，恭俯麻源谷。中有九節蒲，鬖勁瘦不肉。良遊關福慧，幽事故相觸。豫知今夕夢，魂影變深綠。無已三天門，暫禁遊人足。馳檄致匡君，飛割數條瀑。復愁分別心，神意或弗屬。稽首禮靜公，木魚傳鼓粥。

知書樓詠爲吳大車年丈

吳公得謗歸，時有淫書欺。不自悔摧頹，矻矻夕忘旦。客至詢晨炊，笑煮白石爛。婉俛妝鏡旁，偕人哦左漢。也復高興生，登樓步王粲。樓廣裁尋常，圖披已浩瀚。自署曰知書，意頗雜嘲讚。書固未易知，今古是非半。二雅訛爲鴉，六爻錯似鸛。抱膝日沈吟，豈必事精鑽？博約有遺規，於道可不畔。惜矣吳公材，不遺集東觀。末俗折楊荂,誰解學操縵。的爍明月珠,苦逐黃金彈。我有鴻寶方,枕中私自翫。不辭割贈君,饑來弗堪爨。靜草揚雄玄,閒覓嵇康鍛。巍閣紛刺天,噫今何足算。

秋懷二首

秋士諷易悲,秋葉吹易落。矧我孤寒人,藏舟慨負壑。炎方節物殊,涼熱猶間作。常恐嚴霜至,倏忽衣裳薄。桂樹爾何幽,英英綴黃萼。柑橘實苞金,稻秔房比玉。則知元化恩,功反輸寂寞。年少馳勳紛,冠蓋盛京洛。臧穀雙亡羊,誰復辨籯博？禮賤能言鸚,爻著求伸蠖。窳寐羲文間,寸心欣有託。

其二

先哲有遺言,仁親以為寶。服賈牽車牛,傷亦念厥考。義馭弗停鞭,川流疾浩浩。鶗鴂舌如刀,當風刈百草。小圃寡繁生,粗復樹瓜棗。棗幹垂針長,瓜棚卷蔓槁。遠思征戍兒,髮亂如蓬葆。朝議屢屢更,胡烽跡未掃。遑知天地間,何者為醜好。縫掖三四生,楗關事幽討。運往不可追,翻恨致身早。

齋中讀書追擬謝康樂之作

恭聞昔謝公,文史紛羅列。郡卧故為佳,山遊毋乃輟。誰縈萬古心,畫屏六州轍。簾幕避人垂,茗香更僕爇。虛館暮逾陰,炎方臘鮮雪。暝坐盼陽柯,孤光澹華月。緬邈中誰知,夷猶意弗悅。時逢靜者論,亦慰兒曹說。貧病性情芳,高卑法象設。臨酒數長歎,對珪玦肯折？微尚倚黃羲,褊懷慕申泄。門外跡何深,吾終安蹇劣。

過莆拜彭惠安墓下

弄筆常苦柔,銜觴常苦勁。吾閩鄒魯鄉,前哲類剛正。矯矯司寇公,生稟純金性。首飛西署章,三長內臺柄。傳聞官去日,瑁踠輒相慶。是時風化淳,莆學尊林鄭。端毅作宰平,憲孝如天聖。太守舊輔臣,屢條磊落政。復有同志賢,於公勳烈並。苦死獻太常,易名議未稱。君臣朋友間,吁嗟何乃盛。稍覺時賢殊,改顏學柔靚。雖復致通榮,終爲時誹病。富貴如雲浮,得失信有命。不見章蔡家,後人羞道姓。下馬撫遺碑,臨風發清詠。去去敢公誣,墓前石如鏡。篇中頗及岳文蕭、王端毅、林貞肅遺事。又林蘊、鄭露二公寔莆學開始。

喜大兄可文謁銓至賦呈二首

吾宗光固來,田園特爽塏。祥發武皇初,大聲起東海。薇省晉雄藩,桐鄉吳小宰。終焉棄若遺,飛章謝裴楷。祇今六七朝,未覺門庭改。代頗熟絃歌,兒不識欺紿。馴及左史公,益表原田每。煒煒姚黃花,深芬閟蓓蕾。神秀感哲兄,冠珠被蘭茝。一爲鳳凰吟,彌壯經天彩。

其　二

燈圍老瓦喧,用博慈顏莞。冠蓋集京華,歡乃自今晚。炭燒榾柮紅,銀注罌落滿。臧獲到如歸,誰覺天涯遠。兄德秉清剛,於禮先一飯。差池臺閣間,何異瓊與琬。弟妹各長成,綺羅差南阮。爲長心獨辛,能不念翩反。邇且獵長纓,行春字茂苑。尚冀三樹珠,同枝鳴睍睆。

送何舅悌婣丈論漳平二首

平明騾馬嘶,慘慘朔風厲。忽憶廿載前,偕君榜下涕。我綬行且稀,君裘無迺敝。屈鐵網珊瑚,豈希珠貝細? 新歲當之官,到時燈月麗。抱擁白雀兒,招邀青鸞婿。久客歡乍歸,賓朋踏踏詣。能遽忘我爲,當餐或屢嚏。司空古大儒,字汝曰舅悌。婉戀寶仁親,風誼嗟勿替。

其　二

矯矯孤鴻征,饑匪慕雞鶩。君辭辟召科,高風響巖谷。豈其遺千鍾,難此數苜蓿。知君有深趣,義取抱關獨。漳平萬山中,生徒禮頗肅。時焚丙夜膏,稍飽丁旬肉。繇來磊落人,於理不得速。吳門偕杞縣,祇今齒芬馥。期君三載興,湔茲十上辱。鳳鱗膾炙新,佳夢馴可卜。

紀恩詩

歲在攝提貞,仲春月幾望。晨蕤正衙朝,句臚禮屢唱。風動赭黃袍,恍惚蛟龍上。臺史引歸班,東西肅穆嚮。詔召千官前,怵惕群疑盪。帝真堯舜主,溫良恭儉讓。天語聽琅琅,詞旨特高暢。初慮水旱仍,繼言胡虜抗。厥賴股肱賢,亦資爪牙壯。即如皐陶瘖,垂老負官謗。疏誤罪豈辭,念彼削瓜狀。節宜砥孤貞,誅不連翼亮。寧從白獸醲,遂下金雞放。是時早春寒,溶溶天地曠。曦御照胸明,一掃浮雲障。感泣不敢聲,歡呼到衛仗。馬爲踘躞嘶,飛飛旌旗颺。皇靈匪不昭,所重福威當。憶昨御筵開,臣忝侍經帳。免冠昧死陳,黃耇四朝尚。稍可釋頌幽,歸許蓋帷葬。廷厭蓋寬狂,孔憂季路行。何期塵土姿,謬荷吾君諒。稽昔抗疏賢,談及色惆悵。跡投蛇魅群,膚碎虎賁杖。誰能撼長松,斧斯不一創。明主可忠言,灼灼理非妄。有如噤寒蟬,則焉用彼相。法當執簡書,倣周柱下藏。高廟樹基宏,千秋澤彌王。

將入都五鼓出城別親友作二首

家雞喔喔鳴,遊子長行色。中夜起嚴裝,僕馬飯芻畢。老母佛前拜,闌干雙淚濕。毛羽各分飛,念彼桓山翼。三度入長安,茲行苦不力。屬目氣愴悽,嗟豈戀家室。坊僚踵列卿,憨非鼎鉉質。峭壑乏修綆,王明曷用汲。亦有牽衣感,瑣細語難悉。驪駒聲復嘶,慷慨驅車出。

其二

車過上東門,夢裏絉絉鼓。媚竇念我行,張燈競出祖。何期雒浦風,翻聽渭城雨。旅客重別離,於誼亦云古。里正或閭師,道左扶攜語。祝我官職高,欣我疾病愈。慼愧父老言,吾何德與汝。筮仕十載餘,未敢累鄉土。行當釋綬歸,穮籽事農圃。旁觀輒哂予,未出先謀處。

遣三山姬

皎皎驛門霜,搖搖江渚樹。雞鳴起嚴妝,還問嫁來路。昔爲聯翩鴻,今如撲朔兔。恩愛一以虧,黃金末繇駐。未覺紅顏衰,亦匪入宮妬。棄妾不出閨,君子重回互。但云白香山,曩亦放樊素。別粉界啼痕,柔腸忍更顧。拔藕割斷絲,揉盡芙蓉露。努力信各天,花開花落數。他日下山逢,看汝盈盈步。

送大兄可文儀部出視粵西學政二首

朱鳥靄南輝,光不遺五嶺。詔遴粵右師,往哉吾伯冏。吾祖繇夷姿,三晉壯藩屏。綏綰迨曾玄,重覺門庭整。灘水俗猶淳,士風絕造請。以彼巖壑奇,文心合彪炳。兄弟起楎桑,參差麗華省。世徒豔浮榮,意頗懷孤耿。韓子舊通潮,柳侯行闕永。八桂自宜人,念此分飛影。

其 二

追出彰義門,扶攜申薄餞。別酒慘不盈,離懷何繇展。遵海道青州,夷稍異鄒兗。過家或少留,歲值寒毛毪。堂奉老母歡,廟祀先公腆。自惟縫掖生,器不中瑚璉。伯稱文苑宗,身忝試闈典。官爵是何物,遑復問深淺。行期省覲歸,抗章謝病免。載賡雨雪章,嗣詠朝宗沔。兄臨別以出處為言,頗有蚤歸之約。

九日登五鳳樓同諸僚長

班散紫宸朝,湛湛露斯宴。九門平旦開,欣識重樓面。終日拜樓前,敢望天梯踐。佳節怨翱翔,皇意兆深眷。大哉帝王居,佳氣鬱葱蒨。龜蛇龍虎蟠,義取朱鶉先。太行西北來,劃斷河流線。俯視蒼溿間,粗復辨畿甸。文皇御用楗,黃麾閉中殿。風動金鐵鳴,想像白溝戰。貢鏞相對懸,考擊萬方徧。微聞天語高,似笑嚅嚅電。傴僂過闌干,拾出宮花片。紅紫紛難名,已覺東籬賤。四十七重陽,茲辰最奇擅。母妳乘槎遊,歷歷機石見。天下一車書,環拱神州縣。時有漫漶虞,宜勒工師繕。吾徒忝崇班,休頗聞夏諺。願奉若木枝,長掛扶桑箭。

賜騎馬遊西苑坐宴仍觀放火箭恭紀

咸池昴畢間,參星表天囿。不謂光倒垂,明河澹白晝。十二羽林騎,鞦轡黃金繡。恩許沿堤行,綠楊色微縐。椒園荷氣香,圜殿松陰覆。蝀影橫臥波,鰲身高吐溜。遥覿華蓋張,鈎陳俯列宿。勳輔各堂卿,造膝輪班奏。少焉皇意歡,席羅夾庭廡。稍依官序聯,特遣中璫侑。犀箸紛綸披,駝峰磊落肉。天厨富八珍,法最重醇酎。瀲灩葵花盃,工鎪四朝舊。微覺仙顔酡,風動赭黃袖。禮成趣登階,滾滾洪鐘扣。忽驚金電流,俄出火鎗鬬。萬樹櫻桃然,千騎驊騮驟。豈矜絶技雄,時頗防胡寇。蛙怒車式之,予曰有奔走。是日天氣清,水木湛森秀。宮榜畫沙錐,一一薄篆籀。浮舟列榭藏,激磨飛湍就。恍惚江南秋,柏白楓丹候。懸知萬寶成,于此腰鎌耨。晚過太液池,紫閣啣光透。耄卑黃竹吟,荒笑長楊狩。似聞蓬島聲,三呼聖人壽。詎惟魂夢凉,此生如再幼。安得蒼龍精,長縶朱鳥味。庶幾賣卜人,識我星槎又。

哭王子房中丞

有美軼塵英,駘蕩風雲際。河內方剖符,賢聲已聞帝。競推持斧良,旋詫建牙繼。爲負才識遒,難拘俸序例。觀其拯饑焚,深慨流俗敝。凤鍾骨相奇,眉鬚特審諦。有時酒坐喧,倏忽飈騰逝。身奮冒危鋒,酉首中宵縶。兩河堡寨空,來歸動萬計。糧思蒸麥爲,旗就揭竿製。忠義感人心,歡呼到僕隸。指顧大功成,長驅掃氛翳。俯仰先朝勳,庶幾韓雍儷。妖星突地纏,隱協彭亡讖。雅意擊鵬鯤,不防狐蠍細。賊曹萬段餘,公造滔天戾。遂令永城雲,頑慘經旬蔽。千里淚填河,至尊亦雪涕。歎息羽林孤,詔予金吾世。猶傳白衣巾,折竹道旁祭。余憋孔襧交,驚聞發喃囈。追念幕府開,月每蠟書遞。不揣効微規,致遠愁恐泥。祝予痛匪私,爲爾關隆替。楚詞悼國殤,魂魄誇雄厲。未敢用等倫,仙佛理難滯。五夜風雨聲,蜿蟺蛟龍勢。誰草延陵碑,泰山樹如薺。

出都抵潞河別諸送者

我本川澤姿,謬充廊廟貢。斤斧或隨宜,才豈堪梁棟?蒙恩趣放歸,無俟連章控。頗廉疏傅恬,亦薄薛卿戇。諸公不見遺,盛具衣冠送。猶以隼集陳,而例鷁飛宋。追思在閣時,觸手等霧霜。筵席濫堂餐,靦顏叨月俸。朝行六七里,兩脚劇酸痛。得上潞河舟,自疑真欸夢。未覺郊光殊,已欣潭影空。岸樹半扶疏,水禽亦清哢。從此蓬池濱,無復譏蹲鳳。冬後冰稜生,歸遲慮守凍。話久立逾辰,重恐呵驪哄。便當拜別公,珍重萬機綜。

甌安館詩集卷三

五言古詩二六十首

擬古詩五首

婉約幽閨女,照人玉雪寒。臨妝朝艷發,馥若未敷蘭。暗省佳期近,徘徊禮數閑。隔帷釵釧動,聲屬管彤間。我有交甫佩,光彩麗鳳鸞。願因雙鳥翼,啣上碧梧端。泥水灑清塵,懼非義所安。河山違只尺,日暮空長歎。

其二

今日華堂宴,嬉遊樂事新。圓方羅薦俎,俯仰稱垂紳。法部純徵妙,勾欄最上人。侍兒森綠幘,轟秶曲娛賓。壼局隨分歆,琴書或間陳。人生放志意,歌舞及良辰。豈爲豐厨美,欣茲席上珍。鹿鳴安鼓瑟,千載頌仁親。

其三

華軨已安衡,僕夫結束輕。賓朋勤祖送,先我出層城。四野風蕭瑟,紛爲怨別聲。不憂萬里遠,念此最初程。宛轉連枝樹,參差逐水萍。離觸慘弗御,恩愛莫漸傾。在昔河梁酒,相攜勗令名。胡越心尚爾,殷勤感子卿。

其四

桃梗入波流,漂漂信所之。方其憑戶壯,頗亦絜鬚眉。四序迭榮運,繁華能幾時。原嘗金散盡,田竇客來稀。塵世桑榆晚,春生若木枝。誰當翔漢表,揮手謝龍螭。胎性復嫌慢,瑤階拜起遲。斥歸終不恨,仙質本難期。

其五

迢迢綠綺琴,根託嶧陽深。斲用雷公法,彈爲梁父吟。貴人爭寶愛,價比千黃金。追昔蓬蒿掩,焚幾爨下薪。不逢嵇叔夜,疇解識其真。舉世安胡羯,樂彼哇與淫。笛箏歡赴耳,古調坐銷沉。視庭矜搏鼠,彌傷達士心。

雜　詩二十首

元氣無停流,物生能久妍。淒卉胎焦金,炎威始折綿。隕衰端預見,兆彼穤華年。蚩蚩拘形役,紛隨大化遷。惟有黃中叟,沈幾灼其玄。寓目理咸陳,詎勞龜筴宣。獨立官橋上,傷心聞杜鵑。

其　二

杪秋鷔雀化,蚌蛤無嫌猜。釋彼翾飛勢,相將學泳洄。暮螢光燿燿,根䕒自枯荄。枝柯忽變石,松質安在哉。蟲有能天解,嗟人獨不才。九原誰可作,趙孟昔興哀。未信輪迴果,宜因此理推。

其　三

治亂迭循環,亂多話苦辛。兵連三十載,城郭蔽荒榛。往者郊壇駕,歲勞燔瘞新。一朝社稷異,群鬼別威神。人情狃華夏,冠履自相親。要識昊穹意,初非兒女仁。昔賢恒有語,滄海日揚塵。

其　四

千羨朱門貴,爽鳩樂未加。昨朝鐘鼓歇,已復聞咨嗟。赫赫東陵侯,誰知晚種瓜。瓜生誠五色,終讓園中花。安得巨靈臂,當空駐日車。春風長駘蕩,白晝無曦斜。應被天公笑,汝願何太奢。

其　五

夜長空展轉,欹枕候鳴雞。陽烏一以動,萬類各端倪。饑蟲既壁出,宿羽亦林啼。鈴鐸遠聞警,因之牛馬嘶。人生慨多故,俛仰累提攜。不記趨朝夙,當堦響刺闈。五更靴擁雪,辛苦劇夏畦。

其　六

百川奔赴海,徒往蔑來歸。云有尾閭洩,茫茫覘者誰。蚩尤方肆虐,風雨挾群飛。日霽來天女,復愁旱屬違。信知靈物異,非可恒理窺。飲河夸父渴,腰腹若為圍。禹功終可念,千載重歔欷。

其　七

屏居良不憚，驅馬駕言遊。方當出門始，志欲凌九州。疾風忽我窘，傾仄敗雙輈。八翼俄摧一，鵬鯤安可儔。中原驚板蕩，行子合知休。北斗徒高揭，黃河遂倒流。世無關尹喜，函谷爲誰留？

其　八

封侯自有命，看取手中刀。同出玉關遠，誰非邊塞豪。行間爭尺寸，讒口易嗷嗷。疇昔偏裨侶，多年擁節旄。撫襟私自歎，我豈乏微勞。莫作沙場恨，功名祝爾曹。夜深占太白，初出幸未高。

其　九

壯歲通朝謁，謬登金馬門。儒英紛左顧，閭里若雲屯。四坐高談發，詢多長者言。只今離索久，衣袂尚餘溫。世降朋鹿豕，時來俯鷖鶄。剺酾兵戈結，耆舊半無存。怨仇粗慰免，愁負喆人恩。

其　十

禍生愁未已，天氣鬱蒼黃。載禍遠相餉，避之反見將。魯國有恭士，冬陰夏則陽。家兒教樸謹，惟恐習文章。莫深蓋匪泉，莫峻蓋匪岡。欽欽君子德，謙挹自生光。持此度災厄，孰云非禁方。

其十一

山川厭人肉，原野至今腥。憶昔雉門閉，親舊鮮完形。鬼故露筋白，人亦照面青。當頭坐屠伯，鋒勢疾雷霆。病死那可得，敢復望灰釘。昊天方降罔，神語尚能靈。天高聽每下，淫逞屬非經。

其十二

忍饑從辟穀，終歲嚥空虛。稍因榮衛損，繙讀化人書。相傳松柏子，暫可代蔬茹。初嘗倍痛楚，逾久容顏舒。飛騰接猿鳥，毛髮綠紺如。自昔神僊相，多經疥癘餘。宿生曾有此，我遂遇之歟。

其十三

金丹難得就，世患苦相攖。嵇阮獨何意，偏深枕麴情。醉中懷抱闊，佳惡了不縈。既可逃聞見，亦欣謝送迎。顔生窺厥旨，埋照静韜精。本爲避人計，翻邀後世名。寥寥彭澤宰，自署漉酒生。

其十四

賜車懸壁久，驅出自長安。蓬纍道應爾，而今豈是官。班荆籍草坐，田野席盤桓。便遣門生御，真同徒步看。莫嘲薄禄相，時事正艱難。仙舟何足羨，緃鋏未須彈。桀始人爲輦，吾聞之井丹。

其十五

達人宏遠度，清質伴濁文。入獸不亂行，入鳥不亂群。思與鄉鄰處，悠悠混垢氛。饋漿寧到我，争席亦任君。追昔幽栖士，或同蕭艾焚。聲名嫌過盛，能不致玄纁。匠石有深感，冥契在運斤。

其十六

桃李初不言，來往自成陰。心憎渴旦鳥，凌曉動哀吟。華繁實必賤，辭寡道能任。周廟球圖列，垂誡首緘金。豈少白圭玩，重彼三復心。家有尊生訣，亂離寶惜深。發藏知賈笑，居世合聾瘖。

其十七

王孫圖徙蜀，生計賴蹲鴟。窖粟售金寶，終誇任氏奇。薄田遺半畝，磽确困鎡基。頃歲連齎盜，舉家共哺糜。莫倚元龍氣，輕嫌田舍兒。晨興驅犢出，未覺呌聲悲。一編横掛角，看是楚漢詞。

其十八

著書初滿案，積久漸盈瓶。紙渝墨且暗，讐閱費朱藍。曝似搬薑鼠，抄同縮繭蠶。遠希身後名，兹意亦近貪。何物最憐愛，仙家五色蟫。竟教歸蠹腹，神鬼諒奚甘。時將酒脯祭，望我呱呱男。

其十九

木仆潛生蘗，寧因倒瞖枯。巨家猶再造，況奉百靈符。寶出尋郊夏，山棲卒沼吴。誰料騎牛子，龍奮定東都。謡讖行當驗，盛衰何代無。悠悠年運往，天視等須臾。漢律聊藏却，前賢意未迂。

其二十

回首辭榮日，東郊餞送同。急流欣見譽，曰汝似冥鴻。鳳飛既以靡，鴻去亦麗籠。皤皤遺一老，生死負諸公。人固未易知，形迹爲之蒙。内文外少遜，姑且要其終。餘骨嗟誰委，除應學楚龔。

讀史於鼎革之際得十九人各隨其性所近遇所宜人爲一詩冀覽者或哀其志

商　容

周師始入商，夾道觀如織。偉彼帝王姿，初無喜怒色。商子獨洞然，豈不緣深識？遂表式閭賓，終懷遯野逸。想像霞氣高，風雲未敢逼。舌齒悟柔剛，梓橋瞻亢抑。既兆老聃玄，亦寬禽父抶。偃仰夷齊間，吾其從子息。

魯　仲　連

魯連排蕩流，詞旨特清壯。遊嫌説客卑，跡異騷人放。六國尚雞栖，秦意豈圖王？片語却全軍，諛傳或過當。誰解邯鄲圍，竟資信陵創。溯彼才智雄，宛有憎秦狀。東海被遺風，矯矯烟霄上。韓奮博浪椎，詎必非兹唱。

梅　福

梅尉晚遊仙，厥初非忘世。韜傳急上書，屢陳天下計。苦抑將軍横，幾從京兆斃。斷斷感慨多，課效亦戾契。壯志緣此灰，隱約吴門逝。可知厭事人，本緣繁動繫。吴會一水通，來往嚴陵堨。逢萌獨去之，遥皷滄波枻。

龔　勝

楚國賢兩龔，君賓於輩孟。學祖王貢遺，歸老義尤正。使奉璽書來，車馬盈門盛。豈以垂暮軀，强顔事二姓。種柏作祠堂，諄諄煩誡令。蒿没君倩墳，清輝兩相映。老父不知誰，膏薰猶貽病。八十蒙夭稱，伊何養壽命。

楊　彪

文先公輔家，世寶瑶華玉。忤董跡垂傾，囚曹身僅贖。十年稱脚攣，耻贊維新辱。猶復見覊縻，几杖衣袍趣。賓禮鹿皮冠，雖耄逌弗福。所以哀亂朝，祝宗祈逝速。袁楊四五公,東京各名族。爲問官渡荒,可有沉沙鏃。

管　寧
朱虛北海鄉,度遼道或邅。三紀忽來歸,肯爲徵辟起。潛龍變化神,鱗爪雲護只。華歆彼何人,謬自參龍尾。我欲圖此翁,經營準程喜。皁帽白單衣,歲時勤杖履。遲回庭際風,洒澡宅旁水。恨無顧陸才,千載謝貞軌。

佛　圖　澄
澄公西域胡,制作窮幽眚。塗油掌視光,拔絮腸牽繞。語雜訛誤多,相喻每形表。塔頂相輪鳴,郎當徒自曉。惜哉萬乘師,屈佐偏方小。二石虐暴威,微旨那全了。賴彼殺戮稀,周旋亦稍稍。同時支道林,推公狎鷗鳥。

范　粲
有美萊蕪孫,孤芳邈如許。守郡著威名,再見塵生釜。魏末篡弒萌,政漸歸典午。便寢所乘車,瘖瘄不一語。陽狂四十年,長以車爲土。兒孫滿軾前,恒視頷頤舉。焚山介子悲,負石申徒苦。節奇世莫知,宜用麟經補。

陶　潛
後人論陶公,往往滋文藻。江憎石頭城,菊耻寄奴草。至德玄冥師,稱心即爲好。仙佛尚不希,遑復慕園皓。王弘宋元勳,相逢亦傾倒。偶爾詠荆軻,未必公自道。睠惟高簡人,性愛夷猶老。重誦挽歌辭,臨化有何寶。

王　績
誰似東皋生,頹唐兀兀醉。醉鄉姑射旁,夙釅淳寂味。時過仲長菴,聞薦杜康位。真契遺形骸,未覺神明累。儒術盛河汾,詩書懼失墜。肯容愛弟狂,此意亦恬邃。頗疑大樂丞,留戀三升媿。長歌懷采薇,詩句澹無謂。

武　攸　緒
荆棘鳳凰棲,淤泥芙蓉茜。未信祿產家,中有白雲院。龍門少室幽,內顧動深眷。賜出金銀鐺,棄同蘩下賤。雙瞳歲晚青,晝視辰星見。韋武嗟誰存,倏忽雷霆變。士有特立操,侯王詎足羨?袁閎圖土居,家世亦文獻。

司　空　圖
唐末版蕩秋,出處司空最。三徵輒苦辭,偶起旋營退。墜笏態參差,意佯示憒廢。峩峩中條山,林壑森松檜。盜過猶寢戈,衣冠所全大。回首登朝賓,崔柳劇狼狽。愈因蚊蝱傷,羡彼高枝蛻。談詩尤粲然,味取酸醶外。

韓偓

其次韓致光,崎嶇老閩越。追惟禁苑簪,性命爭毫髮。禮成雄鎮嗔,詔下蘗閹舭。環召不敢歸,至尊爲咄咄。閩方海氣蒸,夜珠弄如月。猶聞繡領巾,蠟裹餘香發。南安姜相峰,邵武韓公笏。兩地至今誇,經葬唐賢骨。

鄭遨

亂世璽紱輕,功名復何有。楊風五代賢,書法龍蛇走。官亦保傅尊,無怪長樂醜。遨也隱黃冠,落拓詩棋酒。華山五粒松,脂淪入地久。往誶服餌方,羅李同心友。徵書鶴唧來,笑視楊生肘。宜彼六一翁,傳稱不容口。

譙定

蜀有易學傳,嚴遵師郭曩。夫子及程門,益表襟期爽。程晚謫涪陵,學來欣敎往。北山相從遊,和答聲如響。不知所詣深,差較游楊長。潛脫靖康圍,高辭元祐黨。後人即故居,香火祠遺幌。或云僊去遙,事跡粗微茫。

姚平仲

姚世關西豪,仲生尤悍慓。憤遇汴都危,起應勒王召。天沮劫營功,夜乘青騾跳。深隱大面山,韜精秘光燿。久之學道成,時倚峰巒嘯。紫髯鬱有芒,墨跡奇能妙。華表看鶴歸,誰識舊鷹鷂。英雄回首間,塵俗固難料。

家鉉翁

宋末侈遺忠,鉉翁跡頑鈍。奉使留河間,宛轉牧羝困。魯史教諸生,血淚時潛噴。雖謝崖山窮,猶勝占城遯。白首逢國喪,適遂還鄉願。有如蘇躭倦,鶴爪攫痕寸。生死從所安,士故難苛論。嘉彼名節完,未妨蒙難巽。

謝翱

舟過子陵臺,哭聲淒未嗌。借問哭者誰,舊是田橫客。甲乙諱書名,空山奠酒炙。浡鬱暮雲飛,身覺天地窄。如意荒竹根,云何碎堅石。似聞朱鳥歌,萬里精誠格。此去望臨安,冬青樹只尺。空捲怒帆歸,防人笑啞啞。

鄭　思　肖

姑蘇歲攝提，有函出僧井。啓之鐵色光，闌界烏絲整。大署心史篇，跪讀魂神猛。如畫無土蘭，幹葉蕭蕭影。賈生長過秦，屈子自哀郢。孤賴鬼護持，四百卧波冷。重愁出世期，復值烽煙警。天地知何心，躊躇發深省。

亂後郊行述所見二首

閉置空何道，驅車出禁闉。驟驚閭巷失，原野四無鄰。破壘烽煙燼，頹垣磑磝塵。小橋欹略彴，孤市滿荒榛。中道卧長松，枝枯斧作薪。鳥飛低不噪，像設猛非神。良久漸聞動，依稀似有人。悲風薄暮起，炊火徧青燐。時覩杖藜老，孤存瘦削身。石根邀客坐，嗚咽略具陳。追昔百年盛，芳郊樂事新。溯誰爲此禍，嗟豈越與秦。

其　二

掩涕爲君説，村居事事傷。胡來天地隘，胡去海山長。城下萬間屋，燒盡無完墻。護城軍法重，遑復顧關廂。少年群不逞，躍馬帶刀槍。殺戮到雞狗，絲麻誰得將。輦歸亦匪遠，沈沈海上裝。狐嘷猶背穴，汝廼噬家鄉。珍重老翁意，吾聞古卞莊。一羊甘兩虎，兵勢竟相妨。且趁餘皮骨，努力事耕桑。回首旄頭影，漸舒日月光。

烏　衣　歎

謝庭寶樹居，少小讀書處。翁嫗白頭賓，諸孫亦蚤譽。衣冠欽德門，我舅行尤著。我宦之四方，門闌漸改故。尚期解綬歸，爲策資生具。戎馬突地來，乾坤莽回互。妻兒坐苦饑，鬼伯催上路。中表十餘曹，後先各顛仆。最悲鶴骨生，孤抱河山怒。血灑蓮臺旁，反因披剃誤。百年禮讓風，倏忽成衰祚。黄口走跤跤，漸殊縫掖步。不愁人事非，空咎葬來墓。我老寒泉思，含悽怵内顧。盈虧迭有時，誰保長歡煦。獻畝勤宗犧，浮生等幻遇。烏衣社燕歸，舊自堂前去。

久杜門偶出見外家屋壞盡瓦礫滿地慨然

釋子情緣空，宿桑猶在念。矧茲環堵間，爲我定婚店。筆研購能精，醬醯藏亦釅。即慙杜固寬，差異郇瑕墊。別去嗟幾時，覆盡無遺苫。野火那曾焚，豪門又未占。怪焉害氣攖，鍾此敗家獫。緬昔駐高軒，嘖嘖鄉鄰豔。彈指去來今，佛語廼當驗。太息徐君墳，誰懸吳市劍。外家門戶衰，能逭東床坫。顧我羞餘生，彌憐一死欠。

桐頌送孫坡還吳興

孫子澹蕩人，詞以桐爲頌。有如東方生，高自比騄贛。吾聞嶧陽桐，百尺孫枝中。誰移到弁山，毋廼古仙送。吳會蔡邕遊，柯亭曲奇弄。敝鄉亦桐名，歲苦啁啾衆。大地陸沉舟，相逢等幻夢。祝子且南歸，藏器莫輕用。莫以風日暄，畏嫌雪霜凍。時有妙音成，會當宿鸞鳳。

園居料理雜花木偶成三首

玄冬霜雪零，花戶宜深墐。時遣近朝曦，貴彼土膏靭。根強液渾收，從此丹青胤。稍及首春和，怒生苞萼迅。嫩同嬌女羞，虧似稚兒齔。甲折(拆)兆微顋，蝶蜂圍陣陣。風輕雨亦徐，二十四番信。脂粉未全施，遊人已上鬢。牡丹獨我遺，偃蹇炎方吝。荷鍤語園丁，明當集朋親。

其　二

入夏美恢台，繁生綠縟茂。雲英初嫁人，潛覺紅衣瘦。羅綺試裁新，薰風亭院透。流鶯爛熳飛，打用青梅豆。沼狎菱葉鮮，林穿筍蕨驟。蟲絲緯復經，蝸跡篆兼籀。荔子特嫣然，燒空炳列宿。莫辭灌溉勞，家世農桑舊。傳有橐駝方，千枝萬枝繡。黃羲未邅遙，閒臥北窗晝。

其　三

小園涉趣成，粗解群芳性。斟酌雨暘間，道防衰與盛。寒多慮噤殘，暄甚嫌

31

開竟。勤剔濁陰穢,妙擅素面正。蠹資啄木擒,歡藉提壺罄。屈曲疏籬遮,周遭密幄稱。最宜快剪修,時用幽吟詠。我老憗餘生,登臨久罷興。一篇種樹書,差可起羸(羸)病。空笑杜陵翁,誇他白木柄。

黃鶯來

黃鸝翠柳鳴,舊覩畫圖寫。何處醉雙柑,深林松柏下。年來斬伐多,近郭山山赭。遂見金衣公,間有流寓者。巧囀嬌如簧,投梭喻非假。杜鵑嫌過哀,百舌憗微啞。思婦停針吟,癡兒挾彈打。良縣所見稀,如燕巢林寡。鸜鴝紀春秋,牂羊詠小雅。南客驚駱駒,謂是腫背馬。一氣默推移,群情各取捨。鳥猶避入城,人迺逃歸野。為計將無同,全生遠害且。幾時禍亂休,老淚臨風灑。

門人河間左念源黃岡劉克猶同時會殿
二試各舉第一親朋或侈其事賦答

有客上都回,盛言蕊榜開。欣君門下士,雙具挾天才。紅紫麗繁枝,物生各有宜。棘心吹轉大,剛值朔風時。沉諷白頭吟,終知君子心。燕山饒積雪,楚澤鬱重陰。昨得黃州書,全經涕淚餘。人情窺不遠,天意諒何如。

南北詠忽忽成篇倘漢人四愁七哀之義六首

燕昭碣石館,遙望黃金臺。石圯臺傾盡,寒風日暮哀。只今趙魏士,無箇劇辛來。

其二
惆悵江寧府,江波日夜聲。蔣山饒異狀,中含萬古情。舊民尊事久,私語是南京。

其三
禹穴今猶閟,千巖何處尋。少康宜祀廟,嘉彼一旅心。南宋陵非遠,茫茫碧草深。

其 四

釣出白鱔雄,閩人呼作龍。未應蟠變德,困在井闌中。五虎臨門卧,情知不是宮。

其 五

又道厓山信,春來逼海隅。尉佗荒塚啓,那有大秦珠。從此窮途恨,灰心哭鵾鴣。

其 六

貴筑天南極,宣雲闕北門。羌番部落裏,無數漢條存。目極重梯遠,何人解報恩。

甌安館詩集卷四

五言古詩三五十首

甌安館坐處有五觀焉各系一詩識之五首

徑鋪石子平，白黑參差配。闢坎樹怒生，微欄表其内。我自躑躅行，時與衆香匯。落英鳥雀毛，垂菓螃蟹喙。稍剪蔓柯橫，當軒別面背。端然見附枝，形解餘蟬退。二仲郵不來，遲久杖藜廢。石凳長夷蹲，袖點臙脂碎。

其　二

董生三載勤，名著經學博。我敢希前儒，天放營丘壑。小園涉趣成，懶慢餘生託。晨夕徙倚間，如覺雄心閣。并溜遥筩穿，花榿細眼縛。遞滋雨露鮮，代謝春秋蕚。歲久物情通，金刀信手作。更愁繫戀非，一嘯寥天廓。

其　三

池始未安橋，東西兩序比。及乎欄楯齊，甬道當中起。人在鑑光行，益增眺望美。周遭草樹蕃，華意濯清沘。魚戲圓紋開，蔡游穹背徙。逐獺罷綸竿，相喻殺心止。身世疲梁津，可有恬瀾理。靜聞拍檻聲，知他慍和喜。

其　四

列屋城闉隘，何殊蟊網麖。登臺憑指顧，家直小南門。海天饒異色，蛟蛉吐靈文。青黃相間出，樓閣鬱重輪。昨者石頭市，新覆水犀軍。害氣猶縈結，壞山壓亂雲。矧廼西北望，弋影盛嚚氛。太息循階下，吾其麋豕群。

其　五

臺榭恣遊遨，要得安身處。譬彼何曾筵，萬錢寡下箸。我軒數尺強，舒卷理攸寓。涼旭闢扉迎，赫颷垂幕護。雙丸旦夕經，四序陽秋具。惟佛與同龕，為親特供素。吟成適會心,魚鳥亦歡趣。客侈邵堯窩,寓形如此作。

伯兄館署澹軒憑河榕絕大是千百年物

門扃白晝閒,童子卧其間。稍越梅軒過,方臺薜荔斑。遂見長河橋,孤榕矺如山。榕生巧當戶,翠蓋何團團。垂鬚重苴土,百尺卧槍竿。月露差嫌障,風濤已覺寬。主人少飲酒,蔬粥薦齋盤。時起鳴鐘磬,虛堂六月寒。伯兄庸敬在,趨揖歲憑欄。後庭雙桂樹,飄馥倍旃檀。

仲兄南樓隸屋旁正面淨塔

浮圖一郡瞻,端為兄樓設。簷桷數纖毫,祥煙旦暮發。客舔深巷通,我徑內庭折。坐見白髯翁,科頭腳不襪。菓栽隨爛熳,糟注必馨冽。最愛青蓮花,佛香尋丈結。蚤年豪氣麤,砌海平凹凸。亦有百源川,涵育萬魚鱉。家從壯子分,老得慈親悅。何事馬文淵,卧看鳶跕跕。

四弟晉園特宏舊木石價皆昂環水構亭
右疊山通樓余為名補山樓以旌其勝

遊閒公子容,蔥蒨幽人色。花用兼金購,石資卓犖立。豈惟工布置,雅亦善裝拭。雪凝壁面光,河灌亭根濕。鐘鼎席橫陳,帝青當面出。廻廊曲周遮,云有三吳質。北望泉山雄,微苦東南仄。為樓暗補之,一髮千鈞力。汝兄頑鄙姿,綠野懃非匹。稍因風絮飛,酌酒詢兒姪。

五弟航齋與伯兄館毗河業見余八汝詠中茲
增為修徑麗堂雜植花卉有足觀者

弟於鴈序季,第五蚤知名。偶謝明經薦,深懷避地情。閱多奇每聚,觀美價非贏。固羨交遊廣,也輪鑒別精。終年橐駒伍,鍬鍤無完程。檜柏防根損,柑橙習蠹生。弱條紛委徑,長架漸萋棚。頗能偕我醉,唱作賣花行。壯歲寧宜爾,亂餘曷所營。一經姑篋置，兒輩額犀盈。

兄子知章別墅有源川澄閣超然臺諸勝前夏韓雲太守假館其中

池沼亦澄然，源頭嗟未闊。汪洋十畝寬，四顧天機活。門攬遠疇風，閣承初望月。既苞碧蘚紋，重掛蒼龍骨。翹首泉山巔，雲過白衣忽。黿魚識杖聲，頭出復頭沒。盜釣煩譙呵，終因慕溟渤。憶初締搆難，頗賴父貰割。田宅尚緩之，胸次奇超豁。昨寓江陵公，夜氣金銀發。

過兒知白玄圃書示

宦成合綺居，初學袈裟地。何意謝榮歸，見汝園亭備。嗔喝業何施，匏樽勉游戲。池因舊岸通，臺倣真山溉。山色有無間，一帶豪門閟。性本少裁捐，裝點園丁利。繁花莫辯名，粗覺番蘭異。橋圮費重修，孰匪錢刀致。吾聞木石英，清灑含仁智。爲問萬卷堂，今開數帙未。

耨齋爲林壻存茹賦兼呈素菴先生

耕餘耨繼之，本爲農功用。子豈有蓬心，額齋煩自訟。入門階級高，暑雨奔湍壅。導我徐登堂，淵然美洛誦。圖書四壁橫，梅竹後庭種。最艷滇茶花，釵頭倒掛鳳。桓桓木末亭，卑睇群山動。巖壑亂機絲，茲亭攝入綜。白雲蔽樹幽，中隱裝僊洞。髫卯起賢書，才名遠驚衆。世饒樂子春，荊玉遲回貢。射覆事明經，但取盆盂中。不見東方生，著詞等諧弄。兵戈鬪未休，天意猶夢夢。南北帝王都，詎甘同杞宋。山公嵇阮疇，夙昔風期頌。邇且瘠姬義，規補蘇回空。劍洗合再磨，米舂合再礱。子其圖聖功，糠粃千鍾俸。

郭太僕復菴北郭草堂稱絕麗去之二十年毀盡矣慨寄閨生嬋丈並亦仲婿

車過避西州，夢回愁北郭。壞住剎那間，未云如此速。我始見經營，泉刀量斗覆。掾從丹腠施，礎就碧鏤琢。渺瀰盛三潭，峰腰巖洞曲。層臺倣妙高，小視金山縮。中有羅綺人，歌舞顏如玉。郡匪乏衣冠，遺風故淡穆。緣茲眼耳開，漸慕豪華福。福豈長來哉，雲煙轉逝鷇。昨朝暫過之，瓦礫寒蕪暴。孤見鳥雀栖，啾啾半竿竹。再世詣公車，弓箕未甚惡。詢經兵火餘，時異海桑蹙。四序迭推遷，誰能保恒燠。池平臺以傾，詠古不堪續。滯久羊城車，回新燕市篢。莫誇裘馬鮮，物窮且反樸。田疇盡少稽，債累亦差贖。終知一畝宮，百世同歌哭。

登祖宅土山徘徊松下同可賁弟

戈弓胤舞衣，敷筍陳周廟。矧我培塿山，經奉高曾眺。隆起障東傾，砭維留夕照。至今松柏條，隱若鳳鸑嘯。行路共拜瞻，遙望商芝笑。康樂襲舊封，田園會稽妙。即懷解綬高，底事開山鬧。曩有窮奇孫，斤斧丁丁摽。身家旋覆焉，祖意明深詔。我宦踰半生，汝年亦非少。相期保子孫，守器挈缾效。白馬蘇䩄仙，猶懷泣樹孝。庶幾詩禮遺，恒協智仁樂。

林素菴招集潔身堂同楊碧湖黃季采諸丈

堂如一字排，中有高人臥。浮沼白鱗鮮，繞籬黃蝶大。古稱沙綠園，漂婦今餘箇。即今綠漂工，能免黃塵涴。身世轉蓬科，悠悠蟻旋磨。枉將衡鑒才，題品學童課。山公韻入林，臺史光生坐。而我頹唐姿，虛憨歲月過。潔身良有方，不盡爰旌餓。白黑陰陽圖，何人打圈破。吾儕道義矜，未敢登朝賀。無已啁哳聲，汝唱姑予和。

林希菴宅後園多菓樹歲可贌錢二十千宏曠可知嘗約就樹下啖荔未果

宅園竹樹幽，步可尋常計。誰似棚林公，鬱然莽蒼蔽。喬柯匼匝橫，往往干霄勢。晨起露光凝，的爍千頭麗。綠苞珠琲新，黃彈金丸細。高見海仙人，中單紅羅製。兒孫繞膝行，滿摘籃分遞。亦云王右軍，青李來禽例。回憶永嘉柑，未知孰朕娣。祝公歲屢登,容我巾車詣。金錢估客輸,香火社翁祭。自昔雒陽園,暗關時隆替。

避暑林光禄園池調適竟日先徐侍御家物二首

祇循側徑趨,忽覩荷容展。橋橫白板疏,池布青萍滿。竹影蒙籠之,如畫綠胎繭。賓主謝衣冠,迭薦冰盤腆。稍起傍山行,空翠沿流緬。峰色類猪肝,云從海外輦。塔下虎箜巖,依稀見伏毯。隨他散漫蹲,倒浸溪痕淺。追思作者雄,三島蓬萊剗。即今荒落餘,猶眩遊人眼。不分習家池,天留醉山簡。

其　二

坐久夕陽明,滌酣恣于邁。堤路一線斜,蛇骨相鈎帶。從閉城濠堅,勢激鍾溝澮。人家半水栖,魚跳柴門外。稺子習罾蝦,没腰興未敗。西指吾家山,亭亭樹如蓋。樹環宗伯居,禮樂文章最。底事竹肉絲,風過鳴蕭籟。昨來海上航,弋影驚砰湃。官司宵禁嚴,嗣且城垣戒。重詠舞雩歸,爲歡無迺太。

偶入郡庠見學宫聖廟頹塌甚惕然

風美慕參騫,世衰雄羿奡。煙深我獨吁,月朔官稀到。誰見暴秋陽,枉云經夏澇。拋弓廡序眠,策馬堂階造。荇菜參差流,櫺星剥落告。璧非張伯懷,皋或魯人蹈。天意罷章縫,物情榮笠帽。益增微管憂,真叶在陳操。

楊碧湖數誇余天竺巖之勝未及遊勉步來韻

我罷安平駕,十載傷負兹。敢辭藜杖遠,惜也非其時。多君饒勝概,策騎衝浮澌。徑越樓船瀨,言經劒戟陣。山路鬱以紆,佛門望復夷。果見飛甍峻,當殿肅仁迻。廊巡容小憩,像設仰真慈。壁隱餘霞綺,崖通半月規。珍泉流溍灕,好鳥鳴參差。莫辨庭花種,紅白開滿籬。舊道巖城鎮,千村枕海湄。門多負販客,市富冶遊兒。樂雲誠澄蕩,母乃衛甥爲。微尚余生宿,繁華末俗遲。李公天姥夢,終有冥濛譏。世事期重整,後來某在斯。

民 夫 行

絋絋街鼓鳴,催夫徧上城。誰言單户免,粗免女兒行。屢歲防烽火,盡煩北地兵。徵呼馴到爾,兵力諒非盈。城列四千垛,一望如連營。食毛輸貢稅,安所避王程。各爲門庭切,又非遠戍征。所慼裝束陋,弓劍謝鮮明。秋蚕猶餘熱,大家露卧輕。午饑遲索餉,傳語覓父兄。官法戒城嘯,笞筞劇縱横。枚銜不得語,相顧淚吞聲。

漳郡圍久遥念城中困苦狀

漳泉脣齒邦,惟海扼其吭。自鼓鷺門潮,隨占鵝首向。俄崩虎渡橋,漸逼松關嶂。城壓黑雲光,鱗摇金甲狀。陣恒借被張,雷只如星颺。圍急斷樵蘇,役窮疲少壯。仍聞帖點兵,詎免攤徵餉。追昔士紳賢,厭兹謠俗放。天心莫小懲,惡黨宜深創。捷書蚤晚來,慰我丹霞望。

七 夕二首

天孫豈有情,星駕諧靈匹。誰證別離真,難云歡會實。男耕女織同,衣食農桑出。儒者强爲詞,茫茫詎易詰。事經萬古傳,烏鵲勞非一。針縷漢宮新,瓜華秦地苾。詩書月令編,安保無遺軼。姑且節其流,隄防僕婢失。穹初不待送,巧亦何須乞。悠悠醉復醒,已見扶桑日。

其 二是日雨。

日出虚望朝,雨來恰壞夕。有如燈市燈,月暗風吹壁。雨自山雲蒸,不因銀漢坼。則知天上乾,車免漸帷厄。要以物情推,佳期萬户惜。誰家花燭辰,肯愛溜簷滴。幼女摸針遺,嬌兒踏被擲。不知曠劫來,驚散幾賓客。人閨與天期,能無小格格。中秋或償之,萬里長空碧。

雨中獨坐用韻柬楊碧湖銓部

獨有悲秋懷,誰容閔雨和。泥深客不來,突冷孤無奈。藥欄溜壓欹,簷瓦風飄墮。蒲柳訝先摧，粃糠愁易簸。吟從杜曲喧，笑絕淇園瑳。奴已解塗圬，婦如勝臼磨。停織強狗休，饑豚稀遇貨。未妨夕氣佳，稍覺炎威挫。流漲漸侵床，舞花全入座。老看虎韔懸，貧狎牛衣臥。餘子任騰鶱，與君安坎坷。果亭秀苴枝，蔬圃塵辭涴。酒喚百壺乾，書驚萬卷破。朮芝夙昔緣，鐘鼓晨昏課。人去薄仙臞，草成嫌隸餓。祇應權德輿，解禮楊臨賀。

錄古來變姓名諸公

范蠡稱鴟夷子皮

功成霸越後，高舉亦其宜。頗怪逃名隱，無端署子皮。或云伍胥怒，遺榮少謝之。不應吳越邇，兼得兩鴟夷。既苦生爲累，萬金何足奇。少男原有母，虛道載西施。

范睢稱張祿

魏棄簀中人，亡形夙已具。攻韓塞成皋，北斷太行路。馬夾颿徒餐，意氣橫天騖。偏念綈袍哀，逐麋豈顧兔。王稽召拜遲，重恐秦彊誤。侯印仍可輕，出處雲霄趣。

第五倫稱王伯齊

太原上黨間，傳有糞除者。道士故非真，鹽徒亦漫且。蜀吳領郡尊，身自秣蒭馬。苛峭疾徐間，吐辭何廼雅。批鱗數奉公，束濕時操下。謬謗摑婦翁，俗謠空喑啞。

梁鴻稱運期燿

第五宜稱齊，運期何等姓。辭都遠適吳，端爲延陵詠。懷友別高恢，擇妻歡醜孟。方當漢道隆，預卜游談盛。徐郭末流英，尚輸先覺正。不遇皐伯通，彼傭亦貧病。

陶弘景稱華陽隱居

句容勾曲山，舊爲茅君賞。自愛鹿皮巾，松風庭院爽。重樓匪絕人，楊許宵來往。丹鼎竟無成，露華空自長。兼明圖讖醫，仙學病淵廣。弟子默朝真，勞師十賚獎。

劉勰稱僧慧地

幼時劉孝標,從母躬膜拜。彥和晚媲之,同負桑門債。謬云夢仲尼,丹漆隨南邁。雕龍侈文心,太犯綺語戒。慧地總歸空,書焚豈不快。亦有冠達君,身擬佛奴賣。

楊愔稱劉士安

楊世名東京,北魏聯翩作。諸父氣溫和,尤誇遵彥博。影沈萊海濱,頗畏高歡惡。畢竟死齊朝,厠籌慹恨錯。瓜從貧士分,扇任選人託。功成不蚤歸,垂戒並桑霍。

李密稱劉智遠

賊謀豈可通,無奈雄心發。喑嗚霸王姿,空依教授活。再經亡命跳,生死爭毫髮。詩詠泣沾襟,終憐意度闊。遂開洛口倉,俄隕盟津鉞。劉氏晉陽興,姓名陰兆厥。

國初葉楊馮郭十數公各有所稱難縷舉

焰舉金川門,魂銷神樂觀。二十有二人,護主雲煙散。淒紿步辛酸,補鍋吟爛熳。時逢行乞中,無語聲吞炭。惴惴三十年,西南天地半。峨眉亭上詩,淚墮行人看。

宋潘逍遥閬生無足述没數百年後乃爲侍郎卓敬作緣亦一奇也戲詠其事

夜深風雨急,徙倚欲何之。遠望孤光動,瞑投野火微。小院卑栖爽,中有諷誦辭。侍郎年十五,陰爲鬼神奇。應門童子出,蚤候郎君來。門榜體玄字,妙蹟墨淋漓。長明燈下老,流水澹鬚眉。稍起詢勞苦,暮歸何太遲。山中無蠟炬,粗積松明枝。郎君且安坐,呼童好燎衣。童則少孤名,翁姓無人知。云長中條谷,家世習爲醫。避難獨南來,逍遥劚紫芝。結菴聊少憩,來往陶隱居。不久旋歸去,人生邂逅希。話久衣乾就,別翁即此期。媿難留客宿,昏黑路傾欹。少孤牽牛出,便與郎

君騎。少孤復少逸，鴉髮亂青絲
皐夔。安得優婆塞，而輕戲我爲
逶迤。勢若飛禽駛，控勒無所施
何其。舉火牽牛入，傍欄邊作威
街迤。昨夜五更裏，卓郎騎虎歸
落暉。縣西四十里，尋得舊壇壝
周圍。虎踪既歷歷，體玄字依稀
宗時。才高性亦蕩，頗負狹斜姿
披緇。相去十甲子，魂魄胡戀玆
不移。禍並侯城方，名高首山夷

開籠取僧帽，贈用表相思
翁亦不復言，歎息淚漣洏
倏忽已及門，隔墻喚奚廝
安所縶牛角，咆哮黑虎肥
神仙或鬼魅，不審所逢誰
傳昔華陽叟，丹爐鑄藥基
細看漫漶壁，塵沒潘閬詩
中坐交遊累，圖形厪有司
侍郎官竟達，端笏立銅墀
細推贈帽理，能忘此翁悲。

侍郎年十五，意氣属
珍重出門去，牛背坐
閤家爛熳睡，驚起問
家人駭喪膽，喧語動
徧走瑞安縣，蒼茫送
爐旁一古廟，都荔四
潘閬者何人，生宋太
夜出宜秋門，削髮潛
國危殉所事，九死心

蔣園二青石獅子口銜丸鬣爪悉具舊自張某宦家徙

往時簪紱貴，風厚力復完。門攖雙獅子，非惟署廟前。路過咸仰首，兒見獨流涎。騎跨窮腰腹，弄摩到頷咽。口中銜彈轉，淨滑若珠然。華屋今踰昔，惟玆制不全。云工雕琢苦，虛費萬萬錢。今人箄彌精，古人意弘寬。威儀令甲具，陰使慕爲官。政復東西徙，長留後代看。獅行不識路，空被十牛牽。闌入羊求徑，追陪紫閣賢。張蔣初何擇，悠悠等逝川。君看荊棘裏，無數銅駝眠。

張夏鍾孝廉齋後營臺榭臨流制殊佳承天寺僧輒露色謂奪我舊放生池詩代解紛

墻隔露風微，戶開花鳥霽。稍容筆研施，妝點文心麗。臨水氣澄鮮，上臺光睥睨。遠山翠湧來，長嘯雲霄際。佛子徒嗷嗷，猶嫌人我滯。給孤祇樹園，可有黃金瘞。無數放生池，虛傳圄圄逝。衲宜功行修，儒則筏津濟。陶令酒興真，遠公禪律契。而我遊其間，兩邊都穩諦。

同年黃源簡家居徒步行未一輿也
亦里中佳話乎述示媿仰意

大夫不徒行，爲訓昭往牒。匪惟表觀瞻，良亦避瀆渫。我友北源公，遙遙意獨帖。秩同韓退之，田倍鄭公業。自罷懸車來，東阡南陌接。山惟著屐登，水即攬裳涉。禦冷籠頭氈，遮炎蔽面摺。市兒識故衣，番卒摩長鬣。輸賦田徭充，踐更里正攝。自惟宦起家，初不殊鼓篋。所遇鄰與親，我敢以貴挾。三尺剪頭雛，粗堪負劍鋏。蘧蘧看似周，栩栩俄爲蝶。而客或嘲之，公家富婢妾。所資筋力強，步久防顛跲。公但惜錢耳，豈真健眺躡。不見里中豪，千騎縱遊獵。余聞俚語悲，顔恧汗沾脅。富當可復貧，勇貴有時怯。公行自可書，爾曹空喋喋。余老遜公多，謬憨官調燮。

哀陳天章總督

戟圍大蠢雄，營駐連岡遠。恒倚幕中籌，不防麾下反。軍驚費褘災，客受張元遣。敢道巡陬嚴，微傷護衛淺。昨聽驄馬嘶，今送白旐返。兩度馳驅遙，千村盻望晚。豈其鐃吹歌，翻作鄰春泫。廟貌仰常新，帆風愁又沔。

清溪寇阻

猫懦狌鼠眠，兔狡依狐在。賊黨互根芽，分途各山海。初聞起棘矜，歲久原田每。到處艾穫輸，齎糧若預待。豈止代耕耘，兼爲營爽塏。大家避寨棲，空盻旌旗彩。望斷迅雷師，冤逢蒙霧宰。鴈鶩幸免饑，遑恤若曹餒。民餒命誠輕，盜肥心未悔。誰遣燕將書，覆用張皇罪。挺刃殺人殊，明明背面紿。幾時汎粟舟，沿溪鳴欸乃。

寒宗自曾大父以來兒未有庶出者自余始弟可冲兄子原含近繼之賦示家人

叔向有遺言，母多患庶少。雍雍內德難，意頗露言表。五世傳詩書，門戟凝清曉。高曾規矩存，通變未爲矯。松柏自言堅，上縈蘿與蔦。龍眼荔支奇，人誰側旁藐。王符孽不輕，枚乘妻仍小。弟姪謬相師，膝前蘭玉繞。遲他五岳遊，婚嫁何時了。瑟奏房中詩，似聞歌窈窕。《上林賦》有"旁挺龍目，側生荔支"之語。

蘇東坡雪浪石在定州學中余所親見嘗搨歸爲圖尋失去悵憶久之

石紋黑繚之，未必非石病。眉山鑒賞奇，特用白盆盛。盆旁琢字圍，恍忽盤中詠。高論畫水源，筆底波濤迸。我昔校楚鄉，車騎道真定。躬過學舍中，面面蓮花靚。搨還指授工，裝做團圓鏡。有如秋月輪，微凹河山映。奴輩收藏疎，兒曹出入輕。亦同傳舍觀，未審歸何姓。趙璧暫辭秦，吳衣終報鄭。華堂幅再披，肯惜千觸慶。

余平生所失書畫有趙孟頫松王叔明山水李獻吉行草徐文長雪蕉圖皆佳品也偶懷用自寬釋

大家几簟幽，誰少縑緗案。要令善根熟，塵土坐消散。畓歲俸錢稀，所收未浩瀚。游目脂粉間，亦欣逢彼粲。風和日色暄，簾押垂垂蒜。客防寒具油，披覽祈先盥。輒自謹裝潢，偏傷流俗謾。巧偷羽脱弦，豪奪金鳴彈。秦曲竟誰歸，凡亡已獨歎。性能繫戀輕，良久胸懷泮。楚弓得失齊，物我原同貫。頗憶崆峒翁，龍蛇點畫亂。蕉抽捲雪心，松挺凌霜幹。山水毫端存，滄桑脚底換。虛將籀跡弁，枉用銘辭贊。去矣勿復陳，銷盡南山炭。

黑夜池龕

濃雲蔽欲周，月没連星晦。風起怖驚人，暗動狐貓輩。我故凭橋觀，佯眠不肯退。儘教醉眼昏，微出玄心對。踰久氣潛舒，水天澄沓匯。始知大地光，不在月星內。栖烏定還驚，躍魚冥未廢。泥停濁水中，終解浮珠琲。神靜白生虛，候齊丹匿纇。君看碧綠鮮，功始桐油績。所以至人言，道明恒若昧。

夜飲歸爲街司所詰

夜禁歸宜早，不堪酒興長。醉談衝口出，賓主靡遺觴。酩酊山公馬，從騎鮮葛疆。汝自故將軍，安得遊獵狂。街巷非時過，干陬職所當。恨子未知趣，餘樽盍勸將。鼻息雷鳴動，譏呵旋已忘。晨起羞詢狀，真看盥櫛妨。令遭官長怒，豈不致倉皇。嵇阮竹林中，陶公籬菊旁。偶微寬大幸，愚也傲爲常。治獄囚酒星，書謝老高陽。重恐纏綿錮，詩賡罰殺章。

湯泉詠

陰陽一以乖，坐變涼溫可。油積隱生煙，樹枯潛蘊火。泓依赤石岡，餤吐丹砂顆。游鹿飲群奔，盜鷄燖自剮。爲窺漢井投，誰閉唐宮鎖。竹掛泉根遥，碑橫雲路左。便抽廣利刀，空炙淳于輠。惟有煉成仙，歲來漂藥裹。

昔稱有溫泉無寒火傳或間載焉賦補闕遺

五行晚失官，坐見蕭丘黷。分水旺丁妃，漫星淆午族。灼人嗟未驗，餁物諒非熟。煙鬱白籠山，燧輕寒起陸。亂看螢火流，偏任蛾燈撲。妖動讖梁朝，律回窮黍谷。若何隱畢方，無廼卑回禄。經史載遺之，事聞諸抱朴。

齋闈三井因感二舊井壓屋堵下

屏處園孤潔，溪渾汲亦難。灌資花木秀，泉脉況甘寒。挏挏園丁老，敢圖腰腹乾。夕陰浮異氣，疑有黑蛟蟠。二井獨幽蔽，長將德自安。無禽甘悱惻，終歲不生瀾。譬彼同枝花，墮茵落溷殘。窮通何足歎，銅狄試摩看。

送高徵之郡伯還寧晉時以艱歸。

別情悲遠隔，交誼感長溫。自得高軒過，漸蘇老病魂。歲時勞拜慶，筐篚屬登門。里閈觀改色，師也道何尊。海國承寬大，政清獄訟反。介貞余夙秉，粗不致煩言。扶老入齋閣，心摇樹背萱。竟延三載養，猶爾孝思存。北風安凛厲，秋早净塵昏。路遥收雪涕，時異戒星奔。去從飄白旐，來憶導朱轓。從此蓬茅閉，孤懷向孰論。

送趙卧齋御史還兼束雄縣諸門徒

北方嗟斥鹵,雄縣覆青渠。我昔蒐畿士,五登計吏書。驅車遠過之,溪柳薦盤魚。路接恒山近,潮通易水餘。迢迢十八載,齒髮漸非初。惟汝誇荊璧,高冠玉佩裾。河東祠猗頓,江右禮匡廬。邇遭持閩斧,驚聞議去諸。烏臺天下選,蒼赤視盈虛。良苗不趙鎛,荒穢何蘇鋤。此自新朝法,非吾意所於。頗懷二三子,別來音信疏。汗漫李侯展,寂寥楊子居。馬融今不作,袁隗近何如。

甌安館詩集卷五

七言古詩一 三十五首

曹娥廟

上虞古縣大如斗，春風繡簇堤前柳。烟斷千年無復知，不見男兒傳不朽。纖纖幼女貌如花，雙燕墮鬢貼新鴉。玉顏遲向波心死，當年嫁與阿誰家。波心婉轉那可訴，血污蛟龍不敢怒。繇來河伯畏貞誠，從此行人早晚渡。只憐五月錢江水，白馬朱衣碧空起。二江隔岸東西流，丈二將軍一女子。我來重問山陰墅，日暮倩指摸碑所。中郎題字右軍書，不話風流話凄楚。風流凄楚終成塵，古瓦參差剡水濱。湘君孝女洛神賦，香霧瀟瀟共愁人。

宿田家自云前夜失牛

五更炊火落成糜，黃犢出門夜不知。癡兒無計覓羊騎，嘆悔牛宮初作時，不倩先生致祝祠。如今太守嚴屠犁，偷長苦渴聚村谿，大噭低聲埋角蹄。莫持牛刀畏人疑，旁人口動縣官笞。陸天隨有《祝牛宮詞》。

送春詞

去時湖女纔十三，自信東風荳蔻含。愁問別後何年嫁，却似春後來薰夏。年來年去杯前過，三月還如二月破。猶防別酒滯春行，三更偷下雞未鳴。匆匆曉起花情變，掃地落紅三百片。短蝶低飛撲牆來，大索十日春不見。應憐匹馬腸斷處，西樓酒醒渭城樹。盡日移柳贈人行，不折一枝送春去。人間別離莫銷魂，留得雙淚待青春。風流好喚病司馬，典酒罏頭草長門。還道天上薄詞賦，思量無計留春住。黃梅熟後雨如絲,打落蓮泥燕又乳。乳燕鳴鸝紛自媚,說與舊人渾不記。就中俠骨覓誰是,宛轉啼鵑爲春死。至今相傳啼成血,寄語夏雲太咄咄。辛苦催春春竟還,與歡亦只別經年。

元夜贈大柳驛主人

一月醉可二十九,先記今夜飲君酒。千山重過柳如絲,萬事不如杯在手。最愛風流盛秀才,甕頭春醅爲余開。在家亦只圍爐耳,猶省衣冠拜節來。

擬贈陳道民捷武試兼呈其尊人冷生

竹下諸兒皆不賤,腰劍雙垂白羽箭。桃花馱馬去如風,遲汝長安更相見。相見依然美而文,旁人錯喚是將軍。歸語老顛顛莫悔,十載青衫早可焚。

擬送田進士奉勅宣諭貴州土司

春城三月杏花雲,白馬青袍夾道群。各自登壇稱國士,何人仗策去參軍。看君倜儻異人意,油素弓刀隨手試。草疏自持獻至尊,臣少頗習南夷事。願得黃袱書一函,單騎造壁不須驂。尺檄爲傳蜀父老,長纓請繫漢西南。不然旗鼓親臨戰,天子開顏數稱善。芝泥寶字手捧來,顧視公卿皆白面。昨日釋蹻今日行,丈夫許國豈爲名。使者遙從天北至,賊徒莫倚水西兵。此時烽火盧龍逼,谷口碧鷄未戢翼。纍纍冠蓋俱惜身,安得如君十數人。

清華園小雨

溪塘小漲溪流曲,石脚苔衣連夜綠。手弄荷珠不送人,戲剝新房彈屬玉。侯家朱閣玉雙飛,酒客停歌緩緩歸。錯看沙痕愁雨冷,躞來山路濕人衣。

出都奉別何舅悌兼簡鄭大白太史

三月開廂已敝裘,何不理楫俟清秋。燕市只今誰屠狗,楚人自昔但冠猴。

與子周旋覺子好，更逢寂寞長安道。十日歡笑九日同，別去猶言意草草。非以途窮故相憐，意氣生成不由天。譬之擇交如別酒，清者爲聖濁爲賢。縱橫調笑且爲樂，破帽青衫自不惡。豈必大官方上陵，況有李侯好池閣。只愁呵聲夾道趨，下馬未能恕小儒。三更猶過新太史，半醉故做南司徒。雙眼模糊酒乍退，小吏腕脫四座廢。一言嘲子子應愁，時人何苦稱先輩。遲子同歸東海濱，久客京華爲老親。顧我行藏真孟浪，如君誼已重公卿。是日無風官路曠，壬戌之秋月既望。故人珍重惜別離，猶恐驪歌慘不壯。自騎奔馬來追我，盤中數榼具瓜果。平日相忘爾汝交，爲送將歸更上坐。坐上深杯百不遲，人生知己如星稀。若愁別後無伴侶，猶有鄭公好論詩。

戲爲荷墅招何舅悌

李侯莊裏樹堪誇，未必東湖無好花。荷花夜半作人語，圍棋莫賭湖中墅。遲君歸來共親串，早晚魚蝦足君飯。花作人語尚可憐，況有如花人獨眠。

歌送何玄子恩貢北上

不見何生三年餘，何緣美玉未沾諸。揭來騎馬臨階下，謂言北闕徵上書。未及結衣便握手，狂喜狂愁無不有。急呼侍子飭中廚，此我平生文字友。生亦顛倒解纏裝，蠶字烏絲滿一囊。親註尚書從伏勝，稍傳詩句已初唐。此物繇來屬真宰，豈論中原與窮海。漳人苦自工六朝，諸公何者留千載。看生擅名夙有年，濃眉豐輔腹便便。自云玄草經三變，頗亦憔悴受人憐。吾友詞林鄭大白，時時稱生文章伯。天上明月地上珠，奇物詎愁旁死魄。況聞天子郊祀開，瀘從臨軒策秀才。賢良方正求晁董，迫窘詰曲薄鄒枚。生先射策後獻賦，談經諫獵亦同趣。丈夫恩遇恥尋常，要使重瞳屢回顧。豈少衣冠積似薪，就中誰解對天人。汝鄉近日雄才俊，季孟之間黃與陳。無已一言效針艾，行矣努力重自愛。久同牧豕懷相規，樸滿生芻古所戒。顧我鬱鬱亦欲東，橫天萬里並飛鴻。黃金臺上金如斗，還愛銅山無價銅。<small>玄子與黃幼玄、陳弓甫俱銅山人。</small>

來雲石歌爲某給諫作代

朝來百鳥競梳翎，煙氣輪菌花草青。筮得兼山繇獨怪，似有至寶出中庭。所寶非珠亦非玉，雨脚霜皮瘦不肉。不施鱗爪龍耶鮫，稍帶柯枝松與竹。須知此物有精魂，臥則爲石行爲雲。草草依人意不喜，倚天拔地恰逢君。君家門户去天咫，月請諫書三百紙。石見君身猶自慙，彊直不過如君爾。請君置酒爲歡宴，石畔紅雲落片片。樹之東省十尋梧，寫以鵝溪千尺絹。雲石相逢自適然，何須苦乏買山錢。平原醒酒今何在，袍笏顚狂亦可憐。惟有穀城山下石，模糊猶似老人跡。不知石髓爲誰黃，微覺松花滿路赤。黃石依然問赤松，敝鄉九子秀芙蓉。鍊天五色君能事，我自携家向此中。

出塞行爲經略賦

榆關十月雪如沙，飛上刀頭競作花。今日雪花偏覺煖，滿前歌舞不思家。歌聲齊唱從軍樂，經略尚書唐李郭。濟北人傳黃石編，雲中虜畏青油幕。固知聖主重樞臣，南北侍郎罷不行。黃帕紫泥中殿出，日高天語始知名。滿廷冠蓋皆動色，蟒血殷紅裹蹄赤。預催冋寺給龍驤，猶恐軍中缺贊畫。贊畫長身鬑鬑鬚，彎弓自請射於菟。男兒出處多澹蕩，一官何足爲有無。謂徐魯人職方。即看士馬怒如許，禿髮烏孤無葬所。搥破三岔河上冰，春來濯遍遼州土。嗚呼！霸上棘門不足憐，丞相視師亦徒然。模糊夜半誰私語，此日旌旗異昔年。大臣舉足關天下，采苢新田歌小雅。豈獨凌煙閣上圖，鈞陽華容兩司馬。

歲寒松柏詩

桃紅李白鬭芳菲，夜深私過崔玄微。刮地東風禁不得，況堪朔雪漫天飛。雪中何物不芟刈，松柏青青獨也在。鐵幹凌秋五鬣長，霜皮溜雨十圍大。已驚屈曲盤蛟龍，稍覺悲號動蕭籟。日暮妖魖不敢過，野客經行常再拜。固知雲物漸淒緊，波浪如山氣愈靜。半死猶應蔭岱樅，百年何止經洪永。終憐柏子森如珠，又見松脂變似瘦。多少繁華紫陌塵，香消凉露濕金井。露下沾衣良獨難，紛紛吹葉滿長安。誰能長嘯西山頂，不畏尖風十月寒。

爲司理唐侯題壽金陵金緒菴六十初度

紫金朝氣隱金偓，丘伯洪崖共拍肩。中有真人顏色好，六十眉鬚未皤然。渡名桃葉灣名柳，一艇烟波浦江口。俠客曾聞隱賣漿，高士何妨閒釀酒。酒語參差百不嗔，鵲橋雉壘逐年新。常將結識英雄眼，暗採風塵歷落人。江北江南花無數，青絲白馬籠烟霧。就中偏愛敬亭雲，舊是謝朓題詩處。吾郡唐侯冰雪姿，與翁少小便相知。奪釜何曾欺蔡澤，撫琴時復待鍾期。手題白筆大如尋，未肯洪鐘棄瓦缶。使君真念綈袍歡，詞客終憖黃絹醜。爲德使君還德翁，廣成道氣並崆峒。誰知一郡歡呼意，併入華堂歌舞中。千載長流浦江水，祝翁眉壽亦如此。題詩祝翁者何人，紫微星旁一小史。

夜觀臘梅復移酌海棠花下

梅花癡瘦海棠肉，可少君家鸚鵡杓。還將卮酒共平章，一笑巡簷睡初足。酒闌月午花也疲，半臂凝霜扶曳遲。猶勝長安冰雪裡，爐床烘出最橫枝。

送王緘三秀才歸越兼呈賢叔季重先生

春來花事頗惆悵，越馬逢君更西向。十年兩度各分飛，覺昔眉鬚未許壯。鑑水稽山樂有餘，歸去無勞苦讀書。不見君家老從事，五十詩名出跨驢。

定州學舍中觀蘇長公雪浪石銘次韻二首

支而織者豈天孫，渡海携歸或邴原。中有没角蛟龍翻，五十六字頷珠存。盛汝蓮花白玉盆，森森四足垂雲根。文廟雍哉石能言，慎莫移供僧了元。

其二

道光爲子水爲孫，何異曇澤在平原。即如兹石雪浪翻，雪消浪息石能存。

掇取華山玉女盆,移傍廟廡倉琅根。可知坡老亦寓言,上有黃庭下關元。

爲閔中畏太史知愿解元賦壽尊人廣山先生

丈幅吳綾光似膩,致我遣作蛟龍字。揖君屬草思不遲,君家大人余知之。憶昨南登太岳顛,旗峰柱嶺相鉤連。誰其携兒兼扶母,到處常驅罔象走。長身玉頰眉顴稜,十載官衙一條冰。只今頭白倍瀟洒,家住昆明身白下。大兒從容金馬門,小兒騰踏碧雞雲。客歲文旌下閩海,翠羽明珠舒光彩。爲問昔人誰似乎,東漢二陳宋三蘇。聞翁一生好山水,祝翁壽與名山齒。君不見武當僊室稱絶奇,武夷幽詭亦儷之。與君閩楚持文柄,二武相衡竟誰勝。鄙人豈敢私其鄉,武夷二子父錢鏹。此日翁亦錢鏹倫,高宴幔亭坐曾孫。

次韻贈韓雨公先輩

闕下上書不稱意,歸來眊矂猶堪打。過夏何妨只醉眠,新詩況復數行寫。憶昔逢君十載前,風格深蒼已作者。往就彭城太守兄,弄月吹簫黃樓下。晉人往往誇三韓,僕婢都教讀爾雅。雲鬟宮樣古蛾眉,郗甘佻世學妖冶。平生意氣君自知,而祖低頭拜東野。同時豈少籍湜雄,文不在兹道姑舍。瓶中注水寡方圓,各自縱橫流漫瀉。以兹感慨謝舊遊,獨愛紹興狂司馬。環堵誰編醉白堂,妙年未齒耆英社。便將袖手老是鄉,竊謂於君非計也。羲我玉署倚雲霄,詞翰如山足揮灑。遲君健翮早飛翔,僊臂洪崖行可把。

題沈青門百花畫卷

主人端坐不窺園,坐中乃有百花存,誰其畫者沈青門。沈郎本自花心發,苑繡朱幡圖日月。即論兹圖舊有名,深紅淺絳若爲情。院幀沉沉粘飛絮,叫盡杜鵑春未去。兒女嬌癡亦偶然,要知意匠經營處。吳越畫史競争先,苦抑戴師尊石田。邇來又貴淞江體,淺抹淡描學可憐。忍看古法漸銷泯,臨風三復丹青引。畢竟沈郎花卉殊,弟畜陳淳兄杜菫。吾鄉蕭寺掩月臺,誰領跂童蹴蹹來,只今僧老拾殘煤。風流豪俊合文藻，人生豈必長枯槁。東華紅軟席帽塵，南浦綠廻裙帶草。料想當年盤礴時，東南繁盛罷旌旗，二竺六橋天下稀。于時吾鄉亦安堵，淒凉往事成今古。君不見洛陽道邊菩蕾花，兒童呼駐堯夫車，花滿潞公鄭公家。

贈范佩蘭琴客步師相張二水先生嚴韻

相國昂藏天表骨，白晝龍蛇腕中出。功成常自笑裴休，索食歌姬身毳衲。午橋何處一菴存，鐵限踏穿草不發。舉世空思吐握恩，問奇往往來吳越。范君豈亦問奇者，州遊有八一尚闕。綠綺羞從卓氏聽，古桐親見雷公伐。自嗟絶藝向誰知，稽公垂老孔公没。海內善琴，有孔希道、毛稽山其人，余聞之黃季殹云。南音西氣總楊莩，時復臨風彈數闋。是夕華堂帷几香，欲瞑不瞑樹微月。恍惚坐我太古春，折旋衣帶咸褒闊。初作苦調中汎聲，手敏心閒絲咄咄。飛鴻目送整還斜，搏鼠形追續且輟。寧知相國意何深，點首時聞歎妙絶。昔賢韓愈聽琴詩，最爲穎師張瓶鉢。君視穎師未遽殊，所略差池鬚與髮。又聞琴客董廷蘭，屢遊房相臺官説。漫稱迂引知不倫，聊復娛君佐一咉。聞君且返金陵裝，豈愁我輩詞紛聒。荔子初紅蓮葉鮮，留待新秋看木脱。非惟相國愛留君，猶子風流半遏末。

送同年黃水簾給諫之南京兆幕兼柬李曉湘孫魯山二丈

吾兄給諫天下奇，抗章那肯問狐狸。叫閽排雲呵不止，爲言臣以死爭之。漢廷冊免緣災異，不道直臣仍棄置。青駒白舫照眉烏，謫去傳非明主意。薇省華原復上苑，何處鶯花不入眼。生憎苕水繞吳興，強將刻峭文清遠。南京府主舊同官，兄但時來共往還。江左孫郎亦好事，一杯終念主恩寬。

吳大車計部輪直草場久不赴蒙恩罰俸賦趣之兼代解嘲

車給追鋒騎糸驛，尋徧吳郎杳無跡。面西招水歎何深，三宿猶應未出畫。齊有畫邑，誤畫。汝可能入海浮槎，乘風倒鍚，東走扶桑西碣石。不然毀車殺馬携斷柯,仍老金華陪王質。秋高塲草森如棘,詔下僉商淚沾臆。穀米甊䴰畿甸供,芻藁例充鳥獸食。分司御史入塲來,馬索芻青奴飯白。安得吳郎不解事,拄頰高吟卷未釋。大農儒者重才賢,念欲飛章難顯斥。月請俸錢笑啞啞,方朔侏儒原苦饑,從此吳郎愈蕭槭。君不見司徒馬宮漢耆碩,大度能容磊落人,曹事陳遵廢滿百。

再調吳大車計部

古人每進重三揖,晉國未聞欲仕急。天語紛馳兩樣催,吳郎昨始逡巡入。上林獸藁暮應稀,鞭撻窮商心自悲。空拜閼氏圖畫裏,尚方飯馬何緣肥。

秦淮書閣圖題爲閔知愿先輩

七年驚別閔季子,那得詩成遽如許。渡海或逢紫竹僧,沿溪將飯胡麻女。謂言坐對蔣山青,檻外烟波夜不扃。昨者致我一幅絹,衣香透閣韻流欞。閣轉廊廻草樹稀,酒客漁歌淺絳衣。圖窮搭見題者誰,無乃君家老陸機。弟勸兄酬好標格,怪我沉吟卷難釋。君不見育王舍利五色光,爲君變容從琥珀。

案頭古鼎容數升餘以注酒飲李括蒼年丈一吸輒盡亦快舉也爲賦

我輩涓衣奉至尊,經月不敢近腥羶。休澣寬逢劇可喜,一杯煖講古亦爾。豈少銀鐺金屈卮,鸕鷀班赤緑爪皮。昔賢制器重郊廟,歲久寒威猶自峭。銘功頌德終塵埃,問君誰築糟丘臺。爲言鼎耳玉鉉吉,燥濕乍投聲唧唧。舉觴倒盡四筵驚,君身前豈謫仙人。我思濁醪有妙理,細咽雄吞誰較美。燕市狂歌近也稀,滇池人去會稽歸。謂閔申畏、朱茂如二丈。同心期保長白首,此中莫言但飲酒。酒酣以往氣益振,豐髯隆準燁如神。不妨醉卧仍高枕,更漆胡頭待君飲。

放歌贈阿龍從叔

佳氣葱葱鬱海濱,儒宮射圃吾宗鄰。大參貽謀文且武,書劍兩兩敵萬人。

叔上金門嘗獻賦，揮毫落紙琳瑯句。五侯七貴紛流連，時亦頗遭流俗怒。即今八汛海波平，新築魚龍島外城。樓船下瀨雲縈陣，榮戟周廬月繞營。賊曹膽怖頻授首，管取黃金印繫肘。先人宅兆滿松楸，後館徵蘭夢亦久。阿咸碌碌四十餘，乞休未允暫家居。何日乘風凌倒影，一醉從觀海大魚。丈夫事業期經遠，六十封侯遇未晚。磻溪玉璜釣得時，萬頃桑田一囿苑。

家藏雲間孫文簡宗伯所贈先高祖參政東石賦一卷賦殊佳書亦遒美因攜入都遇盜失之悵惋累月

夜來偷兒太作怪，奪我金莖白玉玠。騰踏疑聞屋瓦飛，倉皇陡覺寰區隘。此卷寶惜已多年，闔宅香花常再拜。露塵稍浥詎容侵，風日非和疇敢曬。爲念尚書先代賢，最高吾祖平生介。吟就人推閬苑才，寫成體兆松江派。恒將點染詫墨林，誰令裝潢侈官廨。突地嗟聲動里鄰，滿堂變色驚蜂蠆。豈緣顧凱畫靈通，公把蔡邕笛打壞。不少豪家肢篋藏，多應負汝緗縑債。劍投潭裏歸何期，龜毀櫝中守不戒。折柳難辭樊圃疎，循簷倘遇廟街賣。青氈子敬敝仍傳，白首辨才衰未憊。安得明珠合浦還，庶幾卧起病馴瘥。

上書歎

妾一男子朝上書，夕入鑾坡瑣闥居。拾遺補闕中朝選，豈期傝伈雜龍豬。追昔卑棲學屠釣，屢被淮陰少年笑。行薄不得推爲儒，亭長鞭瘡苦未療。稍窺刀筆復謬悠，改衣短後襲兜鍪。索食長安傭自給，欲去不去屬誰留。計窮相與出下策，事成富貴敗誅責。忽驚丹詔夢中開，中使傳宣騎絡繹。時來門户不可當，麈頭鼠目爛生光。豈惟抗顏條禁省，漸復哆口薄科場。六垣冠蓋盛文繡，皂帽陰檦布衣舊。衆裏杜欽獨小冠，糞邊到溉猶餘臭。只怪封章訛誤多，勞勞三豕渡天河。發藏周客何辭笑，世間郗有真卞和。遂使桑蓬紛投筆，底事公車榮甲乙。欣逢盛世闢門初，興檃喑刀笑哇哇。始知聖祖神光透，不許吏胥橫入奏。太平皇路本清夷，安得就中通穴竇。得官齊虜竟荒虛，寂寞文園莫恨疎。不記大明門下路，三朝負橐席薪蒭。

遣祭國雍蒙賜羊不忍殺畜之院中偶成

胡羊如馬角彎彎，內繫銅青漢代鐶。賜出尚方宜貴惜，躊躇未敢埶登盤。食料萬頭何足道，讀書博簺亦差好。曷送瀛洲閬苑間，綠陰滿地饒芳草。草際依稀似有情，解識呵騶向我鳴。捋取髯珠三度徧，安知不是癡龍精。吾家先世賓園綺，舊牧金華崖谷裏。人歸倘遇老初平，爲叱東山白石起。

過陳太學園觀海棠同丘德如詹事

帝城七樹誇奇異，海棠特數韋公寺。路遠騎弱愁暮天，突過君園亦可憐。滿庭呆呆飛紅霧，玉繞珠圍華不注。窗融衛女晨凝脂，砧冷班姬夜擣素。睡足仍遲蠟照妝，橫波醉眼別生光。始識世間真艷冶，亦如我輩善文章。顯靈側柏枝蒙密，報國低松體微失。臉酒肉紗一笑開，古來惟有黃州筆。楚鄉舊事還記無，閩俗空將鐵梗呼。天涯流落勞相念，萬里戎王也自胡。君不見此花一種別字秋，臨階尺許鬭風流。高柯短節誰競美，萬事參差真夢耳。

朝夕道雙塔寺悵然懷里中舊塔書寄

我家禮拜寺前住，木塔三層鐵石護。誰令贏糧策馬入長安，坐見雙塔凌風生曉寒。高低宛轉塔形殊，敢將窮邑望京都。我獨嚮之三歎息，人生貴在行胸臆。我自記教塲草青、泮池荷綠、净寺樓臺、關廟香燭。洙泗橋橫卦水心，鵁鶄路邇牛亭足。少小嬉遊那可忘，野老村童舊鄰曲。不知何緣呼我作貴人，朝中官貴實苦辛。粥出已防鐘欲動，驂歸俄困漏將晨。況復拂鬱煩紆不稱意，底事黃金如斗印縈身。君不見張翰蓴鱸懷故鄉，陸機竹篠亦凄涼。渭城柳短空朝雨，并土桑乾更夜霜。富貴真同泡幻影，危途最要回頭猛。爲問玉門生入關，奚似珠衣臥過嶺。我行準擬及初秋，罷官消息羨封侯。傳語兒曹莫惆悵，爲我塔旁十畝營菟裘。

送林存茹郭亦仲二婿落第還時余業得請行舟亦佇發

公車今歲道途阻，天意分明困僕圉。春省仲秋始閉闈，詞林三載遂知舉。滿擬霜蹄掣電飛，不謂邇者又空歸。人生安得全如意，披褐且養懷中輝。相汝神姿各英妙，盈盈二紀年猶少。瓦缶何能閟黃鐘，玉璜自合陳清廟。潞河風景我周知，灞雪恒吟歇後詩。即今解組登舟日，依舊當年落第時。留侯同舟謝弗果，夢魂已鼓錢江柁。多情自快入門歡，如我栖遲無不可。歸期遲早數旬間，即論名場亦等閒。世路艱虞憂未已，里中何處是深山。

舟次濟寧遇周宜興先生北上愴別

浮雲聚散何不有，朝見白衣暮蒼狗。帆高風緊兩來船，一顧逢我同心友。此友磊落天下奇，蓮榜巍峩綸扉首。再奉徵書尤慰意，佳名往往籍人口。時移事異仄目多，倏忽垂楊生左肘。生憐生愛掌中珠，一朝棄之如敝帚。共道園分沁水奢，誰令篋謗中山久。閣體猶存戒吏侵，宸威漸震勞官守。惡賓競抱脫粟嫌，棄婦徒傷蒸梨醜。舊栽桃李滿園花，不覺陳根變稂莠。追憶青春雨露深，亦疑白晝雷霆陡。竊聞聖主度如天，奚啻藏納弘山藪。即今烽火正愁人，廟堂能忘安邊手。稍從編管隸他州，或可青衣入閩否。因思功大譴猶隨，何怪訶歸逮下走。更闌相對兩無言，黯黯疏星動魚筍。

甌安館詩集卷六

七言古詩二三十七首

趨省走江上送入援金陵師

我歸端擬罷懸轅,勞酒姻賓席未溫。胡爲衝炎復過此,白龍江上黯招魂。京塵萬丈蔽空黑,國勢披猖郵忍言。社稷親煩明主殉,天崩地塌日月昏。弓劍留都根本地,今其立者顯皇孫。徵師羽檄初馳到,車及蒲胥劍及門。爾輩三千壯士選,父兄經受累朝恩。監軍刺史韜鈐壯,開府中丞節制尊。陸戰徑須凌虎豹,水攻尤耐蹙鯨鯤。非無六郡良家子,要遜閩中最上元。是日江潮慘不壯,戈鋋雪色旗飛翻。軍容曷用白衣送,念爾茲行國步屯。我一斗酒一束脯,物微不足佐壺飧。亦云江水投醪比,内有區區涕淚痕。沿路切防驚市里,入京先合謁陵園。捷書聞日宜我告,莫將喜極更聲吞。芊原去家五百里,別歸誓閉桑麻村。猶憶昨冬馳驛過,高車導從威儀存。人生踪跡等夢幻,夢中蕉鹿向誰膰。惟應蒿目憂時意,愁對玄黃血戰坤。

寶雞鳴

雞止陳倉或南陽,是爲秦漢霸王鄉。南陽本自兆光武,千載復舒九苞羽。初年恃氣未虛和,金轄翩翩罩網羅。今其鳴矣星爛爛,莫應喚醒天下旦。吾聞金雞響應潮,扶桑枝上擢高翹。閩中山環仍海阻,雞即長鳴豈其所。太白揚輝感驟驚,被蹠劉琨匪惡聲。却防未卯求夜叫,有人思致如臯笑。雞乎毛羽麗生光,底事雙飛羨鳳凰。

哀何武

直如弦,死道邊,不死扶傷亦可憐。君不見御史大夫漢何武,一生謇諤動明主。昨者非意逢賜歸,玉獅嶺前困群虎。老拳毒手互交加,衣冠裂盡同囚虜。不關黃紙不綠林,自是權奸蓄憾深。裴度冒氈寧足恃,袁絲遮剌獨何心。朝廷舉事仗綱紀,四維不張危亂始。羽林焚殺張領軍,坐令高歡動地起。詔擒首惡漫跼蹐,臺省瘖成折項烏。咸道元公頭額異,豈知亞相耳聃無。刲胎毀卵鳳麟伏,河水洋洋車脫輻。俯仰臨流空自悲,晉人誰解哀鳴犢。而我胡爲滯此間,側鄰梟獍有愧顏。南還且過潍江水,未少黃公八疊山。

見行朝翰林所撰某誥辭非是懼題

精一執中何等語,公來搬演媚元武。又如樊姬楚莊王,身自人臣疇敢許。我官八載掌絲綸,頗解王言重粉黼。爾曹亦自富時名,豈信吾伊忘塾詁。渴莫飲,烏頭漿。饑莫餐,獅子乳。九錫文成高比天,五經學盡棄如土。君不見漢册董公司馬文,長老心驚疑舜禹。

三山靈源閣焚

晉代河東先擾擾,郭璞預憂黔類夭。仍策廬江不久居,空愛主人婢嬌小。宋邵堯夫亦好道,陰勒兒孫入蜀蠶。大散關頭殺氣橫,二吳名姓兆菁草。前賢筮卜並能精,而我初無襪線成。直以朝端刑政論,閩中大命垂當傾。緜閩入粵勢逾确,桂筑滇雲天一握。自來西北踞上遊,安得真人起河朔。靈源閣火是先幾,萬戶移家何處歸。便遣山川城郭在,也應焚却向來衣。

蒙遣官齎勑召不赴難自明書用寫歎

三山國勢漸非尊,建武風規若箇存。兩鎮守關兵玩法,一家當國衆移恩。先幾智士懷薪火,忍蘊焦頭爛額禍。初到儒生赤伏符,諸臣議論業相左。人才誰復過銅官,赤手空拳擯出關。遂令傳經伏不鬭,翻成罵賊顏常山。身叨先代慭遺老,出處未甘付草草。敢道君家婦難爲,羹湯冷煖愁姑嫂。却追曩歲別長安,未受新朝半級官。浹月綸扉魚欲泣,三章子舍鳥知還。功名温嶠復何有,千載絶裾傳不朽。魯國誠爲父母邦,區區不信婦言走。陳情拜表真自悲,不才孤負聖明知。便從披髮入山去,海角天涯無定期。

秦渠怨

世間何處賤侯伯,量斗傾車倒列戟。厮養蒼頭各珥貂,誰遑鑄印連錐畫。別開行殿引上公,諸王茅土盛分封。雄藩美號紛無數,相與翱翔一郡中。也憐寒士爭科貢,勸進箋存榜續送。鄭國渠通蚤利秦,大家空作黃粱夢。我曹爰止淚瞻烏,紫蓋黃旗錯料吳。星士何曾推步驗,尚誇閩海帝王都。

滅没行

招提寺坐闍提帥,土偶夜叉變精魅。晝橫佛座咆哮雄,夜宿僧房爛熳醉。盡集衣冠課委輸,琅璫四出劇追逋。高抄白鶴巢中羽,巧奪驪龍頷下珠。同官最號赴機亟,橐倒千金不踰刻。其餘黽勉亦筐將,似有雷霆在耳側。登埤固圉借爲名,洶洶陰謀聽漸熒。相顧駭惶佯不信,寇來或避羽林兵。晨起堂空鬼無跡,滅矣没矣不再索。有力夜半暗負趨,如山鄜塢黃金積。始知胡騎信臨門,闍提顛倒墮精魂。欲將浮海移家去,姑作樗蒲一擲論。初類妖狐憑社吼,繼如黠鼠墮床走。諸君附和亦非宜,何事將身聽指嗾。胡來蕭瑟城已空,羗舸縱博錦帆中。不愁門户無人顧,自昔錢多使鬼工。

亂中

亂生初似蟻穿隄,亂久漸成馬陷泥。天公有意肉黔首,閭郡何辭剁醬虀。古人避亂入山海,而今海色山光改。出門半步即荆榛,豺虎饑號鯨鰐餒。城中強復耐羶腥,鵠面鶉衣鬼樣青。問汝誰教官作宰,亂來偏不直寒丁。中原采菽歸途晚,家世授詩熟小宛。第五司空亦可人,兢兢畏過從兄飯。天心厭亂莫太遲,拔劍便應砍斷絲。凍死書生風雪裏,袖中占雪詠多時。

亂累年至戊子冬少息始乘間略問篇籍

民饑糠粃敢求安,又道饑民喜倍餐。古諺俗傳誰得信,試將星影動搖看。大星如瓜搖且止,市上已謹貿赤米。兵過三山歇馬遲,這回真見黃塵起。底事城中苦望兵,析骸易子太憎生。古人敵國猶輸信,應客推肥鄙不情。却笑腐儒情性騫,干戈甫脱隨開卷。縑緗塵積滿蛛絲,生把蟫魚壓寸匾。爲問書中幾亂離,遼東皂帽北歸時。只今何處公孫度,海上年年血祭旗。準擬幽居讀易老,艱貞蒙難合枯槁。避中殊自費工夫,可但逢人稱好好。

公邀霍魯齋直指登清源山飲達旦作

車馬今朝何絡繹,荒郊幾歲斷行跡。總憑臺史雪霜威,一掃千村萬戶厄。踏徑崎嶇也未遲,頗憐松偃沭高枝。老僧出迓緣稀闊,已覺枯顱異昔時。君在臺中稱謇諤,酒酣以往氣盤礴。先朝舊事記能詳,奕旨詩觴隨手作。舊人相對共悲歡,休詫惠文柱後冠。自云少師馮仲好,平生取友合教端。三秦豪傑更誰在,華岳峰容緊舒采。涇渭拓開掌底流,問君何似汪洋海。厭厭夜飲漸鳴雞,山頂昨經惡鳥栖。勞有騎兵來擺宿,可知歸路半淒迷。行藏大事費深忖,君自飛高我邅遠。邂逅終南洞口開,莫有仙翁隱賣畚。西北故人音信分,臨岐倉卒噉停雲。爲言商嶺黃公老,齒豁頭童百不聞。

拈史得邵平瓜感詠

邵平封侯晚種瓜,瓜生五色盛敷華。不知平乘駟馬車,即已陰留瓜種耶。抑復世亂苦咨嗟,東陵地窄方池窊,終日咭咭鳴蝦蟆。下防觸損上牽挐,栽藤植竹編籬笆,其勞奚啻牧豚豵。當日蕭曹水上苴,功曹主吏望非奢,刀筆惟愁點畫差。一朝遇主定三巴,論功行賞開重闈,郎吏逡巡候曉衙。罙恩青瑣蔽文紗,呵引導從驂驪駓。千石歌鐘左右撾,兩傍侍女鬢栖鴉。顧視邵平髮鬖髿,擎奇鞠跽禮何加。平亦自安賤且遐,鑪中不復踤鏌鎁。此忘憋惡彼不誇,猶想爾時風俗嘉。至人爲龍更爲蛇,譬如園開滿樹花,隨風飛去落誰家。或縈枕簟或泥沙,豈能還認舊根芽。東升之日必西斜,羲輪佇去誰容遮。不見桑榆晚暮霞,猶勝白露委蒹葭。盛衰常理莫噫呀,古來菅蒯代絲麻。勸君高飲樂無涯,曲將此調入琵琶,慎勿城頭吹胡笳。

門人楚學憲王念尼書到獲觀楚士近詩文慨題其簡

楚人才氣天下雄,誤擯仲尼風雅中。坐令騷流生怨誹,高飄雲海御飛龍。我忝登壇觀楚寶,渡江汝亦拾瑤草。莫歎甘公三戶殘,不及江漢澄清好。武昌漢陽夾江面,縹緲君山洞庭見。狀頭新出楚黃州,勃勃軍心思一戰。窺汝條教師道尊,稽山學問溯淵源。竟陵別派淘難盡,也聽巫山峽裏猿。詩道嚮來森薈蔚,清機妙理亦神物。君不見唐末李洞號能詩,聲聲唄誦賈島佛。

或饋玉酒壺頗佳輒移送方伯周公元亮

玉壺瑩徹絕纖瑕,致此莫非翁伯家。餘杭姥酒不中飲,一杯應酌天上霞。感君厚意圖相稱,阮籍清狂徐邈聖。五齊六器爛生華,豈有芳筵雜餖飣。顧我羇孤窮杜甫,傾銀注玉何曾覯。家世徒存老瓦盆,錦鯨褥段憨非伍。我友金谿方伯公,天球弘璧序西東。恰將鄭伯辭環意,參入周官制禮中。

別意贈夏寒雲太守

楚榜九十七人中,惟子於我數相見。西曹粉署傾諸郎,南國黃堂長列縣。即令離亂少人行,千里崎嶇越泥濘。分宜尊子爲上官,未忍新歡易夙眷。小園除掃暫卑栖,頗亦花柳池塘蒨。童稚盡呼看偉容,賓朋兼致陪高宴。稍稍迎車擁吏民,徐徐舉酒勞丞掾。舊時小史唇如朱,散盡猶餘玉一片。吾生行樂休復休,臨水登山恣遊衍。覺子文藻盛當年,白日飛空激雷電。裴客巖頭酌水清,林公洞裏栖霞茜。恰逢韻險互爭奇,一夕樂府流傳徧。三湘七澤故多賢,將無推子儷黃絹。邇者黃岡劉鼎元,長驅遂奏天山箭。出處飛沈各有時,來莫矜誇去莫戀。天意茫茫詎可知,吾曹何妨老貧賤。子云四載且重來,深恐此諾未易踐。末流道路畏荆榛,何況四載浮雲變。惟子殷勤保寸心,相思時祝加餐膳。可憐臨別更低聲,慎勿人呼僞部院。

劍池歌示兒知白

我年二十登賢書,趨省從兄僦舍居。覓得劍池方畝地,出門萬朵青芙蕖。遙想越王初鑄劍,歐冶鼓橐雷奉車。神物久隨風雨化,空留異氣射星墟。主人孫公眇千户,門庭不掃席籧篨。巷北一丘蛇徑折,我時獨往詠悠徐。追思往事紛在眼,回首俄驚三紀餘。豈止朱顏衰變盡,河山風景動欷歔。爲問劍池今在否,千軍飲馬雜羊豬。桑下沙飛塵壅滿,當年往往躍大魚。汝即今秋歡得雋,視我已覺鬢毛疎。出闡稍暇從登覽,可有遺戟動犁鋤。時移勳府金章改,公侯爾爾何論渠。莫也麗文坊底路,三間倒塌踐泥淤。文章有神聞杜甫,亦猶寶劍利磁礦。劍飛但自橫空去,化鯉成龍信所如。

擬草黃石齋先生碑銘屢輟筆媿懼交集

尼父題碑兩人耳,有殷少師吳季子。許繇遺塚在箕山,已著疑辭到遷史。唐紀張巡段秀實,各推韓柳巍我筆。枉用王磐弔文忠,胡元此道暗如漆。國初羞人危太素,末年遣守余公墓。革除大節王與周,何事西楊强回護。我幸衰頹未至此,炯炯慙公負一死。商容衹合教老聃,欲贊夷齊恐非喜。篇中用二十人姓名,略有所倣。

寄頌唐敏乙大令嘉其知我

古人千金諾季布,脱劍猶將帶丘墓。我於唐公復見之,唐公舊陑長洲時。曾奉百縑爲公壽,別來已覺十年久。況經南北阻兵戈,誰復夢中掛敝帚。昨逢我友殉義歸,白旗凄涼卧廣柳。路困錢江孰告人,只今難遇范純仁。惟公默揣我所欽,又與此友遥知音。邂逅倉皇丐貸苦,要雪平生一片心。盡斥囊貲與之襚,僕夫相顧驚何爲。長途遂解脱驂虞,在我亦完拭袂愧。感公隆誼又通權,不但俠聲四海傳。公名九經字敏乙，千載重煩史遷筆。我友者誰欲告難，青天慘淡白日寒，君其求之首陽伯仲間。

擬張平子四愁兼用杜陵八哀體四首

我所思兮晉曲沃，黽勉同官傷局促。中原恆負氣橫縱，末路覆宗何迺酷。昔年贈我雪花甖，臨風玉樹想英姿。鴈門路峻橋山隔，側身西望涕漣洏。曲沃李括蒼建泰。

其二

我所思兮楚宜城，追隨廿載遜和平。四海共推度馴雅，闔家骿首屬誰明。昔年貽我青鏤管，握手金閨吐情欵。鹿門人去習池斜，側身北望魂飛斷。宜城丘德如瑜。

其三

我所思兮越山陰，廻環家國意弘深。嗣聞雙握銓樞柄，終赴湘流勇自沉。昔年食我素火腿，斗酒崢㟧澆塊磊。潮來乍浦錢江橫，側身東望淚如水。山陰余武貞煌。素火腿，爲越中筍乾別名。

其四

我所思兮滇保山，雍容文酒性寬閒。相期長保金蘭臭，別去幾闈恨不還。昔年寄我碧玉簪，石鯨鱗甲動蕭森。書到永昌金齒遠，側身南望泣沾襟。保山閃中畏仲儼。

洛陽橋工成賦美黃仲霖兵憲

臥海長虹創賊手，泉人相視土生口。糜金溢萬敢輕談，況屬瘡痍離亂後。使君顧盼自威神，曾到天河細問津。傳道蔡襄魂入夢，杭徽爭詫再來人。寨帷晨出破橋土，約束乖龍驅猛虎。工鉅役煩民不知，五十餘丈憑空補。駸駸車馬渡寬平，歲十二月輿梁成。鼠麯蠣房紛覆水，又聞祠裏打碑聲。請公放筆爲橋記，重睹萬安百衲字。亦令斷橋者誰子，功罪著明列贔屭。丈夫遊宦偶然中，遺蹟誰留百代功。遙望黃樓今已白，一杯長薦紫髯翁。

重修門前禮拜寺塔

開元石塔名天下，净寺浮圖亦其亞。山勢東夷到海平，當車少駐奔騰駕。我家簷逼堦前榮，誼同廟祝或園丁。鄉鄰有鬮仍須解，閉戶高眠美不情。倒橐傾囊媿一撮，支危補墮看塗抹。時詘自知誚舉羸，也云相與微瓜葛。猶憶兒時戲寺門，金丁馬迭舊宗存。施檀募疏推名手，共詫儒林老解元。家不奉佛不回教，望卑敢覬賓朋傚。聊將欵語勸諸郎，娛母從兄亦其孝。矧比凌霄卓筆高，玉堂草制助揮毫。兒孫世禪讀書種，硯海尚期漲綠濤。東盻雒橋西笱水，捧土郵辭峻培塿。三宿猶憐桑下身，靈光遺殿忍教毀。君不見晉陽巍像出爐煙，懺悔經營八十年，終結天平節度緣。又不聞開元方丈罩袈裟，一朝桑樹吐蓮花，溯源亦本黃公家。人生事業志鼎鼐，瑣瑣金錢何足愛。

題邊景昭鷓鴣畫

隴西祇合話鸚鵡，南土珍禽豈熟睹。寫出也復可憐人，流金滿穗垂黃黍。一雛俛啄一仰睇，徐徐默有飛鳴勢。白蘋紅蓼亂樛枝，風日相矜錦翼麗。前唐花鳥盛邊鸞，畫法莫將遺裔傳。天機生動韻蕭散，詩思文心合並觀。只今塲圃饒荊棘，張網虞人在爾側。鉤輈格磔解何聲，細聽似云行不得。嗚呼！爾行不得猶自知，世間無數失鷹師。

代白頭吟

漢家阿嬌金百斤，遣使走買相如文。相如歸謀當壚女，但寫琴中意所云。琴中曲奏鳳求凰，淹抑思君不暫忘。恒道漢宮盈粉黛，豈知文苑誤糟糠。深閨自分供鹽織，敢比茂陵傾國色。平日眉誇鬪遠山，山移俄頃微茫黑。總悲詞賦才浮動，神女襄王竟入夢。駿馬高車用底為，偏輸四壁臨卭空。勸君歌此莫酸辛，女愛男歡不敝茵。即看薄暮長門怨，舊是黃金屋裏人。

伯仲二兄間歲壽各登六衮賦祝

桃花開繞泮宮居，少小肩隨一隊魚。爲愛外家千畝竹，十年哦竹等身書。我鳴腰鼓憨先發，伯繼聯翩朝絳闕。坎壈雖憐仲弗逢，高名往往驚吳越。幔亭仙遠痛嚴親，共祝萱闈舞綵身。不道白頭堪諱老，家存八座太夫人。亂來伯納衢州節，仲官別駕徒虛設。恰從解組馳傳歸，回首長安滿路雪。花甲雙周六十強，兒孫羅列窄衣裳。仲兒學就孫偏倍，天意莫應巧稱量。臺榭漸營紛秀爽，扳（板）輿遞奉恣遊賞。我園丘壑亦粗陳，要於兄俯於弟仰。五室森如五朵雲，望衡對宇不曾分。高堂定省恆齊到，丙夜笙歌每共聞。弟勸兄酬歡未已，丘嫂持家娣姒喜。鬱鬱蔥蔥木塔新，數年假我同耆齒。人生祇樂醉天和，醉後翻成感慨多。衰替外家誠可念，楷模後進合如何。我願傾江釀春酒，隨兄歲歲觴慈母。佇看二弟似兄年，吾輩壽將望八九。

壽仙遊唐梅臣六十

唐公於我爲同門，畚歲經傳禮部君。稽水虞山停買棹，曹娥江上見紅雲。我返錢塘公諸暨，形跡差池從此異。綸閣叨從謝政歸，看公行省登樞貳。回首遂如一夢中，公居縈繞鯉湖宮。珠簾玉篰供眠鱢，會放青天擦白龍。父老學師兄禪客，一家全類神仙謫。愛兒嬌婿並羊車，滿路人迴稱拱璧。公年六衮加我三，聞道刪詩比二南。別業東皋誇絕勝，凉生水竹綠鬖鬖。時危四野多荆棘，慎莫苦愛高官職。茹朮餐芝好駐顏，便作曩昔遊人老亦得。君不見雲臺唐公飛拔宅，釀酒欣逢李八百。

用詩代序題林遯菴栖霞吟集

遯老工詩自夙年，掛冠十載意悠然。廼因衰亂發精猛，誰信亂中別有緣。初類參差蟲食木，繼聞睍睆鶯鳴谷。天機忽動凍河開，流出冰澌大似屋。無限雄心降黍離，變風變雅默知之。杜陵夔府歌逾放，高適艾年韻始奇。恰恰玄言契水乳,述昏贈別最淵古。公然身入漢魏間,詞苑騷壇孰敢侮。追憶江南畫舫遊,大家顧陸羨風流。細思却得停吟力,如許深蒼合耐秋。三楚夏公驚絕叫,柳風梧月欣同調。楚才從昔號飇鋒,也爲探奇過嶺嶠。我於君詩遜不如,佳句謬經點畫餘。賢叔東山勞寄語,莫將棋擷破秦書。

盲麒麟追悼秦伯起比部

秦公晚歲困聾瞽,步履欹危酬詠阻。盡道山中樗櫟衰,不知夢裏麒麟苦。吾聞麟出太平時,反袂曾經泣魯尼。千載山川靈淑氣,可應留戀數行詩。區區頗亦爲公憶,蕙歎芝焚四望棘。癡叔才名雅類公,青衫到老無顏色。噫吁嘻,難道一領青衫消不得。公生時,夢有畫麒麟者塗其目。又家叔竺侯能詩,與公善。

贈新安江皞臣篆友

新安作者汪南溟,落拓後來何長卿。稱詩故擅驂元美,鐫印還誇續壽承。自此徽人持寸鐵,郢書往往誤燕説。江生晚出獨能精,親舉范增宴中玦。隨身百鍊昆吾刀,鳥篆蟲書折兔毫。白文朱文信手作,要將筆意含風騷。羊脂玉潤最稱好,密理無聲迎刃掃。牙俗銅枯不足言,奴視水晶婢瑪瑙。閩人空愛五色晶,生姑俯就非其情。砂鮮艾老革油冷,印出芙蓉掌上明。生遊足跡半天下,敝邑俄經十解夏。市語街談百不膺,酒半頽唐見瀟灑。舊識果亭張相君,外孫元子總工文。只今留得園黃老,芝采商山滿袖芬。時復相從講大篆,嶧碑岐鼓聲形轉。吳下文家三世傳,寒山趙宦亦其選。窺生識度最清真,一諾何曾解負人。邇者江陵夏太守,乍逢不覺動心神。却痛緗扉堂玉筯,滄桑變後歸何處。誰誦籀文字九千,中書散盡烏衣去。生乎飲酒且高歌,藝苑津梁奈汝何。不見汝鄉丁南羽,畫成佛像得名多。新安汪伯玉詩文、何長卿印章、丁南羽佛像,稱三美。又,文博士壽承彭寔印學開山。

李白把酒問月後宋楊廷秀亦有斯作偶效

酒在杯中月不知,古來惟有謫仙辭。謫仙死後何人問,月色淒凉異昔時。

月自清虛憑照入,盡人杯底月華吸。楊家萬里苦誣天,驚道月天雙醮濕。問月寥寥楊與李,安知我匪昔賢比。月光依舊浸金尊,浸久無傷瀲灩美。古月經今更可憐,杯空月落且高眠。長存月下持盃老,肯羨杯前捉月仙。

賦懷故友鄭大白何培所二太史

憶昔相從結社時,大家愛酒復躭詩。年華荏苒人方壯,意氣憑凌句每奇。鄭公先我三年第,何因公車踰匪世。同冠經闈同史官,後先悽愴中途逝。何因困久學逾醇,禹步堯趨日有聞。不知夙昔疏狂際,傲酒曾將突萬人。猶覺鄭公鋒太儁,笑談寔有神仙韻。兩雄並轡馳道驅,何啻溟海鵬鯤奮。顧我頹然季孟間,晚逢離亂有衰顏。西行畏過軍司驛,東出愁經嶽廟山。重恐後生聞見仄,前賢偉度無人識。向秀自悲嵇呂交,忍聽笛聲淚沾臆。

過筍堤講堂舊處三首

傍城潮水繞溪西,吏部林公筍作堤,當年童冠盛招擕。胡兒牧馬秋風冷,拾出猶存委佩笄。

其 二

布衣歸去瘞輪山,鐘鼓無聲白晝閒,路人空指杏花壇。却怪成都烽火裏,能留石室畫圖看。

其 三

千年喬樹委榛荊,夢斷樹梢講誦聲,究知誰詘復誰贏。便教俎豆灰飛盡,莫放人間有許衡。

郡中已數年無烏鴉聲亂後增訝

兒愁僕婢恚家長,每遇鴉鳴爭唾掌。怪道年年無復聲,有如海昏話張敞。時危安所致休徵,終歲無烏兆主兵。博物原推段成式,遺書雜俎記分明。烏乎烏乎寧使爾巡簷塞樹噪人耳,慎莫遠去兵戈起。

甌安館詩集卷七

五言律一一百五首

登釣臺二首

先生饒隱具,垂手足魚腥。瓜葛從吳市,裘竿傲漢廷。奴狂終有態,客重不須星。應識還山意,鴻飛悔未冥。

其二

不向南陽臥,一江別字桐。龍興占水白,漁隱愛山空。易代追園綺,封侯屬鄧馮。肯甘千載祀,長伴兔屑翁。唐方干隱處相近。

史二小送余至洪塘兼有劍浦之行賦別并贈二首

風雨薄洪塘,魂銷各異鄉。一船孤上水,幾夜夢連床。莫倚花雙頰,終愁酒數行。逢人君自愛,時已厭清狂。

其二

到手杯重重,黃昏何處鐘。不堪愁黯淡,且復立從容。閩水全多瀨,吳音半是儂。三春南浦過,看子挾雙龍。

松濤

但擬科頭臥,居然廿四橋。高齋連日雨,老樹一聲潮。湖海心悲愴,神靈影動搖。夜深風轉細,龍女又吹簫。

柳浪

楊柳初無浪,花飛不自繇。只看人別淚,也合水東流。十里烟吹雨,三春岸繫舟。暝鴉驚欲起,錯渡大堤頭。

憶竹居舊館

稚遊容易記,疎竹急穿籬。風雨貧交好,山川客路悲。笋應呼謝豹,花定落辛夷。爲問西窗下,春來綠幾枝。

望金山寺

渡去忘携屐,鐘來忽有山。石將江水洗,寺勅暮雲關。豉美僧能送,碑殘墨可刪。只愁南北棹,鴉軋不曾閒。

古虞道中

斜陽酒半酣,樹氣連衣藍。漢字碑何在,越吟病不堪。亂山迷馬路,片雨過龍潭。敢惜關門遠,慇懃問老聃。時將謁徐師。

上徐一我老師二首

何不工爲令,再傳拙宦名。起居神鑒隋,條教吏遵行。楓嶺藏書古,鯉湖濯夢清。歸來無一事,紗帳坐康成。

其二

縣齋曾侍過,萊釜合生塵。荔熟權爲俸,梅酸別有仁。上官矜軟美,當路薄高真。咄咄九湖長,于今誰最貧。

題陳無瑜詩二首

五字真輸汝,長城已破圍。玉壺清濯魄,山路濕沾衣。詩格生來美,腰肢近日肥。只看雙寺壁,猶許佛光輝。方施金畫開元寺。

其二

十詩九道雪,白雪和應稀。屢出瑯嬛秘,疑從岣嶁歸。異書讐欲盡,高論客安違。無已爲君贈，才多患陸機。

賦得風入四蹄輕

陣風深造次，匹影看孤騫。慷慨大都似，蒼茫不可言。草平雙盼短，雪盡一街痕。伯樂難重見，空懷國士恩。

苦　雨四首

雨多如覺賤，時復愛其涼。鶌鴿啼清晝，伊威上土牆。物情猶有憾，天意亦何常。不見西州犬，傾群吠太陽。

其　二

頗因風雨急，差免應酬繁。客去墊巾角，書成屋漏痕。野蓬如沒徑，幽竹故當門。只合劉伶醉，顛狂室作禪。

其　三

陸沉寧不惡，翻自憶魚叉。桃水兼肥鱖，荷衣好聽蛙。夜炊菰下米，春試雨前茶。乞取樵青婢，乘風便汎家。

其　四

江南龍子國，三月早驚雷。有酒當修禊，何春不苦梅。室貧如雨洗，詩澀得雲催。忽悵金盤水，昨年消渴回。

爲陳冷生題畫梅二首

落落兩三枝，是逢險韻時。痛刪花葉氣，橫掃雪霜皮。雅客文兼質，寒梢點帶癡。恰須癯處士，一角便題詩。

其　二

梅性故難親，如難買好鄰。風流貪早嫁，疎冷厭肥人。愛子多顛癖，笑余亦健貧。相看無一可，端擬奉花神。

送人還武夷

裝束天然異，囊中有縵雲。客行因問字，吾友雅談文。未冷消團扇，何書寫練裙。歸舟能爲我,遣訊武夷君。

舟雨二首

去去鬚眉健,孤帆出劍州。居然經惡雨,不自悔狂遊。野漲溪田晚,天高石氣秋。箇誰呼大米,濃墨點山頭。

其二

無風不石尤,三暮上黃牛。神意微能曉,人言始欲愁。大刀孤杵夢,落木帶潮流。客有千金劍,雙龍怪夾舟。

建溪五首

十日清流穩,溪程不記淹。避人題葉字,投佛乞枝籤。石子樗蒲大,風頭刀箭尖。一船茶酒好,稍苦食無鹽。

其二

浪有出門興,登臨事事慵。夢中過五虎,烟際逸雙龍。黑路憑雷火,饑糧借水舂。枉他題怪石,癡衲未堪供。

其三

客裡猶矜韻,安瓶煑建茶。看山隨可隱,到岸已如家。白紵調花女,青旗問酒牙。隔溪雙點黑,應是晚來鴉。

其四

身似拂波鳥,勞勞過小湘。建舟真鴨掌,村屋學蜂房。安得灘無怒,差嫌石太狂。一杯寬醉汝,吾意薄瞿唐。

其五

危灘豈不惡,終爲勝平津。如上華堂宴,還思鷩坐人。黃金輸火伴,白酒祝波臣。何用防昏黑,船輕客定貧。

盱江飲麻姑酒

落落天涯客,何杯不到脣。十千寧論價,姓字自生春。箬葉烟猶濕,椒花雨太匀。麻姑年少小,狡獪可曾馴。

同吳興郁仲開言別二首

此去大江下,秋深白鴈飛。解刀何以贈,典酒豈無衣。病後交遊減,客中餞送微。越綾光似雪,雙素未愁稀。

其　二

黯然惟別矣,無復勝吾徒。秋氣共悲楚,交情不類吳。聚非如鹿豕,歸好及尊罏。記着荣荑健,相遲賦二都。

九日宿三摩菴

佳節偏催客,山茱剪一稞。料應籬下滿,稍記插來多。衲帽吹容易,梵音喚奈何。避僧私載酒,未敢問三摩。

贈嚴上人二首

不住上天竺,傍山閉矮庵。客遊多頂禮,吾見亦和南。敲罷魚微減,飯餘鳥共含。小雛尤可喜,如雪佛新參。

其　二

佛地豈鍾陵,牙籤翻上乘。不須讀盡解,何可坐無僧。濾水防收鉢,施錢募注燈。我慚諸衲戒,除酒爲難能。

旅懷寄傅子訒林爲磐二丈四首

安能久鬱鬱,十指如懸搥。勝處容登眺,思來得鼓吹。才因秋興闊,路比世情危。日暮命車反,臨風忽自悲。

其　二

相逢空握手,終與故人殊。知我思鮑叔,弟行畜灌夫。探龍誰早得,逐鹿倘同驅。祇合東歸好,黃公舊酒罏。

其　三

別後愁詩興，東冬罷意拈。倦於稱子墨，癡自責奴髯。白帢生成傲，烏紗忍耐謙。敢言才鼎足，身似澤門黔。

其　四

豈我阿知己，論交定宿緣。各分龍首尾，寧解蜜中邊。劍拭華陰土，藜吹太乙煙。倦遊何足問，終不受人憐。

寄鄭大白二首

名下高能賦，吾推鄭子真。未髯猶白晳，何體不清新。有酒謀諸婦，爲文逐去貧。極矜奇絕句，風雨過延津。

其　二

沽脯祀詩神，黃金好鑄身。風騷十倍我，元白再來人。強進杯中物，差憐頭上巾。何當一萬里，橫自掃京塵。

泊鱘魚嘴

凡是江行者，避風莫恨停。可談除估客，分飯與船丁。小市魚爲米，窮鄉佛易靈。悠然一斗酒，暮醉大孤青。

阻風四首

一船何所事，擊鉢學龍吟。孤嶼絕人跡，大江悲客心。荻蘆先露下，鵝鸛避風深。洗馬經過處，茫茫恨至今。

其　二

故嫌風色黑，仍自強伸眉。唱罷江東去，吹開樹北枝。凌波集帝子，擊鼓來馮夷。欲往從之語，明珠不可期。

其　三

古人多浪迹，而我近何如。班固答賓戲，鮑昭與妹書。無心避海鳥，所戒食江豬。因爾窺頭面，罷梳已月餘。

其　四

破浪吾何敢，隨波且陸沉。山山高鸛雀，頓頓足鯤鱘。日晚聞幽嘯，風來類苦吟。澄江淨如練，三嘆有遺音。

桐城野眺二首

水淨復沙明，春遲草未生。試因高處望，漸有昨來鶯。着屐除前齒，移樽就老兵。長卿遊已倦，偏自健山行。

其　二

秋色蒼然甚，深深列畫屏。山從投子黑，樹指阮家青。某處應疏水，何村可置亭。頗懷鸚鵡石，雙錫不曾經。有投子山。

大雨雹二首

北地真炊桂，上天故雨珠。小兒貪鵠卵，神女落驍壺。鴉窘排閶闔，麥斜卧轆轤。春郊如可念，早晚賜寬租。

其　二

三出真成雹，邊聲頗可虞。倍須憐苦戍，恨不擊狂胡。桃李先春見，螟蝗入地無。仲舒繁露好，遮莫滯江都。

述懷八首

不理灣頭楫，栖栖何所希。已如春社燕，猶戀帝京飛。五月長被褐，故人半賜緋。忽傳家信近，應是寄當歸。

其　二

慵甚忘巾裹，無風也罩紗。又煩奴結柳，私意稚梳丫。邊吏誰憂國，書生未起家。驅車且去去，歸種東門瓜。

其　三

敢恨逢三黜，休言讀五車。千金燕市駿，大雪灞橋驢。壁立終能賦，途窮早著書。䣛緵吾自可,未肯學彈魚。

其　四

欲問南中訊,題書倍主臣。弟兄俱失意,鄉里早窺人。何苦稱名士,無繇答戲賓。自來虀臼性,落杵不辭辛。

其　五<small>時以遼警頗禁遊僧。</small>

冠蓋長安滿,誰無長者稱。只聞呵殿卒,空禁入城僧。浪跡時驅馬,孤懷且買冰。邊旗星火急,尚自羨紅綾。

其　六

鬱鬱久居此,強云意所憒。寫詩歸小史,停馬避新官。勝友能相問,酒期不放寬。昨朝尤怪事,堆路滿冰丸。

其　七

不見盧龍塞,甲光動黑雲。時流多偃蹇,天下漸紛紜。斫地鳴長劍,登壇悔古文。五陵裘馬在,差足張吾軍。

其　八

故園依舊好,爲我剪蓬蒿。舍者前爭席,閨中左執翿。祝天生衛霍,隨地美風騷。小弟新成長,憖憖惜鳳毛。

遊海淀二首

到處尋韋曲,荷衣簇大堤。落絲侵面冷,眠石與身齊。樓閣三秋迥,陵山一帶西。御書雙斗大,詩句未容題。

其　二

列侯無外事,休洗足登臨。折藕留長柄,移樽就小陰。湖光分禁苑,風氣澹園林。因憶江南路,白門春草深。

昌平道中二首

向晚兼秋蚤,蒹葭思渺然。只云隨馬渡,不覺動鷗眠。郡小疲陵道,渠深種水田。鄰傍泥五斗，何日溉諸邊。

其二

下馬避官鼓，遙知是降香。茶瓜聊已渴，禾黍漸生涼。野柵編紅豆，空坡點白羊。上陵秋氣早，毋乃既濡霜。

自白溝抵上谷一帶隄路罨靄榆柳森然日暮揚鞭忘其身之在薊北矣二首

只謂尋幽徑，依然古道傍。沙痕乾不盡，樹氣綠相當。廢戟農耕出，高釵婦插將。料知張太守，容易宦漁陽。

其二

官路净無泥，臨風試馬蹄。豈知江以北，偏趁日將西。梨果熟應半，麥花黃未齊。肯容歌舫泊，呼作若耶溪。

邯鄲道

十里磁州近，荒碑俯藺河。城池秋寂寞，燕趙古悲歌。白板饑烏啄，紅裙細馬馱。此行應記得，地下姓名多。

銅雀臺八首

遙憶銅臺宴，登堂各自親。小侯鄴下長，新婦洛川神。天地私雄主，風流想古人。猶聞書記好，橫槊待徐陳。

其二

君王橫十萬，新自破荊州。妓學吳宮舞，人多北地遊。短歌開漢魏，大笑失孫劉。不省緣何事，杜康未解憂。

其三

漳水還東去，登臨昔所悲。縱然來北渚，不似讌南皮。遺跡今何在，清歌鬼豈知。莫愁臺上妾，帝子惜蛾眉。

其 四

何地真埋骨，纍纍七十墳。苔沉雙鉄戟，淚斷古紅裙。野葛終難噉，遺香未可分。只應螺黛色，留與問機雲。

其 五

尤有驚人語，謂山不厭高。上天應板蕩，老猾出風騷。塚上今磨劍，床頭舊捉刀。黃鬚偏好武，未肯愧三曹。

其 六

莫信言肝鬲，欺人術太工。過車防腹痛，得橄愈頭風。牛老犢何罪，巢傾卵已空。楚江鸚鵡血，芳草至今紅。

其 七

寂寂西陵怨，春風鎖不開。白楊宮井樹，古瓦墨池材。喬女誇雙美，陳王善七哀。大江明月下，猶有夜烏來。

其 八

願得三分主，從容共一堂。禮疎勞葛相，曲誤倩周郎。歌舞全風雅，衣冠悉帝王。悠然還自笑，毋乃太癡狂。

道中曉霧

夢眼猶如霧，況逢宿雨秋。一城堆黑子，萬樹羃青油。炊氣暝相合，嵐雲濕不流。何堪當此際，驅馬入中州。

夜飲石梅菴同郭闇生分韻

名園得徑造，況有客如雲。石氣燈猶冷，湖光晝不分。頻催過岸酒，或闢出塢文。獨與梅魂語，冰心可似君。時諸友初畢小試。

元日讀竺侯叔詩便送之會城謁中丞南公

首春私卜歲，不敢過他門。薄俗輕肥甚，衰宗文字尊。敬來參大阮，雅亦愛諸孫。果協平生意，清詩與細論。

其 二

去謁南開府，携詩定幾行。風雷鳴劍室，龍虎繡鞶囊。椒酒猶堪別，芝城未異鄉。庾公多逸興，遮莫避胡床。

家居即事八首

貧甚學聊且，蓬頭已不憖。飯炊何必餾，魚奧亦如泔。傍寺儒兼釋，趨庭女倍男。試將飛動意，閒坐聽人談。

其 二

行藏猶未定，隨地足漁樵。酒誓神寧恕，文通客屢招。多能慙少賤，學道戒虛憍。獨喜高堂健，經年罷藥苗。

其 三

稍及登臨興，依然悔遠遊。家筵開甕面，鄰語過牆頭。漸老雞豚狎，方春草木柔。閒居真可賦，枉着五陵裘。

其 四

好劍不須鋣，刪除向日狂。短衣隨李廣，炙體逐嵇康。避俗餘三徑，憎人饋十漿。神仙終有障，最薄是名場。

其 五

一笏蒲團地，更從花鳥分。戰茶躬撥火，退筆細封墳。簡點馴龍性，棲遲養豹文。相過漸亦少，久不到微醺。

其 六

故人多紫闥，吾道在玄經。但使書充屋，何愁粟積瓶。典衣供里正，縛帚代園丁。自信蛾眉拙，甘心避尹邢。

其 七

家有一癡叔，稱詩意頗同。居恆推小阮，文采重諸公。良玉寧辭褐，驚沙自振蓬。陸雲多笑疾，未敢謁司空。

其 八

長林放鹿麋,野性故難醫。客至初無忤,春歸也不悲。探園經北郭,呼艇到皇陂。捉鼻吾猶恐,東山或有時。

薔 薇 花

翠袖護紅衣,分香隸枕幃。閩人輕茉莉,春女試薔薇。玉指愁針刺,金釵伴髻圍。王嬙名恍惚,爲憶漢宮妃。

鄭汝交王異度諸丈邀集平臺二首

□□無山水,難逢此勝情。墜碑摩宋代,休箸説南京。賢主共襟契,美人余目成。吹臺饒慷慨,高李各縱橫。是日頗談金陵勝事。

其 二

地乃當旗鼓,人能廢嘯歌。看山宜首夏,題塔集三科。無樹亭偏遠,因風酒覺多。客愁聊復爾,未必爲青娥。有鼓山、旗山。

贈 陳 道 掌

吾窮常累友,不合受君知。安得驚人語,恰如應制詩。續騷今就否,高論暫卑之。敢惜三都序,躊躇望左思。

月夜突過林守一書舍二首

不遣通名刺,探瓶坐索嘗。侍兒私致語,上客自何鄉。禮數吾真闊,風騷汝所長。定知今夜夢,落月滿觚梁。

其 二

坐久忘燈月,幽居別有光。畫綃題淺絳,筆粉養硫黃。漏靜人無累,齋供酒不妨。愛君清興甚,私自戒頽唐。

陳昌基挾二美見過戲贈

凉月照三粲，月魂也讓人。小姝未慣客，隨姊喚情親。粉隊依吾黨，柔鄉老此身。帳燒寧再製，處子太窺臣。

仙霞嶺二首

松影暗窺人，弓刀急護身。枉勞豪客意，深愧庚郎貧。沽酒酬輿卒，施香祝土神。強云途不惡，題字慰尊親。

其　二

後髻前人履，纍纍不自愁。孤雲天一握，高嶺暮三休。何意車生耳，偏逢雨打頭。更云閩地盡，今夕是他州。

送姚子雲之新城謁宮傅霽宇王公二首

名盛遊終闊，神京未是鄉。携書隨手觸，彈劍準身長。越馬春嘶路，嬌姬夜治裝。一車如薄笨，伊軋又東方。

其　二

親見君家訊，函函與鴈飛。詩應續華黍，藥或寄當歸。上客今珠履，諸生舊絳幃。因思王太傅，折節古人稀。

觀政後呈同部諸公八首

出門如有適，驅馬復遲遲。髀肉何緣減，素衣忽以緇。沙飛偏上口，山遠故支頤。候卒仍相促，日高合到司。

其　二

約束江湖性，行藏道不倫。詩逋愁隔宿，花事負經旬。熟客思防口，明時恕反唇。尚書期會蚤，未敢過陳遵。

其　三

兩隊傳呼肅，東西望不遙。衆中常泯默，士也戒宣驕。門揖儕於吏，衙參儼

81

似朝。閲人誰最老,庭柏自蕭蕭。

其　四

爲赴公家事,炎歊敢告勞。華堂人氣静,官樹鳥聲高。禮樂從先進,衣冠重選曹。問君能講德,誰似漢王褒。

其　五

平明當奉詔,先自倒衣裳。雉尾金支細,蠅頭白簡長。内官虚具酒,深禁别能香。仍説郊禋盛,晴雲捧太陽。

其　六 得旨免捐俸助工。

末繇陪扈從,籩豆有司存。伏月容休沐,中宵念素飱。斗牛明定室,鳲鵲麗皋門。自愧俸金少,徒然瀆至尊。

其　七 時部試遼東露布。

露布詎難作,逡巡讓不才。雲霄諸界迥,天地五兵開。諭蜀煩司馬,徂東滯上台。似聞宫柳下,鐃鼓鬧如雷。

其　八

有懷長太息,還憶口如瓶。時俗仍尤悔,父師足典刑。蒲桃花下酒,金粟殿頭鈴。自信紅塵淺,西山日夜青。

送張世調訓浦城

爲喜傳經地,鄰村近紫陽。越歌惟隔嶺,閩語未殊鄉。官酒平齋舍,仙霞足俸糧。知君才百里,不但絳幃長。

壽阮年母

誼合登堂拜,况如子所云。犢褌輕北阮,熊膽代參軍。悲喜時相换,君親道不分。怪來松柏意,强半屬釵裙。

甌安館詩集卷八

五言律二 一百三首

壽王六瑞給諫封翁二首

絳節朝來滿,青山第幾家。竹梧東省樹,桑苧竟陵茶。籍已通鶯渚,身仍隱鹿車。襄陽耆舊在,看取鬢邊華。

其二

帝賞屯田議,奉恩出禁闈。詎須焚諫草,權以代斑衣。甘旨尚方賜,香花左掖飛。知君能養志,不敢寄輕肥。

贈邵文學

百花洲上客,鳩杖歲同扶。賢子今僑肸,醫家舊扁盧。蔗能甘晚節,橘亦當園租。歸去逢歡宴,開囊有二都。

爲唐梅臣尊人二首 時唐司教湖州。

何處覓仙隱,東郊一草亭。雪茗時致酒,伏鄭自傳經。華表雙飛遠,澄潭九曲泠。郎官終應宿,偏傍老人星。

其二

顏豈丹砂駐,端居意自寬。琴高原控鯉,德曜舊宜鸞。舉世尊湖學,當年薄漢官。不愁供養少,苜蓿滿齋盤。

鳳至二首

一從巢閣後,覽德更誰過。歲適當元祀,地仍出洛河。鵷鷺冠蓋合,梧竹殿廷多。吉士繹來媚,何音繼卷阿。

又

驟傳聲足足,千里罷飛吟。朱火關天象,簫韶樂帝心。繪圖頒禁苑,苞彩麗詞林。何事漢神雀,龔黃獨賜金。

河　清二首

德水清何代,先朝紀正嘉。榮光浮白玉,春浪失桃花。負馬傳羲畫,牽牛出漢槎。帝心全似此,萬里被流沙。

又

銀渚先秋見,瀨河夕照賒。魚龍窺積石,日月吐流沙。網得珊瑚滿,書仍科斗斜。長安今可望,無復片雲遮。

館中即事十首

此日瀛洲宴,群真滿鳳池。官廚煩禁衛,法曲出坊司。袞玉紅雲擁,星河白晝垂。承恩還致祝,賢宰嗣皋夔。上日席設自金吾帥許特用教坊。

其　二

省署虛相讓,無那禮數何。磬聲官吏趣,花押姓名多。雉贄憑三紹,騶行避七科。秘書千萬卷,終夕自編摩。

其　三

樹氣綠倉琅,衩衣出火房。物情尊兩制,吾道屬中堂。藤柏風霜古,絲綸日月光。宸章親勸講,遺誥自宣皇。館職例呼內閣中堂。

其　四

聯步趨東閣,依然一秀才。午題鴻鴈至,新賦牡丹開。禁苑歡時節,詞官重體裁。明朝應謝序,還逐殿烏來。閣試序定赴謝,稱"謝序"。

其　五

筆札尚書供,盛時寵譽髦。俸薪留炙硯,珠玉信揮毫。前輩行先馬,明師坐擁皋。此中敦禮讓,可但較讐勞。

其 六

肯共侏儒飽,金莖玉露盤。史猶藏柱下,人自準貞觀。閣揖縣來肅,朝參特與寬。臺烏霜雪冷,和氣屬祥鸞。是科選僅十八人。

其 七

旦旦獨東行,琉璃瓦未晴。台星逼華蓋,晦日和昆明。素食慙無補,齋居秉至誠。自經樞輔後,誰復縱談兵。孫高陽承宗先是以樞輔行邊。

其 八

闕下鴛鷺滿,盍簪此最同。齒卑仍鴈序,俸少亦鳩工。落日懸鳾鵲,憂時隱蟫蝀。王恭墟廠裏,遺火至今紅。時有王恭廠之變。

其 九

馬策去遥遥,青花久滯腰。夢猶歡鎖院,行已熟穿朝。垂手逢烏扇,籠頭缺紫貂。怪來踪跡倦,音斷玉河橋。庶常繫青花帶,留館後始得用黑扇具、繡補服。

其 十

不爲逢休澣,集賢已是家。馬唧宮畔柳,鷗認署前沙。挨宿慙無賴,登瀛覺太誇。寸陰終可戀,私自惜年華。

送傅子訒年丈之饒黃二州二首

婚嫁驅人逼,江湖到是鄉。藁砧明鏡約,劍室蒯緱裝。澤國菰爲飯,官窯盌似霜。嚴公重禮數,容汝醉登床。

其 二

顧慚爲客慣,不敢阻君行。楚水冬微減,閩山雪較輕。夜珠還自照,饑鶴向人鳴。昔有倦遊者,都亭舍馬卿。

送陳昌基還三山二首

破產來爲客,資糧費宿舂。空庭閒僕馬,寶塔禮天龍。猶損窮途橐,言新野寺鐘。憐君非得意，風義故從容。

其二

山經秦系後，始復得君行。賢宰繆恭敬，貧交略送迎。風霜悲歲晚，衲缽等身輕。去去仍相祝，浮生懺盛名。

春三日聞吳斯椒林爲磐過郭闇生園酌酒限韻微怪其不我以也即用來韻輒得四首

佳節罷朝元，將妻學灌園。爾曹推郭泰，兄客失虞翻。載酒能無約，看棋戒不言。百年甘散木，吾意薄犧尊。

其二

三朝當小元，酒已到君園。鳥語柔相亂，湖波靜不翻。雨風前夜過，桃李一蹊言。猶有十漿饋，終慙道未尊。

其三

華燈接上元，詞客集梁園。綵勝金花帖，豔歌檀板翻。人天方丈室，道德五千言。自得相如賦，因知末坐尊。

其四

內景含關元，交遊半綺園。暮容開黯淡，天性倦飛翻。畏事頻中聖，續騷得小言。道心冥物我，隨處列罇尊。

三日集聽雨亭修禊二首

雨過如堪聽，流光散薜蘿。杯遲春澗淺，樹靄夕山多。勝地方金谷，群賢盛永和。登臨休感慨，得酒且須歌。

其二

千載同清朗，層城望不迷。高橋懷帝里，鏡水似耶溪。溱洧風流古，彭殤氣數齊。怪來山吏部，無意復攀嵇。_{時遲林讓菴銓部不至。}

新山雨後二首

捨船從赴壑，依舊作船看。無雨苔衣濕，近江草閣寒。煙飛啣日去，溪渴飲虹殘。留取玄心對，崎嶇亦自安。

其 二

歸路不愁紛，吹螺遠社聞。日荒微閃電，江漲欲崩雲。塚有麒麟臥，山從鳳凰分。自經秦系隱，誰更與斯文。

月夜舟同郭闇生泊三友幔口聽泉三首

舟觸葭蘆動，栖蟬不覺鳴。月曾經竹醉，天暫放梅晴。半幅單條景，雙絃裂帛聲。怪從千洞壑，飛沫過層城。

其 二

偶然泊處所，關汝意經營。幔屋濃煙染，方橋匹練橫。川源迷近遠，天籟聽和平。忽有藏舟感，悲歡一夜生。

其 三

月雨如相代，流光濕杳冥。乘槎來海客，鼓瑟出湘靈。魚筍沉波黑，荷衣拂座青。不逢白太傅，誰記冷泉亭。

臘　日二首

朔雪南天少，荒荒祇有陰。折梅留歲事，燃竹動人心。脂藥春明遠，烽煙海戍深。日予能室處，筭鼓正悲吟。

其 二

敢道王侯臘，幽栖且閉關。無緣留歲住，祇似送人還。落日葭灰色，傾都竹淚斑。頗傳紅詔近，天地漸開顏。時在熹廟諒闇中。

春謁王父長史公新阡恭詠四首

出郭不遑休，春衣稱體柔。壺觴羸柏酒，樵爨避松楸。百世祠黃石，遺書乞寢丘。五陵佳氣近，笙鶴乍來遊。

其 二

指點潘湖外，諸峰拱翠屏。麥歡人日雨，樹隱客年青。緱嶺還家約，豐碑有道銘。韋賢空相漢,家世自傳經。

其　三

閒聽鄰翁語,栖遲老籜冠。墓田虛丙舍,村酒薦辛盤。雞黍登塲足,桃梅量斗寬。預欣三月節,如雨落金丸。

其　四

籍草編荊坐,依然禮數存。酒行憑少壯,峰列似兒孫。寒井轆轤古,暮城鈴柝繁。德公宜早反,好友或臨門。

雪中同諸館丈出郭迓韓蒲州師相二首

雅自疲迎送,茲晨事不同。笙歌停郭令,弁冕逆姬公。野被關天意,席前勞聖躬。預知調爕在,滿目凝雲中。

其　二

可但吾曹寵,傾都夾道看。政將歸殿閣,時乍畢郊壇。凌曉鋒車過,似沙輦路乾。明朝逢賜對,應念北風寒。

承王季重先生佳詠見貽次韻奉答

四朝詞賦客,纔得一官成。覺我詩標格,如君宦性情。驪珠中夜照,馬箠昔年盟。燕市誰歌者,金臺久已傾。

除夕同沈苞先蔡摰父守歲二首

本自他鄉感,勞君萬里來。酒寒殷爆火,香淺陷爐灰。歲去能無餞,花遲合與催。陽春歌曲在,何地不江梅。

其　二

隨處宜椒酒,風塵況舊逢。再來除隔歲,入座各三冬。越筍高天目,燕花滿霧淞。明朝邇上殿,儤語聽從容。"淞"字元有平去二音。

贈黃彬叔

有美吾宗彥,紛綸井大春。談能傾碣石,價已重成均。健翮摶風便,明珠出海新。君看同載者,原是五陵人。

送張亦寓毅孺二丈南還二首

稍覺瓠肥似,冲懷自浸冰。衣冠歸太學,風雨下西陵。群玉連雲冊,三都擲地稱。因君遥問訊,誰復過青藤。徐文長邑人,徐亦稱青藤居士。

其二

夙昔三張著,君才尹較邢。眉應先馬白,劍自比萍青。櫻笋歸三月,鵁鶄賦六經。莫將篆刻妙,拚付牡丹亭。有牡丹亭,刻絕工。

寒食上陵重過昌平道中有感二首

八年前此地,驅蹇避行驄。井里依然是,宮車不可留。櫻桃春薦寢,石馬夜嘶秋。暗想仙山頂,衣冠月出遊。

其二

袞袞沙河市,行宮寂寞紅。一官周内史,三輔漢扶風。寇盜烽煙警,煑蒿雨露通。紫荆關外險,可復昔年同。

仝閃中畏李括蒼二年丈集太平菴二首

與子逢休澣,良遊興未孤。地偏贏艾柳,身已伴鷗鳧。野艇纔穿膝,稚蓮漸放鬚。老僧能好事,隨意饌伊蒲。

其二

猶是近畿勝,風塵已覺寬。隔溪鳴布穀,新果薦文官。鐵瓦通泉古,冰壺濯夢寒。春衣仍可典,無畏酒杯乾。席有文官果,頗佳。

五日過閃中畏邸園二首

不少亭池勝,經過爾較親。冰盤桃雪黍,炎夜酒泥人。節豈浴蘭舊,恩仍賜葛新。家鄉各萬里,簫鼓負江神。

其 二

相要微詠後,高枕對松風。几静飄鸎粟,衣香佩鹿葱。辟兵愁塞北,携酒就天中。聞説内庭儉,丹砂罷守宫。

徐仲子弘祖持賢母傳册見示爲賦仍送南還二首

爲有高堂志,於焉賦遠遊。墻東相與隱,樹北自然幽。茗椀猶龍眼,篋輿乍虎丘。麻姑三接侍,清淺海東流。

其 二

五嶽遊應徧,君行蹔且歸。只今身上褐,是母織成衣。歲遠罨藤古,秋深籬豆肥。慈烏三倒鹿,終自向南飛。

五鼓起坐偶述

次第冰車動,鄰鷄未肯鳴。殘燈銷永夜,端坐念平生。碧瓦霜橫過,瑶階玉琢成。自然鄉夢作,忽到鶺鴒聲。

庚午元日二首

微官慙禄養,多壘罷朝天。聖主千春曆,嚴親本命年。江湖思浩闊,雲物氣澄鮮。終倚階符止,南歸可力田。

其 二

温曦重門啓,兵戈氣漸銷。衣冠棋局異,弟妹羽書遥。稍喜晴占穀,能無酒頌椒。群公多俊彦,森候火城朝。

禱雨宿署中占呈同志四首

端居諧静侣,玉署舊森沉。華髮憂時事,清齋長道心。生憎榴吐火,莫倚蜥爲霖。昨暮郊壇裏,香銷一寸金。

其 二

暫輟菖蒲酒,勞勞問拜興。嬾龍鞭不起,乾雀噪無憑。雲漢連宵皎,山河大地蒸。誰從卜式議，先請殺桑弘。

其 三

僝禁日趨陪，大夫詠鞫哉。鷄竿寧再赦，屠肆已仍開。氣燠蒸妖瘉，時危急妙材。似聞雙麥泣，垂死望風雷。

其 四

夏至驟涼甚，分龍候屢差。乘驄遲李靖，噢酒憶欒巴。布價高於帛，齋居慣似家。我曹能燕處，天子在文華。

百舌鳥二首

物化悲何始，三生靳尚魂。緜蠻徒解語，格磔底堪論。淚益深閨感，栖旁禁院尊。上林佳氣曉，莫遣近鶯鶋。

其 二

各自尋聲好，無勞問影形。雨風連蜀宇，歌哭亂秦青。月有周官紀，書曾漢殿經。終煩鳳鳥至，為爾賦金銘。

宿 良 鄉

通涿咽喉地，今看一戰塲。國殤魂猛毅，陰火色淒涼。天意驕夷虜，妖精釀旱蝗。遺黎仍向語，胡運總無常。

上谷謁楊忠愍祠

蕭蕭松陰晚，追惟抗義辰。蚺蛇寧借膽，司馬不謀身。碧草階藏血，黃鐘律送神。五朝忠孝淚，偏濕姓楊人。先後有射洪、富平、華亭、應山數公。

畿南道中四首

文物供王事，微官忝使星。甚知雙室勝，敢爲百泉停。草送無窮碧，煙浮未了青。趙姬空鼓瑟，吾意屬湘靈。

其　二

垂影拂長條,經過暗采謠。地宜收棗栗,人苦飯葱椒。棄璧溥沱水,題碑豫讓橋。昔賢遺跡妙,風物獨蕭蕭。

其　三

三載長安客,畿南到亦新。桃笙留席戶,驢磨輟春鄰。酒只憑傖父,車仍忌柏人。中山孺子妾,應有未銷塵。

其　四

頗愛趙州壁,波心一夜生。豆瓜僧施菓,牛馬牧班荊。河朔誰荒宴,宣雲歲苦兵。清風店北叟,猶話石家營。

汴城宿某王孫邸園荷田數頃亭閣間之僕輩因汎舟爲樂二首

荷繁如覺暗,暝雀動歸心。葉偃船斜過,堂虛月遠臨。爾曹紛擊楫,吾意忽沉吟。惆悵夷門迥,不知朱邸深。

其　二

江南河北地,同有未稀蓮。不謂家鄉色,翻逢道路邊。暮誰歌白紵,晨欲過朱儴。哀樂尋常理,微衷亦有權。

渡江望黃鶴樓二首

三江合沓流,勢大不遑幽。何處西門柳,空餘隔岸樓。墨明鸚鵡夕,紅暗芙蓉秋。忽有鄉關感,茫茫始欲愁。

其　二

氣與樓相當,前賢蹟數行。燒餘山近赤,騎過鶴俱黃。萬壑趨彭蠡,孤吟渺岳陽。何緣李北海,不許嫁王昌。

漢川晚渡

舟車同一縡,頗謂寂喧分。送者窮崖反,歌人榜枻聞。鴈沙平帖樹,漁火暗炊雲。便有弄珠興，珊珊到是君。

皂市登白龍寺閣

廢閣疲登頓，爲思未廢時。尚書今不作，檀越寡能施。陵竟山宜短，泉香茗暗司。僧雛吾敢忽，生處近漸兒。陸羽舊小名漸兒，李維楨宗伯即其里人。

竟陵承王六瑞給諫邀同黃仲宅胡公遠公占諸丈集東林水亭汎河雨宿西塔分賦二首

雙湖舟十里，一半是荷衣。故遣穿蘆渚，猶賢閉棘闈。驟寒煙養晦，惟酒夕忘機。隨意投林宿，鐘聲何處微。

其　二

歇客不園堂，禪扉與野航。歌從茶井過，夢借藥燈凉。潦倒憑雙屐，羈栖戀槖香。稽人復此雨，愁費老僧糧。

贈鍾陵夏爲退谷先生嗣子三首

似聞依竺國，驚爾盤飧來。殷核兼能具，弓箕即此才。世徒矜北阮，家自有南陔。珍重明犀角，月光可是胎。

其　二

於君非夙素，頗亦愛烏存。陶亮今傳儼，桓玄舊諱溫。客餘門雀淚，書積壁魚魂。懽怨紛難理，彌欽靜者尊。

其　三

炯炯屍能視，登堂意反無。常懷擲户恐，敢以蓋棺殊。詩種倍宜惜，人言何太誣。親從皂市過，風雨泣遺孤。

道襄陽二首

蒼然山水窟，隨意見英雄。花自漢唐種，地爲南北中。墮碑僵峴首，遺廟枕崗隆。猶有鹿門月，曾經照德公。

其二

即看習家井，淵源信有諸。槎頭春薦俎，鑿齒晚藏書。奇士一人半，清風千載餘。杜陵緣底事，流徙浣溪居。

遇真官禮張邋遢像道士因出銅扇笠見示二首

肯卓凡山錫，開峰別字玄。猿偷丹竈火，鶴暝影堂煙。十賫花紋誥，三生牛角禪。勞勞齋藥裹，曾否笑周顛。

其二

珍重湖湘使，儴靈去不歸。壇花絕代種，池水上生肥。金碧酬初願，龍蛇悟殺機。當年方外客，也護首山薇。

葉縣遇風

過霽昨宵月，塵心即此胎。一車舟蕩水，平地壑奔雷。驅虎王尋魄，靴龍沈令臺。吾生長道路，何險不經來。

滎澤渡黃河輒申薄祭二首

神物快哉逢，三花少室松。復因祠壁馬，暫得奉金龍。嶽瀆遊相準，高深禮所宗。古來瓠子塞，元爲漢東封。

其二

萬端臨渡失，渾沌積來塵。莫倚江如練，翻疑漢不銀。連天浮衛郭，蒙霧隱鮫人。牲酒聊從獻，河高亦有身。

堯母陵

異草雜儴蕢，千春薦土鉶。英娥原踵美，舜禹孰題銘。燧腹清明火，煙含太古青。先朝南祔輟，聞亦感皇靈。<small>事見《世廟實錄》。</small>

爲吳天石年丈悼兒

殊有憂生感,才高命倍艱。劍分沈紫氣,玉隕閉黃山。名豈隃糜重,禮應嬴博閑。莫揮垂老淚,歸汝舊金環。

憶昔八首

憶昔南奔日,倉皇淚眼枯。短章遵國禁,新法罷郵符。至大憝能養,逢人羨不孤。扁舟風雨黑,波蕩射陽湖。

其二

萬艇辭瓜步,孤帆信自開。有鄉浮水國,無路達泉臺。烏鵲星飛盡,牛羊夕下來。四郊芳草碧,目極轉堪哀。

其三

往事談增慟,屯雲筮易爻。衣冠通左袵,導從禱南郊。肉戰神先告,魂妖夢屢淆。東箱禿羽後,身世任浮泡。

其四

陸沉金馬跡,意本樂樵漁。誰令拾遺疏,誤收痛哭書。引錐忘舌在,爲冶負弓餘。休論人知否,胡威總不如。

其五

家信楚燕閩,鴻飛得驟臻。凶衰多譴日,坎壈不祥身。客柱南州玉,書凝北道塵。五男雙滯遠,最苦爲儒紳。

其六

外氏謝仁祖,居喪學少連。斧封贏八尺,蔬食竟三年。我舅青衿老,全家白髮鮮。登堂私自省,何敢望前賢。

其七

稍稍收魂魄,支床骨未堪。徧開山宛委,私詣佛精藍。婢藥憎陳壽,父書續史談。六家多要指,幽論許誰探。

其　八

禮庭依舊過，不覺壞崩多。相杵悲終切，祥琴曲未和。鄉評尊俎豆，慈篝祝山河。楚國諸生滿，何人輟蓼莪。

詠馮夫人和戎二首

漢閣中天起，君王駕御才。圖形紛燕頷，字牝亦龍媒。鴻鵠高秋怨，蒲萄內苑栽。只今西塞草，曾拂錦車來。

其　二

憑軾去遙遙，旌麾慘不驕。裙釵張博望，歌舞霍嫖姚。月冷浮青鬢，風吹歛細腰。仍聞通史法，書檄定應饒。

賀吳大車年丈得第八女二首

麾書顛錯寫，祝汝似汾陽。梧鳳雛皆美，隨駒女不妨。金錢從姊索，湯餅與君嘗。舊識荔支種，紅深十八娘。

其　二

瑤池仙子降，多似七香車。夜紫明雌劍，春紅放嫩花。並分藍圃玉，新帖鏡臺紗。嬌少陶公女，還期嫁孟嘉。孟嘉娶陶侃第十女，見陶潛志。戲用為比。

甌安館詩集卷九

五言律三一百四首

立夏日邀同社諸公過集四弟可冲齋頭分賦四首

不爲良朋過,郇知節序新。燕鶯聞學語,桃杏細生仁。蓄意初題額,藏書舊等身。鄘宗敦素業,齋塾漸成鄰。

其二

春草昨宵夢,窺園樹樹長。艱難存朴質,位置見文章。縛竹花援(椏)妙,裝池墨榻香。汝兄何足傚,茅屋已公房。

其三

巷深藏曲折,花影看重重。四壁傭司馬,三間客士龍。琴書增爾慧,御釣學爲恭。合有憂生感,鄰砧接寺鐘。

其四

連床風雨意,春過轉淒其。荷又飄丹的,馬誰較白眉。賓筵玳瑁供,家乘鶺鴒詩。不遣題凡鳥,多應叔夜知。

微風吹瓦佛同二兄可發分詠

一龕彌勒共,居似水雲間。佛豈疲三夏,君其禮八關。非旛心自動,無樹影偏閒。國土莊嚴色,思惟已可删。

九日山懷古二首

似爾供流寓,休官策未迂。駁班秦硯眼,夭矯晉松鬚。蟲食碑苔盡,鶴窺爨火無。相傳舊舶使,曾此祭天吳。

其　二

捫葛扳蘿上,千年此度看。日風生靜曉,人鳥避高寒。海老黃龍徙,秋深白露殘。詎知煙影裏,一簇是南安。

舟峰追和劉屏山先生韻

吾閩六六峰,奇未減蠱叢。茲地眉尤嫵,前賢鬢屢蓬。帆分獅嶺月,棹信鯉湖風。不盡沉吟意,爲應問晦翁。

林守一有龍巖之遊雨中過訪占謝二首

好客來應兆,寒燈昨已花。月爲香澹蕩,梅與韻欹斜。埜閣朝忘雨,丹漳暮足霞。不嫌供給少,重肯欵貧家。

其　二

世外師兼友,並君鄰舍間。九州曹氏史,百洞董公山。又向龍巖去,言從劒水還。因思馬季主,簾雨肆初關。

送二兄可發之陽江時連得大兄可文撫州訊悵別併寄三首

嶺樹漸秋聲,云君有遠行。椰瓢編估客,緶劒畫山精。饑渴殷于役,飛鳴念所生。一官成底事,無計罷分荊。

其　二

庾嶺舊秦餘,風煙四望舒。岸墻堆蠣蛤,菴屋蔽棕櫚。強進官厨酒,頻馳子舍書。楚人矜意氣,賦或重相如。

其　三

楚水粵江暮,雙鴻信自飛。不愁行路屢,反覺在家非。祖地拈花悟,姑壇種藥肥。好思姜伯約,爲母寄當歸。

賦得清晨入古寺二首

殿牓知何代,空堂響木魚。佛光微黯黑,人意倍清虛。騎馬看廊畫,攀籐學梵書。長明燈下客，終夕坐危如。

其二

累劫波旬裏，群生亦太浮。衲緇儀頗肅，金碧氣能幽。鴿故栖簷乳，龍如繞鉢遊。不知潘陸輩，槐柳爲誰秋。

郊行即目二首

出郊仍近郭，幽勝自然多。野樹青團蓋，谿花碧蘸波。桔槔機代甕，睥睨字爲羅。似覺鳴鳩語，油油樂晚禾。子城外爲羅城。

其二

不云秋遂晚，楓色醉寒汀。路沉歸馬跡，山象伏龜形。寓目窺元化，刲心讀地經。前村姑嫂塔，歲久亦神靈。

哭鄭大白先生十首

天地知何意，才高命不容。千秋冤賈馬，近代惜袁鍾。東禁囊虛荷，西江杵罷舂。瀨溪嗚咽水，終夜泣魚龍。

其二

最憶高秋詠，微雲澹浩然。酒催金屈戌，歌駐鐵連錢。鶴料空齋客，芝田不飯仙。夜珠垂一樹，猶擬照人眠。

其三

長吉樓成日，阿𡝠苦念親。銅龍官自貴，芻狗物非仁。鶴骨焦山塚，花魂桃洞身。好須營解脫，莫更作文人。

其四

可但尊前輩，風流事事傷。玉顏鬚不黑，僊秩帶非黃。道替孤文苑，山頑怨武崗。團沙如可像，真作睡嵇康。君髭故微赤。官止六品，尚銀艾。時以册封岷藩使道没。

其五

館閣江鄉盛，偏君意杳冥。自緣仙謫籍，端爲帝橫經。歲月悲朝露，孤虛犯使星。生憎車廣柳，長卧過楓亭。

其　六
忍負望穿眼，稜稜七尺屍。異書消蠹腹，苛論咎鷗夷。宅頗增三瓦，山惟閱九疑。傷心白太傅，漸老别微之。

其　七
爲擬殷遥哭，何如王右丞。炎天飄絳雪，哀壑叩玄冰。運促輕兒女，時危急友朋。幽吟今已矣，閒盡剡溪藤。

其　八
萼卉紛相媚，瓊花故故凋。買山藏國史，搥地失官僚。邑子刊私謚，騷人賦大招。先皇遺珮在，猶逐百靈朝。

其　九
歲歉户徵兵，艱難見物情。天其憐後死，社欲祭先生。詞客魂靈曠，冥官禮節輕。似聞將九子，相伴吸長鯨。

其　十
鳳吡鸞靡後，作者易爲雄。選理傳宗武，禪書奏所忠。匣間龍節在，卧處鯉湖通。珍重孔文舉，遺鄉表鄭公。

黄世穉邀集蔡莊飲達旦風月特清美爲賦二首
譙婉屬良辰，微風煖白蘋。鳥眠酣月碧，魚戲食花銀。榭傚湖心體，歌呈水面身。平生澹蕩意，此夕不繇人。

其　二
野曠嚴更隔，從容檻屢移。跨橋殷火樹，密坐間霜枝。客禮身忘却，男裝妓改爲。鷗鵁何意語，無乃近晨曦。

促　織
時來不自識，嗟汝細能神。殺氣高秋肅，哀音薄暮頻。罷機聞懶婦，臨酒感風人。吾老恒忘寐，蟲肝任此身。

柬浮梁令傅子訒年丈二首

有客南州返，從容話邑侯。採詩編户曉，批牒老人求。龍過窺窑變，魚占兆稼收。日高公事了，知未減風流。

其 二

仍説高齋夜，凝香燕寢尊。素甕花下影，紅袖鬢邊痕。萍跡從湖海，梧栖定禁垣。頗懷舊事否，沅澧楚臣存。

訪幼所受業師於田舍即成二首

巷偪不容車，鷄栖逐徑斜。鹿塌堆稻藁，蛛網繡藤花。有子仍開社，他村仗祭畬。稍詢生齒自，南宋舊名家。

其 二

三十年前事，摳衣怖字訛。小名師記憶，同學歲蹉跎。海近腥魚蛤，庭荒老薜蘿。人生婚宦贅，真夢到南柯。

病　菊

雖無摇落感，歲晚亦悠哉。水際粘千瓣，花餘結小臺。國香卑黛色，天意老霜才。自識黄金性，憑風蕩不開。

可冲弟園移橘柚數株賞玩之餘賦示兼勗二首

一從移谷口，秋氣澹裳衣。松鼠高枝掛，蜜蜂静院飛。學寧輸老圃，甘首奉慈闈。即悟黄中理，蘭交莫近稀。

其 二

橘頌誰悲楚，吾聞郭槖駝。金苞浮霧髓，珠彈綴香柯。常棣花邊放，洞庭雪後過。遲君邅迅發，上苑望蘋婆。

示德菴上人余時有幼兒之戚二首

萬里懷酸辛,藏珠失大秦。花花空眩眼,草草遂抽身。學企無生忍,功慙有漏因。貧家威德淺,敢望送來麟。

其　二

道大本無形,咎他眉眼青。呪誰通六甲,懷竟失添丁。猿叫青山伴,烏號黑帝靈。昊天方降割,惶懼聽雷霆。兒小名武當,余以庚午冬祈於參嶺。

謝四舅五舅召讌李園陪給諫孝廉二舅賦呈二首

園老丹青廢,披榛得舊題。遠峰窺面正,叢石轉身迷。中外情非減,悲歡理亦齊。謝庭多寶樹,森倚竹梧棲。

其　二

旀跽更端起,陶陶夜嚮晨。宅移慙魏相,筵列展周親。甚媿丈人厚,深將往事陳。郗公名德盛,元不為嘉賓。

歲暮偶述四首

老去洵兒戲,悲歡信所云。農書竊氾勝,錢券罷田文。裂竹驚山鬼,燔肝祀竈君。預欣元日好,三素漸飛雲。

其　二

何草不闌殘,閩花暮轉丹。酒調蝦醬美,霜壓樵漿寒。鏡聽飽堪卜,刀畊麥任乾。里中誰最賤,分肉敢辭難。

其　三

舊傳風俗古,稍亦不如前。日晏堂鳴瑟,年荒户割鮮。屢催加派米,公用販番錢。肉食宜憂耳,為農且任天。

其　四

家世雅稱詩,翰鳩諷最宜。要兒書鬱壘,愁妹嫁鍾離。病腳憑籃筍,閒身表素絲。老巫言數驗，新歲定康夷。

穀日雨歸自南安二首

微雨乘春早，廻光散暮暉。辛盤椒酒美，丙穴鱖魚肥。帖綵浮花勝，鳴璫動粉闈。昨宵風景異，親夢見江妃。

其　二

豔眼空何有，江城寂寞回。路明潘徑火，波折斗門雷。兆歲惟占穀，攀枝半落梅。近來詩思澀，虛用片雲催。

題陳俶闈年丈霞圃別業四首

怪將霞作圃，風景似吳閶。投轄陳驚坐，爲園顧辟疆。石奇依蜃結，山遠學屏張。不用幽尋徧，兼葭一水長。

其　二

四顧蒼涼甚，何妨夕照西。洞明春乳鴿，沙暖晝眠麛。庾嶺花移種，青州酒到臍。庭前教鶴語，漸狎似家鷄。

其　三

身領白雲司，窺雲事事宜。琴留垂斷漆，茶試欲青旗。布幔飄堂角，銀床壓井眉。空將歌管沸，無處着瑤姬。

其　四

不淺園林勝，郊居意獨幽。人煙綠黛染，佛相黃金流。坐對千花笑，行看五馬遊。昨聞鸚鵒硏，裝寄自端州。

送陳宗九試南都

新篇篋自隨，南國定先推。價重千金駿，學高五總龜。詔方欽篤行，書莫忤明時。待獻甘泉賦，玄經從汝期。

巢雲巖爲詹司寇岊亭先生著書處二首

能於清紫外，別作一枝栖。踏徑輸猿引，啣杯覺鳥啼。石痕挐綠玉，泉響驟青犀。慷慨風流事，前賢視屢齊。

其　二

落落嶔崎性，微雲曷與居。磴拏春樹細，溪咽暮鐘虛。二史乘箕早，孤臣拜杖餘。殷勤祝洞壑，長奉綠文書。壁有莊九微、鄭大白二前輩遺題。又，司寇公舊建言廷杖。

得周元立司理書知爲蘇坡公佛印建留玉閣於金山米海岳
修研山閣於北固各系一詩以美之兼代裁答二首

惠黃香火蹟，無復勝江城。歲稔工馴善，官閒佛證明。地形吞鐵甕，天意擢金莖。暗想自公暇，疏鐘一衲迎。

其　二

伽藍流寓久，視汝亦邦君。遂借南宮筆，新添北固雲。鶴銘碑好在，蟾滴淚仍分。韻事方推廣，孫劉有怪羵。

贈謝耽韻表弟

母黨群推汝，江湖已壯遊。豹文奇隱霧，鶴骨瘦凌秋。名大心宜澹，時清祿好求。二難思祖德，遮莫遜宣州。

大兄可文魁閩書志喜二首

平生遺寵利，於此亦熒然。所慰慈親喜，追懃小弟先。大常高五馬，都講賀三鱣。恨不庚秋薦，當風靜樹年。

其　二

側聞鄉較議，尚德哉若人。內行班曾史，高文繡鳳麟。弟兄今許國，家世舊魁閩。爲語圖南客，搏扶早致身。時仲氏可發試南都。

贈董叔會二首　爲國博嵩生君尊甫。

博士官歸早，聞君意豁如。欹帆看客過，當局攝兒書。石鼓岐碑徙，玉杯漢篆虚。鄭公非不偉,空復注蟲魚。

其　二

偏因家譴喜,窺爾意難平。病驥嘶秋甚,雌雷捲地行。玉璜鈎不曲,山鼓擊能鳴。莫以田光老,終當識慶卿。

題訪賢亭爲黃季歿徵士二首

似聽樵蘇説,孤亭右洞新。夕橋攲隼軾,烟壑繡魚鱗。園綺非聞道,伏申不避人。多君持古節,風俗近還淳。

其　二

肆三歌雅後,未覺鳥鳴稀。静女辭彤管,群公禮布衣。牛青關尹氣,鷗白海人機。回首台階表,煌煌一少微。

曹能始觀察招社集不赴占謝二首

勝招開會府,覉客幾曾同。悔度三山日,虚觀六代風。白鷹春避暖,神鐵晝奔虹。未必攢眉令,無心戀遠公。

其　二

去去將何道,風流媿代興。黿頤安瑫井,牛首背金陵。閣筆桐花雨,䬸心貝葉乘。阮公空復嘯,瘖殺老孫登。

自太平驛捨船行四十里至建州作三首

舟車理亦齊,抖擻客身泥。樹過眠松鼠,山圍叫竹鷄。滯煙蒸作雨,遥瀑掛成霓。肯避黃茅瘴,勞勞嗅木樨。

其　二

立馬俯驚灘,嵐威作意寒。澤漁風蕩艇,橋佛露臨欄。水竹腰筒引,畬田口字安。此中丹碧地,耕鑿事非難。

其　三

野跡混閒鷗,何籤報水郵。茶荒銷雀乳,蓮老熟鷄頭。玉版前溪羹,朱華晚樹留。幔亭人去遠,悲復閏中秋。

楓橋雨泊二首

帆歛莫論程,溹溹濕鼓聲。野雷冬不蟄,江火暮還生。窺箔防鹽爛,傍堤羨馬行。石尤良益我,天遣薄春明。

其二

行止動遲留,吾生不繫舟。塔鈴朝暮語,城角古今愁。萍過粘魚網,鶴歸暝虎丘。伏波西域賈,終念老壺頭。

桃源贈龔君路明府二首

之官先拜疏,意敢薄朝歌。反覺繁華媿,其如磨厲何。戶歸牛種貴,風舉鷖帆多。看取桃花漲,年年減濁河。

其二

無怪相逢左,眉鬢改舊青。亂絲夢自理,難族借為硎。朝議資從甲,民艱地配丁。想當批牘夜,丹筆幾迴停。

過郯城

河流垂斷處,行且入齊東。雲覆嶧山麓,沙墟郯子宮。帝謨師鳥跡,天意養鴻蒙。猶憶溪橋過,青獅鬣爪工。

林益謙給諫自鳳陽省陵還話及憤歎四首

城闕罷中都,高皇意有無。百靈森自拱,群盜爾誰驅。鼎雒關商德,園災問漢儒。沛豐樊灌里,身過合踟躕。鳳陽舊無城,屢議修築,竟罷。

其二

鳥昔妖先告,天人劫數齊。兵連長豫楚,盜惡甚羌氐。石馬凌空汗,城烏入夜啼。似聞秦銳卒,早晚到淮西。

其 三

金粟堆前樹，憑君數幾重。野終收破獍，碑故護真龍。四壁歸逃戶，中宵泣罪宗。昨頒哀痛詔，頗否及三農。

其 四

賑發屬行囊，香花送省郎。淮流桐柏遠，禹穴會稽長。密疏千門啟，單車六傳將。應知仁孝主，遲爾薦新嘗。

寄項仲昭司業二首

北李南陳蹟，欣君遠媲之。帝詢三物解，人奉五經師。堂鼓聲多肅，邸園景獨奇。自公餘眺覽，亦未廢孜孜。_{南司業衙署，傳甚佳。}

其 二

珍重數行書，追歡念儢廬。踞床箋老子，行野弔望諸。客到香孤引，軍前箸尺餘。舊聞輪對切，親自駐宸裾。

用韻答閩中畏年丈二首

十載誰衿契，吳趨更越趨。鶴欣鳴自遠，魚恥沫相濡。潦倒陪深酌，伊優隱令壺。頗因狂態發，私覺四鄰無。

其 二

憶昨軒墀對，分班夾陛趨。副瓜甘特冷，餘墨濕猶濡。四野驚多壘，中流急一壺。白公終棄外，空復識之無。

宿左坊同丘德如官贊二首

不為日南至，傳呵傍禁鐘。微霜淒鐵馬，初月吐銅龍。絳帕橫戈數，青綾襆被重。飯蔬誰最慣，吾久學周顒。

其 二

減膳勞明主，多應謝素餐。井興高太白，鐘鼓靜長安。寶蒔燔方犖，天河洗未乾。預愁瓊闕逈,深處欲生寒。

講筵恭紀十首

十載侍明光,鉛朱晝幾行。聖朝尊樸學,天意被遐荒。虞夏書渾灝,春秋義渺茫。即看風化首,誰復繼韋匡。

其二

楚水復滇雲,同聲到處聞。暨皐謨九德,微管服三薰。寶案龍團錦,天書鳥篆文。不妨從拜獻,家世舊河汾。

其三

呵引韵悠如,鈎陳却豹車。蹕臨東左个,班用內句臚。九聖森黃幎,中天麗綺疏。肅皇詒訓遠,盡掃竺乾書。御拜先聖,用內臣贊班。又,正德中,為雜祀佛像之地,至世廟初始革。

其四

肅聽傳宣入,東西夾隊趨。上卿腰帶重,中貴耳璫殊。矩步循磚折,雄心到榻無。未應霄漢側,虛着一癯儒。

其五

佩委憑綈几,當心覺左高。丹容瞻日角,玄論析秋毫。屨屬羞危素,音訛避霍韜。嗢噓時點首,無乃聖躬勞。霍事見本傳。

其六

殿角耀金明,衣香雜杜蘅。踞觚常慕孔,折柳太迂程。拜手颺文祖,齋心扈武英。臣言能許久,消受禮先生。日講官例呼"先生",出天語。經筵官只贊,呼"公人"。

其七

掩卷卧紅牙,歡顏出內家。頂門遲拜饌,東閣集呼茶。講草裁寬幅,宮衣隱漏紗。薄醺齊上馬,歸路滿栖鴉。

其八

可但經筵宴,良辰檻屢携。醖羞光祿餉,羅綺婕好題。月餅宮花細,春盤簇仗齊。舊聞解吉水,千策大庖西。

其　九

相逢誇諫草，規諷屬經幃。帖子朝懸閣，詞頭夜攬衣。蹟存千載史，談中偶然機。竊比烏三足，颺金日裏飛。

其　十

寒暑從休沐，無何椏又開。鼓鐘興太學，卿裔動中台。當路嫌多口，諸天鑒不才。黃金雙鎮尺，經閱累朝來。

送許班王戍歸

爲指懸河口，歸惟飽荔支。嶺雲看自足，城旦論非宜。蜀道驚心後，秦廷痛哭時。汝鄉饒往哲，須念薛中離。薛侃同揭陽人。

經幕王式弓死鳳陽難甚烈賦悲之

白烏宵啄屋，嗟汝勢難支。矢盡高皇鑒，魂歸伍相知。裂冰浮古粉，飛雨送靈旗。字影分明見，中都留守司。

戲詠遊絲二首

白日遊絲靜，於今憶杜陵。倚風粘鳥毳，當暑濯蠶冰。臥看投梭戲，閒疑拔宅昇。物情吾慣識，憂汝直如繩。

其　二

不畏風吹斷，孤光混杳冥。釣緡垂水白，鞦索委簾青。歎老思添髮，躭玄學鍊形。五禽仙戲妙，元采及熊經。

賜　扇二首

薷湯麥餅外，仍此奉恩洪。麗動江山日，涼分殿閣風。月形移小曲，露掌擢高空。願比南薰詠，千春帝澤同。

其　二

忽從歸華省，通夢入岷峨。祝歲徵恒有，觀風罷小苛。蜀王馳騎貢，秦女乘鸞過。也復憐臣甫,宮衣與賜羅。

仲兄可發以夏末入都旋跟蹌趨就南試是晨適陪祀太廟復詣禮部護日歸追送弗及詩用寫歎二首

屢乖當道意,累爾去留難。馬又遵前路,鷹終刷遠翰。朱絲縈社鼓,玄酒薦齋盤。恰值匆匆別,愁人是此官。

其　二

海上麒麟鬭,騰精薄太陽。文心從此悟,別恨與之長。廟史茅徵楚,江神瑟賦湘。奮飛時可矣,吾意欻名塲。

送韋聖俞判欽州二首

裝束盛驂騑,胡烽近解圍。久交愁逌發,同出羨先歸。摘露收椰乳,投珠養蚌暉。莫言黎種異,終自奉恩威。

其　二

三載同經案,窺君罅隙無。否臧辭鮮失,舒卷道能需。郡蹟題銅柱,家聲念氉湖。政成看五馬,騰踏過皇都。_{韋尊人舊守高郵,多惠政。}

甌安館詩集卷十

五言律四一百三首

悶　寄二首

遂令天下士,投筆樂從軍。字彗橫侵宿,兜鍪勇論文。儔誰收郭隗,狂欲殺劉蕡。枉用曹稱禮,遺經漸可焚。

其　二

早春長伏枕,多病損朝參。世路真三窟,詞坡妄一男。鷄尸空祝祝,虎視久眈眈。惆悵江淹拙,何因魄羨蠶。

再乞歸不允二首

驅車云偶爾,瓜栗比三年。鼎養違閩粵,笙歌悔楚燕。敢虛明主意,私憶故人憐。薄暮鈴牽急,春心折杜鵑。

其　二

近得江鄉訊,東皐種未稀。荔蕉當夏熟,烏鵲向南飛。爍口明金性,量腰准革圍。一官吾肯戀,無計謝漁磯。

送郭闇生姻丈南還二首

記君三伏裹,屢度展征車。再至桃應煖,初歸菊有花。桿防淮北夜,山叠海東霞。別酒紛綸勸,今宵已當家。

其　二

園亭仍翠複,歸去好垂簾。杜牧情須減,溫筠格近纖。臨岐憎瑣細,漸老闢深嚴。歲月憑君愛,相逢昔未髯。

過石鐙菴

鐙出窺唐製,何年此陸沉。代猶輪鼓石,檀不仰園金。蔬筍銷塵慧,龜魚識梵音。過逢誰解脱,霜柏暮容深。

書　到四首

老母粵中返,新秋入望紓。瑱環迎夾路,冠蓋候停車。展鏡花簪滿,行園菓摘餘。競詢齋邸事,風物美何如。

其　二

先德毘陵古,承家伯最多。鴻來傳尺素,蛟徙避絃歌。下瀨憑誰共,遊邛奈客何?一溪吟嘯穩,終讓老衿韠。

其　三

歲歉郡催租,衣冠饗大雩。漫遊愁少弟,窮老念諸姑。國史栖遲甚,門生慰藉無。敝予裁裋褐,遮莫繡天吳。

其　四

書到逢除夕,踟躕意鮮歡。幾廻陪甲帳,三度輟辛盤。婚嫁都憑婦,行藏莫問官。所親仍勉慰,佳婿近乘鸞。

贈何平子步王覺四先生韻二首

君才稱二妙,代厲肯輪秦。驟奉賢良詔,爭看磊落人。燕臺誰市駿,越嶺舊披榛。梅尉無妨隱,羊裘客未貧。

其　二

清切王維句,明璫擬大秦。一官寧滯汝,先輩雅親人。儒偉珍藏席,閨虔贊用榛。異書歸載好,終念省郎貧。

禮稽山館唐像鑄貞觀年,爲尉遲敬德監製。

五金微辨色,伊郁仰真慈。匠豈規天竺,官猶重尉遲。燕塵縈鬢少,越水供花宜。休用旃檀擬，千春只霎時。

送王斗瞻督儲甘固

繻棄未多時，邊行擁大旗。露凝甘枸杞，沙覆漢臙脂。議憨堂官咈，籌閒套虜知。酒泉張掖地，吭扼古今宜。

周元立選部投詠索未見書賦答二首

藜火枉窺臣，蕭蕭一病身。夢嫌鶯稍佞，書感蠹能仁。石髓仙遙閟，牙籤婢錯陳。犢竿庭曬腹，空笑阮家貧。

其　二

吏部文章伯，紬書月損金。踞觚時諦聽，擁鼻屢高吟。史媿藏山久，禪希面壁深。亦聞陶處士，聲薄有絃琴。

經　歲二首

短章漫滅在，經歲腹能裁。昧旦先烏醒，中途避象廻。驟逢宣室召，新值禁林開。自有鳴崗志，饑鷹莫浪猜。

其　二

何預閒曹事，朝恩未忍孤。竟將心刺蝨，遑問尾吡烏。密邇瞻龍準，倉皇捋虎鬚。達官憑見笑，天地有情無。

柬項仲昭宮諭二首

上殿風霜擊，高秋獨立身。老熊臏自撲，威鳳影誰鄰。莒逐功伴舜，澠歸氣懾秦。側聞前輩說，呼汝再來人。

其　二

路穩踏堤沙，名傳謗亦譁。可容蘿施柏，終念杞包瓜。銀牓東朝峻，金貂北里斜。物情歸豈免，吾媿未忘家。

以日講章呈黄石齋先生辱貽佳篇步謝二首

静夜披尋肅,高天合鑒玆。虞工俞且咈,鬻子唯焉疑。雲護横籤處,香消下儤時。非君襟帶合,曾許外廷知。

其　二

里中師事久,非爲一官同。冽甚披帷雪,稜生上殿風。野方迷七聖,甌合長群公。無怪甘盤遡,多慙醴未工。

安仁道中家伯我東公舊令是邑。

向曉簷光虛,蕭條井里疎。番君猶薦俎,伯氏舊停車。石醉含丹氣,湖荒涉漲餘。廟前雙伏馬,遥式文襄間。

病　中五首

病到逡巡覺,衛生良已難。石鍼猶有疢,金踶不成丹。坦腹憑方試,將身當幻看。露湛寧解渴,宵憶蔗漿寒。

其　二

向晚偏增困,匡床兀自持。調糜憂老母,丸藥倩諸姬。神鬼將無意,風霆合有時。夢中傳囈語,誰料到曹丕。

其　三

服食愁多誤,從師演五禽。巫荒祈術驗,醫緩鬭功深。去病因思霍,長生敢望陰。終嫌塵擾擾,第一莫萌心。

其　四

謝客經旬静,雙跏試坐功。擁衾闌白晝,開户失秋風。曲几香銷碧,空階葉墜紅。偶憑青鏡笑,霜鬢已成翁。

其　五

中年禁再病,病起意微茫。躍馬豪雄志,驅鷄隱約裝。屐懸虛適市,金盡憶垂堂。小愈仍須誡，浮屠重宿桑。

建陽逢揭君緝王上白二門人遲建令黃石公未至

遠影參差樹，烏衣間着梅。事真難意揣，人是不期來。雙劍纏裝合，千峰卷幔開。子喬仙舃秘，飛去幾時廻。

夜循寶應湖隄行二首

天水白荒荒，宵征得盡防。路危憑雪跡，燈滅借湖光。兕虎嗟吾匪，輪蹄笑底忙。眼穿聊小寐，車夢不能長。

其　二

百端營至止，誰暇更愁寒。龍女呈珠戲，漁人擁掉看。鼓聲風送咽，隄影露零殘。問客何勞爾，沙汀一釣竿。

過清浦訪吳大車倉部即別二首

雪意垂垂作，河舟詎擬通。地猶鄰漂母，官合喚倉公。客況尳隤馬，鄉心嘹唳鴻。亦悲萍梗跡，來去任飄風。

其　二

再渡勞勞甚，逢君徑去難。自欣華省貴，曾憶草塲寒。法醖光搖珀，僊姿韻馥蘭。爲誰催更別，衝臘向長安。

宿遷雨阻二首

望中贏百里，辛苦暮三休。怕雨荒鷄嗓，衝泥蹇衛愁。豎僵誰可語，輿曳只如浮。忍聽役夫泣，前村飯典牛。

其　二

歲晚航梯集，那堪一線通。物情輕使楚，天意滯呼嵩。驛騎連雲盡，軍儲縮地窮。運官詞懇苦，千羡內家雄。

過景州怪不得蘇振我中翰信遣詢之逝矣愴然志感二首

驛使憑催發,征軒幾度移。五男森紙筆,三酌動鬚眉。朝事談尤悉,家風肅可知。過逢今已矣,嗟負北來期。

其　二

廣川亡此老,千里歎遺賢。家碎蒼鷹吏,人迷白鶴仙。鼉封碑矻在,車式涕潸然。重恐烽煙舉,孤城勢異前。

寄金子駿侍御二首

十年湖海夢,思汝意何如。嶽氣通朱鳥,江流薦白魚。國恩蓮炬在,家慶柏觴餘。未信邛崍坂,長回漢使車。

其　二

金母偕公揖,相將汎紫霞。尼聃誰作祖?吳楚遞爲家。鶴髮青裙健,豸冠白筆斜。爲親能強起,邊塞尚揚沙。

送馬還初納言之沂州

福地郵堪再,禪心久已微。崎嶇憑諫草,消息謝圜扉。雪盡梅孤嗅,風高鷁退飛。羨君沂浴罷,無淚點春衣。

候駕宿道宮偶成二首

簷雪靄餘陰,逶迤道院深。避人慵伏枕,偷隙瞑觀心。素壁澄如練,丹砂點是金。爲誰羈縛汝,星候翠華臨。

其　二

歲出嚴城屢,郊原況漸青。重因驅馬路,還憶相牛經。塵世蛇憎影,清宵鶴煉形。種桃今在否,簫咽不堪聽。

贈陸岫青按史

夙以芝蘭契,交君伯仲間。疏猶存禁省,名亦借泉山。車過霜侵袖,丹成玉錬顏。伯陽官柱下,今昔是同班。

蒙遣同王素公宗伯金山題主飯國豐寺晚歸小憩摩訶菴作三首

垣繞淡施朱,祠官夾隊趨。彭殤情豁盡,哀樂理齊無。梵宇幾宏麗,芳郊道鬱紆。不因王事出,誰眺到青蕪。

其二

佛前香積饌,聊用解饑勞。寺頗鄰邊堡,僧猶隸禮曹。臥鐘鳴代柝,深澗鑿爲壕。昨歲烽煙逼,相傳沮異奨。僧畜巨犬甚多,聞舊用却□。

其三

歸路晚風清,松篁作意迎。定餘旛自舉,齋罷鉢無聲。稍媿僧儀肅,因悲宦況輕。昔賢過竹院,曾此歎浮生。

徐州進人面豆紀異二首

詎有燃萁歎,眉鬚倏改觀。咎徵鍾草孽,妖氣兆兵端。鬼手憎芒角,神工失控搏。京房翼奉遠,疇復漢郎官。

其二

戎菽名非美,垂頭更駭人。鳥飛如避魯,魚上豈威秦。穫歛傷田父,封題怯守臣。徐淮腰脊地,千載易風塵。

福藩變聞驚悼二首

濟南淪陷後,潢海漸生波。騎過凌嵩室,腥聞逼雒河。隕霜真殺菽,持斧縱尋柯。重覺宗支蹙,綿綿奈葛何。

其二

可但流天淚,傾都涕泫然。叔虞周室雋,如意漢皇憐。野老藏遺弩,宮姬散采田。彌追神廟算,鄭重介圭年。萬曆末,屢請福王之國不可久,乃成行。

長女没哀寄林婿存茹三首

萬里來家信，恒防紙背青。謬言箕可卜，愁倚雀爲屏。淚滴難沾土，錢齎不到冥。楚詞重太息，嬋媛女揚靈。

其　二

門中三夭女，先後各芳年。荊篠筐猶在，羅衣篋未捐。惠温家室静，柔弱舅姑憐。留取金徽引，悲君續斷絃。

其　三

高明宜鬼瞰，何意及寒門。獺髓妝奩閉，猿膏藥裹昏。營齋爲懺罪，剪紙與招魂。黄絹碑題蹟，終看有外孫。

哭王御之太守四首

從我二三子，推君最白眉。海涵窺蘊負，亭立表風儀。俛冠彤墀對，虛懸玉署期。笋班嗟復折，淒斷籜龍枝。

其　二

恒山馮翊郡，雲澤尚書孫。五馬尤稱長，卜龍首讓昆。瑞芝生不秀，喬木隕無存。國寶人堪涕，吾衰何足論。_{君同氣十人，最長，以無子没，哀尤深。}

其　三

吏道愁拘迫，君其少裕寬。物情難厭客，人命豈償官。屢用移書勸，恒勞廢箸看。信來知有變，風燭昨宵寒。

其　四

卧輀過高城，悠悠捲斾旌。併無孤可託，空有吏從行。縂冷淮流暗，門衰楚俗輕。爲詢朋舊裏，誰解作驢鳴。

題詹事府二首

秦制相傳久，東朝宿望光。鶴飛如衛禁，龜老自擔床。繫綬趨中閣，分曹列兩坊。不知丞僕裏，誰是率更郎。

其　二

自經園綺後，官領大長秋。秩每聯詹翰，人多比傳郵。竇嬰規諫切，卞壼斷裁優。爲問玉河水，何因繞署流。

賜直房帳枕被褥等物二首

曝直嚴周衛，君恩念夙興。御纊分皂練，宮錦出青綾。夢破千門曉，香銷五夜燈。自嗤貧李嶠，安寢媿難勝。

其　二

謬以桑蓬賤，勞充織室陳。枕高橫斗帳，衾爛稱文茵。翠管唐脂藥，冰醪漢粒薪。爲思郊野外，無數首山人。

黄石齋先生自戌所召復原官喜寄四首

苦望鷄竿久，欣還鶴署新。普天垂涕説，前夕叩頭陳。北寺冰霜骨，西曹煅煉身。重陰終一掃，龍起不無神。

其　二

堯德故難稱，粗誇覆幬弘。轉圜青史記，乘石赭衣登。揆路寬唐介，椒宮識魏徵。不知樊棘舊，何苦集營蠅。

其　三

黍谷春回日，扁舟返洞庭。北辰生氣象，高廟有神靈。輦轂開詩禁，輿臺誦孝經。露膏空長養，恩更屬雷霆。前在獄中手寫孝經百本，爲時傳寶。

其　四

書下五溪聞，侏傆亦解云。巴歌溢浦斷，秦樹西陽分。飴髓逢仙啓，桁楊趣吏焚。邇來瞻紫氣，漸到濮州雲。葉廷秀，濮州人，時頗有賜環之兆。

送悼靈王葬出郊便道過慈慧寺二首

暫紆寰外契，連騎過珠林。忽聽松風引，空悲薤露音。護門看忍草，嘶字倩仙禽。又趣鳴驥去,紅塵百丈深。

其二

瘸有憐王諺,荒傳理未疎。紺園寧久駐,朱邸亦旋虛。佛滿芻尼願,僧投勃賀書。乍聞驚俛得,貪望宿精廬。

癸未二月上丁遣祭國學禮成識四首

岳瀆惟中祀,上丁禮數虔。喚班廷特遣,齋版帝親塡。冑齒衣冠肅,工歌俎豆鮮。省牲傳舊典,號吼角騂憐。

其二

演禮從登阼,軒窗面面開。廟碑元史篆,庭佾肅皇裁。磬折停齋室,橋圜集露臺。許衡遺柏老,時送古香來。初用八佾,嘉靖中詔裁其二。

其三

章甫平生志,茲辰不負儒。虡鳴循雷止,齊攝沒階趨。瀲灩帷燈導,焄蒿越席敷。祀師寰海共,得似國雍無。

其四

史薦東西哲,受釐屬鄙躬。駿奔鐘筦裏,山立月星中。老去繙經帙,兒時戲學宮。燭天浮素練,遙識氣潛通。

汴河決二首

城郭中流見,烏棲欲認非。怪應呈罔象,妖或漏支祈。王徙乘橇出,民浮占樹依。大梁繁麗地,千載禹功微。

其二

黿眼真看赤,馮夷太不仁。自秦坑趙後,惟宋覆金辰。九級浮圖頂,三門砥柱身。麻姑原有語,清淺海桑塵。

閣中即事八首

中殿欽輪對,詹蓍卜偶憑。綸扉聯五輔,枌里慰同升。肅穆崇樞筦,冲虛式矩繩。斷謀雖匪逮，私亦厭模稜。時拜命偕同里蔣公。

其　二

晨起車紛集，微嫌閣務妨。主書催散本，中貴遲平章。擬旨傳邊鎮，分期宿直房。漏殘聊假寐，呵盡研池霜。

其　三

攝衣趨内召，頒饌屢承恩。徑尺紅蘿炭，如膏白獸樽。燭深恒見跋，璫屏僅餘閫。膽怯令狐楚，沾衣費講論。

其　四

時事損雍容，乾乾惕躍龍。鼎爲調桂液，叢慮借桑癰。囊皂煩親署，匣黄出御封。白頭郎吏歎，端拱極神宗。閣務殷繁極，視神廟時不啻百倍。

其　五

枉自誇黄屋，誚同墻面看。席橫羅短机，臺古護雕欄。乍雪階尤滑，非風障也寒。腐儒藜藿慣，辛澀伴堂餐。

其　六

地深藏奥突，原不要人知。九御尋停選，貳儲早作離。露塵虛補報，官府竭毗維。誰令胡烽逼，衣冠又一時。

其　七

鐵燈雙導引，何處火城雲。騎過容閣嫗，車廻避戚勳。大家愁末造，同事畏深文。元撲揚旌出，昨穿虎豹群。閣臣出，百僚避道。所不避，惟中官暨婦人耳。

其　八

邑邑閉車幃，經旬甫一歸。韶華駒隙過，風雪灞橋稀。東閣空延客，西門久佩韋。吾師疏太傅，千載頌知幾。

可冲弟入都未幾值余致政行賦示四首

官罷難謀汝，甘酸祇自知。連床深夜約，遺笥谷風詩。莫笑匏無口，差存兕有皮。閱人傳舍地，相假已多時。

其 二

微風吹宦海,帆過合知津。甘草空饒味,幻華豈當真。去祠黃石葆,歸養白頭親。從此雲霄夢,憑他世上人。

其 三

旅夢漸須醒,那能久瞑行。後當思憒憒,時頗厭平平。歸路馬蹄疾,入門車耳生。不妨甌脫舊,相對學深耕。

其 四

負汝浪遊興,窺余老去心。共留書種在,終念國恩深。作客逢馳傳,延賓有賜金。雀羅何足歎,初自不驚禽。

出都留柬少宰李括蒼年丈二首

行踪傳漸邇,應在井陘間。席側觀新政,簪抽戀故山。白虹鐘鼎氣,丹頰朮芝顏。重會知何日,三生涕淚潸。

其 二

千里趣趨朝,凌煙閣畫凋。隰朋將代管,罕虎合推僑。歲月遲良晤,河山訂久要。論兵休造次,連夜角星搖。

楚門人吳既閑孝廉附舟至廣陵別贈二首

奇爾在童駒,今看裊裊鬚。札勤交獻紵,繇勇從乘桴。雋自揮談麈,狂空擊唾壺。昔賢經世亂,匡濟未全無。

其 二

楚禍兵連結,南歸路費猜。父書窮處讀,家訊急中開。痛掃鍾譚格,高標屈宋才。竟陵培塿地,曾葬帝羲來。

武林晤姜燕及少宗伯便送之南院二首

講筵叨簉跡,風采帝嗟殊。禮覺程頤峻,經從石介迂。避人違北闕,逢我泊西湖。恨不推賢代,空悲出處孤。

其二

爲問西江水,流曾到白門。謗消章屢雪,官左道彌尊。寰海烽煙警,陪京禮樂存。遺弓南北護,天意莫深言。

寄余武貞官庶二首

銀艾從人笑,無妨涉世疎。轉詹期汗漫,升揆事孤虛。細講姚江學,閒探禹穴書。汝鄉張諭德,名未遜羅諸。羅萬化、諸大綬、張元忭與君皆紹興狀元,張官僅五品。

其二

咫尺西陵渡,波生阻去舟。澤山深韞蠖,雷雨熟眠虬。仲過開三徑,吾歸老一丘。越閩高嶺接,誰遣水分流。

承蕭山來世兄渡江見訪即別賦贈二首

大宗推爾重,經術繼平韋。嬴秀文人相,鯢桓善者機。強年看解組,深夜媿傳衣。圓澤仙盟閟,重逢事恐非。

其二

憶過錢清渡,師門席屢携。竹煙蒸素筍,花露掇黃泥。世局虛飄瓦,家聲慎執圭。信來誰最喜,關切報兒啼。

蘭溪宴趙文懿祠臺特高偉感題二首

不審趙清獻,高齋即此乎。繞垣峰伏虎,凭檻棹飛鳧。氣概初年盛,勳名晚暮孤。是非誰管得,芳草綠平蕪。

其二

累層扶掖上,雄麗儼官衙。物力矜前代,民風右故家。相賢宜表鶴,吾老僅廬蝸。一事差公勝,生還里看花。

自水口下芋原舟人夜曼歌爲節聲微可聽三首

猿淚巧沾裳,困關樹夕陽。媟淫喧野女,哀怨動靈倡。蹋足聲尤苦,伸腰態轉長。明知鄉井夢,故故斷人腸。

其 二

昏黑任經過,無腔也自哦。孟郊銅斗曲,劉禹竹枝歌。生客驚如許,深宵喚奈何。洪塘知不遠,扉户滿漁簑。

其 三

五虎臥荒丘,臺龍釣未休。特宜綃白苧,偏稱幕青油。月冷鸕鷀堰,沙虛柑櫨洲。誰云郎罷侶,中隱大江流。

楓亭驛二首

驛設偏多韻,數椽煙靄中。宅圍莆樹接,溪繞雒江通。圃卉群生荔,亭名獨署楓。不知秋夏色,誰較射波紅。

其 二

不少經過客,何方比擬幽。鹹腥微近海,蕭瑟倍宜秋。樹古根全偃,碑荒字小留。蔡襄祠可望,從此達泉州。

甌安館詩集卷十一

五言律五一百首

聞甲申三月十九日京師報痛絕四首

杞國天洵墜,亳都鼎忽移。百靈誰扈駕,三月有隳陴。枉矢光搖動,炎輪魄蔽虧。自來喪亂禍,嗟復聖君爲。

其二

驟轂勾陳衛,中宵禁籥開。殺機天地動,妖夢鬼神來。黿斷三山隕,烏號萬國哀。翠華疑遠狩,猶望上之回。

其三

未命詑傳屨,宮車晚駕真。決機從列祖,蒙難拯斯民。萬段鯨鯢骨,千秋斧扆身。漢唐那得比,明德自威神。

其四

徐樂憂崩土,于玆信有焉。將旗遲北指,儒議沮南遷。號咷巢焚旅,玄黃血戰乾。小臣腸斷盡,辭闕甫經年。

哭臨承天寺中二首

大痛詎能忍,炎州六月寒。引聲風送咽,傾淚海增瀾。天降淫威爽,佛徵果報難。寺鐘三萬杵,何處望長安。

其二

梵宮排鴈序,叨遣領朝班。擗踴迷神理,憂惶想聖顏。騎龍仙鑄鼎,弔鳥俗名山。各有填胸恨,酬恩未擬還。

125

得弘光南都紀元詔三首

高帝龍飛地，神皇燕翼孫。代來庚叶吉，天造雨盈屯。涕淚登洪寶，英雄聚白門。承祧宗子重，晨夕向中原。

其 二

積怒群心鬱，風雷此一時。盛傳江獻木，偏讖地埋碑。寶出綸姚合，薪眠種蠡知。只今宮府舊，看是漢威儀。

其 三

孝陵園殿迥，望望雨花臺。磊落侯王氣，艱危將相才。破齊篁植薊，興衛牝歌駓。屈指南征遠，誰經蹕路開。

揭萬年州守自請督援師南行別贈二首

各安錞後處，微汝孰南轅。婦訣扉填土，書馳劍及門。閩師工水擊，越甲麗雲屯。重有荊山感，無忘句答琨。

其 二

三千驃騎營，晨過不聞聲。感激馳驅壯，憂危撫字輕。長途開智勇，九廟鑒精誠。李泌衡山起，終看復二京。

三山紀事四首

建康難得駐，何況入閩中。國值崩離際，人希翼戴功。退飛鳴漸損，孤注博非雄。遂見藩司宅，塗丹奉作宮。

其 二

亞父初歸老，曾孫舊繫官。且看旐暫綴，元識局非寬。玉貫馳篇翰，金鎔飾輅鑾。苦無平勃輩，何處覓交懽。

其 三

王家偏霸地，池有白龍遊。嶺左烽仍接，甌東貢未修。主聰繁制作，民困劇徵求。方叙雲臺寵,蟬貂昨拜侯。

其　四

未少憂勤美,當機裁決紛。猾胥恒得對,驕將輒言勳。劍冶池誰涸,芝山閣自焚。繇來雄略主,偏不貴溫文。

行宮太廟叨攝祭值先帝再期之辰得伏地慟哭因憶去年亦於是日五鼓詣寺哭拜二首

几筵瞻咫尺,嗟異席前時。諡號遷朝改,園陵閱歲疑。慕堯追遏密,遵漢易纖絺。盈把孤臣淚,惟應楚竹知。

其　二

謬膺留守寄,悲奉屬車塵。佛子鐘霑盡,祠官袂掩頻。師興權殺禮,邦小暫栖神。徒泣終何益,自傷一婦人。

哭黃石齋先生五首

信州庭戶寄,飛騎入新安。石髮旗翻短,江心鐃昭寒。債軍辭覺罔,歸馬詣榕壇。城外浮圖矢,千春恨賀蘭。

其　二

鳳輝堂上客,非煖竟脂車。顏閔驅馳苦,江黃控制虛。魂無歸闕處,膚是杖廷餘。三易洞璣在,何人解舊書。

其　三

黑子銅山島,龍官邇結鄰。比閭多好友,信國是前身。太白參差見,中台坼裂真。共愁靈爽盡,無復繼斯人。

其　四

浩氣薄奔霆,湛明比日星。墨銷存篆蹟,瓜削想嬴形。衛律何顏見,謝皐有淚零。白門千樹柏,長護孝陵青。

其　五

臨風涕泫然,交訂憶當年。楚戍湘江碧,杭棲潊洞玄。節完攀檻日,論定蓋棺前。群噪初何意,烏鴉任晚天。

傾　都八首

忍道人忘舊,傾都太喜新。世誰扶義士,天不化頑民。微管將披髮,非陶且漉巾。我家傳漢臘,初未識泉緡。

其　二

那有縛鷄力,空存膽氣麄。續騷猶罥女,陳範最嗤奴。目斷烏頭白,心傷鵠頂朱。新亭餘涕淚,嗟覓楚囚無。

其　三

憶昔崇閣議,叨陪英儁遊。運雖逢末劫,身合障東流。千載黃冠恨,萬方赤幘羞。髮膚親付與,辛苦若爲留。

其　四

紛下穹廬拜,微軀未敢輕。義非生所取,仁以死爲成。溝瀆慙微諒,河山證宿盟。鼎湖弓劍遠,何處扈南征。

其　五

咄咄終何道,乾坤信陸沉。婦詢姑謬對,偷發且佯瘖。依母袁閎操,避人龔勝心。有絃琴亦可,時復動哀音。

其　六

荊棘銅駝恨,相逢感廢興。畏稱前代史,權作在家僧。落拓華參管,沈吟武答陵。悲歡隨所志,無意學同升。

其　七

寂寂千門掩,漸看適市稀。俯疑天暫醉,遥覰海群飛。過魯窺龍岡,翼商缺豕韋。便教仙鶴化,争似昔年歸。

其　八

圖讖如當驗,盛衰自昔同。首山周餓士,三户楚甘公。蒲柳沿江緑,烽煙匝地紅。不堪斑點樹,併在九疑中。

送董伯音孝廉還會稽三首

間道趨閩嶠，經年客剡溪。月愁珠蚌減，塵挾海桑迷。久住踪牢落，初歸意慘悽。莫將鴨鵁鳥，聽作鷓鴣啼。

其　二

空有荔支饋，荒城戰後難。薯多幾廢穀，蒿長不成蘭。旅次防膠葛，山頭望紇干。西陵潮信急，風更北來寒。

其　三

巖壑青仍舊，梅村可宴然。鶴歸猶帶箭，羝乳漸馴羶。渭俗祠陳寶，巴人拜杜鵑。汝鄉饒韻侶，羞復寄哀絃。

哭王上白門人四首

繒繳前山滿，何緣遠駐身。大宗難約法，群盜暗窺人。失計珠彈雀，傷心袂泣麟。性屏魂復窘，愁汝不能神。

其　二

一溪吟釣處，誰信是幽宮。妻女同時寡，人天到此窮。夜臺乘鴈侶，塵世隙駒中。最是悲酸夢，三更炬照紅。

其　三

畏途逢末劫，靜者合休心。車輟崎嶇坂，冶嫌踴躍金。祝予空涕淚，誨汝尚沉吟。彌憶觀輪井，昔賢垂誡深。

其　四

宿債宜兵解，嗟惟命所安。披垣官倉卒，鄉國事艱難。庭醊驚猶覆，匣琴痛忍彈。枉勞浮海意，從此罷漁竿。

爲江友代贈某君

新安江皞臣，題句壽何人。堂侈懸弧宴，戶欣浴艾辰。詩書顏氏裔，弓劍鄭家親。爲祝鯨波靜，蓬萊海上塵。

輓凃德公待詔二首

吏部家聲舊，伊人何太奇。呼三催渡急，捞百拜恩遲。王午生傳祭，朱游病却醫。親看雷雨黑，驂虎駕龍螭。

其　二

五縣嗟仍陷，知君憤慨深。海濱夷是伯，天末史爲心。縱酒銷餘怒，披帷漲積陰。更聞遺令古，千載合沾襟。

鄰侯山爲黃石齋先生手闢即祠其地寄題追步原韻①

悵望蓬萊峽，仙軿去不回。客還逃詔洞，身上選真臺。崖戶層層啓，江帆一一開。鄰侯軀骨細，天予眺登才。

其　二

代去岐豐邈，舊章尚井然。成師傳是兆，疑老使之年。赤鳥飛傍日，黃熊湧出淵。自經神梓後，誰耐更談天。

其　三

連歲苦徵兵，鸛鵝逐陣成。鄫邾公用社，晉楚迭爲盟。燕享殽蒸禮，交遊縞帶情。河陽書不遠，猶自近王京。

其　四

女德嗟無極，宮闈婉娩分。息媯空有恨，齊子詎能文。羊舌連宗覆，雞皮到老聞。就中鸞鳳翥，孤賴伯姬焚。

其　五

龍鬭寧須覬，憑他鵾退飛。族行虞不臘，歌罷鄶無譏。斷足林雍躄，食言郭重肥。滿懷鸛鴿淚，長送子家歸。

其　六

寶劍孟勞出，良弓大屈開。于思謳棄甲，長鬣相登臺。千載爽鳩樂，百身鍼虎哀。衹教駢脅美,誇是霸王才。

其　七

賈客矇公裏,也看隱德饒。怪應呈罔象,卑莫過焦僥。（下原缺）

其　八

亂萌嗟未已,何地小安流。晚歲賢諸子,平生臨九州。火窺炎井暮,杓指玉衡秋。蓬勃櫟槍矢,臨觴屢輟遊。

其　九

詔來安所避,雲卧可潛醒。雷令鋒占紫,蔣侯骨負青。淒涼京口渡,慷慨夕陽亭。從此烽煙隔,巖扉四顧扃。

其　十

恨不留公駐,輪生四角車。白雞妖蚤兆,青雀使全虛。信國燕來髮,包山禹後書。禮堂鐘磬古,窮夕護精廬。

其十一

興廢道關天,蒼茫等逝川。錦官涪水廟,寒食介山田。種檟遲孤長,遺書與後賢。閩方增此地,突過考亭前。

送吳祐之歸毘陵二首

身世等萍浮,輸君萬里遊。客中三改曆,書到五逢秋。江楚山連嶂,甌閩海倒流。孤城圍許急,辛苦過潮州。

其　二

鄉夢錫山蘿,輕舟久罷過。化書譚峭並,蠻語郝隆訛。亂世功名薄,長途感慨多。親闈重省侍,回首意如何。

池　月二首

微月可憐宵,秋深葉未凋。露光丹鳥伏,波響白魚跳。水竹存清淺,茶瓜稱寂寥。石欄閒徙倚,真度赤城橋。

其 二

伊昔香山傅，屢傳池上吟。月爲收宿暈，天果破群陰。河漢澄成路，煙霏鬱滿林。頗因光皎處，銷盡嚮來心。

九日集張夏鍾館賦贈四首

拾級扶藜上，居然四顧開。家存龍劍訣，人是鳳樓才。劉牧呼鷹澗，項王戲馬臺。海鄉寧省識，空復望三台。

其 二

經過惟我數，幽事話能知。萍汎栖魚子，菰生乳鴨兒。暗泉鳴瀧瀧，疏圃種離離。獨樂園誇美，功歸司馬池。

其 三

欄曲費幽尋，池光十畝陰。曠懷誰客主，佳節且登臨。東渡吹猶帽，南歸灑是襟。隔墻鐘梵細，聽有出塵心。

其 四

歲歲登高宴，多君識孟嘉。洞巒當面正，隄岸繞腰斜。水暖荷仍葉，霜遲菊未花。罟師何處去，閒却釣魚槎。

園中花木狀二十首

植援(楥)存大節，卑瑣詎能詳。三桂月中種，八蘭王者香。蓋圓瞻柏翠，斑爛拭筠黃。槐子勤收在，家傳服食方。

其 二

閩方惟少雪，泉郡舊名桐。夜滴疏蕉雨，春迴弱柳風。槿籬編細格，榕傘擺高空。最是經年麗，佛桑照殿紅。

其 三

莫名紅綠品，嘉意謝東君。髮短繁絲見，衣香拂袖聞。引鈴驚鳥雀，澆酒避腥葷。女伴閒相過，幡圖日月文。

其　四

睨睆雛鶯囀,風光已覺新。棗應歌篹篹,桃欲詠蓁蓁。杏李同稱婦,椿萱厥念親。不妨拈管暇,長作灌園人。

其　五

夙觀王氏帖,珍重種來禽。九節菖蒲髮,六稜簷蔔心。巧穿珠作串,横插玉爲簪。梔子尤堪染,垂垂滿樹金。

其　六

漢宫春色早,石竹繡羅紈。青棘資蠲忿,朱絲表合歡。襪移侵虎耳,脂濕上鷄冠。中酒憑誰解,江梅一味酸。

其　七

競嘲貧舉止,鋪砌亦金錢。剖瓣藏商叟,凌波集水仙。雨風寧損蕨,紅白各開蓮。椀大斑支朵,無人解折綿。

其　八

未覺霜威重,荒園恰耐秋。芙蓉朝暮醉,末利古今愁。菊爲頹齡制,茄緣宿桮抽。露房看噴出,千簇是臺榴。

其　九

種菓關吾性,飴孫事未差。火星熒枸杞,金彈綴枇杷。攀摘娛佳客,爛殘施老鴉。側聞墻外語,欣指橐駝家。

其　十

抱甕疲行汲,當庭偃轆轤。蹲鴟微出土,謝豹漸登廚。姚魏愁難致,薔荆慣混呼。不應龍目美,輕斥荔支奴。

其十一

世緣看久淡,瀟洒滌餘憨。仙草猶稱鳳,佛花更字曇。根盤勞僕徙,核小稱姬含。歲絹需何物,料知隱種柑。

其十二

萬里戎王子,名存杜老詩。棠嬌佯蜀府,茶豔冠滇池。被野西番蔙,窮山北地梨。漢家騰苜蓿,傳亦出龜兹。

其十三

孤携長鑱往，澆剔雜諸傭。橘老嫌多蠹，桑空慮有癰。易爻徵拔茹，詩詁辨游龍。詎信金鴉嘴，年收畝一鍾。

其十四

風景日增非，行歌憶采薇。宦原群玉府，家是衆香幃。避俗師張鷟，成書踵陸璣。紫芝餐可飽，鶴骨要誰肥。

其十五

芳草縟萋萋，王孫歸路迷。曲池容吠蛤，高棧自栖鷄。荔薜緣墻長，蒲萄繞架低。落花紅陣雨，蜂蝶攪成泥。

其十六

梅菊饒高韻，塵中豈易評。特宜酬九錫，疇與配雙清。別派旁稱蠟，迂儒苦訟英。阮孫相對嘯，聽作鳳鸞聲。

其十七

韻事仍推廣，孤亭四望酣。几橫山躑躅，波拂野薔薇。烏桕冬收子，黃楊閏減圍。不知青白菓，誰較雨中肥。

其十八

蛺蝶避風翻，麗春秀一園。猫酣薄荷酒，鵑咽子規魂。紫粉辛夷落，黃團果贏存。頼桐紅百日，天遣慰蒲尊。

其十九

纍纍丹筆細，陰識是秦椒。指甲寧煩染，容顔簡似妝。蔓菁諸葛種，薏苡伏波調。夜合花開晚，偏宜蠟影搖。

其二十

任解胡荽穢，終言樂令清。因依桃夾竹，倏忽絮爲萍。抱膝遲含笑，登枝剗寄生。側窺身世理，那用更經營。

庚寅初度日季女于歸書示兒輩二首

以我懸弧旦，欣兹結帨期。暮年看益老，嬌女字仍姬。五五河圖數，雙雙花燭詞。向平婚嫁了，遊興未應遲。

其　二

京府浴蘭日，叨觀黷面容。弁兮方燕婉，衰矣合龍鍾。杖出希強健，車來見肅雍。兒曹勤致祝，家慶近重重。

過質園開窗野眺同諸社丈二首

虛館軒窗啓，歡窮覽眺才。旱餘官澗淺，烟裏戍樓開。雪意重陰結，詩情薄暮來。莽蒼三百畝，看落手中杯。

其　二

橋俯閣溪流，行人臂露鞲。堞荒憑雉出，林暝見鳥投。落拓存三徑，豪華話十洲。昔年烽火地，筯動至今愁。

登林存茹壻跂亭二首

八表神遊際，料知身世輕。掠巾容鳥過，垂袖放雲行。石有飛騰勢，山多映帶情。静修從此悟，尊性極高明。

其　二

抱膝悠然對，欣觀太古青。弟兄蘭玉氣，巖壑鼎台形。籤醬言窺易，河汾道續經。鄙辭原有祝，山立看亭亭。

吳浯溪宅後山亭特高勝爲題三首

刺桐千萬戶，高處屬吳公。隱約山經寓，遲回劍氣通。术芝光吐月，旗纛影摇風。石盾蓮花古，移來合此中。

其　二

不因樓角露，誰信是層城。樹杪歌臺出，階前畫棟横。夢熊徵太卜，司馬具三卿。中夜笙簫發，君聽鶴唳聲。

其　三

舊日揚州守，瓊花合滿園。華堂賓競集，檀板曲裡翻。白馬遥登嶺，青獅宛護門。不愁詩債逼,乩筆動僊言。吳好仙詩,每仙就。

侯官令王德遠門人畫圖貽詩見祝和答二首

松青肯改柯,匹練靄增波。鬣影冰霜積,苔皮歲月多。縣留飛烏譜,園播采芝歌。昂鑾需公等,吾衰老薜蘿。

其　二

秦北閩南地,歡傳製錦工。靜琴階散吏,馴雉陌依童。黯淡波吞白,琉球日射紅。怪來英衛績,猶自憶王通。

遙美上元縣某典史二首

蒙戎荊棘裏,無意覓蘭蓀。竟負常山骨,真招楚澤魂。望中迷劍閣,官處近陵園。士有千秋慕,崇卑豈足論。

其　二

道廢衣冠盡,南歸獨撫膺。丈夫班泣鳳,亭吏幘驅蠅。莫有文章嗜,終知分義矜。他年儒俠傳,書汝及門曾。

臘　暮五首

老去多違拗,況逢臘暮時。有懷吞海渴,無力正天欹。季女齋魚菽,嬌男狎棗梨。杜陵空偪側,誰賦洗兵詩。

其　二

門闔事園居,園丁懶掃除。墮花魚食却,殘菓鳥啣餘。痛飲澆騷本,清齋點佛書。偶然推案起,終念我生初。

其　三

洛水潮初長,南安誌亦修。枉傳三户讖,虛負五庚愁。辟穀人非圯,乘桴從鮮由。祇應狂向栩,披髮絳綃頭。

其　四

士行觀終始,詎爲咫尺圖。癙憂潛愈愈,烏集任吾吾。樂毅仍歸趙,蠡余或去胡。暮年嗟又過,淒斷隙中駒。

其　五

過歲將何備,侏儒粟一囊。母供長命蒜,兒索束脩羊。潦倒聊從俗,悲歌暗自傷。恰追胡服恨,千載武靈王。

至後晚集二首

冬暖蟄雷出,共嗟節候違。麥苗堪更短,灰管爲誰飛。酒國容通道,愁城借解圍。夜看芒角異,金氣動兵威。

其　二

雜坐忘賓主,鉏櫍了不營。被墻紅葉滿,堆案綠樽橫。同有沾襟淚,時爲變徵聲。邂公謀徙宅,從此賦西征。

守　歲二首

歲竟堂堂去,誰誇墨守工。弟過歡作客,親在諱稱翁。廟供餛飩俎,庭喧爆竹筒。詰朝遲嫁樹,應候五更風。

其　二

竈馬飛騰上,憑他奏赤章。匝旬春色晚,連夕鬧聲長。奴婢新裁襪,兒孫各舉觴。老人更事慣,看亦往來常。

【校記】

① 原本次序重複紊亂,然頁碼連屬,今依原錄收錄,次序重編。

甌安館詩集卷十二

五言律六一百二首

黃仲霖兵憲招飲署中即事八首

憲府沉沉署,身容到後堂。壁開圓比月,窗合脆含霜。八詠轆轤體,千杯琥珀光。未須循短髮,天地意微茫。

其　二

便説楊梅好,荔支自絳綃。燭深呈法部,盤列出官窰。苦决夷門水,新安洛浦橋。穀城家世共,虛用綺園招。

其　三

再奉華堂宴,邀歡此較真。負緣輸拇陣,狂許吐車茵。禮數前朝異,交遊宿世親。眼光驚電爍,龍劍自威神。

其　四

衙柝緩更籌,前賢蹟未悠。脱冠趨蜀府,拖履詣江州。蹋任將軍戲,刀憑刺史留。牡丹追夙詠,淒斷古今愁。

其　五

舊憶平臺對,相看繡斧鮮。恰收遺老淚,重上使君筵。龍女歌王粲,巴人禮杜鵑。不因旌纛肅,瀕海若爲眠。

其　六

蔬荔林間圃,共傳吟嘯聲。席移鋒溢發,關啓骨森鳴。私媿流連客,甚勞約束兵。自公鈴閣暇,隨意罷楸枰。

其　七

西子湖邊柳,仙人嶺上霞。亂離容轉盛,匡濟理應嘉。海净千山曉,春遲二月花。可從驅小隊,間過浣溪家。

其 八
銅山嗟不返,猶話虎丘期。好盡寧爲累,多能莫廢癡。怨歡風葉解,深淺海桑疑。洶湧琴心隱,吾生亦有師。

舉第四男答客
夢裏驚推枕,囪然墜地時。抱寧關母愛,含亦當孫飴。七月胎仍踵,三朝洗不遲。上林千萬樹,堪數側生枝。

其 二
四序行當季,誰分突忽騧。半宵欣剖蚌,他日好芸瓜。路識啼聲大,山規髮頂窪。即看綸閣閟,猶放紫薇花。

春樹交榮所未葉惟槐棗桐椿四種耳感題三首
自是盤根固,非關赴節遲。雨風沉宿夢,桃李讓先枝。幽谷猗蘭操,商山甪里姿。論交賢四友,公傲豔陽期。

其 二
夏淺堪春勝,徐陵諷寄深。擢柯憑蘚積,留葉俟蟬吟。敢道孤高色,差無競進心。閙塲閒卻步,猶足慰蕭森。

其 三
不藉東皇力,料知出處高。鄂華常棣美,良匹寒脩勞。候吐朱明火,香分正則騷。最憐寒食雨,紅紫落溪毛。

園中喜益母草盛生二首
益智虛相餉,何如益母懽。義推慈竹里,祥集孝烏冠。兒女觴千祝,神仙藥一丸。詎知畦數武,中有渤瀛寬。

其 二
金芝美不如,和氣鬱蒸餘。夏午勤收子,春寅首芼蔬。著花凌枸杞,稽譜字菴櫚。善賦潘懷縣，長依薄板車。

往汴河決張林宗先生畢命水中諸名士多爲賦哀詞者輒依韻奉輓如其篇數五首

宿負公車債，厭嘗餺飥香。約僧閒過院，麈客遠移床。劍化空衝斗，琴彈舊履霜。汴城翻倒海，悲汝一身藏。

其　二

乍覺驪珠失，寧貪燕炙香。是山皆覆釜，何壁更懸床。斷蹟波間梗，孤兒草上霜。祇應龍女慧，披覽篋中藏。

其　三

寂寞尚書後，猶傳劍履香。竟虛揚子宅，誰伴庾公床。酬字三千絹，墮甑五十霜。僅留詩種在，辛苦臼嬰藏。

其　四

先代崆峒遠，憑誰發妙香。雪消迷兔苑，蕪長亂蛇床。貝闕騷仍楚，金橋曲似霜。所嗟苞羽盡，高鳥合深藏。

其　五

林宗饒好友，若箇是仇香。破硯欹臺瓦，寒花覆井床。歷湖安避水，燕市更飛霜。白傅篇章在，終依古佛藏。

雨後課小奴種雜花子三首

簷際囊懸久，預防雀鼠侵。怒生資雨力，區別見天心。襁脫兒拳細，妝調婦鬢深。一年佳好景，無復勝春陰。

其　二

撒手齊高下，俄看秀苗新。夕投機上杼，朝灑麴中塵。村嫗歌傳訣，社翁笑入神。要知雷動意，解作是深仁。

其　三

便道花師老，莫輕丫髻童。部分仍有法，驅使亦能躬。敝絮陶徵士，平泉李衛公。總歸無用處,煙靄夕陽中。

賦得雨中山果落二首

篆烟鐘外濕,何物更關情。坐對巡簷滴,時聞委地聲。爛痕蟲食透,苞角砌蹂平。不覺飄零感,閒隨縟草生。

其二

吾豈匏瓜繫,也憐積靄寒。莫將釵墮却,偏是粉淋殘。望去枝猶動,拾來蒂未乾。定中芳氣觸,終信息心難。

夏韓雲舊守至自新安宴呈四首

父老壺觴集,歡迎夙所天。各詢離別景,重話死生年。家破吳音在,帆來楚夢懸。溯從攀柳地,荒盡夕烏眠。

其二

長鋏莫悲彈,征袍濕未乾。衲瓢姑浪跡,樞筦舊登壇。遼薊驅馳苦,徽饒控制難。只今追幻夢,何處是邯鄲。

其三

陰覺雄心在,漸看鬢髮華。力完淮世子,身似魯朱家。馬嶺烟如織,荊州市有沙。不逢江上客,誰與訴琵琶。

其四

握手終何道,相逢憶武昌。酒樽犀角遠,歌管鴈翎長。好去依明府,休言託異鄉。洛橋今再造,猶是使君行。

有所避出宿雙路墓廬四首

矯矯雲間翮,遲回廣莫風。道窮行入海,膚遯合居東。束晳笙詩補,鍾繇墓舍通。最嫌城市隘,身在虱褌中。

其二

空谷森蓬藋,聞聲意跫然。座誰飄白旐,家自惜青氊。雷怒恒滋雨,村虛盡禁煙。恰留垂老淚,橫灑禮堂前。

其　三

妻子詢奚適,擔簦信所如。戀山秦吉了,辭海魯爰居。禮失空求野,時危誤信書。忍聽啼血盡,尊是帝魂餘。

其　四

傳說芝山寺,麻衣滿會城。阮哭嗟何謂,荀容借不成。餓麟希罷嚇,烹鴈恕能鳴。莫向城東立,時無布子卿。

村　曉二首

襆被携來少,鄰雞隔壁鳴。犢麏過可數,蚊蚋噆無聲。曉起山容净,遥看海氣平。莫因宵宴罷,春夢滿層城。

其　二

生事故難齊,晨炊動寶圭。兔絲牽道左,牛矢壓欄西。徑濕桃花雨,沙融燕子泥。邑居寧鮮此,終復愛山棲。

戲拈左傳中雋語爲詩略加詮次

周法重尊親,傳經表素臣。代君逢丑父,貽母潁封人。欲霸齊修禮,將亡虢降神。無論方策在,詼詭亦堪陳。

其　二

披髮芳郊祭,戎來厥有繇。人啼深駭豕,天壓驟號牛。食指嘗黿動,胚胎乳虎留。不應驅楚績,端爲蔡姬舟。

其　三

白馬新朱鬣,禍生始璧瑕。鄭詩歌七穆,魯政隸三家。寶判雌雄雉,妖徵内外蛇。要知征戍苦,心跂及期瓜。

其　四

鹿車自可駕,何用鑑光渾。風雨殽陵隘,灘漳楚祀尊。玉愁陰不佞,犀畀敚無存。獨愛賢公子,辭家託木門。

其 五

石言緣聽濫,邅復辨虛無。五鹿前徵吉,三犧晚望孤。疥痁將罪史,饑旱豈關巫。班馬鳴聲急,時看幕上烏。

其 六

頻上大庭庫,未辭登眺勞。超乘秦俗勁,稽首魯風皐。澤自誇雲夢,山曾廢具敖。孟僖能好禮,合産南官韶。

其 七①

[闕 題]

其 二

勞走萬松嶺,爲呼艇載之。精靈如許閟,樵牧不曾知。丹氣通勾漏,鄉思接武夷。恰須弦誦隙,飛葉徧題詩。

其 三

小試開山手,深知避地情。代更嚴瀨姓,家諱漆園名。石骨砂崩出,峰容黛點成。群翁三十仞,驅亦解將迎。

其 四

大滌餘杭洞,風光似此無。勝終私井里,公久越江湖。山鬼衣蘿薜,蠻童舞鷓鴣。憑虛聊試險,天意要人扶。

其 五

盈座美芳蓀,幡幡瓠葉樽。望中齊華霍,官外品淵騫。世態倉觀鼠,山心樹坐猿。幾回看匹練,飄影過吳門。

其 六

鮑葛聞相命,歡言結搆工。蘭芝紛滿握,獅象若爲雄。毛髓三薰後,賓朋百拜中。一丘如可老,吾敢後趨風。

其 七

(上原缺)鷄距徒煩飾,鷫冠未用驕。至今悲魯叟,項領類皐陶。

池蛙夜連鳴不絕呵之二首

雲影虧微月，池聲噪積陰。亂絃妨客語，清唄動禪吟。盛寫華元貌，虛投荆慶金。鼓吹何足慕，吾意在聾瘖。

其　二

夢裏勞相過，群僧袒裼回。莫因銅鼓化，將爲水萍開。長短誰能問，官私一任猜。料知蔣詡徑，春盡半蒿萊。

偕諸丈邀韓雲夏公登清源絕頂晚過百丈坪遇風小憩新亭同和夏韻四首

漸覺雲關峻，衲衣手瓣迎。佛龕仙割與，山陣海驅行。堞抱魚鬐曲，潭澄虎乳清。越王遺保地，淒斷古今情。

其　二

五岳名山祖，經兹幾代孫。夙遊愁雨打，重到屬星言。夕照人煙小，中台帝座尊。有朋吳楚美，勞苦問真源。

其　三

煙水滌清酣，庚桑舊事聃。茶蔬僧薦客，鷄黍俗祈男。漁父桃源路，藥師橘井談。昔年銅海叟，曾此駐朝驂。

其　四

長坪廣莫開，天末繡黃苔。莫話澄清志，同逃劫數來。墨留前守蹟，鋒觸老尼才。薄暮笙簫返，松風夾道哀。

蛻巖西偕樂亭在焉前黃石齋少宰稱爲此山雄攬余息可易作雄攬亭也即用原韻二首

衆山團結處，孤絕迥難偕。自得雄稱攬，宜將石字齋。洞形龜偃息，橋齒鴈安排。惆悵漳江水，東流到粵厓。

其　二

枉被林宗笑，名題一部經。檻邊低栝柏，杯底過雷霆。塵世頭空白，幽人眼自青。只今圖畫古,森倚最高亭。

望南臺追懷黃布衣先生二首

觀井畫圖新,春風筍水濱。亂離歸故里,巾屨集同人。魂魄猶依沛,詩書盡避秦。至今山鳥響,猶似影逡逡。

其二

訪賢亭在否,遺宇漸欹傾。乳契鵝湖辨,苔深鹿洞情。耄期登𤱶畝,齋祓過彭城。宮傅三朝老,同之賦遠征。先生與安平黃太傅壽各九十三卒,有《彭祖觀井圖》,甚佳。

山歸經北郭有蕭條非昔之歎二首

山徑回看杳,蒼蒼嶺上松。塔高城半武,溪遠郭千重。網織沉墟廟,烟霏濕暮鐘。緬惟全盛日,燈火列星從。

其二

暝色趣歸休,重關蚤閉愁。瀑乾雲且徙,林濯鳥安求。十字田龜坼,三村屋兔遊。刺桐花自發,荒盡錦城秋。

城北羅一峰書院屬議毀聞之惕然二首

成化醇熙際,於今二百年。舶官勞謫史,祠禮重僑賢。歲僅留香火,居非乏市廛。食桑鴉眼在,公近泮林邊。

其二

聞道關東將,漸營郭北樓。極知時板蕩,粗念學端倪。蛇鼠侵階長,蓬蒿沒戶齊。白頭津曲吏,何力障危隉。

題李孝伯花隱別業四首

巷僻車窮處,誰期宛委通。入門驚竹翠,隨地見花紅。白璧邘關使,青樽綺里翁。酒行觴政肅,知未損家風。

其 二

複室牽連繞，無言信李蹊。外家衡鑑重，先世斗山齊。圖史床邊出，鶯烏畫裏啼。稚兒呼耦揖，端好額沉犀。

其 三

曠奧兼雙得，料應結搆勞。浴丹留井小，垂佩倚臺高。贈我金魚珀，窺君玉兔毫。洞簫仍手作，仙樂聽雲璈。

其 四

遂有樓臺地，無妨子克家。石紋卑皺瘦，梅影動橫斜。白下爲郎久，滇南出守遐。只今銀漢淺，何處問星槎。

寄寧晉張公儀孝廉二首

婦姑如此節，夫子復何論。風日西過冷，河山北望昏。經茅窺潀井，章掖哭鬢門。莫斫王裒樹，枝枝濕淚痕。

其 二

盍簪畿輔滿，宜汝獨棲閒。昭代陳公甫，前賢謝叠山。蘭椒千古恨，桃李一時顏。可有南遊興，春風沂水間。

暑甚得雨解喜詠三首

便誇長炙手，天意屬平分。響近梅花帳，涼生箬葉裙。霎時金警露，連夕火蒸雲。已覺玄蟬咽，淒清異昔聞。

其 二

不謂驕陽伏，功成信咄嗟。客來教說餅，奴去罷沉瓜。灑翅聲喧鳥，苞房態潤花。即思身世理，何用太隆窊。

其 三

化工真老手，毫不費推移。指顧驅殘暑，招麾易小兒。几筵蠅遠跡，霄漢鶴高儀。莫過乘涼快，秋應宋玉知。

池漲二首

泉眼陰瀦久，欣茲一漑通。月臨河鼓節，人在水晶宮。裁却綸竿短，修將粉榭雄。物生誰最適，蛙黽笑談中。

其二

澮洄寧堪誚，長篙測未消。菓頭垂亞艇，魚尾躍平橋。虛見鱗波起，眩疑塔影搖。更思溟島外，風浪接天潮。

小疾晚粥二首

小疾猶堪粥，未應蒟醬稀。蚤秋防瘧痢，垂老厭腥肥。息念憑孤枕，調生倚半饑。雨中愁嫩菊，留取試黃衣。

其二

露坐嫌凉輟，高眠意未闌。亂來蒲扇少，昏後葛衣乾。節候炎方爽，賓朋伏月難。蓐收隨得序，終解憶長安。

劉賡穆自漳中送到竹輿賦謝二首

舊聞陶處士，病脚要人扛。我敢希彭澤，君猶念曲江。辟塵深掩幕，迎旭暫開窗。去矣將奚適，違之又一邦。

其二

鳳輦當年侍，駒轅舉世疑。老堪隨馬足，貧或載鴟夷。家具孟郊少，窮途阮籍知。不因朋好力，吾浸借尻馳。用《莊子》"尻爲輪，神爲馬"語。

得兄子原舍貢士京中書二首

貢聚天寧寺，城中諒斥居。自淘東去浪，新接北來書。郡宦三家止，宗庠幾葉如。席前兒女長，翔集費躊躇。

其二

致汝從偕計，於吾有厚顏。禁聲過北闕，擡眼望西山。蟻陣朝端變，鷹圍塞外還。院門經到否，荒草咽蛩螢。

每歲秋熱逾酷茲小凉以雨故起居粗適四首

不知天地意，端肯閱微躬。律甫賡夷則，威隨歘祝融。就機啼絡緯，窺井覓芎藭。解道炎炎滅，吾聞漢代雄。

其　二

凭欄支偃仰，秋色澹明河。魚倚放生躍，鴈從排字過。夢廻呼苦茗，香盡嗅衰荷。童子垂頭睡，陰滋感慨多。

其　三

鬱紆微覺散，山氣漸晶明。北斗黃姑渚，西方白帝城。罷梳悲髮短，消汗感身輕。何處風鳶響，聽疑箏笛聲。

其　四

未了茶瓜課，暫凉雨問之。漢宮團扇晚，閩俗藥砧遲。諧謔頭舂杵，倉皇腹熨萁。昔賢饒韻事，留待感秋詩。

月初出在池北望乃漸南夜各隨所照移坐二首

蝙蝠群飛罷，歸鴉宿到齊。月分池上下，床逐樹東西。影動流蘇鏡，煙沉辟暑犀。極癡劉子政，辛苦卯金藜。

其　二

徙席勞童子，披襟任老夫。闔開螢後火，虧滿蚌中珠。觸物憎凝滯，忘機罷咈吁。夜深花露濕，身世入看無。

鈴鴿二首

鴿尾細拖鈴，偏宜靜院聽。雁瘖虛寂寂，鸚慧強惺惺。望遠雲穿白，歸遲月叫青。恰應輪鐸響，高處答東丁。

其　二

匠巧琢鋒銛，佳人線繫纖。金生毛羽裏，環動海山尖。蛩咽卑棲草，箏吟薄附檐。溯源誰想出，初若不相黏。

庭前金錢花盛開戲詠

倚欄高幾許，陰具識時才。葉比毫端竹，花同盞上臺。絳趺雙陸賽，丹瓣五銖開。得當金錢使，吾愁世事哉。

秋　　萱

競道春萱美，還應小讓秋。物情嘉婉娩，花意近風流。露砌叢卑吐，涼宵萼暗抽。不妨妝鬢側，閒隱玉搔頭。

賴桐花呼百日紅以端午日采盡旋再開自初夏迄秋未已他方鮮見俗頗不甚貴重二首

半年開不徹，雙梗對俱紅。穗綴珊瑚火，鬚含菡萏風。最憐攀折後，偏麗赫炎中。傳說嘉州種，將無此地同。

其　二

潦倒蒲葵恨，稜然意不群。葉圓規綠幘，房簇吐朱雲。艾髻曾簪汝，花齡總殿君。任教兒女賤，吾欲廣奇聞。

題所藏琥珀冠子三首

松液千年結，象犀價未尊。羽衣披却稱，瑤笈誦仍溫。越駭章縫異，周容黼嘩存。采芝從此逝，泯默更何言。

其　二

梁小不勝簪，慕容琢治深。飾巾年老大，韜髮意沉吟。皁帽殊方製，黃冠故國心。便教輸晉府，知未改南音。

其　三

自疑光燭路，遙識氣臨關。吉月朝真去，深宵禮斗還。落星瓜步渚，棲雀紇干山。家世黃初起，仙名是魯班。

秋後尚聞杜鵑鳴微有所況二首

春送嗟何晚，暮風吹汝寒。禮衰勞母養，時異媿身單。已覺毛衣禿，空憐血淚乾。鴈過聲嘹慄，無語獨憑欄。

其　二

謝豹啼非昔，嗚嗚夜嚮晨。屈歸寧有姊，望去欲誰臣。商陸傾筐盡，搏勞上樹新。作歌窮杜甫，休憶舊宮嬪。

觀網魚作二首

羨心妨入道，何意動臨淵。猶撥罾中刺，業登酒半筵。晉卿殮未儉，吳女怒非全。漁釣雖傳久，吾堪佞昔賢。

其　二

強道梳池好，仍貪觸網新。鶺鴒驚是客，豻虎弱於人。草隱鴉青翅，波浮雪白鱗。季鷹秋興闊，單合憶江蓴。

盂蘭會諭諸上人

歲歲中元節，香花綵勝鮮。不辭金布施，惟望果團圓。蛇鼠縈枯索，象獅夾寶蓮。即看題疏手，鉤點倍精妍。

贈夏四雨玉二首

夙負穿楊技，群推炙輠談。入閩爲客數，歸楚得兄三。僕馬催登道，園亭寵駐驂。篋中饒藥裹，芎芷最消痰。

其　二

路過嚴瀨迴，安穩下江舟。墨漆他鄉重，椒蘇鄙地優。渭濱千畝殖，徽賈萬金流。不見弦高偉，秦輸十二牛。

因夏韓雲還寄訊楚中諸及門友二首

爲問岷江水,曾經漢口來。十年驚寇憯,三度輟花開。浮海滄波杳,入關紫氣猜。未應天禄向,偏具較書才。

其 二

昔年持節地,嘉意屬江陵。忍看彈冠士,都成薙髮僧。瑟希空與點,衣在欲傳能。治亂天生久,微躬或有憑。

【校記】

① 按:以下原缺。下六首從詩意與《左傳》無關,故另標"闕題"。然卷前目錄亦無此詩題。

甌安館詩集卷十三

五言律七一百六首

答　客四首

緩頰談鋒起,支頤意嗒然。客心懷五就,君側戒三愆。俯井悲思肖,藏瓿薄草玄。孔璋工賦手,曾憶檄曹年。

其　二

各有飛沉適,誰堪話薊丘。阮狂卑趙李,嵇懶薄殷周。歲久疎魚鴈,風高逸馬牛。采芝聊可飽,輸汝稻粱謀。

其　三

鹿蠡何等爵,椎結自爲容。易水虛鳴劍,豐山別應鐘。兩朝尊傅保,千載襲橫縱。老吏華歆貴,回頭舊作龍。

其　四

河梁分手後,迢遞寄書難。南北途非阻,市朝義所安。握環從使訣,咽雪照人寒。服匿還君贈,勳名異代看。

廢人不宜詠美好物完全事輒錄其缺落可憎者得若干則

荒　村

入門無復門,詢舊幾家存。日色寒增苦,泉源淺著渾。北方流徙業,南國戰爭魂。往往青燐動,風沙殺氣昏。

古　廟

蛛織繡神衣,樹侵半掩扉。鼠妖俄穴徙,巫老已家肥。不信英靈歇,何因祭賽稀。眼看諸土偶,空作嚮年威。

卧　鐘

鐘紐何時斷,蒲牢吼不神。啞收雷電響,蹲似虎龍身。婦孺摩娑古,僧徒懺悔頻。萬金平等閣,端屬再來人。

折　劍

破山鋒用盡,淪獄氣依然。芒吐剛三尺,塵銷想百年。俠流資拂拭,蕃部費裝纏。終勝鉛刀割,君看爨後絃。

敗　鼓

再衰三竭罷,辛苦委沙塲。莫歎援枹怯,猶誇和藥良。形虛歸變滅,脉僨誤強陽。千載岐蒐鼓,相傳琬琰章。

斷　碑

滄海晚非深,峴山點畫沈。負趺龜入水,磨角鹿窺林。怪事碑能語,欺人字有金。布氈三日卧,悲吻若爲吟。

廢　檾

蘭膏愁未爇,踪跡暗中疏。夜織停機後,春遊整轡初。鼃罶從掛壁,墻隙並棲苴。惟有桃蟲駩,油湯灑不如。

寒　灰

大地冰霜盡,孤存一寸丹。火窮猶有種,灰冷不禁寒。田甲情何薄,商君法太殘。只應南郭子,山木百圍看。

破　硯

静者長居北,天陰姤爾閒。月形留半魄,風字損初彎。淚動蟾蜍滴,波明鸜鵒斑。鄴臺銅雀瓦,稜角到今刪。

禿　毫

多累管城子,雲霄一羽毛。免冠嫌髮禿,衡石愧心勞。白黑鴉翻翅,倉皇蚓負尻。鬣封懷宿草,重與薦香醪。

敝　袍

簪笏今何用,瞻烏痛隸俘。世方尊綌,身合老菰蘆。捫虱談慷慨,懸鶉意

153

囁嚅。故交紛貉厚,知念綈袍無。

晦　鏡

明鏡絶纖瑕,得來王度家。歲深迷綉閣,呵重失菱花。作法膏珠粉,隨緣食汞砂。廼公師老氏,虛用滌塵誇。

老者有生所必至顧俗或諱焉不曰大塊佚我以老乎作諸老詩

老　儒

祭酒推鄉社,繩趨擇地行。起居雙甕牖,身世一燈檠。腹負唐園誚,饑同布穀鳴。夢中騰踏去,遮莫信前生。

老　吏

裝裹鬪身强,宦深滋味長。舊僚談委曲,陳牒訊精詳。鑷髮從人笑,呵驖過里將。怪兒教不得,貪睡觸屏僵。

老　將

生憎拜將壇,牙戟滿門闌。部曲千金盡,槍刀百戰難。跳坡騎勒澀,藏匣劍鳴寒。猶善廉公飯,誇人虎樣餐。

老　醫

禁方誰盡曉,芪术漫枝梧。豎子休勞妬,郎中已解呼。問肱三折未,曾活幾人無。少卜名相配,同嗟絶藝孤。

老　僧

漸覺徒孫廣,疑年雙樹知。髮長誰與剃,經老不遑持。退院茆菴窄,參方竹杖疲。莫因科腳甲,刀誤小沙彌。

老　道

稚川何路到,青鳥信來稀。月下緱山去,天邊信國歸。俚歌聲縹緲,神福胙腥肥。參嶺吾曾覿,星官白羽衣。

老　農

晴雨占粗驗,勞勞耒耜家。鹿塲薅偃仰,牛火笠欹斜。婦餉聲兼喚,兒蹲語不譁。偶因城市返，欣識使君車。

老圃

生計屬耰鋤，春盤薦豆初。糞多腰傴盡，苍矮鬢蓬如。累代樊遲學，齊民氾勝書。想當澆灌罷，沽酒夕陽舒。

老奴

僅約子淵才，驅馳了不猜。寢興情性習，年月見聞開。結束經郵驛，傳呼薄隸儓。晚看心稍下，莫悟晏嬰來。

老婢

敢辭呵罵苦，隨例菊蘭秋。赤脚忙中喚，青裙嫁後收。社翁資插燭，鄰女仗梳頭。時乞花枝戴，逢人話夙遊。

老傭

傭保空相笑，名流某在斯。突煙沉夏馥，裝筑謝高離。院署花間枕，江湖廡下眉。宋家迴易使，羑舸徧東夷。

老妓

脂粉畫如煙，鳴璫屧躡絃。強參嬌小隊，還擬冶遊年。歌舞聲低却，羅紈色黯然。祇餘張從事，濡指廣陵筵。

老賈胡

碧眼栖遲處，揚州定粵州。鬼工應未識，天象合相求。指使崑崙慣，經過爨釁愁。士窮懷寶恨，逢著淚堪流。

老游客

技靡略工文，身浮出岫雲。過家翻似客，將宦復非員。鴈燕參差羽，龍蛇錯雜群。鄙人專一壑，容與萬輪君。

繇壯得老匪直也人吾聞物老則群精依之謂之五酉於宣尼亦云

老牛

尸殺嗟誰敢，桃林四望迷。暮風驅入圈，長日看掀泥。兒喜卧吹笛，犢從泅渡溪。莫欺筋力倦，猶可致扶犁。

老　　馬

九臯寧復賞，爲卸鐵連錢。尚有騰驤志，其如晚暮年。竹批辭峻坂，烏立過平田。銅表題爲式，舊經漢將憐。

老　　狗

愁媿汾陽宅，曹州孟海存。寄書勞首路，防盜畏當門。越蠱機尤警，韓盧質頗尊。惡聲希怒及，終解報君恩。

老　　鷄

著績尸鄉最，翢翢逐意成。失晨思更補，爲畜愛長鳴。栅要宗文樹，荒曾越石驚。自悲陳寶遠，無復應潮聲。

老　　樹

再經烏鹿倒，山立鬱亭亭。腹偃雲雷氣，枝翹鳥獸形。學徒標孔里，官爵閱秦庭。別有金城唱，愁人駐馬聽。

老　　藤

吏部東廂種，詞林後院花。蔓生龍夭矯，芬吐蝶橫斜。回首瞻京闕，傷心委浪沙。自傳松化柳，誰奉棗如瓜。

老　蠹　魚

得地依詞苑，嬉遊意匪貪。裝潢隨轉徙，篇籍信沉酣。眽望規中髮，文通帙裏蠶。覓仙仍有路，真誥五千函。

老　華　表

里遵周制度，門表漢威儀。藻飾光垂暗，撐扶勢漸欹。遼城歸素鶴，燕壠走文貍。轉覺張雷隘，誇他博物知。

閱吳興閔同生詩有十樵題云本唐皮陸唱和之什戲效其體

樵　　谿

白雲隱際天，條到峰腰斷。虎落勢微窪，麋興跡大盌。根蟠羽蓋平，乳滴瑤床滿。中有擔柴夫,谿逢吐話欸。

樵　家

絢索不關人,鄰比溯父祖。山精結搆牢,木客籬樊古。沿水遠修筒,入林高掛斧。寧知世起家,況識皇移主。

樵　叟

粗免農桑勞,全辭酒肉養。爲兒記草青,於齒叨松長。壓重贅盈肩,操多腊入掌。恐欺筋膂衰,邪許聲先往。

樵　子

蹲蹲赤日中,跳擲類驚兔。浮澗獺奔波,探巢猿上樹。枝椏解半丫,淖弱遺雙屨。稍賴拾薪還,彌縫翁媼怒。

樵　徑

危磴碧空懸,淙琤漱寒瀨。羊腸詰曲盤,蛇脊微茫蛻。望去晴光搖,生來髀骨大。昨欣鹽米通,一縷孤煙外。

樵　斧

刀劍理非殊,新硎看乍發。虛聞質爛柯,底事剛修月。泉潔礪如霜,柄規油比滑。數聲鳥外幽,何處丁丁伐。

樵　風

空谷蘊悲風,熟聞吹過耳。徒驚鳥雀飛,轉益薪芻委。支石補牆傾,疊茅防架毀。便教霜雪零,身世等流水。

樵　火

野火忽延燒,黃雲薄暮赤。蒙茸卷到心,輪囷融歸液。濁酒石旁溫,寒衣竈下炙。解知松柏姿,從此堅如石。

樵　擔

擔勢漸弓彎,長年背負久。危坡左右肩,遠徑縱橫手。磨領任雙穿,繫繩憂寸朽。不妨蔬簌懸,時復換升斗。

樵　歌

樵唱苦無腔,聊云意所觸。倦餘滿眼朱,睡起前村綠。隔水低仍高,隨風斷且續。笑他城市譁，金管玉笙曲。

思樵漁一也難偏廢稍追補所未及

漁　舟

舟即象魚製，鯆鮗出水深。裹裝蘆渚箬，移繫柳亭陰。楚客椒蘭佩，吳兒木石心。杖挐從此逝，微笑過緇林。

漁　網

一綸何所得，梁笱氣非雄。蔭舸三間屋，拋江萬尺篊。夜炊星火動，晨眺海雲空。待掣鯨魚浪，真看赤鯶公。

漁　眷

只除腥氣外，渾不帶愁顏。閟戶伊優裏，浮家晻靄間。米鹽新婦浦，香火小孤山。歲節聞喧笑，風波樂是閒。

漁　衣

生計繭絲微，秋江釣伴稀。典簑欺雨過，翹笠趁凉歸。客送蘆花被，家傳槲葉衣。畫師嫌意淡，辛苦著朱緋。

漁　謳

天籟冷風鳴，鄉音訛誤成。叩舷如可聽，持檝不勝情。欸乃山皆綠，滄浪水自清。夙因城易米，偷學小雛聲。

漁　醉

歡得四腮鱸，前村酒易沽。啜醨規屈子，投石笑申徒。薄暮灘流下，中宵罶負趨。醉鄉何處覓，多半屬江湖。

夏　至四首

夏至愁多雨，東南信漏天。靜窗惟困坐，涼枕稍安眠。絳闕嘡嘘過，青郊霢霂懸。稻登垂欲飽，龍鼓合教憐。

其　二

減米貿薪炭，預憂價似金。鼠姑相次出，鳩婦不勝吟。日隙光微閃，雷餘氣毒淫。哀多存此數，留許易秋霖。

其　三

昨歲橋鋪石，心期漲後看。績真歸砥柱，波俛溢扶欄。蘸水枝猶濕，翻風羽未乾。躍魚剛尺半，銀裂剪刀寒。

其　四

土氣防宣盡，紛敷遍草萊。少焉加撙節，曾否損恢台。木筆三春續，芙蓉五月開。曠陰傳妙理，誰具董生才。

題隋史王頒傳後二首

毒怨茲何甚，仇讐帝不分。竟騎巴馬子，重扣秣陵墳。國恥梁朝雪，家聲祁縣聞。慨觀南北史，荆聶合輸君。

其　二

千載鴟夷恨，無人更頡頏。鎚侵陳武帝，鞭及楚平王。兵勢原憎詭，儒流或怖狂。宋家成底事，分骨蔡州忙。

温子昇不修容止嘗云詩章易作逋峭難為今不知逋峭何義也略意解兼代解嘲三首

曲禮源流遠，城隅遍達挑。伹須懲坦率，何意學招搖。姿制三吳盛，儀容六代妖。強云騷賦客，芳潔佩申椒。

其　二

周折形如磬，徒誇步武工。眼光牛背上，腰骨鶴群中。傅粉熏衣慣，膏唇飾鬢同。溯誰緜蕝始，毋乃叔孫通。

其　三

温庾幽并美，頹然萬事慵。醉餘憑潦倒，歌罷信龍鍾。子羽嗤頭責，丘明恥足恭。自來文苑客,無例更修容。

團焦二首

神武秀容宅,龍潛夙所安。代風崇朴質,王業建艱難。異氣蒼鷹識,雄姿白日寒。後人誇峻宇,金殿柱塗丹。

其二

避暑宮何在,荒蕪畝一丘。法應懸魏象,居雅似蝸牛。向夜三辰動,當年七寶修。只今過白水,無復鬱葱浮。

木野狐二首

狐媚惑人淺,楸盤著意深。有何裨聖教,徒用長機心。執燭奴稱倦,拋書客廢吟。古來傳志士,相誡惜分陰。

其二

要知臧穀異,挾册歟猶賢。最賤豬欄戲,尤妨豹管年。棗楓籌險刻,瓜葛局喧闐。爲問爛柯質,幾人信遇仙。

園獲白鼻貓殺之二首　自鄰吳園來。

火攻猶下策,穿窒合深圍。穴破存雞跖,時來假虎威。積年盈毒稔,弘物惡膏肥。天網恢恢在,誰應誚殺機。

其二

敝園憨薈蔚,踪跡自延陵。鵝鴨今長數,狐狸此小懲。畫鯔虛致獺,投筆實驅蠅。破柱擒張朔,吾終學李膺。

晤黃季采微及粵西近事二首

謳訟期難往,空餘涕淚存。一隅猶正朔,三統自神孫。腕臂甌閩扼,咽喉楚蜀吞。頗傳隆準異,濠泗兆真源。

其二

白水虛佳氣,中原北望孤。已甘淪草莽,重許話桑榆。翼戴群公集,徵徭間道輪。少康曾祀夏,成旅亦區區。

傳粵梧州制府舊署絕宏邃無敢居者某郡王强即爲宮未幾薨署後曾侵吳清惠廷舉宅云吳屢形見亦異聞也二首

伏波銅柱遠,高並尉佗宮。灘水包羅闊,韓公節制雄。署虛蛙鼓合,人去鶴樓空。最苦啼鴉切,蒼梧夕照中。

其二

魑魅過人喜,斯言杜甫哀。尚書何苦戀,帝子不重來。吏敝威權損,天炎瘴癘開。素馨花發處,荒盡越王臺。

是歲荔支熟較遲意別有感二首

累年龍鼓動,街滿火山紅。遲速關天意,盛衰閱歲功。放苞憎宿雨,垂實怯輕虹。側聽田間語,莫應兆穀豐。俗有"樹頭紅,田裏空"之諺。

其二

自經戎馬隔,誰復貢包茅。潘徑人煙寂,楓亭驛火鈔。絳丸徐出水,黃鳥近移郊。抱樹方家嫗,舊傳感賊巢。

蟬二首

無復安巢處,淒清抱樹斜。眼明雙點漆,翼薄一團紗。風斷高仍歇,露吟靜不譁。涉秋聞更咽,邊塞動悲笳。

其二

解夏沉瓜李,青林樂事多。羖冠貂尾重,翳葉虎頭訛。頗畏螳螂影,誰憐絡緯歌。不辭誇五德,身奈櫟株何。

螢二首

腐化資形解,仙家冶鍊同。伏疑猶戀草,飛若不禁風。星月慙微照,袖襟綴小紅。莫輕羅扇撲,秋色畫屏中。

其　二

白鳥宜爲養，青燈正少油。偶催花下管，偏點柳邊樓。閃倏光初定，微濛濕乍收。練囊時遣取，誰耐廣陵秋。

蝶二首

烏足鬱栖成，風前舞袖輕。顛狂遊子意，旖旎美人情。栩栩空勞夢，翩翩莫浪驚。畫圖垂省識，丹綵半分明。

其　二

來去尋無跡，微因動者機。稍堪舒綽約，誰遣愛芳菲。玉嵌浮妝鬢，絲挑上繡衣。嶺南饒怪語，帆腹百斤肥。

蚊二首

訝道朝煙吐，欣承夕霽昏。族居鄰淺水，群擁歷高門。吻利憑噓吸，途窮見拍捫。只今湖畔廟，筋露小姑魂。

其　二

未解收聲法，蕁蕁喙有丁。嚌膚何處避，驚夢幾廻停。錫號憨稱鳥，供羞別爲螢。箇誰窮窈渺，栖睫覺焦螟。

青白眼害事非淺亂世尤甚詩以呵之二首

傳得伏波誡，憂人學季良。便癡無皂白，何苦輒雌黃。月旦終焉爽，風波作者當。婦言呼好好，千載鑑光長。

其　二

齊物蒙莊妙，誰居季孟間。阮狂添白眼，嵇忿罷朱顏。無盡愛憎海，莫高人我山。昔賢詮格致，黃鳥任緜蠻。

賦得陰德猶耳鳴二首　本魏史李士謙語。

豐歉關天數，低頭熟地耘。善從銖兩積，功怕鬼神聞。白水馨香薦，玄珠罔象分。虞廷歡德讓，重話李參軍。

其　二

耳鳴誰解聽，音節不關人。食報恩猶淺，騰言謗愈真。五漿寧後餽，三尺盍私陳。楊寶巾箱裏，邮知雀有神。

郡學宮內井碑題夫子泉爲亭覆之閱宋王梅溪太守集業有詩相傳已久三首

泉號非他擬，推源意象洪。甃卑天竺水，圍薄太清宮。近海波臣護，循墻闚里通。詎知泓一勺，名冠九流中。

其　二

學旁俎豆家，庭偃轆轤斜。憇處摩碑畫，兒時汲水華。天將爲木鐸，吾豈學匏瓜。鬢髮悲衰盡，望窮萬里沙。

其　三

諸生游泳慣，嘗合別淄澠。瓢飲心知樂，簠收福用升。藻芹芳秀發，松柏韻孤凝。題字剛三尺，當年王十朋。

朱廣文來詢建州前陷城狀三首

百萬同時燼，愁雲黯不光。厲凶天震撼，哀怒國存亡。稻蟹曾遺種，溪魚肯恕殃。一坏寒食雨，無復薦東楊。

其　二

朱蔡絃歌地，終矜禮義邦。血流翻劍水，魂去集龍江。北騎疲相守，南冠死不降。七閩推化始，風俗最淳麗。

其　三

君從何處避，迢遞得儒官。想以膠鬵曠，徵兹劍戟寬。死生真似夢，憂喜亦無端。雲谷祠前過，蒙茸試整冠。

林存茹郭亦仲二婿落第未還賦懷二首

一官何足慕，狂簡盍來歸。萬里蓬編髮，三春柳染衣。世危驅馬路，家穩釣魚磯。我昔同濡滯,狂遊夙識非。

其　二

望窮生轉念,微異祝轅初。蘇子金雖盡,衛郎玉不知。舊經還細講,荒圃共深鋤。可但封侯悔,高堂白髮疎。

得夏寒雲書答寄二首

遊子還鄉喜,羈人悵別違。敢期生再見,私恐信仍稀。暗裏如雲髻,時添半臂衣。舊經攀折柳,絲縚馬蹄肥。

其　二

建溪清徹水,流不到休婺。密信僧來得,雄心客散孤。珀珠分佩否,犀角入斟無。老景君親見,當筵唱鷓鴣。

家人好生摘葡萄詩代諭勸二首

一縣葡萄熟,能忘杜老詩。採須清露後,圓及紫光時。特用棕櫚架,恒防鼠雀欺。北人珍貴極,評品並離枝。

其　二

物候遲蕭爽,先期液潤傷。蜜煎終損味,麯釀屬良方。磊落龍珠帳,甘酸馬乳漿。信來題瑣瑣,西望隴雲長。

秋　海　棠

南土凌炎發,芳名略帶秋。繡窗脂粉嫩,禪室鉢瓶幽。子落尋生砌,花開別上樓。任誇春睡足,妝洗虢姨愁。

香　萱

秀挺群萱外,翛然蓄韻深。蘭莖猶有紫,菊朵不成金。茝苨香羅帕,欹斜蜜蠟簪。蝶蜂誰敢犯,流影動微吟。

矮雞冠

沿徑拂階齊，朱光蘸紫泥。衛葵嫌足短，方芋媿頭低。雨立秦廷楯，香含漢署鶏。想應馴氿渚，趨俛學卑棲。

金絲蝴蝶

怪爾忘飛去，柔枝繞地鋪。結房苞粉翅，舒瓣吐金鬚。牟佛胸前色，滕王搨後圖。美人勞撲取，收貼鬢邊珠。

錦竹

幹弱剛盈尺，竿梢冒此君。錦疑機上織，紗向剪頭分。馬監趨庭珥，湘妃曳地裙。更嫌桃夾竹，搖艷太紛紛。

答門人馮魯望宣撫二首

識汝燕都裏，長姿偉鬣松。輿題榮上黨，關鎖重居庸。世事悲萍梗，勳名祝鼎鐘。一函勞遠致，牙戟若爲容。

其二

剖得溥沱鯉，萬川未損鱗。蓋傾占道合，袍解見情親。官閱光回賜，經師念伏申。買田吾可老，班笋欲誇人。

甌安館詩集卷十四

五言律八一百三首

莊少師廟前柏傳自宋有異他木二首

怪得門稱府,喬柯偉不群。裂痕盤左紐,叢翠挹南芬。養就風霜氣,看如綵繪文。令孫臚唱日,通國見祥雲。

其　二

西望錦官柏,誰移到蜃城。廟猶蹲石盾,家本擢金莖。鰻井關興廢,虬枝解送迎。少師遺像古,遥識宋簪纓。

次唐梅臣歸鶴詩韻二首

鶴去三秋逈,驚看亂後歸。野辭繒繳夢,家認雪霜衣。沙苑翎猶在,華亭唳未非。故園容可飽,休更帝京飛。

其　二

別久來非望,歡踊聚會長。荔蕉紅入影,梅柳淡生香。八口添新客,千山讓故鄉。引聲諧節舞,爲爾動清商。

林希菴招飲棚園屬有詩紀遊和如閩五首

巷深無俗到,神聽重嚶求。谷擬麻源勝,人從綺里遊。樹心環土廟,園角直烽樓。各有兼葭慕,談多不礙幽。

其　二

向晚群酣發,猶言屋下妨。蘚苔秋過合,龍荔雨餘香。移席茵容藉,墜冠髮放長。主人昆季好，隨處夢池塘。

其　三

轆轤井卧沙，冥色赴郊霞。緑注升圍杓，黃開盌大花。百年鷹爪種，諸子鳳毛家。爲問龍湫峽，瀑飛幾度斜。

其　四

樹燈驚欲動，栖鳥怪群飛。誰解玉環佩，盛歌金縷衣。老陪高座屢，秋當上元稀。漏響城淒角，爲歡合且歸。

其　五

歌罷轉成悲，河山又一時。月魂清露澈，天象黑光疑。酒畔真無賴，人前強自欺。衹將流水調，彈慰老鍾期。

再和林希菴棚園韻五首

善歌仍使反，夫子異乎求。象罔終何得，逍遥合此遊。樹高卑橘柚，園勝罷臺樓。業到車窮處，誰知曲巷幽。

其　二

爲客寬齋禁，將無淨業妨。户縈書帶草，家供佛壇香。二叔縣車老，諸孫繞案長。五橋傳往詠，今日識南塘。

其　三

蓬萊淺漲沙，峰頂坐栖霞。未了前生夢，重看此日花。郡留黃綺蹟，人指橐駞家。岸幘防窺笑，毿毿鬢角斜。

其　四

新月碧痕微，紅燈照樹飛。戟荒揚子宅，簾隱夏侯衣。盧女彈真妙，巴人曲未稀。敢辭呵尉苦，騎馬灞陵歸。

其　五

適際崎嶇侯，兼逢老大時。幻華非有戀，狂飲復何疑。愛汝田庚質，憑他市儈欺。蒯通秦漢士，身及遇安期。

野飲二首

耦錯無倫次，荒村席蔽蒿。榼攜班祭社，襟解跣憑壕。野鳥沾餘稻，群豬接去槽。道逢車蓋客，嗤汝夿韝勞。

其二

肘足橫喧坐，壺傾未擬回。市蔬姑掩豆，春釀半淋灰。撥剌魚爲尾，輪囷芋有魁。古來歌兔首，殊自侈燔煨。

觀虛市作二首

虛待日中約，凌晨氣力齊。婦姑輕負戴，傭保劇擔携。海市堆鹽米，山城散履笲。敢希排廟客，珠玉照人迷。

其二

綠荷包飯至，俄頃集平林。品價錙銖直，懸標靡曼音。術同希世眼，交有署門心。朝暮盈虛異，馮驩感慨深。

入寺見廊多繫馬呈諸上人三首

憶昔馱經至，傷今繞座眠。鬖瓔弓劍裹，鐘鼓棙槽邊。佛説觀空偈，僧調忍辱禪。馬鳴曾悟道，誰與問諸天。

其二

營駐宜空曠，特防闠闤侵。要知栖寺法，猶有恤民心。壁上蹄相向，庭前葉自吟。莫生分別相，牛糞盛塗金。

其三

騎射原長技，南人慣使舟。梵宮逢運劫，塵世見生浮。支遁空憐駿，佛圖只狎鷗。不知松雪叟，何苦畫驊騮。

鱸魚鱠二首

族庖能作鱠，佳節盛相邀。偶悟刀輕落，欣看雪驟消。紙裝防水近，腥制協薑調。猶恐闠觀隘,吳淞去此遥。

其 二

飽後徒蕭瑟,微醅費飲醇。渺茫占食指,辛苦媚饕脣。玉鱠東南美,金觴韋段春。步兵仍有恨,閩海寡鮮蕈。

五弟園多蓼花爲詠二首

搖曳群芳裏,初非水澤鍾。俗談輕藻馬,詩譜辨游龍。曉露欄滋滴,秋江圃借容。一庭紅麥穗,歡喜誤三農。

其 二

我園同種此,相較僅侏儒。未必詩情減,多因土氣輸。膝瑩疑立鵠,枝嫩信飛鳧。恰有乘槎興,瀟瀟隔岸蘆。

曉 起二首

斜月漱金盆,蟲聲唧唧言。鳥眠呼使起,魚躍禁其喧。吐吸清虛氣,驅除醉夢魂。偶窺鴻寶妙,芳草露珠存。

其 二

僕輩憑酣嚌,巡廊曳履行。血衰眠不得,心冷事能輕。朝講當年債,刀圭宿世盟。太陽光欲動,東望火雲生。

中秋月食二首

盛滿防天妬,金蟆背地乘。桂輪銷闕壤,霞珥罷舒稜。蚌母光宜減,鱗蟲法不登。長安簫鼓咽,無數翠樓凭。

其 二

是夕闔家諱,從來意鮮懂。一任頹玉塔,誰喜逐金丸。斤斧修非滿,曜靈跡類剜。麒麟仍苦鬪,何處覓龍蟠。

夜宴有述二首

敢辭長夜飲,衙鼓亂撾飛。賢主情難割,嚴更法怕歸。酒邀烏鵲月,談解芝荷衣。玳瑁筵中客，大都感髮稀。

其　二

月色瑩清晝，燈光散彩霓。影疎時過鴈，聲遠漸聞鷄。奕客分行欸，歌兒滿意携。山公歸拍手，爭唱白銅鞮。

夜坐覷飛星過二首

星繫自能解，無從測徑圍。羽疑穿月過，螢怪貼天飛。墮地俄然石，冥宵遇者稀。不知光散後，曾減舊珠璣。

其　二

如雨空書異，懷人意獨偏。營投悲葛亮，瓢接感桓玄。苦望欃槍落，愁看昴畢懸。角長光曳尾，南隙合溟淵。

諸兄弟夕數過合飲二首

賓從勞招致，寒門樂任天。閱旬三夜聚，方里五家連。蘭俎憑重設，匏尊愛屢遷。伯兄風格峻，臨興亦陶然。

其　二

各自滋柔愛，誰知等輩尊。豆籩傳雅詠，桃李集芳園。母老歡其順，兒癡教使惇。對床風雨約，身到已忘言。

呼　水二首

夜半恆呼水，難勝麯米春。熱猶容裸體，酣最苦焦脣。倉卒囊非濾，微茫盎似銀。濁腸需一洗，腹轉任車輪。

其　二

少年寧敢勸，身老穀焦芽。久罷房中奏，頻看月裏華。井公歡對博，童子倦燒茶。坏飲原遵古，甕霜已太奢。

夜獨宿晨持齋素者累年微覺有味二首

閉關如覺早，修净可容遲。貞豈黃門號，澹應白社知。圃蔬羊蹴破，庭絮蝶黏之。自是中衰候，防人笑朵頤。

其二

敢云除俗累，聊復固元精。阮籍眠無異，鍾岏議不平。粉脂停夕豔，屠釣謝朝營。持此期終老，憑他薏苡輕。

梧桐子二首

梧碧秋能子，因風葉墮乾。剝將陪細俎，捎取廢長竿。實美驪探峻，皮堅鳥啄難。藥丸依此製，重恐是神丹。

其二

生不緣枝跗，葉邊徧綴珠。偶於欄砌得，誰覺稻粱殊。松蓋餘爲鬣，鳳條內有雛。落毛仍可紡，衣食兩無虞。

紅佛桑花自初夏開至冬盡又一種照殿紅亦佳乃不甚爲本地所貴二首

植匪供蠶女，稱桑葉僅同。宛歌三婦豔，真占半年紅。猩血臨池映，檀心照殿融。即誇他卉美，誰記佛門中。

其二

淺絳深紅異，紅無此樣勍。肯矜風日麗，偏耐雪霜橫。閩粵孤留種，魏姚亞得名。里人紛不賞，徒愛草花輕。

贈吳臣牧

自牧原謙德，通家誼敢諛。病宜親藥裹，嬉莫狎樗蒲。奕世牀堆笏，韶年隙過駒。石君傳孝謹，車下里門趨。

過訪黃俞實客舍二首

古陵風氣黑，年得幾經過。海近揚旗旆，巷深翳薜蘿。舊書宗伯迥，佳句惠連多。衣韠悲猶素，因君廢蓼莪。

其　二

市鎮憂謀徙，城居也豈安。里鄰貲費甚，官長宅輸難。魚服傳猶秘，豸冠積不彈。往時驅馬路，勞試顰眉看。

贈黃玄寧兼柬無能蔡叟二首

同姓尚□五，君家保傅尊。胄賢歸季子，宗邕屬元孫。賦詠登壇美，鈐符報國存。幾時牛女宿，看息戰塵昏。

其　二

流覽驚多識，初逢倒接䍦。漢家三輔志，唐史一行師。象緯愆非遠，波濤怒不時。蔡邕風角妙，曾許董逃知。

木芙蓉黃蜀葵花始開日適會客二首

物候嚴書始，偏輕爛熳開。晚秋淒矣感，佳客忽然來。吐角菱空老，攢籬菊漸胎。所欣能秀茁，雙負出群才。

其　二

點綴秋容媚，含情向夕微。合歌金盞側，休悵碧筒稀。白映奚童面，黃分羽客衣。酒闌簫鼓發，猶似惜餘輝。

遲周元亮方伯抵郡信二首

閩部君遊徧，泉山未可遺。寇鋒行漸解，民譽久逾推。畏路輕盤錯，高人靜險夷。已排雲雨待，巫峽定清詞。<small>用繁知一巫山詩事。</small>

其　二

折麻頻寄遠，曾似接杯茶。望歲君胡胄，經秋客有槎。樂憑吳季請，師就董公遮。千萬刺桐戶，能詩只數家。

有異獸見靈水豕鬣人面能行走食人莫辨何物姑志怪二首

亂餘兵氣結，旬卦直休囚。詰曲資狼卜，咆哮挾虎遊。怪呈夔罔兩，占兆鐵兜鍪。毛面西阿立,神鷟近蓐收。

其　二

蒼莽窺靈水,安平屬鎮山。有人鍾此怪,宜物崇其間。肉食窮饜足,橫生惡靦顏。古來傳禹鼎,金貢合圖姦。

蜘蛛網二首

黑子彈丸質,盈盈腹不殊。避人亂孔道,分隙擇簷隅。風蕩低昂幕,露垂閃爍珠。豸蟲愁鮮脱,空養爾頑軀。

其　二

一聲無處吐,經緯枉能工。負有縱橫志,瞿然晝夜中。巧應憐織婦,機欲感漁翁。糞舍懷歸隱,長欽物外風。

江丈陽官各生日夜爲置酒二首

遠客能無感,明童亦已婚。歲逢雙上壽,筵省再開尊。玉筯鐫章美,銅鞮顧曲存。昨朝風信急,佳氣兆芳園。

其　二

爲道川方至,旋歌日在東。玉晶題萬幅,縑素捲千筒。秋晚霜凝露,夜深雨壓風。新安澄澈水,流入建溪中。

風後園木多損敗略加料理二首

紛委檻橋邊,微芳敢意全。突來爭解甲,高處最當拳。日炙憎頭禿,霜侵慰腹堅。稻牛期兩適,含意幸靈前。

其　二

物繁需剪剔,風伯代爲操。也覺傷殘甚,終言氣概豪。虎狼張絶壑,魚鼇戰奔濤。依舊棲盈屋,群生信所遭。

藥　裹二首

藥裹頻年廢,情知補導疎。术芝勞晒炙,熊鳥代呴噓。酪酊賓邀酌,幃房妾

甌安館詩集

罷居。一篇鄉黨論,難道德生予。

其　二

昔稱和且緩,秦晉最名醫。髮豈重玄得,腸無太熱之。越晨登嶺約,中夜撿書期。僕婢丸春懶,窺翁意不私。

問莊任公微疾二首

攜榼相過後,夢中幾覆薪。著書勞侍史,行散怨姬人。自覺貧非病,誰知懶是真。大鑪金踴起,龍劍不無神。

其　二

爲僧譏不了,葷素亦隨緣。炙輠虛晨過,桑榀怪北遷。竈存燒汞火,囊乏買參錢。獨有機鋒利,維摩最上禪。

友人詩用小妻字余謂見漢書枚乘傳楊康
　　侯曰竇融傳亦有之嘉其彊記

巾箱服御工,隸事賞宜豐。誤註翻成適,冥思更解通。綺羅微黛裏,參昂小星中。默識非君敏,誰參到竇融。

韓退之書未知籍湜輩能不畔否意感其言二首

山斗韓公望,遺風滿粵潮。鱷魚猶解聽,窮鬼孰爲招。也自嗟離索,於人訂久要。侯芭煩載酒,西漢事寥寥。

其　二

羿弓偶不操,書寄敢仍勞。楚澤長沙遠,燕山碣石高。鼓鳴徒益夸,餔啜枉從敖。籍湜寧憂叛,當年一李翺。

得宋硯微患窐心詢爲舊物二首

敝鄉饒璧友,御幄覆舟餘。欸識莆人詭,澄泥宋室壚。信非無價寶,然豈不中書。盂腹虛容受，追思畫卦初。

其　二

屬誰窮點染，輪我亦風騷。墨有千春禿，鋒經百戰勞。客來穿鐵限，時去鈍金刀。憶昔逢宣注，螭坳濺絳袍。

三醉芙蓉信佳余意惟曉開大白花最勝紅斯下矣謾評質看花君子二首

風露養微光，幽傳辟粒方。遠山朝虢國，初日照何郎。鶴子群棲樹，瑤華獨擅場。不應薰午醉，闌入粉紅妝。

其　二

阮公停卯酒，神意絕清真。倩盻看皆美，丹青送盡塵。老尋餐玉侶，波愛弄珠人。三婦歌良豔，爭如未字身。

九日用黃花事率影借泉寔近十月始開二首

百芳搖落感，分不到南天。桂強和梅制，桃虛夾竹眠。性情紛自媚，今古遞相沿。可但餐英誤，評題費昔賢。

其　二

霜氣閱荒薄，花開已涉冬。戶經鳴蟋蟀，池閱秀芙蓉。隱約江州駕，遲廻楚澤踪。似嫌甘谷飲，胡廣太中庸。

紅　葉二首

飄墜不關寒，因霜色轉丹。尚愁窺徑觸，曾許借枝安。流出宮中怨，寫成寺裏看。麗姬逢却妒，脂頰試妝殘。

其　二

曩過楓亭驛，楓燒也等閒。夕嵐明柏樹，烟靄話焦山。亂積征人淚，長舒酒客顏。拾來無處放，堆向筆牀間。

食柿二首

種最烏稗美,他鄉價未輕。枇杷輸穩重,柑橘讓通明。瓤液皮包住,圓方蔕肖成。昔年溪涘過,親覩萬瑤瓊。

其二

兒黠巧相陵,輸贏核預徵。摘淋灰滿斗,堆送酒如澠。七絕標神理,三秋解鬱蒸。鄭虔僧舍戀,非但葉書憑。

池魚躍二首

魚躍知何意,似聞躍倍肥。不時呈短劍,無計脫重圍。騷客添詩興,儒流悟道機。久年頭角長,看汝逐龍飛。

其二

午來潛伏慣,波響動花陰。料彼忘機出,如人適意吟。織拋梭裏玉,鋒躍冶中金。跋扈休矜健,防生結網心。

悼王覺四宗伯三首

南北驅馳倦,縑緗墨解飛。唊兼留腹尺,冠屢易頭圍。國難愁傾覆,朋情忍是非。一匡成底事,終老合漁磯。

其二

論交源夙歲,詞苑日追攀。莫話三生石,終淹二品班。水侵浮馬寺,雲閉伏牛山。千載孟津渡,河梁悵別顏。

其三

兒弟森翔貴,稱詩幸至哉。汴梁先輩法,河洛一時才。腕負吳興秀,心傷彭澤杯。墓碑誰寫出,恩命兩朝廻。

詢錢御冷鄭玄岳吳鹿友三老起居二首

三老嗟何寄,緇黃物外遊。斗山歸舊夢,風雨送虛舟。隨處藏丹訣,避人裏白頭。肯因嘉客慕，辛苦話箕疇。

其二

一江吳越委，流不到閩中。憗省癡頑老，謬陪矍鑠翁。跡分南北海，書寄往來風。惘悵迷襄野，莫應遇聖童。

林素菴獵草多余曩對壘之作閱之惘然二首

三十年前事，篝燈夜督成。拓開弓力滿，磋就玉華瑩。澤虎猶堪冒，家雞莫漫輕。故交存幾許，空剩汝南生。

其二

紙貴長安久，于今更殺青。擁琴彈古調，游刃發新硎。孝秀矜傳鉢，兒孫式過庭。邇應卑小技，重去續玄經。

偶翻王季重詩戲效其體二首

太濃遊屐興，宜不得官憐。采石胎詩思，廬山了淨緣。謔窮山水飲，癡落鳥花眠。分手長安遠，三生若箇僊。

其二

報章憨屢闕，微薄誚詩成。石谷珊瑚碎，魏家蛺蝶驚。寫悲存霸氣，探險入幽精。維旭連郊賀，憑君意抗衡。

嘲某韻友二首

雅自饒調笑，天教意慘惶。竹君爲種樹，箕宿代春糧。肉割鷫鸘痛，饑鳴絡緯妨。歌田煩且止，姑去上官倉。

其二

握粟將誰卜，門前伍伯多。藍田餐玉訣，商嶺采芝歌。客沮居間術，官嚴曠緩科。轍呼需斗水，迂我激西波。

題牡丹亭記後二首

直銷三界隕，雲雨薄陽臺。賦結纏綿恨，詩深窈窕哀。怪人淪鬼趣，傾國見

甌安館詩集

仙才。晉代留金盌,盧充別樣胎。

其　二

便誇三夢美,疇並牡丹亭。生死情郵傳,悲歡曲典刑。板從江右拍,呵要嶺南聽。藕孔絲絲引,遺風感小青。

閱李易安打馬圖感咏二首

好似安陵博,道張揭畔符。燭間喧打馬,花下戲呼盧。文叔園猶在,鄴侯架已無。也曾憐蔡琰,吹落小單于。

其　二

女伴閒相過,邀歡意轉悲。客中消悶處,官裏較書時。雪繞城頭笠,妝餘鏡面脂。不盡桑榆恨,惟應柳絮知。

九日同林素菴楊碧湖過周芮公園登樓限韻四首

所際晨飇静,能辭策杖從。澗通潮兩信,城俯閣三重。鏡叠含山暈,帆孤點岸容。遠村勞指顧,千樹竹龍鍾。

其　二

風始費長房,茱萸繫絳囊。一江猶晉代,諸子並銓郎。暑退衣初袷,霜遲蓝未黃。孟嘉何足慕,青史姓名荒。

其　三

向晚廉纖雨,逾看靄翠凝。灑橋明白石,移榭隱青燈。奕思馳鴻鵠,觴談繚葛籐。下樓仍鎖却,經歲再來登。

其　四

群語莫喧高,番丁緝夜勞。雨風侵座急,輿隸趣歸嗷。鋏便誇千劍,頭寧免二毛。祗應雙侍美,顔色艷芳桃。

節後二日復同諸客讌兒知白館中二首

矯首登臺望,高秋氣沉寥。樹荒藤掩徑,溪漲柳平橋。往事隍中鹿,佳人月下簫。不愁兒輩覺，絲竹寫情饒。

其二

夕風爲少歛，張幕敞前庭。鴨送蘇州白，觚留漢代青。酒歡消夜永，歌咽禁雲停。林外紅燈掛，微茫見客星。

蔡壻送菊花二本

拈得最先機，園林見尚稀。擢苗舒鬱馥，澆水避腥肥。節過懷青女，人來驗白衣。今朝樂彥輔，眞借玉光輝。

晤蒲九華極談惠邑困苦狀二首

禍結縈山海，空餘彼澤蒲。獄纍先富室，徵派到窮徒。郭外連雲盡，城頭落日孤。積多姻婭戀，情切爲班姑。

其二

盜匪他人作，渠魁井里雄。令能繩邑北，輿埶曳橋東。市歛川消輞，亭墟驛敗楓。便教收拾得，寧復昔年同。

甌安館詩集卷十五

五言排律一 四十四首

擬蚤朝詩

三月艷陽天，傳呼出御筵。見雲皆紫蓋，無石不青蓮。鐘鼓催烏曙，旌旗動柳眠。象猶供月俸，馬亦識官聯。肅穆憑銻几，從容上細旃。金莖一掌露，銀甲七條絃。中尉列長戟，先生進講箋。微風時緩至，垂佩忽珊然。因憶前朝事，高居四十年。

賦得長安一片月

皎皎光天下，先教到紫廷。大家迷匹練，此夕失雙星。漏水三更細，弓痕一角停。雲應低禁苑，人自厭沙汀。僊路通鷗尾，南枝護鵲翎。城烏頭欲白，宮樹影深青。有勑容歡夜，何樽不載瓶。笙歌携雪椀，裙佩觸晶屏。頗恨笛吹柳，故將扇打螢。聲聲誰最急，砧杵不堪聽。

送曾大雲臨川令之官

真覺仙郎貴，好傳循令名。風流晉內史，市郭古西平。人去思王謝，村寒熟橘橙。只今推異士，一半隸諸生。以子才之美，單車壯此行。簿書消一夜，詞賦欲三京。入眼風塵失，折腰禮數輕。先祠吳季子，且辟荀慈明。大邑年方少，盛時政易成。徇容雙鶴放，山遣五峰迎。父老藏花押，江雲護雨旌。莫因愁別路，終可念王程。百里暮驅馬，三春樹坐鶯。文矜江右派，花種河陽城。高第開東省，人倫望玉衡。漢朝重守令，能吏全公卿。吾似待年女，強諳嫁後情。論交才宇宙,祝客宜縱橫。去矣梟爲鳥,因之鴈寄聲。吳鈎不敢贈,珍重宰官清。

夏母雙節詩

節勁斯奇矣,魂銷可再乎。雙逢薄命壻,遞撫藐諸孤。高行女先輩,同心屈左徒。青春冰作魄,紅淚玉爲壺。釵鏡寒相吊,機絲夜自呼。鬼猶愁寡鵠,人雅羡慈烏。金盌飴孫子,彤書牓婦姑。何辭將綵筆,重與表黃壚。

溪漲限韻

日風皆變色,天地不恒恩。濤勢經春壯,溪流入夜渾。熱雷無次第,危石易崩奔。上樹維船縴,提燈照水痕。瞑鳩偕婦隱,饑鴨學人言。帆腹終難飽,篙頭忽以髡。鄰歌腔調澀,神福禱聲喧。問路舟師諱,燒田畬客存。競傳添數尺,惟恐失孤村。潮落須臾事,吾生道自尊。

送孔玉橫太史奉使歸壽封翁

恰喜逢人日,還誇得使星。江鄉尊祭酒,朝論禮高齡。句曲三峰秀,芙蓉九瓣青。老猶輕屐履,健不倚參苓。泗壁原從魯,沙堤又繼丁。時同郡丁東鶴先生新入政府。主恩容杖國,家譜慣趨庭。綵勝春來帖,輶軒到處停。當令負弩者,頌祝滿郊坰。

皇極殿成賜百官宴輔臣獻詩志喜 館選

歛福歸皇極,承恩滿建章。星垣元拱北,帝座儼當陽。萬國經營就,三朝作述長。斗牛依藻井,龍虎護雕梁。朱紱登筵寵,金莖挹露香。箕疇誰可訪,天子正垂裳。

初入瀛州言志

僊宇藹沉沉,登瀛始自今。五經師席重,三策主恩深。書欲窮東觀,賦誰准上林。喻麋初賜墨,驥裹別名金。小技文章厭,吾曹禮數欽。宮雲多正色,院鳥無卑吟。世遠希前躅,天高信此心。終知琬琰貴,千載有遺音。

陪祀朝日壇禮成

帝治光天盛,青珪手自親。東郊常陋漢,西畤不依秦。日吉仍先甲,禮成繼上辛。齋宮如有祝,輦路細無塵。桃李春將曙,旌旗夜向晨。絳雲湛若水,朱火綴芳薪。星鳥從羲仲,山龍識聖人。微臣愁爕理,何以佐寅賓。

送陳二何年丈守瓊州

近輟明光草,遙乘博望槎。嵐深魚米郡,岸白馬人家。千騎東方貴,孤城北斗斜。瓊潮分半月,珠樹養三花。蜃閣煙爲市,熊軿午放衙。詩懸滄海日,藥借紫河車。瘴癘身能健,乾坤鬢未華。暫將椰當酒,新奉棗如瓜。政美來神爵,歡生產渥洼。吾鄉史相國,先德到今誇。

擬元夕賜金水橋觀燈應制分韻得尤字

香案旁爲吏,星橋許縱遊。珠彈穿禁柳,火樹綴房榴。夜足千金買,月容七寶修。黎光來太乙,旗影滅蚩尤。酺賜聞天語,柑傳出鳳樓。帝心明似燭,垂象滿皇州。

初　　月

月色昏黃美,深更反不如。雲煙時間出,天地本涵虛。人迥寒蛩外,花明水墨餘。半規浮樹角,群動息燈初。烏鵲南飛晚,星河北望疎。金波光瀲灧,玉貌語躊躇。濁酒宜歡賞,微陰有乘除。因思身世理,盛滿道難居。

送黃方石先生訓龍泉

江右衣冠地,汝南文獻宗。家聲原木鳳,師表得人龍。此去吳連楚,伊時日更冬。皋比尊掌固,裘馬問司農。時附傅璽卿計部南還。名豈殊驃騎,俸猶給釜鐘。魁梧天予德,盤辟禮爲容。賤子憨呼阮,丈人蚤悉恭。並歌燕市筑,遙念北山松。入坐啣鱣至,臨岐載酒從。吏才誇百里,國典重三雍。玉樹枝兼秀,杏園宴佇逢。還持齋苜蓿,長傍闕芙蓉。

送郭仲常吉士予假歸粵

祖帳東門盛,貪看汝衣緋。驪駒衝曉發,朱鳳向南飛。遇主年方少,寧親願不違。逢人車擲果,濱海石支機。閣體青藜火,鄉思白板扉。曲江風度美,五嶺雪霜稀。冷署情徧篤,冰壺暑已微。詩應愁驛使,佩或解湘妃。並憶桄榔遠,能忘牡蠣肥。未堪燕市酒,頻復送將歸。

南陽東七里爲臥龍崗諸葛忠武侯草廬在焉遺像巋然慨題二十韻

恭謁清高像,襄南兩度看。風雲緣傅築,溪壑異嚴瀧。莫辨烏誰止,總知龍所蟠。墓猶連古冶,居頗負崇巒。三顧思疇昔,六飛扈永安。桓靈身痛恨,荊益事艱難。火適逢薪盡,棋無奈子單。開誠庸禪琬,益智寫申韓。鼎足基粗定,秤心嘔易乾。才高兵厭詭,國小政懲寬。忽忽歌梁父,森森樹錦官。悲來原五丈,望去嶺千盤。未少棲真谷,何勞拜將壇。蛤蚌銅鑄鼓,牛馬木傳餐。膝可終朝抱,書惟大略觀。佳兒生太慧,嫭媛德相歡。誰令馳驅許,居然涕淚端。微衷天日鑒,往蹟雪霜溥。曲筆癡陳壽,甘心帝魏瞞。忍窺祠下井,嗚咽至今寒。

道旁有崔府君廟偶憶盧充金盌戲詠其事

神女事荒忽,聲施遠逮君。未應傳俎豆,時復倚釵裙。癡慧憑韓重,艷香儷左芬。無媒能自嫁,有妹亦斯文。菂破心難死,桐焦尾未焚。清溪姑祀廟,油壁客登墳。寶母蛇同產,蕭郎鳳與群。幽婚名蚤兆,鬼唾語空云。族姓崔盧大,妖祥漢魏紛。想當推户際,已辦殺機雲。

追贈潮守葉古崖先生

江河趨不返,懷古獨悲傷。先輩葉廷璽,同時李夢陽。抽毫才並壯,投紱意偏長。騷雅歸循吏,衣冠頌孝皇。一麾空馬首,五嶺舊羊腸。久矣途傾側,天然韻慨慷。珠仍還合浦,潤肯倚姑臧。扶老桄榔健,傳家苜蓿香。君看明水薦,誰復配韓昌。

擬中和節詔賜公卿尺應制

詔續櫻桃會,奉恩下禁闈。無偏窺主德,有截肅皇威。製出冬官巧,歡逢春事微。雌雄分鳳管,長短準龍衣。國豈尋常報,天曾咫尺違。願將和淑氣,調入舜璿璣。

熊心開中丞擢制兩廣賦贈

夏省新樞府,春曹舊禮宗。珩蒼官特進,裹赤賜仍重。隻手來黔筑,三驅刈李鍾。牛椎頻饗士,刀賣半歸農。服遠資文告,論功表國容。將旗纏鳥隼,賓幕汎芙蓉。帝紳中臺議,身當百粵衝。銅標遲馬援,峽斷憶韓雍。臨去移牙纛,端居念火烽。千金陸賈橐,萬頃棗祗蹤。瘴癘行聲解,琉球遠使逢。格惟憑舞羽,鼟且及歌鐘。廟筭近多警,軍儲漸不供。楚材終白璧,閩樹滿青榕。帷幄看司馬,風雲起臥龍。詩傳常武勝,律誡否臧凶。漢室留侯葆,齊丘尚父封。群公方飲至,太史合書庸。劍倚扶桑窟,樽開接筍峰。彎弓吾已拙,載筆或堪從。

前輩王一江山人為先高祖參政寫米南宮拜石圖感閱恭詠

隱士風霜筆,先公竹石心。家寧傳好李,帖舊寶來禽。蠹老能裁腹,桐枯解中音。南宮形蹟異,北苑源流深。願力堅毫素,丰容妙影臨。芒寒淒紙背,嵐重濕牆陰。蹇拙中無媚,溫恭性所欽。嗔人訽遜抗,名子則渾沉。即以弓箕理,通諸翰墨林。螟蛉期類我,炪犢媿如今。倦可拋書曬,貧惟跪石吟。吳趨空見哂,徒爾貴黃金。文衡山有云：王山人生泉州，如黃金與土同價。末語聊爲解嘲。

賦得萬戶擣衣聲

秋氣微生月，暮妝淺着花。夢能甘綉閣，書昨到黃沙。膽小臨砧怯，思繁落杵差。添衣防露重，墜鬢掠風斜。樹冷明春兔，林驚動宿鴉。和聲連鼓角，幽怨咽琵琶。有伴姑仍約，爲郎堉漫誇。拍傳憐蔡琰，香發待秦嘉。獨旦身何苦，長征意恐邪。不知雙燭影，先肯照誰家。

寄張紹和徵君

越嶺誰雄長，詞壇一茂先。闕文身及見，佳話世爭傳。鵩賦窺真佐，蠧宮出大賢。事稀隆萬後，談逼李王前。憶自茅輪楚，何人矢射燕。士衡才比海，靈運慧生天。玉几官司案，雞林客費錢。策勳留翰墨，供養到雲煙。蠧飽神僊字，椿高木石年。鹿痕猶帶紫，烏語舊參玄。日者群公薦，歸歟吾黨懸。食瓜寧繫止，懷寶肯沽焉。北極看星迥，東方得歲偏。雪霜明素節，龍虎閉丹田。莫倚山林價，翻輕館閣權。螢鴻仍蔽野，戎馬未安邊。老訂彈冠約，交遲結襪緣。微芳如可佩，終擬藉蘭荃。

過何舅悌荷墅觀漲

不謂朝來爽，偏因雨過幽。東塘原水國，北斗況星洲。海口通鹹鹵，山容表黛油。倚床睥睨動，窺井轆轤收。坐有楓橋月，家如笠澤秋。驛連看飲馬，沙淺對眠鷗。客主雙蓬鬢，乾坤一布裘。鏡能偕父隱，濠稍賴官修。敝笱衝波發，飛蟲徙院遊。汐潮冥至理，風樹觸深憂。無畏嚴城隔，重能永夜留。盈虛從此悟，吾意屬扁舟。

筍江書院成呈黃季發社長

出雲仍此地，希聖合吾徒。太守祠宣室，諸生集舞雩。泉山群拱紫，閩派首尊朱。禮樂崇先進，章縫盛老儒。市環觀磬折，兒解步繩趨。善問攻堅木，清歌叶貫珠。仁窺桃杏種，易溯馬龍圖。學故爲言覺，阿終不至汙。樹形森羽葆，江氣澹眉鬚。李相堂蕭瑟，文翁像有無。耄期誰好道，天意奉元夫。

賦坐中一物得豹皮勉成十二韻

窺管何曾見，褰簾若箇稀。似錢圈細黑，輸虎色深肥。霧掩群朝出，山燒獵夜歸。爪明牽宿怒，晴落歛餘威。北國侯登幣，西門守佩韋。字留越市笋，車扈漢宮妃。象箸饌胎美，羔裘飾袖微。鐵槍詞慷慨，班筆氣高巍。世遠仍冠劍，更寒或枕幃。居寧狐貉厚，鞹以犬羊譏。炳蔚文從變，胥疏隱不違。程生佳種在，終奉六龍飛。《莊子》：程生馬。或云：秦人謂豹曰程。見《夢溪筆談》。

次韻贈許檉

詩裏圖君貌，遙憐太瘦生。小冠盲愈博，長頸醜能明。夢有吞爻感，身誰避席迎。時平輕竹箭，家冷剩桃笙。可解黃中理，難忘白下情。孝廉歸到未，孤劍尚南征。

何兄悌太常邀步南郊覘圓丘享殿齋宮諸制恭述

皇矣穹窿廣，君哉制作殊。改絃歆世廟，分祀別留都。日練金支秀，春回華蓋趨。竹宮靈放悲，羽客韻虛無。繭栗三犧用，瓜華百末敷。篆烟颺鬱邕，罳影入珊瑚。富媼壇仍峻，高皇座稍隅。殿詢公玉帶，庭接鬼臾區。憶昔陪清蹕，於茲饗大雩。烏啣齋饌素，沙點布袍烏。重許窺閶闔，預知瓣襥濾。帝真雲漢主，天轉斗牛樞。禁地人雍肅，祠宮汝敏膚。秩從夷典禮，倫始契司徒。誰獻河東賦，空吹冀北竽。戚干容肆雅，卿景合虞虞。

家叔竺侯弟可貢兄子原含同應拔貢試意殊期之

先世緩農商，諸君最上庠。如金同作貢，何箭獨稱良。寺湧庭窺塔，山連宅負岡。犢褌摽小阮,鴉頸話諸王。未脫江湖氣,須依日月光。驊騮嘶向北,鷹隼擊爲霜。系萬名終大,歌三雅莫忘。水哉源赴海,繹也學升堂。僕馬來千里,衣冠盛兩廂。廟碑摹石鼓,家宴錯冰糖。敢謂簪紳美,粗期蜡臘長。御溝新柳色,春到合舒黃。

直講筵三載值皇五子六子及二公主生叠被宮花紅紵之賜賦紀

皇情當燕譽,后德合螽詵。澤播三宮寵,歡逢萬國春。聯珠裁袿細,偃月試湯新。舒掌虞爲叔,橫波洛有神。夢奇徵祝史,恩迴湛儒紳。豈謂經帷講,能將雅籥陳。北山欣梓茂,南木拜樛仁。紈錦猩唇麗,瑤花豹尾珍。服應誇里社,簪許樂朋姻。堯女裳窺鵲,周男趾頌麟。授環鳴以節,繞膝教宜身。願溥梟鸑慶,多憐牧犢人。

欹器圖詩爲傅渼溪給諫

受姓源星象,傳家閱古今。廟猶榮宋製,工欲諷虞箴。再請因登几,初觀合整襟。柱懸端稍銳,鐘臥色微黔。叩角龍紋峻,垂腰藻采深。畫成徵小篆,摩久發元音。豈鮮泥沙厄,終知天地心。寶應先璧馬,波不貴蹄涔。祖德稱人玉,忠魂表使金。臘蒸仍舊舉,府第最高臨。軾散西江雨,窗含右掖陰。共看彈出袖,公用筆爲簪。納約辭寧婉,持盈意每欽。大弓尊魯衛,遺佩憶姜任。<small>爲宋宣仁后所賜。</small>魏傅清留笏,盧郎潤比琛。銘盂師所尚,熟釜帝宜歆。砌繞芝三秀,坡圍竹十尋。日余官左護,於禮侍長琴。束髮風期契,援毫雪思侵。勗哉賡說命,庸汝作商霖。

皇太子冠侍班叨賜銀幣有述

玄圃傳嘉慶,青陽發睿姿。節逢燈後盛,星近紀前宜。<small>十二年爲一紀,時方十齡。</small>一索爻居震,三加禮尚緇。鼓鐘初動處,簪導欲安時。賓贊依銀牓,坊寮滿玉墀。陛容貂睆戚,班夾羽林兒。嫡長賢兼貴,君親教並師。應聲闢德慧,著代表容儀。鶴禁仍高啓,鳳樓肯絶馳。膝瞻新藻火,袍隱小龍螭。尊道方規漢,近人好頌姬。精鏐填袖出,文綺稱身披。鄭重追神祖,光華荷聖慈。爲睎恒日照,多遣普天知。

淮藩册封成紀事

帝子朱扉重,王人絳節高。自郊陳寶輅,當殿響雲璈。龍虎英爲蕩,璠璵錦作韜。望知藩政肅,聲問聖躬勞。騎省榮登册,詞林盛擁旄。椒闈仍有賜,鹽館恰宜繅。是日芝森秀,無風蠹息濤。金苞周社栗,黍雪魯宫桃。簧炙長吹管,殽蒸特具牢。鹿鳴歌未拜,鳳翥筆曾操。國始仁宣派,時憂江漢豪。晏嬰殊使楚,王粲薄依曹。几杖尊黄髮,球圖侈赤刀。尚期欣玉藻,聊用薦溪毛。

雙壽詩爲梁慎可中翰

秘閣遴才峻,名家積慶豐。百僚思旦奭,三輔美扶馮。虎齒周王母,龍門漢史公。周年雙鬢並,稽字六身同。香繞連坳處,膳分出禁中。壺觴縈雪碧,袍笏映花紅。豈炫臨池蹟,終源作室功。吕刀紋有異,鮑馬步能工。笙合龢庚奏,杖將太乙通。祇應涵帝澤,長此醉春風。

詹事府印永樂二年造翰林院印正統六年造俱銅鑄詹印稍加鉅余以學士掌院署詹得兼視二篆書識歲月

成祖雄風遠,英皇化日温。北都初定鼎,東觀最承恩。印給師儒掌,文經館閣論。秦官榮鶴禁,唐制麗仙門。河遠縈如帶,沙堆巧類墩。種惟森杞梓,飛屢化鵾鯤。五府腰懸並,三楊手澤存。乾坤時漸泰,雷雨道方屯。玉箸形模古,金華禮數尊。曲池砂色爛,高紐緑斑渾。晨出車前捧,宵歸枕畔捫。抗章排虎豹,書押篋鸞鵷。吏解行移審,廷看導從喧。不才叨紫紫,無術答元元。

德政殿侍講西銘恭述

歲律玄冬轉,風花皓雪霏。席横欽古訓,璫屏肅宸威。詔許開經殿,臣從侍講幃。以銘存劍履，於誼比弦韋。濂雒儒參處，乾坤子庶幾。撤皐推果决，窺牖見精微。禮樂森東閣，衣冠盛北扉。篆烟浮委佩，曦彩散垂衣。響徹豐鍾應，源窮遠壑歸。聽卑容每歛，悟入辨將希。欣際千年聖，緬惟累代稀。晉廷黄老廢，漢室鬼神非。士廼懷抱與，皇其念渴饑。郢書仍解灼，越瘠肯忘肥。玉折鳴丹陛，珠聯扈紫薇。祇應光被美，長此奉堯輝。

登文昭閣

每唱鷄籌徹，真看鳳閣重。政閒寬解佩，恩厚賜扶筇。陽德賓朝日，玄思靄暮冬。碧連低玉苑，黄濕動金墉。稍出妝樓樹，微聞輦路鐘。峩冠來太乙，垂袖隱昭容。王氣千年壯，宫雲五采濃。市歌喧涿鹿，邊柝静盧龍。複道憑誰指，浮生祇此逢。東華塵故軟，南越貢恒恭。窮海依真主，犁庭憶太宗。乍歸三夜夢，猶戀最高峰。

贈周鑑唐道友兼別時余業有歸志

帝城烟海裏，驚爾一身藏。近市衣飄雨，窺簾劍瑩霜。少隨張博望，師事費長房。坐閱六朝盛，行開九袠祥。索花猶惱女，分菓自飴郎。胎髮重生毳，神姿別露光。醉仍喧櫪馬，歌頗雜坡羊。禽甲傳奇緯，刀圭出禁方。不齊巫莫相，烏有客相忘。自楚來燕闕，於閩頌福唐。君與福唐葉少師雅厚。道惟徵語默，時復見柔剛。虎豈馴爲鼠，陵其忽變滄。要人無意解，非我孰堪狂。石髓山流出，玄經瓿覆將。話深容潦倒，交久混微茫。饒舌科條重，回頭興味涼。漏須防夜滴，游且趁晨裝。灩澦波間白，邯鄲熟後黄。掛冠從此逝，携手更何鄉。好記三生夢，仙家歲月長。

曾弗人孝廉善詩吟弗輟未老髮盡白戲嘲

處世安無競，稱詩獨不廉。上燈囊欲滿，伏枕韻猶拈。侯喜悲侵吻，盧延窘墮髯。賦豪排玉宇，吟細動香奩。鄉語嫩隅雜，澤歌欸乃兼。鬢稀姬稍怨，腕脫豎恒添。又報書盈幅,爲祈筆退尖。自堪消逸豫,何苦鬭清嚴。弦撥宜粗息,帆歸莫太淹。似聞陰譴巧,高撒一頭鹽。

寶應湖遇風

歸卧江湖隔,揚帆祇此廻。樹連京口斷,潮射海門開。甕社風誰踵,珠房月又胎。狎蘋穿櫂靡,驚鴈掠檣哀。響忽鼉鼈應,濤從桐柏來。雪紛搖組練,銀爍暗蓬萊。地肺翻南宅,天心洗北埃。百靈終護漕,萬壑自奔雷。鼓角聲逾厲,滄桑勢漸回。倚樓誠壯甚,趨港亦悠哉。神女凌波態,舟人破浪才。笑他床下伏,呼盡掌中杯。

南還度分水關

雄關橫鎖却,高屋建瓴宜。剛去天三尺,驟分路兩岐。虎蹄荒坎印,猿臂弱藤支。正值窮冬感,能忘薄暮時。雪深泥没徑,嵐合樹膠枝。邸閣黃牛蹟,溪橋白馬祠。棄繻容漸改,題柱字猶欹。法有窺關禁,人誰擁傳馳。導驄存國體,攘幔赴仙期。角響樵童出,車停鼓吏知。還鄉遊子意,戀闕老臣悲。江右襟湖筑,閩南吻島夷。勒銘欣在德,珍重孟陽碑。

抵家親友屢問速歸意不答賦示

世事驚翻覆,君恩保始終。駉車高壁掛,羊酒別筵充。客戒詢温樹,人隨得楚弓。自知魚冷煖,誰辨烏雌雄。誤國辜難任,思家信屢通。櫪閑容病馬,矰息見冥鴻。蛇避太行北,盧馳上蔡東。最嫌盈魄月,偏怯滿帆風。鼎鉉才何有,漁樵席偶同。尉從呵寂寞,舟不觸虛空。解印虞卿易,投梟蔡澤工。黃粱炊熟未,身在枕縫中。

焚黃先祖父墳感涕

人誰歸華表,恩許賁佳城。啗素循訛久,謄黃錄副行。詔頒新誥軸,官改舊銘旌。控鶴宮三少,腰犀部列卿。敬爲添導衛,知否達幽明。負米悲難禁,含飴弄不成。策存虛孔壁,金盡薄韋籯。婦孺填門看,松杉夾道橫。夜臺何所益,塵世若爲榮。郭璞青烏訣,蘇耽白馬聲。童言無意驗,老淚弗期傾。尚祝萱闈算,長懸魏闕情。

上外祖海鹽公塚

何處奠漿椒,嚴城十里遙。下車傷反袂,成宅感垂髫。介履評無間,騷懷韻屢挑。榜高安小邑,羅密相前朝。毛鄭談經古,鴻光儷德饒。穆風傳石建,釀澤出班昭。穴誤勞孫徙,庭荒苦舅凋。分宜供臘蜡,時爲飭薪樵。堂燕飛仍遠,階蘭茁未條。滄桑真慨事,歸路柏蕭蕭。

追哭蔣中陞傅幼心李玄馭三給諫

福地森靈圃,泉風厄諫垣。衆芳葩故隕,三鳳翮無存。莫以升沉異,同將雄傑論。蚤馳容致蹟,晚出自言尊。酒德深宵見,交情狹路援。瑣青詞慷慨,簪白氣騰騫。未午韶光逼,幾贏局勢翻。宦方看汝達,冥似厭人喧。里巷佯歌哭,賓朋各怨恩。燕隨泥別戶,絲執繡平原。同社才稱季,齊年誼等昆。覓碑愁隔壟,扶路畏過門。共抱支公痛,尤傷鄧伯魂。傅無子。宋颸廻半鷁,巴淚濕孤猿。因悟盛衰理,漸窮潮汐源。故人零落盡,搔首信乾坤。

甌安館詩集卷十六

五言排律二 五十首

洪塘宿曹能始石倉山園時已他屬

十載瓊瑤望,身真到赤城。署門新易姓,循徑舊知名。出水松排字,迎風竹應聲。夜光珠蚌發,烟靄木魚鳴。閣枕蓮花背,垣簪荔子纓。夏姬妝未了,春草賦初成。谷許沿村汲,山留異代塋。過帆森五兩,題壁黯千行。老去連書賣,貧餘避地耕。有心思共贖,何法罷兼并。最恨來遊晚,荒苔白露生。

舟沿洪江抵蕭家渡始登車甚適怪前屢過未知

畏走芋原驛,愁迎柏院賓。戴星辭宿主,蒙霧喚舟人。井里開帆隱,雲山逐棹新。樹橫遮鷁首,溪淺没鰷鱗。虎嶺藏餘怒,龍江話宿因。幾廻驚過峽,從此賀知津。坐久恬心霽,聲來軟語頻。笑誰疲杖履,堪我罷簪紳。間道馳驅息,殘年藥餌親。又當遵陸去,揮手謝波臣。

釣龍臺謁閩忠懿王像

一方偏霸蹟,千載大江流。象漢開宮闕,依唐肅冕旒。歲徵騎馬識,人道釣龍洲。固始鄉心遠,無諸廟貌幽。國傳規李璟,家起薄錢鏐。香火遺民供,墓碑野史修。溯惟鑾蹕動,何啻鳳臺遊。後主猜宗急,中宮寵婢羞。劍猶歐冶淬,筵孰水晶留。將相鬚縈蟻,兒童檻繫牛。竹枝空有淚,鰻井若爲愁。時去同蕭瑟,君看鄂杜秋。

擬扈從行不果

縛袴匆匆入,敢辭閣務紛。檹槍懷自切,萋菲謗先聞。睿意風幡轉,戎機竈突焚。羽書頻責餉,茅土過隆勳。目斷柊中監,心憂灞上軍。汗銷寧再反,冠免復何云。禦虜慙長策,逢人笑冗員。判將綢牖雨,吹散壓城雲。

同年路皓月熊魚山同入閩喜贈

世事悲流水,天心動宿灰。乾坤須洞復,雷雨滿盈開。夢果飛熊叶,人疑箄路來。魏珠誇照乘,荆璧盛登臺。淮海徵輪苦,吳江撫字哀。各懷潛邸遇,初脫畏途猜。推闡風霜節,杖廷土木骸。驟馳分種蠡,聞見重伊萊。牛女甌閩宿,龍身將相才。飯猶追麥豆,羹好下鹽梅。三統仍歸正,六符隱護台。舉朝驚瘦削,沿道指髯鬑。欣聽捷書奏,淚看王氣回。仗旎呼遜矣,拊瑟詠康哉。

別曹西峯侍郎

夙昔娛山水,于今望斗星。事危驚羽白,時異厭藜青。孟學卑夷惠,齊勳復衛邢。拮据扶北闕,騰踏奮南溟。世路誇通變,儒流局守經。厚貨消糞壤,高爵犯羶腥。幕燕憂將覆,繅鷹怒漸形。野心勞禁戢,朝紀屬平亭。我去輕三事,公留繫百靈。劍潭非久駐,倉郭合潛扃。蠟信秋來急,瑤音別後聽。莫將真志節,空立小朝廷。

何鏡山家藏書被旨括進官一子國博示酬賦呈培所姻丈太史

主賢躭五典,君宴學三冬。祇用怡蓬蓽,誰教動鼓鐘。盡拏船載運,多剪絹裝封。小吏黃衣出,中官赤仗從。地深宜辟蠹,天近莫驚龍。籍末題劉向,碑頭篆蔡邕。司空煢力僨,行在報恩濃。史職光家乘,儒官美國雍。簡因藏壁舊,師值蓺門凶。黯淡波呈劒,平安火過烽。好文原宛委,戡亂或從容。爲報橫經暇,天誅首赫龔。

發篋得傅渼溪給諫詩若爲蔣八公暨余同拜命詠者傅蔣並前没泣步原韻

脩短都歸命，行藏莫問天。只看交去盡，何取蹇來連。笑眼方波纈，酸心條涕漣。自甘盧駱後，誰分禹陽先。鶴積雲間唳，鷹呼塞外聯。痛君遊岱際，遲我掛冠年。畚歲同栖止，微躬每託焉。鼓鐘聲峻厲，鵰鶚氣騰騫。萬壑濤奔迅，孤鋒壘破堅。披登容補闕，環賜欲行邊。最妬繁空雨，偏觝望夕圓。功名骰子選，身世儞郎緣。未死嗟衰運，同升念昔賢。跡孤鄉社飲，魂斷帝京篇。

晉王述有言兵郎可嫁女與之偶詠其事

老革馴忘分，群公屢詘尊。鯉魴沉湫隘，牢豆薦淫昏。不薄崔盧姓，誰高顧陸門。腐鴟勞嚇鳳，驕莠惡凌蓀。八代傳麟種，千金眤虎賁。蔦蘿絲太蔓，桃李性無言。沈約彈宜上，江湛禮夙敦。即看文度女，猶恥嫁桓溫。

避兵暫宿溪渼村舍

小駐三間屋，虛營五畝宮。棹催連夜發，溪倚半帆通。柑橘沿林照，魚蝦出網空。覓錢輸寨長，投菓散村童。離亂浮生始，繁華大夢終。户虛紛有適，城破屬誰攻。蹈海樓窺蜃，尋山館避熊。跡疑明滅火，書仗往來風。挫跡癡頑老，埋名蓄縮翁。有家真覺累，無主合稱窮。從此餘年厭，乾坤板蕩中。

驚聞鐵竈墓廬焚

幸可鄰依郭，何因族聚蘇。列閭容自保，群盜起相圖。初意雞栖桀，俄看虎負隅。猌隨驚燕雀，鋒俿犯楸梧。磽确孫公寢，泥洿董相瑜。數椽存祭掃，重趼歷崎嶇。勢變陵傾塌，時危窆負趨。禮宜三日哭，憂甚百身孤。木石焦猶爍，春秋露恐濡。祇應佳氣在，山末見龜趺。

先高祖參政趙塘墳木可百年大俱合抱亂後不免盜斧恨極寫歎

五世懷鄉井，何曾露咄嗟。怪人安虺蝮，疑歲屬龍蛇。宰樹千章直，環山百丈賒。盜欣逢劍戟，村苦掠桑麻。駭夕連邪許，驚林徧蘗槎。杙張忙觸鹿，巢隕怒啼鴉。不管三清吏，誰憐七葉家。舊勳冠有范，先德玉無瑕。我自停追討，而能逭過差。急扶垂斷梗，殷護再生牙。石室縢縢閉，霜柯葛廟斜。就看猿鶴化，也復勝蟲沙。

同諸公羈困東城聞城外呼噪聲

螾螺紛動適，吾道慨如何。野處攖鋒鏑，城居困網羅。意陰藏叵測，時恰費調和。鐔釦宵謹野，輪梯晝逼河。莫窺旗影合，惟覺礮聲多。電索當空掣，星丸突地過。巧將媒翳雉，勞其僕舒鵝。寂守能防嘯，環攻莫費呵。氣衰三鼓盡，營撼一塵麼。內外情難愬，悲歡色易蹉。祇思聾更瞶，相與寐無吪。

東城再困踰月解期如往歲人倍之

佛規存結夏，朋意病離居。爲聽摐金令，偏逢爍石餘。壁開烟町畽，門蔽席籧篨。劣許餐傳檥，陰搜宅寄書。十床欹對語，經月髮慵梳。分就蚋蝨窟，晝同牛馬跍。解憂棋局覆，消晝酒錢醵。最苦桁楊酷，何妨貝錦疎。暗中紛抵掌，人裏特仇余。惡境天磨鍊，浮心鬼掃除。易爻真聖解，焚棄突來如。

烏程閔同生肅翼城史文起起明相繼爲吾泉兵憲同卒於官賦悼

害氣除非盡，文心兀自迷。並驅標蕗榜，相識話金閨。藻翰先朝著，風流壯歲齊。屈身容有待，頹算復誰擠。各負弓刀債，空留筆墨題。喪車愁起伏，憲府咎高低。顏抗憖師席，魂歸感舊栖。泥塗悲絳縣，風雨咽苕溪。洗橐輕能舉，摸碑夥不携。道遙孤葬約，鴻爪信東西。

理學坊焚坊爲蔡文莊公淸，有欲附名其間者，其家不可止。

棹楔沿街滿，欣公禮樂閒。廟雖遲祀廡，家自解藏山。野火無端燒，高風幾代還。試將霜比節，何異玉爲顏。學繼關濂後，神遊孔孟間。世誰哀道喪，天豈厭時艱。品亞猶嫌雜，書傳底任刪。頗危如砥路，荒草翳榛菅。

哭何培所姻丈

豫友驚難認，逢君北地歸。舊容都改變，相過但歔欷。節嗌餐甘糲，量腰帶損圍。每談孤往樂，如恨再生非。任永權稱眚，李華實病痱。約妻偕縞素，貽訓薄輕肥。半世公車累，長年子舍依。廣文官較穩，紬史志空違。魂好棲山鏡，夢猶繞帝畿。一杯明水薦，蔬配首山薇。

武林舊居停到頗話余武貞末後自沉狀

一代龍頭選，同年驥足馳。講闈章慷慨，詞苑墨淋漓。竟負衡文寄，微逢廢史時。蕚華歸舍穩，銀艾出坊遲。別後聞樵斧，亂來起釣絲。吏兵符併綰，帷幄箸高持。魯國春陵異，稽山窅石疑。北風濤愈急，南國局難支。盛具衣冠出，陰防僕隷知。乘潮追伍子，題絹覓曹姬。烈性平生足，雄心末路彌。仗誰登典册，留待粵厓碑。

哀熊雨殷給諫

託身謀匪易，求反事恒勞。深訝垣中客，謬通海上豪。片言憎睚眦，平地激風濤。半席身僵酒，全家命委毛。姚江魂去遠，潘縣信來滔。孔雀逢牛抵，長離起獝號。伍胥夷殉革，三士死分桃。管邴終辭度，衡融枉怒曹。賊狂那可倚，綸渥欲誰襃。彌念君鄉井，劉祁節槪高。劉念臺、祁世培二公。

門人林道生給諫流泊久苦不得其確耗

北平辭帝里，東筦滯官寮。迎母仍何往，遭時已不朝。有懷頻引領，相識始垂髫。夕月金波映，春風玉樹標。諫章徒藻麗，遊跡信蓬飄。肯枉閩中駕，微傳白下僑。梓桑幛夢隔，鴻鴈帛書遙。范蠡裝浮海，逢萌益隱遼。介山誰予粟，吳市獨吹簫。安得凌空翮，從君過泗橋。

答餘杭陳素心文學

憶昔芳園駐，芸緗浩瀚鈔。別來悲廢統，書到慰窮交。燕邸雲瞻闕，越山樹占巢。舊踪歸幻夢，生計入浮泡。兒長欣傳學，宦貧費解嘲。厭時衣左衽，愁客面深顒。敝履歌商頌，遺篇釋遯爻。露螢銷腐草，風馬恨包茅。朋好情何極，吾衰分早拋。嗣音期未卜，從此閉函崤。

彭讓木侍郎子士煐死於賊家没入園林燬盡傷之

雨泣哀同輩，風流惜侍郎。宅連青瑣闥，園閉綠楊莊。慶弔舟移壑，榮枯海變桑。賊貪金谷麗，身赴玉樓忙。家破寧堪述，兒屠更可傷。萬間摧猛火，千樹萎嚴霜。莫買平泉石，空題履道坊。市塵堆瓦礫，官法没倉箱。末世財爲累，當年宦最長。酒談蔬筍美，車過幕帷香。老悟持盈理，荀傳禁盛方。試觀輪覆井，曾許坐垂堂。

崇陽門樓祀唐王刺史潮守祠僧云其遺裔

廟祐千秋託，樓階拾級升。遠橫滄海帶，高引廣衢繩。自奮光州起，爰看泉郡興。弟兄閩並祖，官府宋相承。耄孺晨昏肅，衣冠伏臘蒸。吉凶神屢兆，歌舞歲頻仍。族衍紛豪貴，祠依一野僧。每資鍋乞食，時勸户供燈。華胄源流邈，巍勳氣運憑。表忠遺觀在，誰擅筆如稜。

捐六十金助修雒陽橋工成紀事

弱歲擔簦度，中年擁傳臨。頗懷題柱志，能忘濟川心。賊徒公毀却，行旅各悲吟。坐見雄虹斷，真疑劫火侵。富貧輕捨力，官吏廣鳩金。木石堆山積，舟車起陸沉。日良銷惡耀，神豫散愁陰。壓重潮浮恰，欄危鐵繞深。澤漁閒曬網，溪女靜鳴砧。鼠麯盈新畝，蠔房匝舊潯。像龍鐫虬蟆，求石琢瑤琳。追宋端明蹟，悠然感古今。

重修筍江橋時余所捐視洛橋可三之一

溯始桐開國，勞將筍字江。海濱無漏澤，天下有名邦。火舉疲旌斾，沙崩損櫬樁。募檀金可砌，呼艦石爲瀧。人畜憂徒涉，負擔利畢杠。岸容吹浪叠，橋影落虹雙。倒浸遥山翠，平濺大壑淙。樵歌時澗響，漁唱滿村腔。

傷故友趙天甫女出家爲尼

父祖聲猶在，婚姻命所安。遂甘優塞苦，如厭華門寒。佛法光明鏡，家風鬱郁蘭。爾能靈照似，吾敢女流看。蔡琰笳中拍，秦敷陌上彈。不逢禰結永，誰妬鵠棲單。舊友飄零盡，衰宗振竪難。事曾聞趙普，風總媿王丹。壞色依空界，齋心禮戒壇。散花防著袂，罾井莫生瀾。自昔歌周雅，良朋只永歎。

鄭海臣廣文遠餉地黃答謝

貧蓄甘鮮少，老愁攝衛乖。愛君崇古誼，憐我事長齋。九曬傳蒸法，三薰變潤骸。手爲營藥餌，車實過覃懷。薏苡身輕兆，芎藭腹疾排。漸看奔及馬，追笑瘠如豺。列鼎參苓液，投湯芷朮虀。餽寧先祭肉，家不乏醃鮭。炮炙雷公倣，絃歌學子偕。問君來帝里，曾似昔盤街。

贈黃仁表爲石齋先生冢郎。

報主悲何極，承家偉克堪。避人勞隱姓，過我盍停驂。謀野收殘草，傍山閉小菴。趙宗宜有後，魯國是誰男。四海同嚮望，千秋恣蘊含。禮恒諾伏鄭，官好問郱郯。典廢蟬貂綷，書存俎豆龕。血藏陰化碧，松倒欲生楠。青史標仍獨，白圭復每三。自留孫碩在，遲望髮鬖鬖。

同年陳平人中丞子蕩佚憂其弗類

吾友嘗從事，其人勇且廉。夙推趨義疾，微諱治家纖。長子生非嫡，稚年行不兼。尚書屯屢典，遺宅耗全阽。夙昔應憐小，于今矧赫炎。陶潛書責儼，葛亮慧疑瞻。譬曉煩同姓，勾稽責典籤。各縈門户慮，樂郤戒森嚴。

壽張晦中少宗伯時年八十有五

潞國官兼長，香山坐孰先。海瞻鸞鳳采，天予柏松年。齒決寧資乳，津通不異泉。便疑丹可竈，真種玉爲田。榮啓裘披樂，商瞿易授玄。行藏流坎遇，山水智仁全。蒞榜慹扳附，鑾坡喜接連。老容開緑野，家屢中青錢。酒態能高發，花枝尚貼眠。聖胎傳已結，噓息數綿綿。

送楊似公按粤

黄閣先師訓，清朝吉士才。出應持繡斧，歸及祀芳祺。閩嶺羊城接，滇江蜃市開。樹繁秦尉塚，雲散越王臺。犀翠行看賤，蚌珠莫漸胎。令聞圖魍魎，車過動風雷。静海欣揚棹，嚴霜肅舉杯。部逢燕郭隗，爲趣馬蹄回。郭閣生久滯粤未歸，寄聲及之。

懷楊惺之太守

詎意潞河水，奔流到海東。夕輪泥仄路，霜葉委飄風。瓊管儋崖隔，高州舶艀空。眷攜良匪易，書寄仗誰通。稚女勻妝艷，佳兒學語工。强教嘗蠣蛤，深恐混蒿蓬。北望愁禾黍，南歸問蕨薇。故人樓護在，回首緑榕中。

所親有雀角訟憾余不爲援者賦示

馬鳴惟自曉，蝸沫欲誰濡。吾亦愛吾鼎，爾其慎爾趨。訟防三錫帶，家奉九靈符。官府狼頭纛，吏胥燕尾弧。射䴇憂毁社，投雀戒遺珠。冬凛寒蟬蟄，夜憎盍旦呼。少年矜蹈厲，荒老歷崎嶇。直爲辭銘背，非忘誼切膚。息桑恭里黨，擔歾送門徒。忍敵災星過,閒看一事無。

勉幼兒姪

我家傳世業,堆架盡詩書。即比弓箕衍,誰云篋袋虛。户曾停五馬,宗擬綴三閭。禮樂羑冠裹,聰明蓄髮初。少嬉憑棗栗,身長判龍豬。日月驚凡過,光陰惜寸餘。派源卿輔後,宮邇聖賢居。曼倩辭傷蕩,淵明意近疎。各懷湖海志,思乘父兄輿。茂柏深松愛,依依一夢蘧。

送兄子原舍之訓平海

射策年猶壯,稱師職匪輕。閫宗偏厄貢,惟汝獨成名。衛學同州邑,莆才盛斗衡。夢隨源墅闊,齋對海堤橫。家近連朝信,路危間道行。老親需俸貫,諸女費妝籯。官長容銷假,生徒倚祭丁。青氈舊物在,相祝聽絃聲。

長泰縣破詢劉虞穆消息

邑碎群兇手,經旬力已疲。倉皇扶母急,憔悴縋城遲。族大聲難蔽,家貧費不支。陋儒虛索餉,明府強稱治。鄴架焚應盡,黌宮黮欲欹。傳車摧鐵籠,編户拜牙旗。杜甫羈官谷,王丞困碧池。柱峰雲去遠,漳郡信來疑。變雅賡幽韻,哀絃拊斷絲。恰憐劉子政,名署更生時。

漳郡孝廉落第還道梗多寓泉城感歎

計日辭京輦,波奔準過家。不云鄰井里,猶自阻風沙。屢報長橋斷,深防狹路遮。信通如覺慰,名落已忘嗟。米借矛頭淅,書飄劍外斜。強將愁對雨,時復淚看花。哭井憂蕭絰,迎車歡魯髽。或談新筊吉,咸咎昔轅差。頃刻懷千慮,分明隔半閣。恨無羌笛引,重與譜胡笳。

爲高徵之郡伯請如制歸不得

府堂垂白旟,郊野動哀吟。新法鉗繩急,群公挽駐深。恒山秋夢斷,沱水夕烟沉。禮正循苴杖，時危勒衽金。敢狗轅臥體，能忘壟居心。夷子喪師墨，吾曹學準參。朔風卑用夏，兵氣重通今。徒有思歸曲，助登相杵音。

戲詠官署內土神

幸倚金行氣，蒙標土偶身。有何稱福德，偏自長威神。兩造營求切，群胥祭賽頻。面因薰到黝，鬚昔白如銀。坐準堂南舊，籤橫壁右新。內衙開午仗，旁館達寅賓。朔望官趨謁，晨昏隸踞陳。判司橫遣侍，翁嫗輒爲親。恨少山林氣，空稱草莽臣。若將陽職比，州縣最勞人。

從友人乞龍眼栽

一例題佳菓，群株伏異芳。政如驚坐客，疇並繡衣郎。核細形苞紫，皮深德尚黃。肉豐毬比玉，甘滿液爲霜。名種傳尤美，敝園見未嘗。肯分盆過歲，行看席生香。兄奉荔支恪，奴卑枸杞長。杖經斤竹嶺，春駐浣花莊。益智開蒙質，扶衰侈禁方。便當浮白賞，澆汝醉千塲。

揭潛銘銓部哀信聞爲位哭酹之以詩

委質群儕爵，臨危孰報恩。銅山千樹拱，汝水百川源。國破聲孤震，營開勢絶援。奮身攖虎豹，提劍立乾坤。隱遯過劉龔，凄凉弔屈原。玉光終射斗，虹氣肯投瞀。尋被弋人識，頗傳樵者言。整襟神獨暇，端委禮逾敦。談笑輕殊類，衣冠奉至尊。夢猶趨輦轂，朝不數胡元。冥霧建州黯，驟風柴市昏。草間疇負骨，江上與招魂。張許班呼友，陸文齒任昆。豈憐三黨盡，遑恤一呱存。夙昔經淹貫，平生史討論。鎖闈欣得雋，携笈荷登門。我媿襄陽老，君真曼碩孫。撫絃悲絶調，覆醢痛煩冤。俛仰當仁讓，巍峩取義騫。只應扶接筍，長爲哭宵猿。

鄧台生侍御没妾扈郎自縊殉之輒因頌妾微咎其室人亦輿論也扈京師人

秩登烏府峻，星許給衾裯。誰免江歌汜，亦云海蓄流。咄嗟歸里誤，蕭瑟閉房幽。盡踩蘭心碎，能禁竹葉愁。嫁郎希見面，事主敢擡頭。矢死偏同夕，爲歡一任秋。志存哀果決，威赫怕遲留。骨葬蘆花渚，魂銷燕子樓。北姬寧少儔，南木鮮逢樛。綠雨巾承淚，黃泉袂障羞。反嗤獅失計，曾許雁同遊。莫過新嘉驛，詩題憶越州。

余先後遣五妾僅留有子者一人病況可知

再憶媒鄉省，三經選帝畿。婦猶容窈窕，身自怯床幃。才性難兼並，命緣屢是非。束腰疑可伴，孳尾暫爲妃。樊素春風去，邊華夜月歸。露桃隨索笑，珠蚌僅揚輝。老畏風霜逼，書愁粉黛圍。一燈爐畔供，留取小緇衣。

代嫁傅表弟女

親去孤何託，脉存誼未暌。忝將瓜施葛，愁見柳生稊。令祖黃塗閣，先姑綠映閨。赤貧勞偃蹇，嬌小費提携。朴質荆釵具，艱難縞素齎。敢云同己女，粗亦稱儒妻。醮戒身兼母，規隨婢代奚。豕欄新窀吉，熊軾舊門齊。祈汝成家室，事夫肅縱笄。歲時來我過，詩句誦鳴雞。

送門人侯官令王德遠擢判平樂

北客今南客，閩輶又粵輶。更從章貢發，空望太行遙。劇縣容揮霍，監州職和調。蓋應陪五馬，旌稍歷三苗。倩雁傳芳訊，刳榔當酒瓢。遠方安色笑，窮海奉科條。白蠟凌冬吐，蒼梧鬱霧消。敞裘停過嶺，長檝護乘潮。母老辭登頓，兒賢慰寂寥。未堪書信隔，春樹滿棕蕉。

賦得落花滿地紅斑斑

花落關何事，詩人意未甘。遶圍霑翠濕，攀檻鬭紅酣。宜用蜂腰點，莫經鳥嘴含。踏來鞋觸瓣，粧罷鬢停簪。蹂擲憑郎戲，鋪眠恣婢貪。豈惟娛倩女，時復感愁男。墮砌紛飛異，辭枝再上憨。幻華隨客戀，禪解試僧參。梅苑欣標六，桑林苦宿三。好挤长夜醉,高讽望江南。

饮张园同周芮公杨碧湖二丈适大雷雨

山色初犹净,池光倏已扃。鹳飞翻黑雨,蛇晃掣金霆。辨且张秦楚,流兼杂渭泾。树披遮往径,鱼窜上空亭。仓卒衣沾袂,流连甕卧瓴。擲卢聲愈怒,浮白意偏醒。鼻吸莲筒碧,壶倾竹瀝青。壁游歌窈窕,陂饮動神靈。老妓颜愁见,童奴曲解听。攬枪勞照海,箕毕罢占星。漂泊波间梗,郎当塔上鈴。醉归重唤语,车过避羶腥。

阳井歎

始知憑險意,原匪报恩圖。縞素佯思楚,衣冠渐僭吴。艾耆留管邴,姬妾擁孫盧。南北狼依狽,晨昏虎導狐。即忘归白水,爲试望蒼梧。天象参差惡,人情屬望迂。子阳迷井底,公路厄床隅。极目波濤闊,曾懷故國無?

家蓄耕織圖殊精妙舊得自余集生中丞

只看生绡紧,應輸妙墨精。滅濛窥草樹,纖杪畫簷楹。田父筋骭峻,蠶姬態度貞。耨腰泥歷漉,妝鬢黛分明。麻紵規池浸,囷筐屈竹營。犢麛初過跡,鹅鴨若聞聲。稻秪含風潤,絲繰積雪輕。物豐人暇豫,家足代昇平。屬筆金陵麗,開軒玉署清。匿鋒疑透紙,題欵獨遺名。世鮮臨模手,身存賞鑒情。稍因催婦織,尋爲課兒耕。

東老雖貧樂有餘回道人句也與余合

東老貧何似,能紆物外裾。蓬瀛踪杳渺,苕雪韻清虛。箬葉輕觸後,榴皮小篆餘。醉懷勞理詠,僛意重收書。石鼎軒轅媿,丹砂狡獪除。即將顏樂處,爲問吕欹歟。濁世缘能淺,高真鑒未疎。已供芳酎待,希肯降蓬廬。

甌安館詩集卷十七

七言律一 八十二首

常州贈別

雪擁高城客路賒，不禁思汝倍思家。尚看一夜常州月，已分三春北地沙。席上誰同玉麈尾，市中自愛白羊車。懸知雄劍終當會，記向姑蘇問莫邪。

經李淮撫廢園

逢人猶說舊淮揚，故苑遥鄰帝闕旁。有水臨門深閉閣，何年乘月更登床。大臣引過羞田竇，執法持平美漢唐。莫遽婆娑悲老樹，豆萁終頃未全荒。

感懷

傷心一葉又青徐，湖海漫云氣不除。北去漕檣看欲盡，東來鼙鼓近何如。未容日晚猶高枕，那得途中便著書。爲剪蓬蒿三徑在，吾歸蚤已辦樵漁。

南還示社中諸子

敢言吾道是耶非，兩度江干換葛衣。市有荔支仍客至，身如鴻鴈又春歸。栽桃玄觀開千樹，種柳金城大十圍。搖落風塵兼憶別，惜君猶與世相違。

題陳無瑜齋樓

片雲橫過小窗開，總領名山入座來。家近城西皆面塔，樹平屋角尚層臺。青州酒郡書頻寄，南海石奴船又回。敢道元龍輕百尺，主人原是鳳樓才。

賀趙靖菴郡伯得孫

三春新見月盈頭，買夜笙歌到處謳。賢守本應呼作祖，令孫端復繼爲侯。吳雲向北如車起，卦水環城學字流。閒簡圖經因記得，府中元出韓相州。

讀王道思先生集二首

大夫作賦盍能工，秋氣憑陵海上虹。自買青山開嶺半，全驅白雪過江東。誰能匹美消丹荔，耐可遺書護刺桐。太息子虛生稍晚，燒香自起禮南豐。

其 二

無諸舊國餘千歲，草昧何時賦大風。先輩詞章輕左馬，本朝經術盛嘉隆。中原莫妬真人氣，敝邑還推作者功。鄉里只今誰後起，可因文似薦揚雄。

夜飲述席上所見

衣冠近已厭論詩，湖海風塵總不宜。便向三騾稱下走，敢將雙眼傲當時。出門道我輕梁柳，使酒嗔人避魏其。忽憶少年鷄狗社，三更袒跣奪鴟夷。

撫州天寧寺步月同吳興郁仲開兄弟

坐看白地到參橫，殘影穿廊四十楹。姑面如花空鳥瓜，字池乍黑豈龍精。莫因對酒談僧戒，何處他鄉避月明。寂寂逢君憑痛飲，殿鈴東指是烏程。顏魯公爲撫守記麻姑壇。又，郡有王右軍洗墨池，池水時黑。

月 夜 客 中

但逢佳景客思歸，愁絕鍾陵月影微。何樹早吹新綠萼，可人私憶小青衣。砧聲破夢孤雙杵，腰骨衝寒減一圍。況復夜深秋點點，向南烏鵲遶枝飛。

庚 申 哀 詔

客星如尋近長安，黃竹蒼梧灑淚殘。何意龍髯真欲墮，更聞鶴語不勝寒。

二陵風雨扶王氣，五柞畫圖屬漢官。猶恐雲中覘縞素，早將新詔備東韓。末見《李陵傳》中。

登滕王閣二首

得向南昌看幾回，重門隨喚老兵開。居然捲雨詩如畫，落盡飛霞鴈未來。灑酒臨江千古事，登高作賦大夫才。青沙白渚更何處，此去金陵有鳳臺。

其二

新府洪都當舊看，猶傳環佩玉珊珊。大江日夜流無恙，前代人文和不難。例向閣中悲帝子，愁因北去望長安。洲飛白鷺樓黃鶴，吳楚風流今未殘。

立秋日同傅子訒王何稱林爲磐郭闇生穿蓮東湖分得蓮字

曲水旁城好放顚，荷香十里葉田田。爲鷥鳥夢停歌扇，故拂花鬚落酒船。詩思清如秋乍起，湖光雅與客相憐。紅裙白紵尋常唱，我愛峰頭玉井蓮。

五日集何舅悌邸舍

登牀徑坐不須招，我去憐君亦寂寥。暫以雉盧消遠况，偶然鸜鵒噪長條。裹絲粽子應悲楚，鎖甲桃花好破遼。容易許人身未敢，頗懷簫鼓笛江橋。

將往西山

野性惟應麋鹿群，生憎白馬避郎君。自憐北地幾回醉，不去西陵一看雲。路細如沙隨屐到，竹凉於水與僧分。窮遊未必詩情減，防有山靈夜乞文。

聖德詩

含香槖筆奉恩濃，爲説重瞳似世宗。四野于今收澤雁，千官盡日拜山龍。傳來白羽知邊事，批出皂囊有御封。誰賦車攻誇小雅，微臣自喜得身逢。

五月渡瀘部試觀政諸公擬作

銅柱經年已綠苔，紅雲如火鳥飛回。南人自倚瀘河急，丞相遙持羽扇來。已說溪山皆踏遍，俄將霧雨盡吹開。只憐回首中原地，依舊漳流枕鄴臺。

賦得明光曉奏催

爐頂金猊盡散香，火城蠟影淡微涼。絲鞭欲靜遲封事，寶扇徐開憶講章。自信春風歸北闕，錯看明月比東方。清時上殿從容甚，便作紅雲捧玉皇。

恭述皇上念邊詩

常聞天語降層霄，干羽何時格有苗。八座尚書催出塞，三臺御史賜還朝。猶傳獵火來玄菟，為惜春寒解紫貂。聖主焦勞誰不見，珠弓鐵馬下全遼。

從何稚孝先生騎馬出海淀暮抵高梁橋已昏黑矣先生馬上揚鞭裁如二十許人而余前日適墮馬

欲留韻事與詩筒，不遣呵騶溷乃翁。綠野照人雙鬢雪，黃昏歸雨一鞭風。兒童夾道隨山簡，賓客登樓避庾公。何事少年誇勝具，昨朝墮馬髮如蓬。

宿高梁橋

白露先秋迥自傷，漫遊強半在高梁。因騎禿馬尋僧舍，為送歸鴉上女牆。雨過雲山如黛染，天深草木已清涼。無聊此夜宜狂醉，恐有愁人欲夢鄉。

承陳二何年丈貽詩見慰步答

贈我明珠一字雙，宮雲苑樹滿晴窗。陳蕃授榻緣何意，王粲羈棲尚此邦。自笑文章矜漢法，每聞歌唱薄吳腔。故人笠馬勞相問，那得窮途筆似杠。

恭謁長陵

自從風雨御真龍，王氣環苞萬樹松。豈但犁庭驅漠北，仍將遺寢控居庸。

千年玉几扃中殿,半夜金車駐十宗。臣愧不如雙石馬,當時劍履得身逢。

定　　陵

帝去賓天今再歲,衣冠仍舊拜橋山。不知宮殿三千户,更在蓬壺第幾間。寶蓋新鋪青草色,御牆特換綠花斑。九龍池上多環佩,未必遺髯盡可攀。

北　　望

秋高防塞動笳音,莊舄南歸尚越吟。聞道黃扉親蟒玉,何年青海貢貂參。錦官戰地多荒草,先聖祠鄉亦綠林。偏是江湖能慷慨,許身未敢愧雙金。

幽忠詠有序

宮庶黃九石先生卒五年,有傳爲冥判者。近復傳先生官都統制,領水軍,往援遼也。其説出里子葉懋華。葉遊楚粵間,歸抵羅房渡,卒於水。前三日話先生近狀如此,且云身錄爲從事。及文學吳子舜闕,吳故病自沉者,而先是葉亦夢吳招赴水社。長公子日燫爲某道其事,絶痛。事奇不可訓,要以胡運當盡憤及神人,先生二十年侍從之臣,精多物弘,即慨然爲國家出死力殲之,理亦應有矣。爲之賦七律,得十章焉。

猶傳遼火到恒沙,莫問前生舊起家。才鬼衿鞶私結社,詞臣鼓戟夜開衙。遂邀粵楚幕中客,不倚登萊海上槎。此去果然逢奏凱,夢魂還仗破安奢。

其　二

百年寒食拜青松,大字深碑刻蔡邕。長恨荒山焚薜荔,豈知故劍集魚龍。軍中鷄檄誰能作,地下牛租何所供。孰憶鼎湖舊侍從,論功猶合賜歌鐘。

其　三

先朝簪筆秘書丞,冷允清銜恰似冰。肯借黃腸榮墓屋,還持白骨報橋陵。五湖戰卒奉符至,三載冥官論俸陞。不信夜深東海上,滿宮蛟女試刀稜。

其　四

黃泉碧落隔層霄,紫府真人册度遼。何處船兵下綠鴨,他年酉醜哭青貂。

即呼箕尾騎爲馬，親勅黿鼉駕作橋。空語續騷諸弟子，勞勞桂酒奠漿椒。

其　五

三生長記侍金門，又向黃壚事至尊。客到羅房應水解，官稱都統亦君恩。平原開槨拳穿爪，北海題碑鬼攝魂。猶恐鶴歸孤華表，留傳家信與兒孫。

其　六

莫悲宿草閉高墳，珠闕玉堂也不分。依舊紅鞍迎庶子，怪來青帳坐參軍。階前獻鹹俘龍耳，水底頒衣着鼊裙。頗怪翩翩雙記室，腐儒落魄未能文。

其　七

兩浙文章別樣新，三韓烽火倍愁人。黃頭擢水煩冥府，白面籌邊愧小臣。春盡杜鵑猶有淚，海填精衛已揚塵。輀軒珍重達明主，宣室先宜問鬼神。先生嘗典浙試。

其　八

樓船滄海道朝鮮，虛費大農十萬錢。殺賊豈辭同厲鬼，許身端自薄頑仙。洲蘭澤芷祠鄉社，寒鼠饑烏避墓田。何事看山人惆悵，獨將荄蔚廢詩篇。

其　九

不管松楸染淚枯，五更風雨伴慈烏。白華續雅今曾閔，青竹搜神鬼董狐。遍就鄉人詢夢景，每傳囈語動悲呼。近來消息尤幽異，大纛高牙定破胡。

其　十

聽道齊諧鬼一車，騷來詞賦祖玄虛。漢家小吏虞初志，禹後丈人靈寶書。湘澧到今愁宋玉，蘭廉雖死勝曹蜍。同時冠蓋能多少，纔閉墓門事渺如。

和南二太中丞視師海上詩四首

夜郎並漢謬爭雄，漫擬香山市粵東。甌駱南荒還自保，冉駹西僰未須通。中丞綸羽親橫海，幕府鐃歌各上功。誰道火攻猶下策，年來新破鐵艨艟。

其　二

君家旗旃舊央央，此日依然鎮朔方。投筆書生公學劍，販珠估客暗回檣。忽看鼉齒鬚千丈，共笑夷頭髮寸長。海水洗兵今盡否，戟門高倚綠沈槍。

其 三

猶防消息動倭奴，增戍黃頭十萬徒。汛地鷺門秋後急，番城虎落昔時無。重臣朱芾仍分陝，驍將青袍又姓俞。暫寫陣雲傳露布，雙飛鵝鸛已成圖。

其 四

日光兵氣亦漸消，又説昆明破熟苗。野老莫愁邊海地，閩方重遇蕭皇朝。清新開府春爲思，慷慨登壇錦作標。行值酒中懽劍舞，凱歌時復採漁樵。

仝家叔竺侯過集黃小凌宅

冬暖無風樹不知，阮南阮北夜相期。偶開官閣尋梅訊，同憶藝臺擁雪時。密坐論文依從叔，中廚佐酒出嬌兒。可容賈至侍郎曄，高宴洞庭獨有詩。用李白《洞庭》絕句詩題。

送揭陽唐祖蔭文學歸應粵試

猶憶汝鄉謝御史，辛勤負笈事奇文。一千里外寧爲客，二十年餘再得君。荔子掛猿低嶺樹，杏花垂馬判燕雲。黃金臺上方搜寶，定拔珊瑚出海濆。

承中丞南公貽札賦謝

夾溪父老拜前旌，奏凱鞭春同日行。總笑鄉村堆蠣蛤，乍傳海國徙鮫鯨。和成詩句忘身賤，望見軍容覺眼明。幕府諸公多慷慨，肯將尺一問編氓。

發 莆 陽

何人剪取吳淞水，亂灑壺山濕未乾。先代斷碑連樹接，大家飛閣隔溪安。猶傳野屋經林薀，每課陂田憶木蘭。楓葉梨花行處有，不堪輕負荔支丹。

玉獅嶺 嶺開自葉師相，舊繇峽口渡江。

天外三山漸可親，下車躬禮嶺頭神。瓦窯蓄火茅如爐，村店憑厓樹有鱗。虎過低聲能避客，猿饞舒掌強牽人。遙憐峽口大王廟，十載秋風冷白蘋。

洪山橋仝李玄馭陳叔度張元敬賦別

十里離亭傍石倉，勞歌未唱已沾裳。兼聞驛騎嘶官路，忽憶嬌雛滯教坊。日後雌雄分劍浦，潮來風雨下洪塘。所歡咫尺仍辜負，獨自迢迢向帝鄉。

題張蓬別業

居在城西古道旁，日聞車馬話郎當。市橋墓舍田二畝，花架禾囷水一行。過客隔垣皆露髻，妙姬移閣尚留香。亦知別館曹家好，愛汝幽棲興味長。洪塘諸園以曹能始先生石倉爲勝。

贈餘杭陳素心 唐丁仙芝邑尉，有《餘杭醉歌》。

書開萬卷酒千巵，自倚高樓傲下邳。清夢喚回誰剥啄，落花唧去定伊尼。南湖曉漲愁春水，少府風流異昔時。燕子紅襟烏白頸，問君何句續唐詩。

延令旅懷

延城三面俯江陰，饑鸛公巢祇樹林。何處名花標玉蕊，邇來詞客失南金。僧雛解夏猶支枕，司馬遊卭不奏琴。獨倚井梧看落葉，旅愁容易入秋深。何南金先生，邑人。

漢王節妃井

甃痕三尺一亭圍，重遣桐花拂檻飛。客過競窺鄺地井，月明經照漢宮衣。漫沙荒草碑猶在，玉碗銀牀事已微。試料冰魂誰作伴，橫江鼓瑟自湘妃。

温　泉

黍谷春回未可誇，寒泉誰遣動灰葭。天連五嶺白於電，路夾雙飛爛似霞。循吏囊裝羞薏苡，炎方藥物得丹砂。政成山水猶移性，怪道河陽獨放花。

寄懷慶守陳宜蘇先生

猶憶橫經對白門，東方千騎更朱旛。栽棠敝邑今成市，伐竹淇河漢有園。露冕可曾瞻少室，買絲誰不繡平原。自憐十載周南滯，唧得明珠未報恩。

寄桐城方肅之

木葉辭風江欲波，思君猶憶共維摩。縱橫有策勞三上，游夏能文合四科。莫倚酒狂燕市慣，只今憔悴皖人多。別來貂黑如真敝，未信裁衣少薜蘿。方舊客維摩菴。

送會稽章爰發之太原

携將雙劍玉連錢，去踏炎雲也冷然。官舍黃梅熟後酒，越溪白苧夢中煙。不妨授簡陪枚乘，豈有傳經勝伏虔。莫訪太原州將子，盛時虛自擁書眠。

乙丑都下逢宜興孫思服頗期余以異日自覺性疎貌寢乃不知所言也漫贈一律

五嶽真形繡在胸，獨將寒鐸看成龍。途遭奪釜思唐舉，曩有焦桐託蔡邕。燕頷封侯原不相，蝎蟲守命更誰容。別君但記留雙眼，黃石他年倘再逢。

壽荊州朱司理年母

鶯鶯別鵠恨悠悠，誰信湘中有鶴樓。閱盡冰霜初向日，生來栝柏慣逢秋。莫因魚鮓傷陶母，常對棠陰慮楚囚。兩月遺孤今七尺，何人不願識荊州。

送孔玉橫前輩奉使歸壽封翁二首

金章絳節耀江津，帝自臨軒遣使臣。綵勝帖門初賀歲，皇華歸路足娛親。少從魯國稱男子，家近茅山得異人。愧我長安猶滯跡，奉觴何日過東鄰。

其二

道說長生佛說空，君家譜牒與天同。不須勾漏求神藥，自信靈光是魯宮。

烏巷孫曾皆玉樹，黃扉姓字有紗籠。莫因子舍栖遲久，聖主深思侍從功。

壽蔣年祖母吳太恭人九十

自向蓬萊頂上行，倍因桃浪得身輕。枕中鐵笪何人見，花下扳（板）輿到處迎。百歲家風周尹姞，諸孫相業漢韋平。冬青一樹垂垂老，細憶依然是女貞。

閣試鴻鴈來賓

塞北風高蘆葉疎，又看鴻影到宮除。乘秋敢後葡萄貢，映月還添蝌蚪書。于野征人誰集澤，上林天子正端居。無情猶厭漠邊冷，惆悵胡兒鴈不如。

文華門賜經略尚方劍蟒玉紀事

恩從內府下中樞，預擬風高合破胡。滿路弓刀爭擁蟒，重關霜雪徧生榆。人因皇華誇方叔，帝自緩車勞亞夫。爲問乘邊諸將吏，尚方禮數似今無。

送安吉州守孫及華之任二首

宦情別恨較誰長，十載同燒一瓣香。憑爾氣蒸雲夢澤，見今腰繫會稽章。衙齋菰冷魚爲米，水國桑稠蟹有筐。漢世承明多守郡，怪將金馬滯東方。

其二

詞人合在水晶宮，初釋牛車便畫熊。應有詩名留越綌，稍知官俸給吳菘。秋深送客千門雨，書到移家滿路楓。杜牧水嬉情不淺，可容簫鼓醉湖中。

清明宴集廣通寺醉宿道宮戲呈閃中畏李括蒼二年丈太史二首

盛年大戶各相當，何處尋春水一方。莫遣呵聲驚粉黛，自憐遊跡累緇黃。殿鈴學語隨歌板，堤柳思眠傍坐床。上馬欹斜真醉矣，知君能恕酒人狂。

其二

樹下傳杯樹不風，遙看殿角綴疎紅。誰邀地北天南客，共醉鶯花燕柳中。

酒價遠來思水部，羅巾倒着笑山公。三更道院覓燈火，別有青煙出漢宫。

雙壽詩爲陳御史尊人

西臺到處有霜威，偏領春風向錦闈。當殿神羊元獨角，清秋華鶴本雙飛。雲山擁斾猶衡嶽，花鳥扳（板）輿況帝畿。總念君恩親並報，明朝封事未應稀。

閣試玉河春水

朱欄石砌澹無波，二月深宫皺綺羅。天上魚龍開凍蚤，西山荇藻入流多。香飄凉露來僊掌，鳥啄殘冰似玉珂。朝罷不妨時徙倚，太平風物本陽和。

賦得龍池柳色雨中深

青絲萬縷送歸朝，百子池頭漲未消。遂有魚鱗吹細浪，頗聞鶯管出長條。內家洗黛黃昏雨，是處籠煙金水橋。天上恩波誰不羨，鄉心偏夢到芭蕉。

賦得夏木囀黃鸝

匹馬傍堤隨意行，綠陰深處足流鶯。誰教刀尺催金縷，試聽笙簫下玉清。油壁青驄薄暮約，雙柑斗酒少年情。上林遊客獨佳興，爲愛薰風曲裡聲。

雪封梅蕋

滿園珠綴傍瑤臺，是雪是梅客費猜。深鎖暗香防蝶見，巧遮綠萼待春開。妝成玉貌仍非粉，凍合冰心總未灰。誰信風光關得住，試憑歌管一吹回。

爲蕭山徐明選題高大母李節婦册詢知是同邑里人也母大節凜然矧我同邑

驚閱六朝爛熳圖，遥遥鄰譜近諸姑。敝鄉内德桑恭敬，絕代貞心鐵有無。久識萱花名北樹，誰移荔子植西湖。秋風團扇家聲在，遲爾孟堅賦二都。

請假出都奉別諸同館丈二首

榴樹荷花相對紅,勞勞筵帳帝城東。何人唱罷驪駒曲,此夜魂銷白虎通。寬大主恩容洗澣,飄零宦路譬飛蓬。江湖魏闕終殊調,已覺金門似夢中。

其二

霜臺六月客心悲,歸省何蕃去不遲。小雅笙簫存華黍,上林風露讓高枝。湖開寶應連瓜步,山過弋陽揖武夷。珍重故人頻見祝,函來時復寄相思。

追哭吳磊石御史有序

君故熊經略姻,坐抗疏廷杖,余趨視之郭外,色恬然無怨尤意,惟以母老爲言,越數日死。

絅急棒深話不冤,到頭生死是君恩。株連楚禍繩嬋娟,潰決臺綱奉寺閽。白旐風牽歸廣柳,清宵月落泣孤猿。汝鄉騷賦纏綿恨,千載重招屈賈魂。

武林宿昭慶寺

宋家宮殿佛爲壇,廊下波斯卍字欄。薄暮青絲邀客醉,重湖白紵映人寒。暑逢再閏涼非遠,歸及中途夢未安。仍被信來催轡發,許多幽壑不曾看。

延平遇蔣八公同官別贈

君方北發我南還,劍水雙龍會此間。世事瀾翻誰柱砥,鄉心草率且荆班。詞林立馬崇三揖,驛路分飛隔萬山。炙地薰天旁自見,恰當鬧處要人閒。

初抵家作

遊子還鄉樂事新,綵衣粗慰倚門人。暫開行橐裝圖史,全貶從驕避里鄰。吉士鳳飛思媚主,盛時烏養許寧親。前修無數高山望,過語琅琅勉致身。

示內

十年辛苦伴抄書,高步金閨響佩魚。投筆從軍班定遠,凌雲獻賦馬相如。

自榮結綬青春並，爲寫凝妝翠陌舒。便詠白頭知不恨，大家從幼誦關雎。

贈黃季弢徵士

道南星緯徹宵明，露浥風薰望轉清。濂雒真傳三徑色，嘉隆舊話七絃聲。人輿籃筍供陶令，帝重玄纁禮伏生。抑戒丹書如可獻，百年何代最昇平。

閱邸報感題二首

雄冠漸長變雌雞，鐘鼓樓前日未西。司馬眷深中尉結，上公名重至尊齊。編珠貫玉綸頒巽，載鬼張弧寇遇暌。谷永杜欽紛入坐，更無人燭卯金藜。

其二

二正遺風倒潰瀾，橫推門户側身難。故應百辟巍尊廠，何事諸兒巧附乾。祠廟旌麾千疏伏，公侯帶礪百年看。不知日出冰消後，淚洒雍門幾度彈。

甌安館詩集卷十八

七言律二八十首

移館有述二首

虛堂垂棗柳爲樊，酒過牆頭猶自温。草率邀鄰來祭竈，從容抱子去當門。細催雞柵煩宗武，端拂龜楮異屈原。但使五噫能作賦，賃傭廡下更何論。

其二

誅茅覆瓦未能閒，二陸東西似此間。所厭雞豚常在眼，剛容紙筆已開顏。物情賤屨羞鄰市，生事空囊澀買山。猶勝羈栖老杜甫，夜深夔壁虎蹄斑。

柬簡劬思司理二首

恰將一壑清江水，流入萬安十里橋。每訝署中惟薜荔，真看雪裡得芭蕉。山深兒乳多名賈，秋冷獄空不祭陶。記着明年上壽節，青驄白筆紫宸朝。

其二

朱絲玉軫瑤華琴，何似夫君一片心。田野麥禾恒兩穗，掖垣梧竹已千尋。閩歌爲壽偏含徵，籬菊欲花巧綻金。樂職中和誰可賦，自慚風雅負詞林。

答池直夫

不報君書已數霜，白門風雨昔連床。漸知別後身能健，早料詩來語必狂。入暮蟲聲悲蟋蟀，相思魚腹寄賨簹。吾歸自怪疎慵甚，海國無心競夜郎。

喜李仲章入閩即別賦贈

舊是豐城匣裡龍，何期風雨更相從。勞將軍騎依王吉，競以鬚眉看李邕。

歲晏堆盤無荔子，天深彈鋏出芙蓉。不嫌嶺海如堪賦，記寫幔亭最上峰。

訪黃俞平不遇

忽漫相逢亦偶然，知君不作縮頭鯿。調冰雪藕從諸貴，輟軔停車想昔賢。敢倚詩情題鳳字，私慚劍氣負龍淵。無端雙鶴獨隨客，拂羽高鳴過檻前。

寄葛更生水部

酒杯三歲不同持，作宦翻輸作客時。耆舊襄陽誰最健，風流水部例能詩。輕車短策僧先約，茶竈香厨鳥狎知。久厭承明如乞郡，閩山雖僻有離支。

送簡劬思司理擢儀部

海上旌旗夾道看，徵書誰遣下雲端。南州物望懸冰鏡，春省天然屬鳳鸞。夜月蓬蒿虛瀍署，清霜鐘鼓擁祠官。敝鄉淡冷君親見，此去金莖有露盤。

莆陽曾長修孝廉枉顧索拙集賦謝

科斗遺經手自刪，餘將雞骨綴紅顏。少傳魯國靈光賦，家掌蘭臺供奉班。地僻衣冠憨肅客，書成名姓合藏山。陳咸雅是三公子，不分蕭朱更往還。

題圯上授書圖爲吳縞菴年丈祝

縞帶黃衣相對閒，相逢恰在圯橋間。錯疑徐泗春來水，依舊園亭畫裏山。汝自雄心浮素練，誰將婦貌寫朱顏。功成聖主虛帷幄，辟穀丹書且可刪。

鄧林神楓詠

村村桑柘遠含煙，投虎鞭龍詎偶然。憑說河陽如錦地，誰知僊令即楓天。霏微大小岞山色，經術春秋繁露篇。疋練寫成青欲滴，就將流水試琴絃。

輓黃崧岳尊師

敝篋寒燈事可傷，先生從此罷開堂。殘蝸永夜窺蓬戶，病驥秋風哭戰塲。

恨以虀鹽終白首,看誰朱紫不黃粱。傳經問字多年少,孰賦招魂擬楚羌。

寒食後試新茗小集喜雨

一掌金莖渴侍臣,龍團雀乳鬭誰真。深知詞客茶鎗癖,又看侯家蠟火新。竹舍煙浮初品水,杏花雨過寔宜人。春田稷種行堪望,不獨苧桑好卜鄰。

集黃俞平草堂賦贈

雨細泥深埭岸斜,誰期咫尺見僊家。遠山隔水堆濃黛,別閣橫橋擁淺沙。何客玄虛能賦海,尚書尊重有懸車。知君經術韋平後,不獨芳園勝事賒。

賦得春水滿四澤

源山煙靄洛橋平,野井轆轤罷不鳴。雨過青蕪閒放犢,春深紅樹穩藏鶯。已看城北池塘滿,預識江東米價輕。此日長官餘五馬,可能趁曉一催耕。

送陳中丞公子還江右

忽聞僧語話王孫,猶憶中丞此駐轅。蕭寺雨來歸馬倦,柏臺人遠夜烏存。自緣僻地虛馮鋏,莫歎舊交罷翟門。冢賜祁連碑峴首,桐鄉終念漢臣恩。

奉壽何鏡山先生

貞元博士更人間,早歲朝簪半賜閒。舊有諫書傳北闕,老將健筆副名山。一樽湖渚青荷葉,滿郡衣冠玉笋班。華髮烏髯應不少,誰經霜鬢動天顏。

雙孔雀

鵝黃鴨綠競芳菲,何處珍禽海上歸。豈為秦樓蕭史駐,應傳樂府東南飛。雙橫翠尾臨妝鏡,細蹙花絲傍繡圍。更待春雷毛羽就,遲君歌舞縷金衣。

送吳縞菴進士廷試

未脫儒冠便乞身,知君偶厭長安塵。謾云豹隱從吾好,恰應龍飛冊士新。

兩度春風喧柳騎，此心霜月掛松鱗。似聞深夜六宮語，親看鳳鸞背上人。

蔡摯父出未央瓦見示二首

客云遺甓漢時宮，丞相經營想像中。武庫蛇飛三尺劍，鼎湖龍護六鈞弓。河山變換歸誰手，欸識摩挱歎汝工。敢向玉池輕點染，更無雄句似歌風。

其二

何事黃金藥駐顏，墨花宛在殿中間。天然錦字鴛鴦瓦，時樣紅絲鸂鶒斑。燒後劫灰留漢篆，匣來王氣滿函關。灞陵渭樹皆塵土，誰信東流去復還。

賦得園柳變鳴禽

已覺寒聲似昨非，忽驚歌管出牆圍。自攜斗酒穿林入，無數楊花撲面飛。瘦盡宮腰猶綠黛，學成楚語半黃衣。風光流轉憑君聽，莫遣杜鵑更喚歸。

題林對陽年伯祖八十壽圖

天開暮景轉如晨，頷雪腰金穩稱身。遊射昔曾同大父，棋醫時復過比鄰。家懸水鏡清南國，邑傍湖隄念楚人。親見竟陵耆舊說，歲將龍馬祝風神。

壽姚石嶺令君

詩壇縣譜舊能工，恰愛敝鄉亦字桐。清紫山形連皖岳，姚黃花事冠東風。猶勞縞帶交吳札，未就丹砂宦葛洪。暗識群僊笙鶴裏，有人遙控五青驄。

薄暮出潤城便乘興渡江風正帆飽瞬息抵岸仍馳七十里至真州東方既白矣二首

騎出江城戶已燈，江風波浪息奔騰。似聞龍蜃移家去，豈有金焦趁夜登。千樹微濛瓜步火，六時鐘鼓妙高僧。却因昏黑瞻王氣，南北車書昔未曾。

其二

渡口人家閉夕陽，翻因問渡更愁鄉。舟車久客踪無准，日夜大江流未央。

月黑東䍐埋虎豹，天青北斗掛帆檣。鳴鷄喔喔誰憐汝，不遺真州入夢長。

送虞部田三峩年丈奉使歸蜀

驪駒歌罷酒釃釃，愁是慈恩塔下聞。題柱田郎今遇主，遊梁蜀客昔輪君。山堆眉黛來嘉定，石點花班出密雲。莫遣夜深露坐久，雙星近向益州分。

贈別司馬堯夫

楊柳條條凍未絲，問君遊倦可能奇。時分太乙吹餘火，親揚元豐斷破碑。歸後禹陵頻宛委，眼中燕市寡漸離。不妨四壁凌雲賦，自有當年狗監知。

雪朝蔡擎父見過

朝回簪筆任揮毫，白羽翻翻不受橐。燕市泥深愁馬足，南人衣冷得鵝毛。何妨斗室供袁臥，所少雙成字董逃。君自相如稱末至，試因授簡出風騷。

臘八日同蔡擎父

殘雪垂簷凍漸輕，一年佳節暗關情。他鄉臘酒猶堪醉，隔寺禪鐘況自鳴。薄暮香花供寶粥，尚方脂藥賜銀罌。生天成佛君休問，謝監風流舊出名。

己巳元日早朝恭侍皇極殿班紀事二首

承恩濫許押朝班，高捲晶簾禮樂閒。三殿青陽房左个，此身玄武仗中間。再逢寶筴開元祀，微醉僛桃望聖顏。一俯瑤階千萬逈，不知何處是蓬山。

其二

宛轉廻廊路不分，御衣經處滿黃雲。朱旗豹尾人稀見，絳幘鷄籌曉共聞。星近紫微天肅穆，日高金掌露氤氳。猶傳聖主勞謙意，特免句臚進表文。

讀周元立嫺丈兩都詩有懷

二都宮闕界黃河，彩筆馮陵爾屢過。鐵甕江城襟北固，銅臺碑樹咽東阿。

更誰年少文無害,有客陽春和不多。珍重明珠能稍閟,近來風雨暗黿鼉。

同李曉湘給諫過集郭仲常吉士宅分賦二首

閩山潮海未殊鄉,密坐深盃況夜長。莫管市聲催籤策,同將風景憶檳榔。吹笙緱嶺神仙相,烙馬黃門羽獵裝。君自投驍稱絕技,滑稽誰更似東方。時李方閱馬京營。

其二

同時荷橐侍明光,愛汝玉山半頹唐。有酒何期偕李郭,如花端合配姚黃。虛勞彩筆推前輩,且看紅燈擁夕郎。怪道今宵星月爛,題詩新自碧雲房。仲常頗出香山碧雲近詩見示。

王希韓年丈令大同以伯兄大司馬霽宇督師宣大改任謁銓時大同撫鎮頗失師獨希韓却虜全城功甚偉賦此壯之

司馬勳名勒鼎鐘,又看群從矯如龍。虛傳代朔三更箭,坐障陵京一帶衝。憲府逡巡空節制,令君談笑日從容。猶拘文法相廻避,博陸驃姚本是宗。

大雪過閔中畏年丈同用蘇長公韻二首

吹雲剪水玉纖纖,怪值王師未解嚴。愁去漸勝藍尾酒,客來先薦虎形鹽。生憎鷗吻冰垂筯,索笑梅花月印簷。一望點蒼山萬里,憑君圖寫出雙尖。

其二

苑樹重重粉暝鴉,紅氈白氎穩冰車。滿携內府金莖露,移看揚州玉蕤花。漢月胡霜紛極目,閩山滇海倍思家。夜深歸騎休辭澀,腸斷城東鹿角叉。

再用前韻二首

曼纓短袖稱身纖,共覺寒威酒力嚴。塞北風煙常擣練,關中食味少生鹽。厭看白羽彫旗畫,猶慰青絲覆帽簷。聞道胡弓愁雨濕,可曾凍損箭頭尖。

其二

眉鬚凍盡鬢猶鴉,乘興共登薄笨車。客有高談皆玉屑,春無寸樹不銀花。

騎驢鄭綮仍當國,蹋踘驃姚肯戀家。匝地漫天君自見,莫因歸路錯三叉。

贈陸嗣端年丈時以水部郎小謫

經年監廠獨賢勞,玉勒珠弓金錯刀。如汝火繩猶見謫,是誰錦瑟更能操。薊門戈甲連遵永,麟閣丹青想鄂褒。仍道封書留御榻,主恩終念漢功曹。

送王六瑞給諫南還

茶井香厨久斷醮,巾車猶濕華山雲。遠趨國難圍方急,新署刑章譴不分。怪底桃僵緣李樹,天然鶴骨在雞群。靈均既放空騷憤,汝學風流尹子文。

雨愒淇門

鄴臺漳水拍天流,形勢雖雄亦少幽。偏入淇園森竹箭,莫經衛女試松舟。妙香越澗隨禽引,餘熱連山賴雨收。濕盡帷車旁自笑,綏綏狐跡爾何求。

闈中呈鍾昭明給諫暨同考諸公二首

明樓複閣鎖重重,盡輟諸生赴二雍。之楚幾人開篳路,涉江將爾采芙蓉。蒼梧瑟怨通錢起,黃鶴調高忮李邕。仍道風騷餘緒耳,盛時端待補山龍。

其二

滅燭高懸照乘珠,各將辛苦念吾徒。爛銀錦色袍相亂,流水桐心爨未枯。郢客自歌春白雪,妘田經產穀於菟。此中神鬼殊離肅,寂寂床頭罷夜呼。

撤棘侍讌楚王殿上箋謝

衡參二嶽忽呈身,肆夏工歌酒七巡。隆準衣冠高帝後,夥頤宮闕大江濱。南風久罷腰纖好,漢史先書肺附親。敢向梁園誇授簡,一官終自倚王人。

譚友夏就訪鄂城答贈時余將有景陵之行

相思不藉弟爲媒,蕭槭江帆肯自開。歷覽東南存北草,掀翻雅頌見騷才。

張華頗負知龍鮓，陸羽重看出鴈胎。我過寒河君滯此，反嗟容易刺船來。

茶醉亭雨望同王六瑞胡公占諸丈

臨水將歸山復登，孤亭風雨氣憑陵。自堪白醉全非酒，稍可清談半似僧。夢澤天寒迷鴈羽，講堂夕漲没蛟鼉。尋常勝具誇誰健，君到華嵩頂上能。

追哭黄廣文伯素二首

九從別後見秋新，便使生逢也愴神。寂寞苧桑悲往代，煩冤首蓿閉斯人。寒齋鏡具頻經濕，晝過書堂半委塵。猶慰西華並衣褐，結交知未寡朋媧。

其二

同時雲壑墮雙枝，月黑楓林鴈叫遲。頗憶詩狂燕市共，莫因官小冥途欺。無緣劉向精鴻寶，到死嵇康靳孝尼。今日西州扶醉過，可能和淚寫阡碑。

登太和絶頂二首

博山爐好峙當中，日射黄金帳殿雄。天野星躔包兩戒，國朝嶽禮俯三公。椰梅樹老蛇盤磴，鸑鶴僛來虎嘯風。歸向闕庭應有乞，一官提舉洞霄宮。

其二

天門訣蕩絳瞳開，無數群真朝帝回。布地金銀坤絡盡，步虛簫管羽聲哀。轆轤菓任齋公施，沉瀣漿遲海客來。誰識文皇檀樾意，看將悲憫是雄猜。_{例呼進香客爲齋公。}

南巖

炎方金氣燭朝曦，天意陰教石制之。鶴背凌風人縹渺，龍頭吐火事經奇。劉安老負諸侯貴，王遠尊同大將儀。怪爾靈官誇五百，華胥一覺是吾師。

再過漳水冬涸已梁之矣

津頭沙尾漲全消，差比來時益數橋。何處雀臺霜片瓦，幾家牛屋樹單條。

道逢香客金書額,時有健兒箭繫腰。鄴酒無多休酌我,此中經產蓋寬饒。

應馬御輦解元太母壽詩之索

獻賦西歸願不遲,敝貂綴綵也相宜。携將李密陳情表,寫入江淹擬古詩。青鳥連朝傳客訊,碧梧和露長孫枝。自知竹醉今應醒,看籜成龍向鳳池。壽辰爲竹醉後一日,君有《擬古詩》三十首,故云。

寄懷門人季豹嘉生御之三王子

裘敝無妨緝芰荷,歸時柳淺雉初科。以吾一日長乎爾,如此三星粲者何。漢口帆從鸚鵡落,荆州士比鯽魚多。屈原弟子工騷賦,莫遣陽春有和歌。

雨

天氣分明未甚乖,也看濛霧暗天街。坐飄燕子參差羽,家偃龍王供奉牌。預擬青黃堆麥壠,且容爛熳醉茅齋。陰晴轉眼真難料,歎息人生豈有涯。

賦得雨中春樹萬人家

遲日逢春競快遊,晴光偏賴雨中收。曲江蒲柳垂馳道,茂苑笙歌濕虎丘。俯視微濛惟一氣,罷看煙靄漸多愁。穠華滿眼非吾意,近愛蒹葭白露秋。

上同年莊羹若詹事墳

松杉寂寂閉銀魚,往就梁曾二相居。同學幾人偕上苑,隔門三里是精廬。攔街紫繖人爭看,卧壠丹碑手自書。最憶陳溝停舸處,山陽笛賦近何如。泉郡狀元,宋梁丞相克家、曾樞密從龍後至君而三。

徐晉斌孝廉南歸過訪答贈二首

屢奉彈章下禁闈,放回全似拜官歸。驚人底事聱牙險,躍馬無心刺齒肥。蛇酒已風覠漸老,驪珠投夜世多違。摩麟閣上書如許,爲賦屬車豹尾妃。

其　二

春蔬夜雨熟黃粱，路過僊霞已是鄉。高榻禮愆陳仲舉，敝廬詩憶孟襄陽。何年月吐珊瑚網，與汝雲穿薜荔裳。不見孤臣頻抗疏，扁舟影落潞河旁。

題林讓菴銓部石筍山房

舊識君家雷薦亭，東西遥望少微星。諸溪繞郭潮先到，疊嶂連窗暮不扃。可信松髯曾變白，相傳石氣乍沉青。山公藻鏡繇來妙，丙舍三間也性靈。

涇上王慎五秀才投贈和送南還

轍跡何期陋巷深，謝公真復得支林。盃當鸚鵡啼邊樹，匣有螳螂殺後琴。名士風流憐擁鼻，鄙人邂逅許談心。且將一曲章臺柳，歸問宣城梅禹金。

暑甚步紫雲寺覓還一上人飯賦示

自緣性僻動幽襟，不爲炎蒸逼入林。畫壁龍蛇多異相，禪房瓶鉢有哀音。倦餘褫襪羞人熱，饑去伊蒲損佛金。遂使羣真妨結夏，問師何法最安心。

得鄭大白官贊書有岷藩册使之行却寄二首

東華煙樹滿紅塵，未惜將書問所親。同舍雲霄猶念我，邇年風雨實傷神。諸姬繞漢岷初造，九命續騷汝最新。澤芷江楓秋瑟瑟，試歸話與倦遊人。

其　二

吹笙鼓瑟樂賓嘉，館伴除應召景差。隨處鷓鴣啼岸竹，昨宵蝌蚪夢江沙。太妃屢疏重開國，上客三秋準過家。已勅齋厨供帳具，許多人望貫星槎。

五音石詠仝郭闇生嫺丈二首

與君坐處近蓬瀛，一洗人間竹肉聲。得石豈惟思礪齒，非琴亦自解移情。川雲嶺月歡相許，燕筑秦筝恨已平。恰好六時鐘磬裏，共依天竺古先生。

其 二

乍疑五老降星精，蔓罄枝峰秀白玒。入坐不死湖海氣，臨風真作鳳凰鳴。槎移河漢支機物，賦就天台擲地聲。苦憶善琴嵇叔夜，千年石髓煉難成。

贈溫遜卿徵士

誰將五岳繡真形，高掛城西處士廳。老可衣冠陪綠野，家元詞賦重玄亭。香消落子收松鬣，箏短呼童問鶴翎。近道何甥詩總好，幾回吟憶鏡山青。

雷薦亭爲林讓菴勳部

紫氣函關得暫留，蟄龍公抱小亭幽。二江暮鎖虹霓色，萬壑濤生檜柏秋。吾郡衣冠元控鯉，僊人宅兆昔眠牛。知君述祖情何極，好更凌風問八休。舊有大休八巖。

步韻答陳昌基孝廉二首

黃河北徙渤東傾，肯學窪池一鑑清。枚叔賦遊梁上苑，伏生書重漢西京。自將落月呈珠色，誰復翩風別玉聲。千載蛾眉淒楚恨，有名人苦羨無名。

其 二

滯汝公車十四年，驪龍姣鳳總騕天。爲思嚴助春秋對，試續蒙莊內外篇。驥老終能麾豆棧，鶴饑誰與飼菰田。書來雞骨猶勞問，身擬長林放犢眠。

大兄可文客撫州病瘧書到皇然

蕭然病客臥江湖，身忝衣冠媿友于。慮以茶瓜憂老母，勞將藥餌仰麻姑。杉關嶺小書通鴈，八月霜寒葉墮梧。頗憶連床舊夢否，豆羹麥粥未全無。

集北郭草堂賦呈閩生姬丈二首

名園闓郡汝爲宗，第五橋邊豈再逢。割樹放飛批頰鳥，闌雲留養剔牙松。落英滿徑侵裙路，餘紫前山照帽容。肯爾拘拘樓四角，橫斜端自出心胸。

其　二

珠簾繡閣白雲間，豸史乘驄去不還。石怪漸看窮庾嶺，臺高莫妙過金山。誰邀玉珮神僊客，自唱清歌菩薩蠻。最是良遊宜惜興，話深容易鬢毛斑。

送同年林青斐廣文歸漳浦

臺章近亦到儒闈，是處青山好療饑。薄暮鷓鴣啼最切，虛齋苜蓿種難肥。江公狗曲元爭禮，海客鷗心莫問非。聖主恩深兒伏闕，重逢憶汝杏花圍。

三訪蔡擎父不答意似恨恨戲爲元和體詩以廣之

眼底繁華豈是真，久皈初地罷冤親。廉頗老去終思趙，呂相書來太絕秦。雪擁紅帘追往事，香飄白社趁閒身。此中無物惟空洞，何止容卿十數人。

輓林小楚茂才

蚤歲肩隨起澤宮，陳溝重表昔賢風。交遊漸闊名難蔽，出處雖殊意並雄。等是亡羊憎博簺，偏當射虎罷彎弓。書生無命魂孤憤，搥碎玉樓一夢中。

小楚隕數日其婦黃自經殉之再用前韻

自養丹砂咽守官，肯將花落怨東風。河山蚤訂終歸土，烏雀雙飛本戀雄。環堵充閭窺頸帛，萬夫悼歎肅腰弓。家貧節苦誰旌表，空載舊交野史中。

懷陳冷生社丈二首

輩同群紀歲融衡，本不關懷事送迎。酒客狂餘偏詰曲，通人蔽處若分明。篆鴉滿紙留荒札，笠馬長途念宿盟。莫向詞塲悲三黜，幾曾廢汝嘯歌聲。

其　二

屢於庭際立多時，欲去猶憐物外姿。清玩頗聞經鑒賞，謬談時復近希夷。責君涉世誠非適，許我登朝亦偶期。酒病風痱家產落，相逢重恐夢中疑。

甌安館詩集卷十九

七言律三八十二首

禮拜寺塔二首

净教何如象教尊，一枝橫出海西門。殷盤牛血天寧饗，繡壁蟲書古未翻。木塔勢懸三級迴，金丁人閱幾家存。文皇遺勅神靈護，夜夜祥光破暝昏。

其 二

雙塔長安峭入雲，經過終自憶榆枌。兒時此地粘鳶戲，老去何人狎鹿群。霜壁倒看青玉砌，梵函旁織錦花紋。浮圖卓筆能相貺，視草螭頭恰借君。

筍江月色

橫披萬丈水晶屏，肯比寒光照淺汀。江氣向人元自白，月魂連樹不知青。錦袍擺舸聞供奉，羅襪凌波怨洞庭。誰譜浪沙東去曲，夜深歌與老龍聽。

十月九日補重陽詩二首

佳節隨君作意修，何妨隔夕望牽牛。戀頭皂帽仍看客，稀鬢黃花不異秋。海國煙深饒蟹甲，貧家酒渴倚鶉裘。明年好喚茱萸女，催促遊人併日遊。

其 二

相逢賦客異悲秋，回首龍山是舊遊。誰共陶公鄰栗里，頗懷蘇子醉儋州。書將寄遠憑鴻度，菊未開殘倩蝶留。莫向籬東傷晚暮，與君同不合時流。

曉 起

數星爛爛隱簷楣，多恐華堂夢未知。晨夕真同駒影裏，怨歡併在鳥鳴時。

溪寒野樹凝霜濕,歲儉鄰村乞火遲。忽憶長安朝退雪,六街裘帽五花欹。

至日漫興二首

星斗南躔迥自開,乾坤北望莽堪哀。捷書遲報收東郡,謫籍驚傳出內臺。白雪光搖潛到鬢,黃鐘律煖又吹灰。誰携綵筆書雲罷,試挽長繩繫日廻。

其　二

荒園寂寂稱郊居,剩有尋春興未虛。當晝碧梧巢翡翠,未霜黃橘落砷磚。非公敢與鳴珂會,有婦新裁獻禰書。不向大官誇割炙,深杯老瓦亦泥如。

至後一日仝陳宗九林爲磐集歐陽懋寅館懷郭闇生不至

列樹環依百尺桐,邀歡汝肯後春風。香浮素練單條動,石斷朱欄小徑通。新喜苑花呈淺碧,昨知宮線媚深紅。子玄夙擅蒙莊註,莫到南縈隱几中。

壽樊紫葢郡伯二首

雙旌搖曳下天津,剩却圍腰帶未貧。魚畏檄文寒徙宅,鶴窺批字晝翹身。如公何止張三楚,有叔曾經活萬人。即論珠簾玉筯水,偶然遊跡也尊親。

其　二

凝香森戟玉闌珊,舊是紛綸漢井丹。却老僊方隨意學,爲郎諫草避人看。公餘秬子燒松液,酒半材官舞簜竿。不遣王褒宣樂職,更誰聲似洞簫寒。

贈別黃石齋先生二首

學高楊愼節舒芬,封事庖西此更聞。日者重關迷白晝,天乎遺檻泣朱雲。蘭亭帖寫安邊疏,汲冢書傳冊士文。不見始寧倪若水,同時冠葢僅推君。

其　二

神靈高廟鑒長存,出處蕭然叩不言。朝論衣冠憎絳灌,主恩鄉里罷湘沅。橫江唳鶴天台寺,去國饑驢海岱門。寧使汝言偏少驗,逐臣終老望乾坤。

元二日送可冲弟之湖州兼寄譚服膺明府

桃湯柏酒勞君行，此是驪歌第一聲。乍客登途羞短鋏，高人試縣比長纓。蠶眠未起桑猶女，馬去應肥草已生。汝看他家蕚棣好，寒河北發歲分明。

少保黄彭湖先生歲八十五得男賦賀

蟒袍玉帶燁如神，致雨興雲五岳身。歲久靈根蒸琥珀，日高畫閣動麒麟。釣溪呂望今傳伋，食乳張蒼早仕秦。便與海鄉添勝事，三山舊憶晚林春。閩林尚書庭機爲文安公瀚第九子，生最晚，用以爲祝。

送葉君節還福唐文忠公孫。

丞相經行跡漸稀，同時送客送春歸。莫因敝邑卑清紫，誰復名家勝杜韋。瘴海椰乾猶白乳，火山荔淺未紅衣。祇應石上三生約，割取籐梢大尺圍。

宿清源洞留題二首

絕頂松陰夾道栽，天然華蓋護中台。人煙繞郭雞栖處，石乳澄潭虎嘯來。海岵風微飛豆過，山僧日晚采茶回。神僊蛻骨終何許，濁世空消酒一杯。

其 二

隔宿重遊未厭頻，十年虛負北山神。空桐樹老霜前色，通草花開夢後身。閒數溪橋鴉點點，笑看郡郭堞鱗鱗。何人杖屨獨孤往，三變蓬萊海上塵。

戲爲小遊仙詞二首

紅雲鬱鬱上真居，玉几金堂事未虛。月子剪來粘户裏，雷公驅出代耕餘。何人塗鶴三生血，有客偷狐八道書。畢竟雙莖承露掌，漢廷宜否賜相如。

其 二

誰能白日更生翰，千載焚修學煉丹。北斗罰將入豕甕，南方盟只重雞壇。兒年頗記偷桃數，姑戲時勞擲米看。一自齋宮深閉後，茂陵風雨夜松寒。

伏月承周台石銀臺邀同林勳部讓菴家文學叔竺侯集圭峰
禪寺夜布席金雞橋上望月徘徊久之用韻賦答三首

黃龍避暑臥江深，上有明威祇樹林。舊閣丹移猶筍色，輕輿綠照是荷陰。千年幾應狀元讖，九日偏高隱士心。寺古僧貧公好護，近聞人意佛頭金。

其　二

暮虹雙鎖郭東西，醉惜餘尊更解攜。好似孤舟維赤壁，相從二客過黃泥。風攢酒數依橋齒，月漾波光上版題。金管玉簫隨意發，莫教聲混應潮鷄。

其　三

風露浩然酒氣消，清尊華髮興能饒。不嫌六月寒侵坐，無奈三更白滿橋。荔菓舊傳陳氏紫，鱘魚新寄潤州遙。鳴榔何客獨宵邁，掉落黃陵幾尺潮。

南臺同林讓菴姗丈邀集黃季弢周台石二先生
是日重建天然圖畫石亭用韻各賦二首

盡道峰高巧障天，那知天在几亭前。仙家閬苑琉璃浦，禹貢揚州篠簜田。巖壑盪開平似掌，桑麻寫出淡於煙。吾徒舉足關興廢，可信春遊不枉然。

其　二

絕壁何緣玉一區，即教善畫莫能圖。為雲合覆三千界，置邑將容十五都。日出金雞啼破漢，風來黑鯉渴吞湖。諸公綵筆誇強健，最早詩成字字珠。

贈張翁有子戀仁善奕稱國手。

隱屠隱釣未能閒，坐隱楓天棗地間。投世無端身任白，學仙有驗鬢能班。兒忘瓜葛時爭道，客致鮭蔬乍解顏。更許謾談求一笑，橘中何必減商山。

壽蘇尚書夫人

尚書勳業蔽黃河，端賴雲中織女多。憶自翟車辭禁苑，共誰朱閣話彌陀。

侍兒偷讀靈光賦，家世舊傳宛轉歌。仍道使星江北至，廣陵花月近如何。

同年黄宛懷中翰爲尚書蘇公督葬竣事還朝兼過里賦別

翩翩彩鷁字星槎，莆口涵江況過家。帝念玄圭墳宿草，君歸青瑣掖生花。離歌驛路愁三舍，濁酒鄉心憶五加。憑說廣陵燈信好，可容人醉玉欄斜。

題畫壽林讓菴銓部_{畫出吳華京手}

杏花爛熳筍堤行，落筆煙雲吳華京。何客瑤觴供選部，知君絳帳集門生。學宗羅李真同派，家有松喬舊得名。明歲長安春更好，恰須劇醉太常卿。

送陳道掌還三山

到看寒門兩度旗，喜於靈鵲並先知。神魚欲化雷燒尾，倦客初逢劍竪眉。虛有詩名供畫餅，頗將業障咎災梨。聞君近學餐霞訣，可識梁山老鍊師。

寄題張紹和徵君萬石山館二首

層層佳處倩煙縫，蕭客恒呼石戶農。夢到藥房青不徹，寫成珠苑墨無容。藤蘿悄閉閑仙犬，蝙蝠高飛護蛻龍。最是酒闌香散後，一聲天外武安鐘。

其二

學叱羊群漸解飛，多君冥遯更能肥。巖珠吐溜盤僧頂，石角舒稜避客衣。待詔三升何足戀，故人千里未相違。祇應圯上黃公約，與話深更博浪威。

爲陳禮之題畫兼送之端州

泉石生情照美妍，似纔裝裹鏡臺前。衣分霞圃荔支雨，夢濕炎州翡翠煙。園鹿近聞雙免乳，海棠何意獨高眠。新詩寄內知應就，織錦蘇蘭劇可憐。

送諸葛滬水參藩温處

畫戟弨弓四望尊，吾鄉海北越東藩。碑詢舊蹟謝康樂，宅表先賢劉伯温。

子舍金章翔獨鶴，哥窑雪碗媚清鴛。總將祠柏凌霜色，一洗龍泉劍水渾。

爲葉君節君馨賦壽賢母龔太夫人兼謝

羹湯十載侍鳳池，閣下森森五色芝。神廟有靈天鑒佑，閩山無恙福撐持。蕭家渡穩風帆見，荔子林香雪鬢知。最是小窗人致祝，鸞韡恩重嫁文姬。

鄭平遠携姬暫之將樂舟別賦贈

群峰峭碧澹生波，小啓船窗露臂羅。隔渚月明桃葉渡，鄰帆人唱竹枝歌。鼓山田瘠宜歸蚤，劍浦龍腥奈別何。空載乘珠分手去，不知秋氣爲誰多。

先封史誕辰寔値中秋余乙卯舉于鄉歲閏八月得馳觴爲壽去之二十年甲戌伯兄可文成進士歸適中秋再閏而先封史不復作矣涕述寄仲兄可發兼示可冲可程二弟

馳到泥金母弟開，三年負土恨蒿萊。春風得意饒鶯語，夜月傷心損蚌胎。幼種黃楊仍再厄，仙飛華鶴不重廻。即看幔底曾孫宴，也唱人間曲子哀。

呈京口張斗垣太公

甕環江鐵戶深扃，不少家書到洞庭。小艇時穿浮玉塔，遺碑舊到却金亭。即看井里倉爲社，誰識賓筵客是星。憶昨龐公床下拜，欣君句句續箴銘。

贈李通州

潞河咫尺近天閽，自信滄波肯變渾。目極青牛歸李耳，心傷白馬訟王尊。新碑雨濕官車過，敝署霜寒子墨存。空笑野烏無意緒，鴻冥何處不飛翻。

送丹陽賀景崚憲副獻表還兼祝初度

同時香散屬車塵，有美風流賀季真。何處象犀來嶺表，昨朝鴻鴈過天津。

微官抗疏仍諸子，上客稱觴況此辰。肯解金龜歌送酒，只今誰是謫仙人。

爲王霍童司李尊人壽

沙堆署口傍金鑾，新例瀛洲拜李官。夏至雙星臨楚闊，年來四野入淮寬。好尋碧草黃泥坂，纔賜朱櫻赤玉盤。家慶朝恩誰不羨，總知報主是承歡。

答何凝生

投章莫怪和來遲，福慧衝人膽不支。屋北仙祠存往事，嶺南佛性異當時。螺枯作杓浮鸚鵡，蠏躁將糖混蛤蜊。一入春明鄉夢遠，更誰重草落花詩。

送李曉湘大僕之南滁州

同時挾册侍皋比，去後金緋汝獨宜。潭爲罩龍留箭在，午當擒鳳有鐘知。全淮地險關山障，少府官閒囧寺移。莫以亭深忘北望，烽來秋色滿旌旗。

續小遊仙詩二首

仙階也復巧遲人，昨到朝元最後賓。蝙蝠虛傳堯丙子，獼猴實怕禹庚辰。猶嫌瀚海坳如帶，可許瓊枝斧作薪。在昔歲星詞難客，不知何意羨儀秦。

其二

騎過玄都草樹香，上皇恩許假徜徉。輸龍縱博芝千本，用橘揮毫墨數行。曼倩有妻終棄去，鍾離爲將亦奔亡。祗應三紀離邊坐，與話人間杜五郎。

石節母詩爲印須水部賦兼送之荆州

寂寂荒園四望煙，誰知淚落是珠蠙。囊垂魚笏偕兄貴，闕表烏頭念母賢。鄰曲舊傳霜柏操，主恩新給水衡錢。南荆不少思親賦，試一登樓問仲宣。

感事八首

舞罷宮羅又賜貂，紅鞍隨例喚坊寮。金人往事思銘口，玉署新恩許折腰。

嶺海鯨奔波暫息,園陵貙老柏曾燒。空瞻百二秦關壯,大角星寒歲動搖。

其　二

重煩天語諭清高,罷遣軍容帝獨勞。便殿箏閒經燕蹴,中原鼓急入狐嗥。昨頒筆札詢韓范,誰擅丹青寫鄂褒。隸也優游慙寸補,古來遷史一牛毛。

其　三

公然西射向軒轅,河洛風塵昨又昏。相事遂勞司寇攝,軍麾今識總戎尊。表通曹植寬青社,家起謝安護白門。罪已詔書天隕泣,不嫌饑涔禹湯存。

其　四

齋居修省事如何,恩解微文罷小苛。棧閣霜繁歸鐵騎,淇園竹短給黃河。最窮少府均輪筴,新復西京辟召科。禮樂漸興郊再舉,此生仍癖夢松蘿。

其　五

南來消息漸蒙茸,漕輓軍儲損上供。楚樹黃梅安慶險,吳歌白苧廣陵衝。桐陰底事難胡儼,隼軾無人念況鍾。極目雲屯朝薈蔚,虛將左耳滯乖龍。

其　六

神皇廿載閟淵臨,山遠蟋蟀嗑嗑音。旁斗三星箕翕舌,先秋七月火流心。憑他禹簀誇靈寶,到死商丘恨實沈。平勃交歡勞燕念,應輪陸賈得籯金。

其　七

高切豸冠扈顯陵,中都百堵役初興。兩雍璧水周膠序,三輔扶風漢股肱。事急僃胥堪作牧,功成降將欲皈僧。即看補袞群公在,誰賦清風續大蒸。

其　八

長因頤雷俯天顏,身在鸞和縹緲間。何意閩儒叨講席,近欣賈子復朝班。澤虞稽首辭朱虎,宮錦橫腰換白鷳。終憶襫雲亭下月,有人書副傲空山。

門人陳泰交廣文投詩答寄

華開曇鉢事驚奇,俸縮官閒學未遲。隨處羊裙留白練,累年鴻爪負烏絲。令能繆敬休干謁,家有宣文好護持。空笑馬融誇算術,現輪門下五經師。尊公守安寧,曇花盛開,有《鴻爪集》,索余序,未就。

送林石房大行使蜀兼柬陳平人蜀憲

輶軒經處重咨詢,勞送巴江遠入閩。呂覽書成終去國,濤箋花好莫懷人。同朝華省遲葳瑣,夾道松根老茯神。憖笑飯牛星渚客,久無消息問嚴遵。時護送巴縣相君行。

代壽某金吾

帝城西望鬱葱葱,恰值雷收雨霽中。南極瑞高輝七曜,北軍威重擬三公。嚴更每賴干捎肅,盛世無勞組織工。二八歌鐘清禁徹,為歡端合賜酺同。

上元月有食之禮部郭仲常李玄馭二丈同自觀象臺測驗歸見過留酌

六橋星火暗珠胎,二妙何期得得來。詞客自將春比署,曆人相與露為臺。龍頭寋蠢輸臚唱,豹尾葳蕤念史才。莫話升沉盃待久,且容圓魄一吹開。郭舊同館丈李先擬廷試第一,不果。

行 散

行散時時過藥欄,擬將庭牓署槐安。呼鸚典客談無誤,積蠹憑他臥不看。朝愛竹光明碎瑟,近知犀理馥沉檀。侵淫耳目吾何敢,要試洪爐雪樣丹。

賜鰣魚

進鮮船久滯江濱,及到初秋已累旬。鴻鴈來時何乃晚,櫻桃賜後此為新。薤連玉瀣橫分筯,糝落金盤細作鱗。戚里侯家長夜宴,不愁溪老釣魚人。

驚聞昌平失守報二首

幕府高翻大將旂,不防山後成屯稀。突來昴畢侵黃道,何處熊羆守翠微。

瓜菓上陵無使至,麥苗栖畝合誰肥。鞏華門戶崤函閉,莫放胡烽遍蟻飛。

其　二

角樓雷火動曦暉,堪說紅門裏面圍。諸路火催鵝鸛陣,大家金衪蟒蛇衣。浮圖着箭師難緩,朝鮮揚帆將未歸。己巳經營今七載,可應無恙獨綸扉。

慰蔡擎父

國門風慘動旌麾,怪得孤舟入夜危。犀革有靈官告在,犢衣無恙母針為。陳平貌美裝仍薄,李涉詩豪盜豈知。雄氣未應銷減盡,即如初厄筍江時。

魯青海索壽母詩賦呈

三珠瓊樹拂雲來,移向蓬壺深處栽。歲伫潘輿臨上國,宵占婺彩動中台。機前怒喜關慈性,燭後平反驗史才。珍重大官饒賜醞,肯容齋粥六時開。

爲王訒吾年丈壽母兼送之江右

金沙寶地接仙源,中有真人魏華存。教就風騷歸水部,功成殿閣麗湘藩。班昭訓美難豐女,袁粲門高字愍孫。此去西江攬幨過,姑壇碑蹟許誰論。

北闈呈同官閩中畏年丈二首

帷前稽首拜恩同,例許驅車詣至公。禹貢九州高碣石,漢京三輔秀扶風。烏絲畫榜馳爲帖,黃袱裝題鎖入筒。舊憶麻衣仍此夜,忽驚身在畫圖中。

其　二

閩楚從君謬抗衡,七年依舊賦咸京。稍因寇阻遲開宴,不謂冬寒劇放晴。兩隊衣冠容偉麗,中宵鼓角韻和平。譽蠶食葉嗟何足,要聽春雷出地聲。

壁上追和張永嘉辭場之作

翕赫終當底散塲,猶傳陷壁數行章。唐羅得意欣如許,桂霍批根恨未央。

公望豈真關偶興,兒曹空復鬭迷藏。貂璫歛手綸扉肅,遺事差存漢紀綱。_{唐荆川、羅念菴爲先生主試所得士。}

爲錢希聲進士題其大父前臨江守哀册

東阿塵筆也荒唐,果報終須問彼蒼。射策登朝容再世,訟冤伏闕見諸郎。誰知玉劍埋干莫,不盡金貂恕杜張。皓首生還家又起,噫嘻神祖德深長。

雪甚被雨衣詣會極門捧勅歸自哂

踏踏東華襆被勞,廊停閣掩謝風饕。列銜底要稱三字,吹鬢誰教綴二毛。玉委墀深明翡翠,金銷帳煖負羊羔。油衣易瓦真堪笑,輸與袁安一夢高。

送李衡嶠給諫謫歸

鵷行緣爾罷光輝,又看夕郎慘淡衣。虜退自宜優閣賞,獄成誰肯霽臺威。琅璫去國冰將泮,舴艋浮家雁與飛。莫話求言哀痛詔,幾番鷹詔幾人歸。

送丘德如宮諭予假歸楚

競將僛珮擬征塵,悵憶班行玉立身。驛路煙消乘傳少,講帷歲久抗章頻。賜金爲佐家筵寵,調鼎從看國論新。別後南雲時眺遠,可應念我未歸人。

壽詩呈某令君

野獲雙麟詎偶然,遙遙福報在西川。共周蓮甲先三月,新掇龍標是昨年。太守行供東序酒,諸宗歲食曲阿田。書床茗椀歡堪對,況復河陽滿樹烟。

贈黃孝翼徵士

道院青楊斗大圍,重來燕市素交稀。車經梁苑陪枚乘,劍繫吳門憶陸機。新詔蒱榮華髮,舊京烟柳動烏衣。徵君晚節嶙峋甚,殊衆未應詠楚妃。

和劉漁仲韻答贈二首

空唱妃豨和雉斑，批鱗無効媿疎頑。爰居底事思逃海，疏屬何人議徙山。世態窺屛恒敎譎，君才象鼎合圖姦。只看眉眼稜稜黑，肯爲風霜一遜顏。

其　二

真人何意復東行，恰値宣雲欸市成。轆轆劍存驚斗室，蘼蕪花發豔江城。弓招欲往憑吾道，車過紛停想物情。傅粉李公書向說，休將賓禮負樊英。

磨勘試卷嚴賦呈禮部科諸公二首

軍須投筆捄須錢，薄命書生倍可憐。鷹擊搏風憂墮武，鹿鳴食野念登賢。傷心蕙芷焚騷譜，入眼蟲魚費鄭箋。八郡良家今輦轂，屋烏明宿午樓前。

其　二

楚才多幸荷陶甄，敢効荒雞再失晨。求士自矜羅得俊，設官終號署爲春。深宵殺氣纏奎壁，獻歲雷聲起鳳麟。密網重重嗟小崚，誰家不奮棘闈身。

送葉永華門人還松陽

國初和尚菴名雪，唐室仙師曲入雲。華冑龍蟠仍繼武，詞壇鹿掎合中分。深宵得我搜遺卷，擧世無人識古文。歸去萬松煙繞屋，括蒼峰望武夷君。唐葉法善、國初御史葉希賢，皆松陽人，或其後裔。

春榜放喜黃以實趙前之許欽哉並首經闈

賦成吳楚氣凌雲，榜下先占吉語聞。神駿騰驤先萬馬，丘車砰礚列三軍。各矜鉛槧風霜積，行勒旂常日月分。追笑昨年瘢垢索，勞勞省署太深文。

揭萬年以五經連雋二榜喜贈

浪湧萬川百灌河，西江才子更誰過。眞膺射策明經選，重薦宏詞博學科。中夜墨胥愁腕脫，滿堂星史羨胸羅。稱師吾敢康成並，現撤皋比擬負戈。

送黄五湖之建陽令

昨逢東觀輟編摩，詞賦其如律令何。九曲原爲仙窟宅，千村恰待令經過。徵輸正急堪誰緩，才氣雖雄盍小和。不久輶軒行北反，峰前玉女試絃歌。

甌安館詩集卷二十

七言律四八十二首

松梅合幹圖擬應制

祖德分明饗大禋,蒼髯綠萼見茲辰。露沾蛺蝶空中影,香散虬龍雨後鱗。月出櫻桃虛漢制,波來桐柏詫淮神。連枝奇木誰堪對,合請長纓繫遠人。

懷閔中畏年丈

嚴譴分當結袂聯,自慙無力更回天。講幃禮數榮孤客,文網風波盛昨年。雞骨行經橦索處,羊腸路比棘闈前。永昌錦字鯈來遠,空對藤花意惘然。

送周元立姻丈謫歸

籬棘叢中拂袖還,依然短棹過金山。誰教傍社薰青鼠,未擬窺籠放白鷴。舞綵披紗雙慰意,經壇講座一開顏。吾歸丘壑行堪共,三徑蓬蒿且暫刪。

謝王二彌館丈送魚

伊魴洛鯉雖無價,誰向龍門漱浪回。柳貫青絲將馬足,刀飛白雪近鱸腮。坐中未少和羹手,醉後終憐跋扈才。不厭老饕能數飽,知君連釣六鼇來。

贈熊足菴兼呈賢子雪堂銓部

家爲南國風騷長,老狎東湖竹石盟。歲詣煙亭祠孺子,人來菜圃覓雲卿。仙郎抗疏窺何意,海客浮槎冀此行。聞道司封封最寵,花開九錫玉連城。

得項仲昭宮諭謫官信二首

詞臣外謫數熙朝，吳趙舒羅蹟未遙。頗怪明珠輕抵鵲，何緣修竹苦彈蕉。諫行華省羞簪筆，賦罷深宮憶洞簫。即論爾鄉名哲盛，風流端復繼文姚。

其　二

席前講草暮猶删，乍散文華殿外班。輪對豈知經虎頷，謫歸終自動龍顏。綿花彈去應消恨，鈴索牽餘暫放閒。手板達官誰耐汝，莫因搥碎雪溪山。

出都別諸同人二首

五年別柳屢縈塵，此日歌驪亦到身。老子歸與江獨鱉，諸公幸矣閣圖麟。守心熒惑行當退，射昴欃槍莫又新。鎮日帷前揮涕說，擬將危苦向誰陳。

其　二

節擁皇華也自公，敢希馳傳賜金崇。餓麟無意長游藪，羈鳥但求一出籠。家夢蚤懸鍾阜曉，宦情全似蠡湖風。故人便使能相念，已隔閩山東復東。

呈張二水先生

兩朝開濟歲功成，自信浮雲去住輕。墨蹟如煙風際落，毫光同月定中生。裴休稍愛披緇坐，魏野時從拂袖行。近道博山禪偈好，金剛壽相若爲評。

贈周台石納言兼呈元立銓部

穿潮帶郭穩浮舟，更羨涼生百尺樓。綵筆頻吟驚老健，班衣乍舞見風流。夢隨世眼分蕉鹿，身自禪機狎海鷗。此日山公懷不淺，可容嵇阮歲同遊。

壽傅渼溪給諫大母

六朝風雨百年身，曾拜廬峰畫裏人。椒禁宥卮銅最古，雲臺華表樹仍新。幾家縞綬留王母，此日含飴慰逐臣。塔頂雙尖同彩筆，拈來畫作小麒麟。

楊康侯中翰尊人於余同庚初歸自京師賦贈時余病新愈

久從北渚候仙舟，乡里衣冠羨勝遊。馬乘如龍依紫閣，雛將是鳳出丹丘。家聲華省垣窗月，使節金陵驛路秋。同病同庚通好在，刀圭藥就可容求。

還朝過太平驛次壁間韻二首

雙闕堆沙隱署低，院歸邊柳昔曾迷。藏山小草慙安石，載筆穹碑避簡栖。剩有風霜浮竹素，勞將日月照芝泥。迢迢車馬知何極，舊種高梧好萋萋。

其二

宵占太白入秋低，裏野翻經訪道迷。謀國幾人能謣謣，憂時先聖亦栖栖。蜀山老閟千年雪，秦水深容五斗泥。不向山川爭氣象，世間空復有暄萋。

桃源逢林爲磐選部譴歸夜酌賦別三首

騎過驛門恰自開，前旌呼共鳥飛回。故人握手寧辭醉，當路藏機本費猜。襆被歸遲猶帝德，圜扉繫滿半卿才。公車舊事追如昨，頗憶驅驢雪夜來。

其二

更闌酒盡語猶低，客裏逢君合解攜。但令山濤能薦士，何妨許允有賢妻。棘籬墐戶愁寧免，蘭玉生階理亦齊。爲問皋比談易處，更誰牝馬不先迷。

其三

過秦詛楚各紛然，未必榆鄉盡可憐。斯地總爲歡怨府，彼人那有廢興權。芳園蹟古傍沙綠，絳帳道高薄草玄。伏闕上書誰雪汝，羞稱卯角締交年。

用韻贈郯城令二首　令爲華州王太史庭譔子，唐太宰龍舊宰是邑。

一城孤枕大河旁，莫指青柯苦戀鄉。停騎馬陵方覺遠，賣刀渤海未爲長。庭餘翠柏煙如黛，壁滿瑤篇絹並黃。爲問唐龍祠在否，寒雲荒草白茫茫。

其　二

使者輶軒采道旁，如君何用歎殊鄉。吏才雅擅西京雋，史法兼傳左輔長。目極璜橫偏衣紫，鄰憂婦寡尚稱黃。圖形燕頷風規在，鳥紀雲官蹟未茫。傳太史有燕頷相。又，郯邑鄰滕，先是滕有黃寡婦之變。

恩縣贈寗獻誠廣文

端然道左見趨繩，坐我巾車慨不勝。昭代儒風存冢嫡，晉人甥禮重高曾。孤城創虜嗷嗷鴈，絕學微師裊裊燈。爲問河汾諸弟子，幾人房杜最英騰。自云八世祖是薛文清公舘甥。

吳橋輓劉式伯司訓

不分桑乾草樹凋，昨經揮淚過吳橋。聲傳白羽驚燕壘，氣結黃雲慘潞潮。力盡坦胸當虜戟，家窮遺齔委僧飄。勞勞吏部風霜筆，望斷荒原賦大招。

送葉潤山年丈之漳州

崚嶒何止壁千尋，却向清宵暗整襟。豺虎群中徵道力，風雷動處見天心。婦貧旋乞鄰家火，山遠孰陪客路吟。爲說敝鄉圖畫勝，紅雲高歛碧波深。

送涂德公戍楚二首

桃花流水漸通津，詎復携家更避秦。千載穴書經小酉，昨朝郊雪祀中辛。餘生最幸逢明主，盛世無勞錮黨人。爲道蕭朱交好在，遲君三日拂冠塵。

其　二

纍纍簪笏蔽楓宸，塊爾孤生抗義身。誰分叫閽窺虎豹，共傳驚代得麒麟。蘼蕪澤布湘江闊，岣嶁碑題禹廟新。莫信攝山荒忽語，誇他靳尚死能神。

周　貞　女　詠

尚書門第冠潮陽，幽氣猶傳繡户香。黃絹欲題驚幼婦，赤繩誰繫見貞姜。

徘徊素扇風煙積,惆悵青燈歲月長。地下相逢剛識面,信知河鼓未淒涼。

桐城令張能因母苦節善詩爲題其册

新詩諷罷更沉吟,想見青燈雨夜心。肯向玉臺誇麗藻,總知彤管近哀音。將雛寡鵠威如鳳,就爨孤桐律中琴。最是聞雷傷警絶,好教春散萬家陰。有《聞雷》詩,絶工。

送馬抑伯請假還汝州

同署誰經沐澣休,驪歌未用縮離愁。花看嶽頂三春麗,雪憶雲中六月收。出郭例應明組繡,過家恩許省松楸。午橋緑野憑君興,試掃攙槍靖蔡州。

吳行若學憲太母壽詩 吳祖孫成進士科並丁丑。

芬名誰不羨巍莪,重喜含飴策杖過。三世堂深餘古几,十橋家舊俯清波。休云母負孤兒養,最鮮孫登大父科。嶺表丹砂真擲却,霜顔霞頰美如何。

壽某水部尊人

長空河海盡波臣,南去爲觴水部親。橙橘編籬甘不淺,魚蝦入饌給能新。何年杖履陪黄髮,此日衣冠拜紫宸。共羨仙郎工作賦,試看容與下天津。

閣中西房牡丹盛開偕僚長諸公讌花下同用前輩李文達公玉堂賞花詩韻八首

本朝庭陛屏群芳,不比唐人柳杏常。偏許國香留正色,共傳宮樣薄濃妝。風生翡翠階心碧,日炙琉璃瓦背黄。爲問絲綸鐘鼓地,幾廻歡引少年觴。

其 二 每夕吏報繳牌申時。

露種雲栽滿院芳,更看何樹不尋常。恰當午陛香分蕚,每報申牌蠟照妝。重幙巧遮橫柘錦,小樓高結吐檀黄。當杯欲放仍離肅,禮飲從知不盡觴。

其 三

戚里侯家各擅芳,敢將園圃望朝常。櫻桃口摘誰家禮,楊柳眉垂底樣妝。

甌安館詩集卷二十　七言律四

韻壓多賢追李絳，閒偷片刻謝姚黃。騎遊西苑恩何極，渾酒如膏合再觴。

其　四

須從菩（蓓）蕾識花芳，待到花時已覺常。移去祇應蓬島植，插歸何似鏡臺妝。昭容往事虛垂紫，掾（掾）史他年損錄黃。留取玉堂詩句在，大家長奉聖人觴。

其　五

傳舍催人改物芳，相逢粗覺賀勝常。分題恰用中書筆，宣旨時來近侍妝。檀板細敲懷曲豔，珠簾高捲對麻黃。更將根葉和羹鬻，重向堯衢祝帝觴。勝常，平聲。本唐人。

其　六

內厨法醖鬱金芳，磚影虛移懶漫常。誰令雪凋羈客鬢，漸愁花笑老人妝。三春燕乳頻驚浣，百葉牛心獨擅黃。從吏歌呼堪和否，只今時異漢臣觴。

其　七

勳蹟鄧州姓字芳，風流也復歎殊常。爲憐屬玉翻波羽，一洗沉香拂檻妝。雲母開時山似墨，花王駐處屋宜黃。餐芝茹朮終何補，且進人間爛熳觴。

其　八

蜂蝶仍防妬麗芳，雕欄曲曲護非常。堯梧舜柳應爲偶，雨鬢雲鬟是此妝。楚澤徒誇蘭蕙紫，閩山未少橘橙黃。一官準擬歸休蚤，匏葉幡幡亦有觴。

送吳鹿友樞輔南征仍用前韻八首

五樹連枝比棣芳，白眉端合表群常。憂時蚤抱籌邊略，閱世深嫌倚市妝。闕下旌旗穿柳黛，師中鼓吹雜鸝黃。自從玉殿承恩日，誰復花前對舉觴。

其　二前輩李文定春芳爲公同里。

又傳相里續前芳，更覺威名迥倍常。公佩自將蔥比色，賊眉空用赤爲妝。遍窮嶽路嵩衡霍，遙控江城武漢黃。聞說醪投偏解醉，臨流應不惜餘觴。

其　三

沅芷湘蘭久不芳，妖氛漸復逼辰常。携來匣劍雙龍護，賜出宮衣七寶妝。

247

迢遞蠟書仍結素,參差油幕更塗黃。至尊旰食知關念,垂發猶勞屢罷觴。

其　四

莫愁驛路損林芳,管取殊勳册太常。諸將共誇依紫閣,侍兒公請洗紅妝。夢懸御苑波心碧,書憶吾家坯上黃。張仲齊名慙匪分,可容長奉鎬來觴。

其　五

寶鼎調成百末芳,綸扉歲出若為常。行逢楚客迎戈拜,坐見胡兒解辮妝。隨處碩膚瞻烏赤,是中元吉美裳黃。相期露布飛傳日,東海全傾注壽觴。

其　六

敝邑棠陰迄自芳,滿看鴻駿竪非常。軍麾倥傯車紛出,藥裹從容帶緩妝。滕閣曉雲明棟畫,漢江煙樹隱樓黃。賓僚恰有從公興,莫為勳高更避觴。

其　七　王介清太常公門人。

傳經入座各殊芳,為愛猷書老奉常。推闉將窺雲鳥陣,過江神怕斗牛妝。真龍肯炫畫龍采,臣馬終輸君馬黃。屈指到家簫鼓咽,不妨兒女進蒲觴。

其　八

留取雄名百代芳,路車四牡詠華常。便從函谷催秦戍,莫過陽臺夢楚妝。鼎鉉功成標竹素,刀圭藥就長芽黃。聞君雅熟修真訣,玉液金波好伴觴。

西直門外斗母殿芝產梁間為賦

燁燁金芝閟殿尊,垂芒擢穎燦星繁。初疑藻井珊瑚煥,舊憶銅池菌苔存。五夜星河依斗母,萬方香火奉天孫。從知海宇豐穰慶,椒畹承恩更不論。

嘉定伯周公誕日徵詩為壽漫題

車馬群看輦路馳,歌鐘昨賜近臣知。夢中天體青凝乳,秋後月華碧滿池。鄧禹芳規存素練,褚裒佳氣兆靈蓍。更從周室尊文母,長向磻溪祝太師。

贈張鯢淵中丞

中丞三度擁師行,莆邑樵川入望平。此日綸巾仍奏凱,當年繡斧舊談兵。

千村粳稻攘帷美，五月桑蓬映戶明。飲至歡餘群致祝，雲間今復見徐卿。祝似同邑徐文貞公。

壽黃季弢布衣九十

觀心調息薄禪玄，自信儒家理數偏。生覿肅皇成道日，老同鬻子著書年。鄉閭喜駐眉間采，帷幄慙虛圮上緣。極目滄桑休感慨，中興勝事更誰傳。

壽楊心谷封翁八十

蔗境甘回八十秋，平生德誼只今酬。魏舒宅借外家重，楊寶經從累代留。玉署盛名迢遞起，金田佳氣鬱蔥浮。笑看雙頰丹砂似，應許花枝近白頭。

讀陳克翼中翰國變紀恨詩賦贈二首

侍郎烈血灑京營，薙髮還高魯兩生。杖錫宛然持漢節，吹篪何似過吳城。延秋目極啼烏恨，凝碧心傷落葉聲。甄濟車來人盡拜，笑他獨柳亂縱橫。侍郎謂王公家彥。

其二

髯斷橋山最上頭，尚書英爽照人幽。承家北斗身何惜，許國南冠泣未收。梅尉仙存吳市跡，杜陵老畏曲江遊。甌鄉月旦霜明甚，何事栖栖尚此州。

送陳克翼中翰還朝二首

名家華省望中新，豈比輶軒首路頻。班擬鳳鸞清到骨，膽經豺虎大於身。尋源祇自勞槎使，舉色終當感弋人。最笑陶朱貪再相，五湖清淺不勝塵。

其二

拜詔猶遲解芰衣，重看驄節下彤闈。書來井里俄飄蓋，老去江湖久息機。烏鳥冀諧將母願，黃花愁送使臣歸。圖形麟閣需公在，且放長空野鵠飛。

林素菴選部葬親禮成時初夏有玄鴈環繞之祥次韻為贈

恰臨丙舍墓田鍾，陽鳥翩翩適自從。鴈蕩移來通越氣，桃源覓就避秦封。

到門弔客驚雙鶴,表里佳兒字八龍。九九陣成關象緯,憑君畫演卦爻重。

秋次楓亭寄壽簡甫從叔時可賁弟適登賢書

花甲雙周奉壽辰,兩番秋月試弦新。車來劍浦金爲帖,宅隱龍岡樹有神。里社開顏齊致祝,郎君得意莫辭貧。遥知爛熳諸宗醉,可憶楓亭驛裏人。

哭蔣八公先生四首

農星驚隕斗南躔,不爲入冥羨得仙。卦止坎離交濟後,詩存甲子未書年。風旗雲馬仍依闕,鐵嶂幔亭昨護邊。病語喃喃終慨慷,席前猶自枕戈眠。

其 二

長年未放寸陰虛,精瘠神膌亦有諸。繚繞屏間縈塞曲,廻環膝上答鄉書。鱣文蚤應三台兆,椰腹真藏萬卷餘。自有兩朝褒讚在,不勞人世漫欷歔。

其 三

窮秋海國氣蕭森,從此乾坤歎陸沉。龍去鼎湖髯欲墮,鶴飛華表攫能深。渡河竟負三呼恨,聚石寧知八陣心。只看軍租輸饗士,盡消疏廣賜歸金。

其 四

身到華陽洞裏遊,兒呼綏嶺弟浮丘。學仙無驗時方棘,許國爲安義肯留。易代衣冠容黼呼,他年繪畫雜龍虬。空餘後死謝皋羽,日暮西臺哭未休。

題可亭五弟航齋用韻八首

到處吾家洗墨池,學旁猶自憶兒嬉。胎禽得意迎雌舞,慈竹連根護母移。最少身能辭棗栗,斯文道合秀蘭芝。東頭大陸三間在,汝聽鐘聲咳動時。

其 二

望衡對宇未差池,暫以齋居擬水嬉。障壁推開堂左廣,峰巒俯盡樹西移。更穿臺腹森如蓋,偏吐石根巧類芝。舊德外家仍可念,汝看航在月中時。謝月航公,余外祖。

其 三

携家端合住仇池,肯作尋常水石嬉。東海滄桑驚世改,北山行屋屬誰移。

優游圖史全窺豹,憨笑衣冠酷慕芝。紅紫紛敷消許久,汝從山立亭亭時。

其　　四

卦水橋通半月池,下帷功好莫浪嬉。花因傍竹香微淡,鶴頗憐魚性已移。射虎技精先志鵠,輸龍僊誕亦鋤芝。幽帆野櫂終寒窘,汝想浮江萬斛時。

其　　五

休就鷄唱被重池,挾册還贏博簺嬉。騕褭宜爲天仗選,葡萄況自涼州移。機雲入雒從誇敚,園綺辭秦却賴芝。未用火攻稱上策,汝欣膝下奉觴時。

其　　六

神物那容久戀池,九州隨地足遨嬉。黃金客侈燕臺峻,白髮人愁漢社移。詞綺梁陳推庾信,書神魏晉尚張芝。年華倏忽駒馳似,汝趁風雷變化時。

其　　七

憑欄一曲放生池,無數龜魚水面嬉。宅近杏壇滋雨化,江廻滕閣歎星移。煙深看作隋堤柳,草長芳如漢殿芝。五鳳家聲寧忍負,汝南月旦盛當時。

其　　八

南溟水擊徙淵池,乍可雍容玩物嬉。僅券市傳便了約,驛文山倩稚圭移。龍頭自戴升天木,蟾背終防墮地芝。出處關身勞審諦,汝兄胸腹太違時。

贈林礽

山煙罨靄石泉清,早識羊車照眼明。汝舅藍田元有種,吾鄉墨苑久無聲。虎頭妙得癡騃趣,馬足佳從慘淡營。誰憶白門橋畔柳,只今搖落不勝情。

黃季弢先生歲九十加二賦賀

匏觶强進乍開顏,身在尼聃廡坐間。竇戶樂聲傳魯壁,避人佳氣近秦關。不愁戎馬詩書熄,也奉官師粟帛頒。八載從容稱滿百,忻公盛事只如閒。

同門劉暉吉大行奉使到感贈

廿載萍踪分別離,淮航回首不勝悲。驚聞騎省乘軒過,苦憶烏臺擁節時。

上雍任安詢馬走，游齊范蠡字鴟夷。此生淒斷重逢日，徙倚河梁起夢思。

送謝爾玄還三山

雒橋中斷勢奔波，忍聽離亭醉後歌。路險纔傳烽火靜，人歸恰值估船多。仍開畫幌丹青壁，小試香閨綠黛螺。君自玉壺清思甚，二峰旗鼓更誰過。

送邵旭如令如二孝廉還武林二首

蓬飛萍轉信頹瀾，惜別無繇駐馬鞍。裘褐經霜人寓久，兵戈滿地客行難。雞聲自愛桃源閟，龍氣猶傳劍浦寒。歸去湖山清似洗，不妨深處坐垂竿。

其　二

年來佳客入閩多，更奈風流二陸何。荒郡亦傳天下勝，好山空惜霧中過。驪珠五夜勞相照，斑竹千秋恨不磨。倘復乘槎星渚去，洗兵端望挽銀河。

過楊慧谷銓部蔬隱處賦呈二首

寄亭深鎖罷溪舟，豆架瓜棚亦自幽。斟酌花香存品藻，摩娑墨妙見風流。蔬成恰有園丁送，酒盡時從奕客謀。解釋煩冤消底事，遲君相對坐高秋。

其　二

初出樊籠窘未舒，甕間畢卓意何如。移將紅樹焦山帖，草就玄雲禄閣書。鶴去依人存委羽，葵留待客費淹葅。頗疑菊朵尋常大，迂謾誇長一丈餘。

亂後諸紳皆徒行談及寫歎二首

橫流滄海未收瀾，縠面鶉衣半懶殘。傭力忽聞憂踊貴，捉襟何意露肱寒。訛驚有虎途真掃，競苦無車鋏任彈。便遣纍纍號喪狗，是誰人當魯尼看。

其　二

車憑駟牡坐披狨，回首全如一夢中。鷽鳩卑飛姑搶地，夔蛇驟動枉憐風。馳驅昔盛繁華子，傴僂今嗟蹢躅翁。瓜種東陵誇信美，茫茫天地本無窮。

水解哀蔡擎甫

尚書祠廟俯清池,浮出君身衆始知。蚤歲豪華喧井里,窮年磨蠍困妻兒。締交隱約歡兼怨,落筆誇張點帶癡。厭溺難言無弔禮,古來騷賦重湘灘。

陳平人中丞喪歸自蜀匶形特小不忍觀哀告同志二首

投簪遲返意難明,何處高牙一劍橫。骨斷家人勞細歛,棺輕驛卒易孤行。張巡罵賊嗔無齒,杜宇望鄉淚有聲。白馬素車從此逝,他年待我寫碑銘。

其 二

榜中嚴事等諸昆,襟袖猶餘唾沫痕。掩豆豚肩師儉德,裹屍馬革壯忠魂。淒清和月歸銅海,嗚咽連江出劍門。遙想昂藏天表立,義旗高舉滿乾坤。

甌安館詩集卷二十一

七言律五八十三首

荒感十詠

相逢草際乍班荊，防近射鵰較尉營。秦鳥篆山空兩翻，蜀猿啼峽只三聲。癡頑自信無才德，荒忽惟應學瞶盲。便使東陵瓜種美，不堪持啖漢公卿。

其二

猰貐天教爪角麤，漸愁齮齕及吾徒。衣冠褒博人今古，城郭蕭條户有無。厲甚漆身明素節，冤同鑿齒哭窮途。高車駟馬隨他興，之死何心羨敏膚。

其三

故宮禾黍恨油油，目斷鍾陵檜柏秋。有淚銅人甘戀漢，無情玉馬苦朝周。談天謬意臧三耳，訪古終歸貉一丘。藏得鋻函心史在，他年或望甃寒流。

其四

燹餘渾未解東西，初出城闉四望迷。時異恰須容尉醉，路危兼亦怕林棲。深憐北海填精衛，錯喜南陽奮寶雞。嶽帝行宮今在否，滿山沙礫落金泥。

其五

眉鬚禿盡閉僧廬，太息謠傳半子虛。先世豈知王氏臘，後人誰愛褚公書。饑鷗澤叫頻驚鴈，枯鯉河過暗泣魚。為嗅梅花懷庾嶺，嶺南風信近何如。

其六

橫流滄海欲冥歸，窄窄生憎短後衣。泉竭遂看虹飲釜，陸沉焉用石支機。雄犀浴鐵宜增氣，蠢蜮含沙也作威。聞說化胡資道德，函關西去事仍非。

其七

徑隱蓬蒿黯未開，屢逢佳節罷登臺。罍尊醉益看花感，絃管淒增落葉哀。

紫燕紅襟紛自媚,黃牛白腹幾時回。于今解笑龍門史,虛贊河梁國士才。

其　八前四語爲夢中得。

棗美嵩陽匝地陰,馬蹄踏過盡成林。江東自秉懸魚節,河北空餘買犢金。老伴君賓焚作桂,才嫌中散傲能琴。佯狂披髮嗟誰子,爲寫區區物外心。

其　九

徘徊舊憶五噫歌,戢羽潛鱗枉避羅。元亮詩成題甲子,伯仁宴罷泣山河。淒涼樹氣經秋老,怨咽笳聲薄暮多。困卧驚來聞格磔,似言行不得哥哥。

其　十

共悲八表雨昏同,逃世無繇汎海東。隨處冷侵烏鵲月,大家腥避馬牛風。佩緣改漢除剛卯,車稍全齊傳鐵籠。未信塵高難却掃,總歸天地轉旋中。

荒感後十詠再用前韻

歌從易水弔燕荆,往踏成皋楚漢營。獄底微茫瞻斗氣,人前慷慨作鐘聲。追思曩事沾襟濕,熟厭狂氛矐眼盲。偏是名門登進切,我家先亦紫薇卿。

其　二

破浪乘風串噉饠,只今從政亦行徒。曾經豫讓橋梁過,更覓王倫市井無。笛斷三生孤宿約,車回九折困危途。彷徨畫壁傳天問,不識何因感曼膚。

其　三

沙開萬帳幕青油,淡黯川原不待秋。胡服趙靈終襲代,法冠殷敏半歸周。龍興夭矯遲階木,狐死從容正首丘。賦分飛沈原有適,此生無意學時流。

其　四

多情帽紫隔峰西,翹首源山徑路迷。舊説池魚驚火厄,真看社燕避林棲。憑欄叱叱奇占棗,把粟朱朱隱唤雞。市上屠沽稱問得,更誰容汝啜糟泥。

其　五

南荒淚眼識穹廬,萬騎飈騰勢蹈虛。春去尚憐望帝魄,信來誰答子卿書。宋都六羽風高鷁,齊客三言海大魚。離亂總無開眼處,便呼牛馬也頟如。

其　六

莫話當年擁傳歸，悄焉塗炭坐朝衣。酒闌隨客呈騷句，灰溼被巫見德機。學道宜經狼虎劫，憂時悔冒雪霜威。即看千載柴桑叟，未解官前有是非。

其　七

依舊鸞旌碣石開，黃金突兀痛燕臺。鴈橫塞北鮑昭恨，花發江南庾信哀。八郡良家聞徙盡，茲方屠伯賴驅回。蟲書鳥篆羊皮旨，虞趙何人最擅才。

其　八

落盡深紅靄綠陰，絲蘿到處蔓松林。橫腰閃爍氍毹錦，壓臂欹斜蜜蠟金。共道王嬙嬌勝畫，虛勞蔡琰稚能琴。突鬚昂準嗟何極，不會人間姹女心。

其　九

四野蒼茫勅勒歌，鳥栖白紵雀來羅。乾坤豈意徽叢棘，風日相將損過河。代馬漸輕閩嶺峻，胡兒已習漢音多。吳儂爾汝舊聞唱，郎因于今絮絮哥。

其　十

南北烽煙信混同，未妨牛儈避牆東。焦先野屋甘親土，箕子星經錯好風。壯士吟悲空馬櫪，書生術幻有鵝籠。自來大醉行當解，不見秦瓜黍谷中。

荒感又後十詠三用前韻

桐樹紛敷燁紫荊，亂來橫砍蔽車營。荒荒地有生毛兆，颭颭人爲捲葉聲。月黑魂歸聞鬼哭，天寒足躓笑臣盲。彼傭隱約嗟誰氏，酒往終當念慶卿。

其　二

蹀血郊原殺氣麤，入關疇問壁司徒。吳鉤巨闕傳工布，楚旅前茅肅慮無。遂使群雄窺左足，真同七聖阻迷途。此中何物消疵癘，遮莫姑山雪色膚。

其　三

烈燄應生百石油，莫教皮裹測陽秋。隴西門戶微憐廣，杜固衣冠僅恕周。野曠妖狐聲吠火，墳高暝虎氣騰丘。忍看白下御溝水，嗚咽大江日夜流。

其　四

陵園一望帝城西，漠漠風煙輦道迷。三七真人誰奮起，六千君子暫卑棲。

夕陽巷口烏衣燕，長樂樓前絳幘雞。箇是餘生歸宿地，濁清未必判塵泥。

其　五

俄看布幔署青廬，已覺郊光慘淡虛。市上駱駝驚馬脊，榜中蝌蚪見蟲書。晉師詎必訛三豕，吳女猶能怒半魚。敢向承平追李昉，命名原自不相如。

其　六

青春受謝盍來歸，且著星冠北斗衣。偶約出門遊汗漫，終云居室慎樞機。簀床小挫袁公路，鴻隙深唧翟子威。便寫梁皇千萬懺，未應消釋嚮年非。

其　七

客過柴門鎮日開，更無長鬣相登臺。史公自比牛毛直，左伯難忘羊角哀。世事豈應恒反覆，人情也合少低回。薊丘植有汶篁種，千載懸推樂毅才。

其　八

底事蹉跎惜寸陰，經過法苑半珠林。恰逢燕雀冤填土，誰信犀牛巧糞金。王績無功惟好酒，孫登不語實能琴。昨來狂客談星緯，大角今年欲守心。

其　九

役罷勞人自解歌，寂寥門雀試張羅。烏髯漸改疑飄雪，白頰相傳忌適河。亂世粗安緣累寡，文人最苦是才多。麒麟畫閣崆峒劍，曾否杜陵悔贈哥。

其　十

物論何妨稍異同，西飛燕燕伯勞東。塤如郭象稱玄解，家有謝連屬惠風。塵世已看齊土梗，冥司猶佇得紗籠。桃源咫尺無多路，擬逐漁人老此中。

荒感又後十詠四用前韻

枉詡雲夢表南荊，是處公安野外營。眇眇凌波傳楚些，嗚嗚叩缶詫秦聲。鑪間突炭將疑啞，筑裏藏鉛未覺盲。炙轂雕龍紛化盡，更誰篤老重荀卿。

其　二

庚癸山頭剩有糧，竟年擐甲盛師徒。徑荒一任蒿生滿，巢覆曾經卵毀無。臥轍枯魚需斗水，收韁老馬困長途。形容改盡知何似，聞說閎夭鮮見膚。

其三

崚嶒石棧俯江油，可有猿啼巫峽秋。三國遺民悲葛亮，千年賣主恨譙周。盛衰易世塵揚海，生死交情劍帶丘。一望滇南連貴筑，瀾滄猶號最安流。

其四

西笑長安哭亦西，阿誰旁指局中迷。怒蛙鼓腹當車出，窮鳥廻翔擇木棲。安得物生同野鹿，漸愁兒輩賤家鷄。濁涇清渭相懸甚，溉黍終輸五斗泥。

其五

追尋惠遠上匡廬，熙攘未堪趁市虛。太史周南寧有恨，司空城旦是何書。形窺跰蹮隨肝鼠，藥貯芎藭畏腹魚。塵世蓬纍休暗誚，也憐乘馬舊班如。

其六

啼盡杜鵑苦喚歸，葭萌左擔接青衣。鸜鵒底益刀吹水，鼫鼠何勞弩發機。瘦減腰圍卑沈約，耄稱脚疾笑蘇威。惟應上界琅璈美，往和仙姝白四非。

其七

無數青山繞郭開，鵷鶵飛傍越王臺。夏郊舊物遲尋灌，魯史微辭屬定哀。故有魚須頒笏在，誰從鴈足繫書回。蜀龍吳虎推英妙，未必公休信不才。

其八

纍纍稽血灑湯陰，家世應傳晉竹林。群擬豫章高出地，竟看鴻寶鑄成金。妖徵鸚鵒明登史，殺氣螳螂暗入琴。試向青陵臺下過，淫淫河水日當心。

其九

台台連蔓葛絲歌，匝地彌天徧作羅。北戍未聞寬赤縣，南裝依舊溯黃河。街圍昂畢旄光合，路阻齊梁嘯聚多。空愛才人聲囀好，匣熊書擬報寧哥。

其十

幾度徵師駐大同，居庸直北薊門東。臘腰已用周官朔，宮府尚仍胡地風。貞雉不時憂麗網，異蜂何日祝開籠。嗟哉鬱鬱瞻佳氣，知在黃旗紫蓋中。

荒感又後十詠五用前韻

獨石雄關控紫荊，防秋練卒熟擡營。時危不得貔貅力，歲久空聞豚犢聲。

遷史浮湛寧免腐,塞翁禍福或因盲。中書政本真宜罷,祖制分明尚列卿。

其　二

嬰兒搏黍計終麤,鐵脛大槍十萬徒。原野旌旗南去盡,詩書墻壁北來無。黑雲耀甲荒城氣,淒雨淋鈴棧閣途。莫話王孫龍種在,幾人荆棘有完膚。

其　三

西陵松下壁車油,倏忽悲歡歎杜秋。市卒門栖疇伴福,波臣轍困自呼周。馮公過計營三窟,楚史多能識九丘。到底煙銷無用處,百年嗟復委波流。

其　四

首山高倚太行西,上黨連天眷路迷。違俗畸人矜獨往,失羣幽鳥罷雙棲。深宮擣素新辭輦,古寺聲鐘舊狎雞。便識亥身贏甲子,有誰憐汝辱塗泥。

其　五

莫信秦人巧作廬,燕函粵鎛事全虛。摩肩汗落齊謳唱,嘗膽心傷越絕書。李相從師窺厠鼠,臧孫遺母食桐魚。古今塵蹟勞相笑,天意淵微本穆如。

其　六

望斷南雲去不歸,護寒權借水田衣。春糧百里輕趨莽,視虮三年學臥機。未解鷹雛呼咮潊,何因鼠婦字伊威。晚知聾瞽真爲益,孤憤于今笑吃非。

其　七

白門籬障逐江開,何處鳳飛更有臺。畏約驅雞從紀渻,蒼黃化虎避牛哀。詎堪舊闕鳴騶過,最苦臨河息轍回。留得嚴陵佳壻在,要知梅尉是仙才。

其　八

雲中代郡鬱重陰,共約秋高會蹛林。解渴自需羊乳酪,纏裝公用裹蹄金。佛圖羯語鈴占塔,軍府南冠席正琴。桃李艷華紛極目,終高松柏歲寒心。

其　九

青翰廻舟榜枻歌,盛傳鄂渚富紈羅。奄延王猛窺中岳,夢感劉淵兆大河。舊俗久沿風土異,新朝猶畏雪霜多。岐溝苦戰追前事,未少人間耶律哥。

其　十

江源鴨綠女真同,百濟三韓樂浪東。晦盡漸生哉魄月,春來誰愛不周風。

蛇分帝子應留劍，鵠去行人只獻籠。空笑飲河夸父渴，試看桑影日當中。

荒感又後十詠六用前韻

登樓王粲暫依荆，親見臨江組練營。時以豎橫觀虎卜，細將哀樂測烏聲。玄經欲就無嫌吃，國語粗傳未厭盲。亂世是非宜混却，婦言聊亦聽卿卿。

其 二

節度官高未覺麤，朔方尤畏李司徒。百年閥閱關心否，萬卷縑緗適用無。愁去食眠宜總廢，困來人鬼欲同途。空傳白傅詩章在，俠少丹青剳滿膚。

其 三

御溝黃瓦滑如油，堤畔經行十九秋。南渡五胡猶讓晉，東遷列國孰尊周。蚤知披髮歸戎野，孤抱墮幘哭帝丘。清濟獨能遥赴海，不因河漢入江流。

其 四

屢因鶯語破遼西，倦眼模糊午夢迷。秦吉自羞胡地入，蜀猿終愛隴山棲。末年馳隙傷烏兔，中夜度關德犬雞。三客忽來惟慎可，忍將荒宴易需泥。

其 五

莊嚴斗室傍精廬，稍間香花水石虛。啼鳥也知亡國恨，汗牛空信古人書。六根盡歛藏神蔡，五酉高張咤怪魚。悟得橘中商叟意，此生何地不悠如。

其 六

羲農忽遠獨安歸，疎散行穿槲葉衣。芻狗已陳寧避爨，桔橰雖巧略嫌機。陌阡淒甚存經界，章服蕩然罷等威。鬢髮飄蕭踰半百，深知四十九年非。

其 七

野艇風帆軋軋開，似聞臬羽哭西臺。達官虛負白烏恨，狂客實含朱鳥哀。欲寫絃聲公竟渡，誰歌樂府上之回。腐儒無益談匡濟，望斷安危將相才。

其 八

受禪荒碑矻濟陰，魏初詞藻柱如林。三年刻楮徒成葉，五月披裘肯取金。竹杖芒鞋隨可隱，高山流水寡能琴。惟應皁帽遼東老，暗識從前割席心。

其　九

四面軍聲徧楚歌，信知天帝戰修羅。華嵩不斷恒宗岱，穀洛非仇忽鬭河。長孺守官莊見憚，次公爲客酌無多。任他鸚鵡閑言語，剪舌何妨有八哥。

其　十

盈虛消息本難同，葛屨悲生大小東。那見減澆資季杼，已聞興魯賴成風。林猿術頗精論劍，澤雉神應畏處籠。空憶少年豪放舉，鳴鞭躍馬九街中。

荒感又後十詠七用前韻

舉朝新法鬧溫荆，私智便文巧自營。誰向樹根尋蟻跡，每從鐺耳出蠅聲。口無縱理仍疑餓，目有重瞳也苦盲。聞道錦城絲管好，可應兒語識花卿。

其　二

漫笑琵琶絃撥麤，明妃哀怨亦吾徒。笳聲本自胡中出，琴質曾經爨後無。甲第人煙同逝水，郵亭客曉合分途。髐然亦有稱王樂，司命何勞更反膚。

其　三

松炬高燒減椎油，仗誰更禁月明秋。騰山盧鵲驚三匝，動地蝦蟆憶再周。律轉何人吹黍谷，詩亡有句續崇丘。自經淮決支祈徙，一任桃花汗漫流。

其　四

流沙更在大秦西，指引青牛路不迷。爲問旗旌雲夢合，何如甲楯會稽棲。鼎烹肯恕能鳴鴈，冠距漸愁欲化鷄。射月雕弓稱技最，曾防月裏有占泥。

其　五

車過無人更式廬，行間望氣辨孤虛。苧蘿得女亡吳兆，圭瓚誣神詛楚書。多事昔年頻履虎，急流中歲蚤焚魚。蘧蘧蝶化莊周夢，猶畏夢塵蝶不如。

其　六

歲見堂前燕子歸，勞勞絳縷繫烏衣。功成驟貴沙吒利，禍始偏逢阿保機。蘇武旄空猶有節，甄邯斗在自名威。眼前烜赫君休羨，青史標題事恐非。

其　七

鹿走驚傳函谷開，尚看歌舞出層臺。吳中劍客酬千駿，鄴下詞人盛七哀。

莫以歌牛希甯戚，爲將棄璧重林回。龍門一去風流盡，羞向淵雲更論才。

其　八

摧頹鶴子和鳴陰，倦鳥應思返故林。操縵莫教同北鄙，許身端合比南金。燕卿匕首裝濡縷，秦女屏風曲隱琴。留與陶潛增感慨，人生樂在相知心。

其　九

行吟澤畔九章歌，察察終須弔汨羅。射覆平原勞靜苑，鑿空博望苦窮河。榆枋乍適飛騰少，蠻觸相攻鹵獲多。日出揚言委我弟，分明驕子自稱哥。

其　十

老去悲歡事不同，夷門高隱大梁東。持矛帶甲常占月，轉柁捩頭且信風。歸鶴恰留丁令蹟，系黿新解豫且籠。孤懷耿耿誰當暴，知在電光日照中。

荒感又後十詠八用前韻略改可賓弟作

三徑蓬蒿掩戶荊，空因蠖屈笑蠅營。誰占白水蔥蔥氣，久泣江都變變聲。莫遣良朋知偽啞，須教侍婢信真盲。于今倍憶巖居好，谷口名傳豈必卿。

其　二

畏約聊馴血氣麤，長將負石媿申徒。休嗟杜曲人興廢，試覓桃源路有無。酩酊何當逢大戶，崎嶇總自返窮途。山川極目祥雲起，共慰崇朝合寸膚。

其　三

綠蟻浮尊瀉面油，浮名寂寞任千秋。膽嘗畢竟興於越，頭觸如何抵不周。稍向名山開禹穴，微聞大火主商丘。便教汎海凌風去，其奈群飛正倒流。

其　四

雙丸冉冉各東西，目斷吳宮徑草迷。舊事真同流水去，閒身擬傍族雲棲。啣書愛蓄三年鶴，淪卵情傷五德雞。一自元嘉春燕盡，空巢底處落梁泥。

其　五

優遊頗亦愛吾廬，山海流觀願未虛。鮒入隨鯢驚國恤，桃僵代李怪刑書。寒空不少嗷嗷鴈，浩水無多育育魚。舉目真愁風景異，撐犁號罷意何如。

其 六

燕燕差池遠送歸，浮雲倏忽化緇衣。古今一局棋爭道，身世千塲弩息機。可有栽花茲地意，終防打草昔年威。隴山鸚鵡能言語，禁向人前説是非。

其 七

城南城北戍營開，到處真成戲馬臺。四野黃沙邊磧怨，千門綠柳曲江哀。枯魚此日將書至，旅鴈何年繫帛回。便把龍蛇書誡子，滑稽端讓歲星才。

其 八

居諸歷亂蔽重陰，把臂招誰共入林。從他楛矢來砮石，憶昔錢刀重卯金。城上逋烏勞擊鼓，櫪前嘶馬強聽琴。只今學得參禪訣，遊戲隨緣不礙心。

其 九

喧傳白雪郢中歌，衆鳥寧堪一目羅。肯信愚公迁徙谷，猶聞夸父渴吞河。周遭碧堞遺民子，蟋蟀青燐舊鬼多。長訝太原張勑使，積錢偏不許和哥。

其 十

回首義熙事不同，藍輿昨過石門東。長宵柝咽荒城月，鎮日鈴飄古殿風。穴地閒探黃鼠窟，乘秋暗解白鷴籠。多應喚取傳神手，圖伴謝鯤一壑中。

哭何培所姻翁太史二首

晚銷稜角入安恬，十困公車太恨淹。館長金閨諮進止，家翁石鏡異寬嚴。鶴歸帶箭留遺管，龍去號弓哭斷髯。自不圖存誰挽得，首陽山畔合堆尖。

其 二

鄭何少小舊齊名，並我驊騮玉署英。直吐歡嗔從古誼，陰商出處見交情。疾纏李華悲身世，醫却朱游判死生。自此雞壇零落盡，忍聽鄰杵和歌聲。鄭宮贊之玄與公同鄉舉，相善。

劉乾所言動頗異憂之

遠郭行吟意獨勞，盡辭雞跖罷豨膏。徉狂未肯陳周範，悱惻良應賦楚騷。藥裹關心憂跋鼇，籬樊觸目恨腥臊。夙年風度追能記，憲府宏開坐擁皐。

甌安館詩集卷二十二

七言律六八十一首

九日步周芮公銓部韻

曉淙猶未卜陰晴，佳節天教白帢輕。聊約登臺存往事，即看落帽亦浮名。抱孫彌益龍鍾態，對客能忘駘蕩情。近覺東籬幽興甚，不須籃笱也從行。是日適值浴孫。

月夜從周芮公嫺丈過可冲弟園賦答

莫愁醉尉夜公行，良月芳園漱晚醒。潦倒尚矜唐律細，陸沉微恨晉談清。乾坤衹自容孤況，鄉里何曾有定評。賦酒揚雄同寂寞，懸知無意五家鯖。

贈惠邑劉赤坡明府

應山風采美嶙峋，抗疏欣傳有義嫺。再世戟門仍擁節，千村錦水合舒鱗。狼煙甫息狐波静，琴韻初調郢曲新。試向端明橋上望，春深無數勸耕人。尊人中丞於楊應山公漣嫺也，有代訟冤。

雨中登源山和高南安明府即席韻

濕盡巾車跂碧霄，一尊歌管俯岧嶤。雲連巫峽遥催雨，浪隱錢塘暗上潮。何物奮鱗龍欲起，此中飛舄鶴相招。自經茂宰陽春倡，畏壘無心更避杓。

贈陳伯搏

車乘下澤劍彈鋏，別有巖棲氣韻幽。然諾不侵全古意，交遊雖寡半名流。

孟公作客常驚坐，少婦移家獨上樓。我自厭尋冠蓋侶，好來共醉五湖秋。

詠史體贈張伯羹

博物張華興未闌，夜深頻向斗牛看。貍來華表青林暮，龍去延津白日寒。多事陸雲喧墮水，可人羊祜祝登壇。范陽書室今何許，一賦鷦鷯更不刊。

爲周芮公媾丈慰

閻浮世界本欹傾，美滿誰能逐意成。時見神駒蹄鑿落，舊聞仙菓子遲生。汲江錦袴徵靈隱，探樹金環詫鉅平。相勸母勞愁邑邑，小聽花底粥魚聲。

壽林素菴媾丈

風光五十五廻春，柳彈鶯嬌物外新。伯長鄉人裁一歲，兒偕計吏恰茲辰。唐詩晦當清和節，乾卦潛爲美利因。強話彈冠心未敢，期君共作甕邊人。

壽林平菴宗伯

上卿極品賦歸辰，回首勳名夢後身。張果原生堯丙子，陳摶早兆宋庚申。漸看海屋添籌滿，爲鎮山門解帶頻。深處移家曾有約，百年同作避秦人。

黃毅翁宮傅壽九十加三賦賀三首

龜鶴仙姿鸞鳳標，獨將風采蔽全朝。駕牛老子原規孔，斟雉彭公舊事堯。興到芳園晨却杖，樂成嶰谷夜聞簫。料知遶膝蘭孫宴，細話三皇寵澤饒。

其二

滄海舶廻組練過，蓬萊清淺近如何。神僊眷屬三千指，館閣生徒二十科。夷夏共能尊舊宿，雪霜終未敢陽和。勞勞抑誠傳賓史，規就白圭更不磨。

其三

南北相望文靖勳，平原大陸老知聞。如公何啻朋三壽，有子未甘事二君。

星漢浮槎俄入斗，岱宗觸石徧生雲。不嫌同譜同官署，丹鼎藥鑪許共焚。先朝劉、魏二文靖暨陸文定，壽皆望百。

送黃仁表之舊京

夢裏驚啼白頸鴉，南冠相對恰如麻。陰知海上吹篪客，要宿車邊賣餅家。藏血三年應化碧，抽思千里自懷沙。舊京宮闕悲禾黍，何處荒臺更雨花。

贈趙叔寶石齋先生高弟時偕其子仁表南行

褐衣懷璧本難明，爲看眉端劍氣橫。經授最先同席士，鬭殘猶護入關兵。王成李爕偕爲隱，趙武程嬰見此行。他日素車遲會葬，共聽天外捲濤聲。

壽李蟠卿丈

盤根奕葉俯清溪，名蹟推君物論齊。偏許蓽門依玉樹，直爲薇省殿金閨。身經夷險全高隱，道溯淵源感舊題。蘭桂森森花甲滿，相逢何惜醉如泥。

送劉賡穆還長泰二首

分手臺江日未西，重來風雨鋏邊迷。田橫從客辭孤島，馬援門生咽五溪。老淚恰緣丹嶂落，舊遊莫話碧山棲。蓬萊清淺悲何極，塵海真看攪作泥。

其二

負任築室獨安歸，天柱峰高好振衣。遠海鱗鬐如欲動，連山筍蕨爲誰肥。歲時萼譆賡邪許，家世韋編守洞璣。南嶽諸劉今再見，漼川雷虎合教飛。

有以九雲山僧見者視之前中翰陳君殿子也悲贈

倒屣迎門憶未真，儒衣舊浣信州塵。持刀決鬭軍前事，薙髮焚修亂後身。漸覺黃冠饒伴侶，何妨白足禮尊親。三生石畔淒涼甚，不待聞歌暗愴神。

張伯羹求壽母詩爲賦

高秋恰過六十日，滿把黃花汎壽觴。坐有三鱣文獨炳，庭看五鹿角森張。

承家石鼓弓如月，報母斑斕筆是霜。君子屢盟吾豈敢，淡交同水祝深長。見篇中多自稱盟子、盟姪，非古也，因用爲箴。

送趙珍流司教龍溪

曾馳秦塞窺孤竹，又逐湘波賦洞庭。過我恰逢雙蟹紫，問君何事一氊青。生徒執挺蕭蕭署，身世浮舟汎汎萍。堪話五行災異志，只今天意未全醒。所著有《五行志辨》。

同年彭伯棟侍郎陳子羽太守治園郊外雅極宏蒨近聞各澌盡慨然

兩家才性並超群，蔓壑枝峰意亦勤。花柳種成資業火，亭臺荒盡散墟雲。平泉醒石人爭徙，金谷徵歌我舊聞。漸老孰無茅蓋頂，浮圖三宿苦思君。

憶前宿楓亭薛園時主人方遠宦木石新搆池特寬頗受西旭余爲署日熨波亭世變後想亦非昔

熨帖平波意入微，也含炎赫日西飛。池鱗繞岸拖蘋帶，山鳥穿簾蹴薜衣。驛近路衝催屢發，兒孱宦遠念當歸。雒陽園記存多少，千載興亡李格非。

官募修雒陽橋工感詠

群盜謬爲三窟計，亘虹公折十尋長。金錢量斗人輸作，竹石如山鬼運將。成住壞空關佛劫，橋梁道路屬官常。不知釃酒橫江日，誰寫衶碑擬蔡襄。

重新崇陽門樓即事

火及王家刺史碑，三山靈閣業先知。南棲萬户勞冠冕，北擁千峰感背維。巨棟輸官完宿念，新銜入座酌權宜。荒辭鐫削自吾分，物論何妨詆退之。

清源洞裴道人蜕處忽薄板墮塑像爲隕或
云仙代受閭郡災厄者未可知也聊識

謠傳黑虎降爲災，霹靂俄驚上洞裴。原野厄臨仙暗覺，衣冠道盡寇群來。疑將蛻骨禳妖火，要識幻身等劫灰。公遂頹元吾折齒，分明天意裂中台。

郊行見舊所遵蹊徑培加壯闊云
以過師又道旁樹木悉髡盡二首

郊關改盡路荒蕪，曾費胡弓寸鏃無。緣畝有溝皆飲馬，入春何樹更藏烏。焚桑祇爲蟲生錦，填澗恒悲鬼覓顱。聞道粵東猶苦戰，最嗤閩旅僅兒呱。

其　二

遲赴桑門有老親，村村步屧鮮逢人。竈夷井塞煙稀舉，木伐山空社不神。末俗淫奢終致譴，上天閔覆夙稱旻。桃花落盡陶潛醉，誰向漁郎再問津。

補山樓詩爲四弟可冲賦

列嶂環城巧麗陣，東南地勢略偏夷。山當缺處將樓補，磴欲安焉帶樹移。窗影篆煙供佛好，塔形毫焰捝天宜。恰聽月夜簫聲徹，冠劍相從會玉墀。

賦得庭中有奇樹

天台山頂石橋南，移向中庭恣遠探。蓋倚穹窿朝暮鬱，鬚垂尋丈雪霜含。伏根入地蒸奇寶，生世爲時作偉男。正似□家常棣老，弟兄觴滿樂和湛。

兄子原含讀書處前俯源川爲題南有堂勗
之取嘉魚詩意亦以反釋氏南無之旨

墨瀋如膏肯放閒，喃喃禪誦笑僧孱。地當春草池塘候，人在南陔華黍間。雨過雷風垂欲化，龍興鱷鯉並皆斑。院鈴北啓家聲在，須信蓬萊有道山。

贈莊遲軒

裋褐蕭然蔽席門,誰知中裹屬璵璠。舊交零落酬章寡,古調蒼凉興體存。家有狀元聲未掩,老稱詞客道仍尊。臨風三歎懷孤賞,魏野林逋豈足論。

寄訊蔡無能道丈二首

高陽幕裏豹熊姿,仗策曾爲萬乘師。莫笑囊空猶有劍,頗憐髮在也如絲。星槎北度窺河女,易蔡東浮化島夷。不厭三閭憔悴色,許從詹尹兆龜蓍。

其二

一士功多十萬軍,腐儒空復誦三墳。越吳得歲憑誰決,陳鄭當災想汝聞。月出天街臨昴畢,風來海羽動榆枌。熒頭欲墮知何似,白晝真看有斷雲。

郭亦仲婿示詩佳喜慰

爛然苞采麗朝暾,真看詞塲有鳳鶤。漸喜風流追正始,盡銷尖巧入雄渾。米春已白勞篩就,冰積終寒賴玉存。衣鉢傳將陰慨寡,世間何事不淵源。

家弟可賁相從久詩殊斐然賦嘉兼策

詩派吾宗始正嘉,昔年諸叔亦騰誇。不才謬領登瀛篆,惟爾長驅夾轂車。身世漫須悲落魄,風騷偏畏近浮華。長城五字師攻克,更拓龍荒萬里沙。

壽陳默菴母太淑人九十

憶昔成童赴舉年,登堂拜母意翩翩。小名尚記聯寅卯,高閣誰期啓建延。朱舫從官神入定,白圭教子德師玄。雍容百歲板輿在,何處人間更有仙。

林爲磐楊康侯二銓部見過留酌

有雀喧傳二妙來,甕頭春醖爲誰開。偏宜海客忘機際,莫話山公啓事才。

戴笠乘車憑汗漫,論詩說劍雜嘲詼。即看老齒摧殘甚,曾向浮船拍拍回。

集謝稺甫李景先張夏鍾三孝廉

暫開蓬徑拭芳尊,母黨師資夙誼存。九日登高行過半,三賢射策後當元。芙蓉拂檻低誰照,翡翠穿波巧自翻。良久東方蟾魄動,更看瑤塔灔金盆。

齒歎

脫髮原知不再安,何妨三咽勸加餐。便教眥裂徒滋恨,猶勝脣亡更劇寒。狂任投梭賓客笑,老愁食乳侍姬難。太剛宜折違先誡,罰作牛呞佛樣看。

戲贈某小友

張弛聊從性所安,乍欣幽谷秀叢蘭。便娟最解迎人意,馴熟無勞當客看。婪尾酒巡珠串露,調頭歌徹玉笙寒。莊言苦勁誠多益,且放衰翁一醉歡。

題陸放翁詩簡二首

萬首清詩陸渭南,晚來篇籍最沉酣。文章宋末衰猶健,山水蜀中飽且湛。雄勢森漫河灌百,盛觀駢礧獵驅三。中原未復關天意,空費書生涕淚談。

其二

初爲豪壯後寬閒,話及宣和涕屢潸。西塞風煙存逸興,南園草木有衰顏。平生射虎呼鷹志,窮老蘭亭禹廟間。兒輩未應輕置擬,看他碑版臥如山。

劉須溪集僅傳雜記數本耳慨成

陸翁孤憤話酸辛,汝比陸翁更愴神。静夜啼螢無限咽,零星碎璧不成珍。蹟遺宋史覊栖老,評著杜詩勃窣新。千策流傳裁爾爾,古來湮滅幾多人。

見昔人有曉行暮宿詩漫擬二首

被中催起飯如沙,搖兀扶將出主家。炬火漸殘憑去馬,駝鈴初響動眠鴉。

村虛月冷扉猶閉,溪轉霜橫路忽斜。豈少鄉園饘粥在,十年辛苦慕京華。

其　二

閉置車中困未舒,暮林歸雀轉愁予。茶湯入坐紛迎客,藁秸堆廊半繫驢。酒澀強須從滿引,妓粗時復費驅除。更闌夢斷家休想,尚隔天涯萬里餘。

舟行朝暮景并述二首

鴉軋風竿岸暗移,凌晨渾不要人知。稍看帳裏簀衣際,已是洲前宿食時。小艇賣魚供婦爨,長竿索米笑僧癡。抛江峩舸尤雄快,江畔龍王十丈旗。

其　二

南來北往各分襟,同此孤舟暮泊心。甌小讓人遲舉火,路危要客驟鳴金。沿涯散步機防虎,遠市聞囂網得鱏。夜靜琵琶驚間發,莫因商女動哀音。

前詩稍荒寒乃爲憶曩昔舟車郵傳狀以張之用欣兒輩二首

藍旗先夕喚班齊,砲響城頭過鼓鼙。官舍漏殘雞始唱,驛門騎到馬群嘶。豪奴意氣鳴鞭急,行旅倉皇避道迷。此地閱人傳舍久,暫輪到汝亦烏栖。

其　二

畫船簫鼓隔津橫,裝載如山壓不輕。繂越岡頭衝鴈過,梛環渚尾雜黿鳴。風帆最險逢來去,露墣空遮管送迎。同是絲綸誰較美,一竿煙雨釣初晴。

詩成旋自悔其蓬心也追警

靜室何緣蔓長蓬,蒲團破我幾年功。舟車遞載奔馳苦,貴賤雖殊業累同。鐘鼓駭生寧養鳥,夔蚿機動枉憐風。從今白水冷冷觀,一縷香銷曲篆中。

張夏鍾齋後池臺甚佳余爲誦陸務觀題秋風亭常倚曲闌貪
看水不安四壁怕遮山之句以美之

巖巖眉眼爛安豐,點出秋波此榭同。重覺亭池增霽爽,盡涵身世入虛空。

菜畦藥圃千觴裏,水色山情一望中。遊客闌干題畫徧,誰將儷句答巴東。亭在楚巴東縣,爲寇萊公令縣時所作。

楊碧湖臺成索題額用松風柳月爲贈二首

尋常風月底須錢,爲費君家結搆偏。喬樹蔭分池內外,小臺窗貼路中邊。逶迤屢過行人骭,枕藉恒容酒客眠。遥想法言新草就,又將覃思極雲淵。

其 二

頻歲經君五步廊,亦嫌簷短側弁妨。層臺幻出俄驚妙,曲水流回已覺香。濃黛吟蟬妝鬢細,爛銀躍鯉剪刀長。深宵月出看尤好,共跨瑶池白鳳凰。

何培所太史逝後得所扶舊籐竹杖感題

朝隨尋壑暮躋峰,人去空餘一杖筇。鬣爪鬱然存瘦節,揩磨光甚照衰容。流傳到我看如寄,嗚咽思君涕莫從。雷雨急來勤護却,怕驚神化逐蛟龍。

蚺江柴小秀才廼青舊從文酒之遊別
後尋殞妻殉之席間偶追談其事

漸忘芳名憶字青,最難追送別長亭。入都同載孤前約,出郭聯鑣隱宿醒。謝監門高饒義故,庾郎婦好劇精靈。蚺江夜夜魚龍嘯,從此棹歌老不聽。

青 鳥二首

青鳥閒窺阿母家,就中六樹燦朝霞。黃金到處徒揮土,碧玉當年甫破瓜。妙舞清歌憑跌宕,明眸皓齒入夭斜。分司御史誰招喚,買斷當筵最艷花。

其 二

佩玉臨風一笑瑳,蝦蟇陵下更無多。妝成巧用青螺黛,酒半歡傳白紵歌。躧屣鳴琴憎趙女,捲衣畫扇憶秦娥。自經海客支機遠,秋色年年判隔河。

重陽後半月始得菊花遲之

今秋青女信全遲,粲粲黃花巧戀枝。節候乖違憂釀厲,煩嚚壯長費鋤錤。

烏棲自解親曾子，橘服何妨頌伯夷。料想陶公巾漉罷，晚開三徑立東籬。

夜頗用山果下酒漸屏諸葷

盡休煙火事微茫，聊可將身學鼠狼。家遣十奴謀種菓，夜留三酌代春糧。養羞庶鳥冬藏豫，咽氣靈龜水食妨。更試囊中餐玉訣，不知塵世有羶鄉。

母命即齋亭設醮有祝二首

當年蒙難竆投神，重媿憂危累老親。齋祓已遲緣道阻，園亭雖小亦宮鄰。風旗雲馬來仙仗，綠簡青章奉帝晨。也喜豪豨斤二百，乘緣瀟灑向河津。

其二

合家持素學薰修，畏到鳳山最上頭。母老但期安櫛縰，年豐何敢望甌窶。兒孫福慧隨豚犬，身世頹唐信馬牛。惟有東皇神太乙，蹇從騷客賦中洲。

嘲某黃冠

龍漢開皇話杳冥，問君誦遍幾黃庭。跳從禹步猶爲古，衍作巫歌太不經。道籙學成蛇畫禁，神牲分罷鶴吞腥。滑稽我亦金門隱，舉世何人識歲星。

小疾晝眠起見天色正青日光花影隱隱如在簾幙中微有所省

門庭寂静樹森沉，小病尤宜避客深。督我何來幽閣裏，看人具有稺兒心。俄開樹藥當窗展，未冷爐香擁被尋。學道平生消底物，煉成偏不費燒金。

夜卧醒恒覺帳中皆白了了可見

神光徐出破層層，帳裏分明無盡燈。逢世屢乖宜青見，養生微驗有波澄。牛山伐木觀消長，鼠穴乘車感廢興。好景還愁昏醉失，自今動念要冰兢。

夜同張挺玉王容小酌

芙蓉開盡菊崢嶸，寂寂匏觴永夜傾。無奈愁何惟解醉，便教輸却莫求贏。

奕推海國無雙手,歌徹陽關第四聲。偏是狎遊忘爾汝,結交何苦慕公卿。

三年前城閉人饑多飯番薯充糧價亦騰踴
近無復薦此物者至用以喂豚感歎

舊傳朱薯海東攜,連畛盈岡價亦低。實大可容羞蘊藻,歲荒公用省鹽醯。盛衰物性經年異,饑飽人情闔戶齊。棄置猪欄誰解惜,莫教戎馬更聞嘶。

坐處榜静賓雙丸爲繹其義

東西烏兔競奔馳,默坐徐言静玩之。吞嚥精華憑服食,徘徊草樹見蕃滋。孤臣晚抱揮戈恨,耄母春當舞袖期。惆悵乾坤千萬策,不應爻動獨明夷。

紀石青孝廉信來走答

窮海深秋島嶼荒,有無漁父賦滄浪。夷齊豈肯依公旦,園綺終因識子房。母在焚山微礙孝,僧遊託鉢亦思鄉。蓬萊峽水清千尺,逢著饑時試少嘗。

得白下黄五湖書却寄

親老料應輟遠遊,稜稜豪氣若爲收。漸營句曲茅君宅,可憶幔亭玉女秋。龜抱異書歸冊府,鴈排行字過江州。雙魚遲報君休訝,欲寄無緣説許愁。前令建陽,有《册府元龜》之刻。

送何人士比部之官

趨省攜家樂有餘,計程遥指及春初。翰林舊記東西號,粉署今分滿漢居。刀筆裁詩同學律,俸錢歆客剩收書。令師縕綬傳衣地,潤藻當年玉不如。何師時宰某公,舊亦起家比部。

寄訊崑山徐錫餘太史

楚闈傾蓋廿年新,不道閩書太得人。去國曾勞郊外騎,問君何異夢中身。

舊家顧陸齊編户,大郡吳松滿仕紳。揮淚獨持諸葛孝,暮風吹冷白衣巾。

舊貽仲兄八駿鏐盃失其半兹喜復完賀之

羅列仍誇一笑新,曾供法醞大官陳。楚弓俛失寧爲累,趙璧初歸益自珍。浮白捲波看犧雉,乘黄鷟坐出麒麟。瓦盆杜老生寒窘,不見金尊影照人。

蔣園歎二首

直廬深鎖共嚴宵,盛話家山洞壑饒。聞道鶴歸纔一過,痛惟龍去已三朝。霧縈竹塢香連屋,波動蘭槳玉浸橋。誰遣壺觴紛遝至,離離桐樹宿鷹鵰。

其 二

漸成官署將營麤,插羽垂纓半曼胡。羶氣石欄公繫馬,鬧聲花幙徧呼盧。薪摧東閣憗吾在,路過西州念彼徂。世事瀾翻應有悟,幾人長保百年區。

送德化令王榜歸寶應兼訊賢叔鐵山年丈

南去啼烏繞樹飛,棘人勞吏似君稀。斷橋自接雙虹落,殘壘俄新百雉依。明府能忘泉郡苦,中丞舊解薊州圍。甓湖波溯淮流遠,夜夜明珠漾月輝。

郡無擣衣聲或以爲疑賦解

莫愁良夜杵聲稀,海國秋深尚葛衣。團扇有情縈敝篋,剪刀無語動孤幃。躊躇月兔橋邊搗,寂寞霜鴻塞外飛。也笑長安千萬户,藥砧淒盡幾人歸。

贈亘和尚有序

居恒疑顔事四勿在神秀拂拭之間,即曾子一貫忠恕之解,誠爲萬法歸一,其於一歸何處之旨,猶渺茫如也。知必爲世儒嗔怪,顧此中實未安在,惟世外人爲一判決之,何如?

叢林重啓舊温陵,出世憗非將相能。柔語入微鋒不峻,幻身流浪擔難勝。

斷橋佇賴聲千杵，暗室真看餤五燈。覓法安心無覓處，公疑迷悟到顏曾。

贈林存鉉

無言本是聖人功，亂世兼應隱瞶聾。我久欲瘖依仲長，汝真解語類安豐。篆摹鐘鼎窺家學，扁勒園林見國工。昆季名成欣有託，不妨高嘯玉壺中。

鄭海臣歲貢及期追悼丁仲美趙天甫二丈

百戰文場老尚堪，只看名字海天涵。物情壯比批風駿，經學窮如食葉蠶。顧我登朝虛鼎蕭，憐君入廟潔厨龕。趙丁二子悲淪落，吏隱何妨畒一甔。

送高亦昭中翰還武林

碑留洞壑寵光存，指點文端幾葉孫。時去舊傳桑見海，客來親睹席爲門。鳳池珥筆追前史，花邑鳴絃感哲昆。共有山河風景淚，臨岐淒斷不能言。

送過百齡奕史南還時附霍直指行

綠暗江南鶯亂飛，勞勞豕史載將歸。神頭異勢花間解，國手高名海內稀。過嶺應窺柯爛蹟，出門原著褐寬衣。三山弱水君親見，莫道滄桑有是非。

甌安館詩集卷二十三

七言律七八十二首

壽同年王鏡水司李八十

三紀陪登國士筵，欣看同榜最高年。椒觴獻歲從中聖，槐蔭當門屬後賢。續著江鄉誰尼爾，居鄰壁壘亦悠然。只今漫說非熊夢，何處人間有渭川。

送林俞卿應貢入都

尚餘椒酒沃車塵，携出龍淵氣象新。徵馬五常眉最白，貢金三品齒逾珍。定因家夢頻回首，粗爲父書勉致身。入洛機雲防羨妬，莫將詞賦太誇人。

答侯官令王德遠門人

邑推趙李舊齊名，更羨衙齋水鏡清。入坐三鱣占法象，渡江五虎避前旌。兩家壽母斑斕慶，千里賢郎襏襫情。講德中和慙我拙，猶堪歌叶鹿鳴聲。李標舊輔，趙南星舊太宰，其同邑人。

王爾輯茂才遠承過訪送歸

署中深鎖讀書幃，乍出郊原抖擻衣。鄉夢恒山鴻並遠，春光茂苑燕初飛。暫開竹徑遲行色，同上棕臺眺落暉。老眼摩娑誇不負，他年看奪錦標歸。

費弦甫自貴陽入泉訪舊寓累月別贈

將黔更晢澹鬚眉，別酒驪歌席屢移。分宅故人逢亂後，還鄉遊子屬花時。即看彭蠡千帆度，重入牂牁疋馬遲。交誼敝閭嗟未替，融峰見勒使君碑。

輓洪爾潛妹丈

病脚從知蹴蹯偏,何圖逼臘信幽眠。高堂目斷傷三婿,荒壠魂歸訂百年。剩有詩通泉石夢,微多酒殢粉香緣。舊家渾璞孤甥在,徒讀父書未是賢。

酒過

豆傾弁側話訥訥,何面持將長邶廊。周顗筵中慙露穢,蔡邕老去枉稱龍。青登舌出真爲祟,白首交深莫廢恭。長擬酒星勤鎖却,榜門賓客謾過從。

李蟠卿自清溪送到白鵰喜詠二首

黑如點漆白飛雲,三尺修翎曳地裙。沙净浴餘丹距伏,露乾篩罷錦機分。亦知久畜神難王,争奈孤棲性不群。鸚鵡鷓鴣題詠徧,誰將妙筆巧希君。

其二

珍禽遠自山中至,白石清泉取次供。飲啄徐徐川澤禮,毛衣皎皎雪霜容。閑名錫汝真無媿,善氣迎人偶見從。爲憶左坊趨講日,十年宮錦繡橫胸。

謝友人薏苡之饋時老母適需作湯

呼將鸑鷟熟籽耘,却瘴輕身漢代聞。仙訣飯麻愁隔水,醫方食粥當蒸雲。驟逢饋到迎門拜,稍俟炊餘比舍芬。恒使老親觴酌健,明珠千顆未酬君。

有援幾人肯向死前休之句爲韻者漫擬四首

多事平生託勝遊,拔葵謬意學儀休。爲憐錦障姑調馬,自擇清泉試飲牛。運去六州難鑄錯,時來三户有同仇。夷吾江左嗟誰見,苦抑温公第二流。

其二

林壑中條擅一丘,耐看莫莫更休休。蒙嘉有意通燕使,鄭裦無端釋楚囚。憑我倚窗聊欹傲,笑人穿地强埋憂。功成肯賣盧龍塞,千載田疇苦讓侯。

其　三

也知塵世等萍浮，塗抹登塲恥扮優。除酒尚慙三不惑，俯躬奚翅四宜休。目窮易水蕭蕭渡，腸斷徐州盼盼褸。飄紫墮紅消許久，杜鵑花外一聲秋。

其　四

方麴逢人巧障羞，剡堪茅靡復波流。自黃老齒非關棗，便赤長頭不直油。王謝祇今追舊燕，顏何若筒似真猴。千春最憶銅山叟，痛哭軍前死未休。

清明郭外歸述所見兼識鄙感四首

上河繁麗絳綃圍，亂後粗存白板扉。麥穗如針愁雨爛，梨花和紙雜灰飛。雞毬俠少聯翩醉，魚鼓村翁忍耐饑。卧地麟碑寧解語，當年冠劍盛巍巍。

其　二

綠楊春半未成絲，餕罷曼纓又一時。窮野尚懷簪白恨，大家空當踏青期。介山火盡寬龍忌，豐水源長侈燕貽。誇甚茂松滋鬼愛，世間冥路總相欺。

其　三

幾年郊郭靜刀斨，倉卒塋丁啟饗堂。車過筍橋雙塔見，甓來甕窆左擔妨。没泥牛叱聲悲楚，栖表鶴歸話渺茫。得餅牧兒紛跳笑，不知塵海是滄桑。

其　四

井成疆畝畫成塍，伏雨闌風太鬱蒸。為念外家猶到女，不登親塚或惟僧。椒漿未信乾窮土，麥飯誰持灑孝陵。慟望燕雲魂憒絕，此生何啻薄春冰。

再用韻答亘上人

妙音和雅字伽陵，莫向黃梅覓秀能。箆竹痛深誰解喫，布衫斤重若為勝。話頭參到無生案，火種吹餘不盡燈。悟得春風沂水意，料知宗統合傳曾。

送唐梅臣還仙遊

杖屨仙山未有期，每因玉潤想冰姿。笑人群赴白衣會，偕我舊宗絳帳師。

僕婢驍雄牙建節，兒孫韶秀石生芝。兩家況並斑斕慶，重見合賡既醉詩。

吳生起元求節母壽詩出何太史文爲徵賦贈

何公史筆健秋鷹，陳母吳孃特見稱。漸借春風娛晚景，長留海月照孤燈。儒門淡薄供惟菽，媜黨殷勤册用綾。共道萱闈從此泰，不知皓首是淵冰。

答贈張湘曉大行

英姿妙藻冠群雄，射策登壇指顧中。覽勝不辭窮遠道，論交何意及衰翁。江城蘆葦三山曉，海國荔支五月紅。同載潘郎推好友，只今詞賦復誰工。

送潘江如南還其父木公稱名士有中清堂詩

扁舟昔繫大江濱，曾諷木公詞賦新。北顧有懷恒浪跡，東征無驗獨傷神。爲儒再世風霜色，作客經年嶺嶠身。不淺中清堂上月，徘徊花影照歸人。

寄壽京口張君表太公二首

微茫水國此中分，扶老時看北固雲。益部雙星關法使，渭濱千畝屬封君。新朝未忘憂生感，晚歲逾傳頌酒文。共道無功酣五斗，不知家世舊河汾。

其　二

衣冠照眼亦爛斑，何事丹砂藥駐顏。顛史醉中多歲月，潤州城外好江山。恰逢控鶴仙人過，兼值乘槎使客還。我欲成都賣卜去，遲君身到斗牛間。

黃世平將赴公車過別溯同鄉榜越三十七載于茲矣感贈

劍磨三紀氣崢嶸，重到關門感慨生。雪後中州停去騎，春深上苑語流鶯。孫弘遇晚寧非福，李絳官高未少情。臚唱賢昆期踵武，況聽鶴子和鳴聲。

登林素菴宅後三層樓爲題二首

振衣千仞意悠如，未少人間太乙居。坐覺山根連睥睨，行看塔影散棕櫚。

三層閣上三生夢，萬葉叢中萬卷書。料想軒窗初白處，全涵灝氣入清虛。

其　二

華陽真隱若爲群，一枕松風縹緲分。龍護易占當畫見，鶴傳仙語半空聞。天心暗動楹穿旭，地德深藏谷卧雲。滿壁儒先圖畫裏，最登堂廡合推君。

承天寺僧或破律爲諸精進大德累詩以警之

松梢鬱鬱繞叢林，人去堂前宿草深。戒律漸夷何論慧，風旛自動不關心。革囊屢試宜揮杵，灰劫難銷是布金。最恨吞針鳩摩什，流傳黑業到如今。

久不得郭閬生姻丈信

青雀孤飛杳未回，自從風雨罷登臺。嶺南可是無魚鴈，郭北那知有草萊。別後衣冠驚歲換，愁餘拍板向誰開。故人寂寞何須問，腸斷高堂白髮催。

楊惺之携家滯嶺表累年其姻汪憲副
自秦中特走使見詢賦代裁答

通州樓閣接天低，南去炎蒸四望迷。隴外音書争得到，行間兒女不堪携。落梅有恨縈千嶂，歸鴈何年隔五溪。只此風煙憑寄道，刺桐花發鷓鴣啼。

晤周宿來比部頗詢雲間諸交遊末狀

詞賦東南此郡標，轉因衰亂壯前朝。徬徨獨客田横島，慷慨諸賢豫讓橋。先祖熊轓猶可念，平原鶴唳更非遥。憑君細話鄉關恨，孰賦巫陽擬大招。

寄王孟衍大令

膠東波浪鬱重陰，養就詞塲藻采深。綏緝西江知蹭蹬，書來南國怪浮沉。萍踪有客遥傳信，棘路何人最繫心。總道天山韋逖吉，半窗梅雪合賡吟。

送邑黎令歸鄆城

敢向彈章愬恨情，歸裝猶似昔來輕。欺人舊史誇醇悶，異事新朝忽老成。

芸簡蠹銷仍細讀,鄆田戈息且深耕。承家況是驊騮選,倘許癡兒逐隊行。

楊子先登第歸十年始赴廷試占送

同時去國謝緇塵,我適倦遊汝賦新。三策豈忘千載恨,一官俄署兩朝人。關河阻雪忙催臘,殿闕堆沙曲認春。多少杏園鶯燕侶,莫教飛錯掠紅巾。

端陽小酌前兩歲苦各有郊外之行

繫腕朱絲巧炫工,一尊佳節幾人同。迎門亂映千枝綠,對境羞簪百日紅。何事驟鞭誇羽月,每年懸錦關旛風。邇來豪氣飄蕭盡,憔悴菴廬促縮翁。

壺中紅白蓮盛開

蘭叢易敗菊難肥,却愛壺光絕世稀。浥露迎風紛意態,施朱傅粉各芳菲。葉高更覺花頭出,莖闊從知藕節圍。開落聽他觀自省,頗因香觸悟禪機。

所不出臨漳門者六年偶行見道木盡伐橋梁中斷不勝淒然之感噫孰爲爲之二首

運危先厄是郊坰,天意分明用大刑。千尺松梢摧弱草,萬間鱗屋委空庭。石人鎧甲猶沾白,壇鬼香烟久謝青。欲向圯橋看墮履,只今誰重斗南星。

其二

禍生天水毒流長,來往行人合歎傷。靡室靡家灰礫地,某丘某水釣遊鄉。魚鹽到處通溟海,磬筦他年盛講堂。戎首未應終網脫,恢恢吾欲問穹蒼。

集林希菴洋嶼栖霞洞中分韻同賦二首

平疇特起銳如圭,高接巒峰紫帽齊。千載舊傳堆蠣殼,昨朝新詫過斑蹄。洞開就琢窪樽几,崖削全憑棧道梯。樹腹年年雷動處,莫應龍去避幽栖。

其二

猿引蛇蹲逐徑斜,桑麻下界幾人家。酒行籔籔飄黃葉,香過團團隱絳紗。

歸路斷虹橫隔水，暮城□□□蒸霞。遥知伐木開山手，無復風流勝永嘉。

稻垂登見田家刈穫盈野有足樂者

蟲蛇屏跡樂耕耘，巫祝先欣吉語聞。侵晚笠歌圍綠野，滿村刀利割黃雲。便堪擊鼓酬田祖，莫畏輪倉遇馬軍。二麥不收天意補，人生何事歎長勤。

城外李大學士舊宅巋然獨存輒興歎仰

澤中誰皙復誰黔，只看橫門五字欽。將爲盗輕旋馬窄，莫因人感苛棠深。綠林也覺存公道，白簡何緣枉夙心。華表東西長護却，韋籯真不要黃金。

同林希菴吳浯溪步過筍江橋觀橋斷處微商修復工費

鞭石未嫌過海迂，濟川端的屬吾徒。陂謠當復何資鵠，冰聽漸堅已罷狐。豈爲幽人妨劍履，終憐野老辱泥塗。雒橋勝蹟行看並，成堵聚沙事有無。

松溪高令最

最書自有上官題，也爲徵詩輟杖藜。三輔名家推棘寺，七閩茂宰重松溪。金弋影息桑枝長，玉笋班盈杏葉齊。皂蓋朱旛賢大阮，恰來同聽曉籌鷄。

送履上人還新安

不參古宿不談今，小築暫當衹樹林。人客夢餘猶唄誦，道途經處亦登臨。常將苦行銷浮福，更入塵緣試定心。歸去一鐺勤禁足，縛茅自昔要山深。

前遊栖霞洞詩輒承黃闕菴夏寒雲二公俯和再步韻謝二首

平田莫擬近卿圭，差遜帽峰火燄齊。林外虎跑驚雪坎，棘中駝卧歎銅蹄。夢廻鴈蕩濺珠瀑，身到幔亭接笋梯。多事兒童偵五馬，一車真笑似鷄栖。

其二

扶携縮瑟路歆斜，除是毛姑羽客家。高積介鱗存堞粉，巧堆花鳥上裙紗。

官賢樂歲困登稻,海近鄭州驛字霞。更寫神僊圖畫秘,拾遺今復見王嘉。

三和栖霞洞韻二首

瘖入泉煙藥一圭,誰知峰頂水痕齊。穿田得路憑牛矢,避世全生信馬蹄。驅課鑿山勞削屐,指麾書榜費懸梯。解憂總得杜康在,烏鵲南飛且任栖。

其二

裙邊綠草繞腰斜,高瞰灘湘豸史家。倏爾風箏鳴澗籟,天然霧縠襲窗紗。神遊故國陶元亮,夢寫新宮蔡少霞。回首傍城灰礫冷,莫將軍禮混賓嘉。

四和栖霞洞韻二首

防口惟應三復圭,不禁林壑望中齊。風生白氣搏羊角,海隱金光散裏蹄。新喜洞腰橫石榻,舊傷城齒委雲梯。狐丘兔窟經三載,華表終看有鶴栖。

其二

敢誇蜀道峻褒斜,粗當孤山處士家。逢世祇宜車戴笠,授經誰耐障懸紗。近村祼祝三朝酒,前代緇黃一夕霞。西去筍橋剛數武,不愁魴鯉薦魚嘉。

五和栖霞洞韻二首

治水郇分禹與圭,即看孤嶼出洋齊。溟魚久徙空遺跡,谷馬安量只辨蹄。蕩漾波光關地肺,鈎連石棧動天梯。主人自愛修真好,龐媼從來得並栖。

其二

始驚蟬嘒抱枝斜,俄動東南兩大家。三唱調高珠比串,萬金針聖髮爲紗。梁園薄暮留殘雪,江閣長天送落霞。如此山川如此客,問君何以答明嘉。

贈李孝義中翰

太祝廷評豈足云,府中韶秀昔逢君。自甘夢斷青絲騎,誰分書傳白練裙。多病不妨扶見客,濁醪猶可對論文。舊家故國同堪念,回首蓬山日暮雲。

集同年張晦中水心亭館

微茫水氣撲花馨，舊是侍郎點易亭。檻外芰荷侵坐冷，橋邊槐柳入簾青。崎嶇國難回霜雪，璀璨家風重斗星。白首憂時談慨慷，如公何止夢姬齡。

苦熱二首

秋至炎威苦未摧，郵堪尋壑更登臺。枕因簟細雙紋直，窗為紗虛八扇開。燕市窖冰堆白石，楚江船藕濕蒼苔。追思往事增煩渴，向晚時呼酒一杯。

其二

未少林塘水竹居，臨淵瀟灑羨游魚。肌膚有分歸姑射，夢寐何緣到華胥。憑我解襟閒啜茗，看誰揮汗強抄書。近來學得安心法，食息從容步每徐。

六月晦偶成

春送從無解夏留，趙家衰盾竟誰優。多因政猛人稀愛，亦道陽剛義損柔。秦俗三庚疑犬厄，漢宮七夕有螢流。惟應宋玉深宵宴，未到晨鐘未是秋。

吳園樟樹特巨偉稱數百年物曩先王父長史每從吳侍御公游宴其下

驄馬神靈特地安，自欣家世傍樟壇。舊經館閣衣冠會，今當鄉鄰父老看。三伏炎蒸飄積霰，五更風雨動危瀾。就中更護凉蒼竹，高拂龍孫盈大竿。

過周芮公園見一樸樹生池邊覆水不侵階庭輒舒引數十丈夭矯紆徐極有好勢

志士觀時忍苦辛，不將棲息辱風塵。却疑野樹潛知我，全結卑枝巧讓人。哺子鳥鷺逢曬網，開花桃李任鋪茵。傳中隱逸開標舉，大約梁鴻案上賓。

竹近簷斜生穿戶爲直之

簷前無際是虛空，何用支離曲避風。屈汝枝梢寧有命，傍人門户不稱雄。

物情荏苒摧高節，吾黨殷勤保直躬。又被禪師機觸到，正如蜂鑽紙窗中。

七　夕

河鼓星中左右旗，陳瓜設菓自秦時。海鄉又薦丹桃核，秋色空縈黑豆萁。渡水無辜髡鵲頂，登樓有驗結蛛絲。自來兒女悲歡態，直恐天翁老未知。<small>泉俗，用桃仁炒黑豆爲供，録存故事。</small>

登仲兄屋旁新樓喜詠二首

少依外氏牀邊閣，老得鄰人塔下樓。花樹省移沿屋角，酒殽貪釀過墻頭。稍開竹逕通廊畫，全飾松棚稱幕油。總道風光門内好，汪洋豈鮮百源秋。

其　二

追憶當年假館難，滿樓班駁未施欄。鳳池敢謂奎光聚，蝦鼎能忘井字安。賢子即當分俸養，晚年休過使錢漫。吾家臺榭行相望，要奉萱闈百歲看。

近經月不出客鮮到諸僕各散歸門巷寂然枯坐時有佳趣

鼠行床跡席凝塵，共笑先生懶慢真。羅可鴈鴻何止雀，伴寧牛馬不須人。牧童課詑恒欹枕，詞客情闌別問津。偏向此中窺少許，吾生大患信繇身。

再　用　前　韻

不關玄白不同塵，囂處茫茫誤采真。難道負塗車有鬼，自經乘馬巷無人。桃花偶閉尋源谷，銀漢空横析木津。因果一差長墮却，問君誰識野狐身。

貯冠帶舊籐匣爲伯兄衢州還見予置架上塵絲凝積目及增歎

白籐黄漆密如筒，共詫温州織匠工。饋自宦中兄意厚，屏從幽處主恩空。越人滯貨憐章甫，申叔庚（廋）辭問鞠藭。屬目伶優冠帶在，祇今遊戲是神通。

雍門歎

雪山當面失崔嵬,無數群真漂溺廻。蒿箭射蒿何處落,豆萁煎豆有餘哀。似應藏熱收聲候,誰具翻雲覆雨才。一曲雍門堪涕隕,禁他絃管六時開。

道梗江右磁久不至睹所蓄舊種蓮缸識感

曾持玉節下饒南,消受王家水一擔。謾道新條風火急,終憐舊物雪霜含。官窰倒塌商稀到,土產磽疎匠不堪。庭際蓮缸誰所致,開花無數爛優曇。

月夜楊碧湖社丈移觴過戲贈

午來應慮致嘲程,良夜携尊解宿醒。花鬱逗香遲客至,月啣臺暈向誰明。閒談圃菊澆培法,静聽池魚跳擲聲。相送看君渾未醉,出門猶欲避車行。

原韻答碧湖丈見和詩

未經解夏罷工程,佳客拚消詰旦醒。炊黍只思過德操,種蓮真喜致淵明。半鈎壁月啣杯興,千顆驪珠出袖聲。連夕筍輿希少駐,頗聞御史近微行。

初夜濃雲四合徐廼全徹月皎甚書示兒輩

心净誰堪滓太虚,莽鱗煙水竟何如。雲生到底無根蔕,月出從頭一掃除。遙望上方臺殿迥,似聞僊客笑談餘。且留圍綺山中在,收拾秦皇燒後書。燒,去聲。

連夜月色佳頗慰

香紛桂子落南州,伏杪全虧宿雨收。渾倚茶瓜過累夜,恰排簫鼓待中秋。太光不節勞杓貯,微凹須平用斧修。最是深宵華燦發,親從瑤闕見瓊樓。

聞净寺中棟宇墜塌聲驚訊

忍看祠廟委荒榛,况是學宮俎豆鄰。巇郡久資山繚繞,鄜宗原仗塔威神。

傾筐倒庋須謀婦，持鉢沿門孰告人。又笑桑風吹淺海，區區望掬海中塵。

臺下雪洞不便居召工改築

洞居低黯濕苔衣，無雪何須畫下幃。天爲穿圓猶致詰，世多險側欲安歸。修真闢牖迎朝旭，覽古登臺眺落暉。老矣陳蕃空一室，便教除掃未全非。

送夏韓雲舊守還休寧二首

夢裏相逢憶未真，權將客主易官民。携來薏畹全張楚，到處桃源巧避秦。山遠鹿車勤護冷，海乾魚腹暗生塵。臨岐細酌陽關調，千載江淹別恨新。

其　二

欲買黃山計未成，這回專意學長生。便從嶽頂瞻雲色，誰復田間聽水聲。有恨乾坤搔短髮，何年彼此獵長纓。後期重晤悲難訂，靈隱山前好月明。

聞揭君緝銓部信哀寄二首

即擬汝鄉耆舊論，叠山信國僅稱昆。節因八載崎嶇壯，官到他年俎豆尊。桑下可聞元緒語，峽中空咽子規魂。先資射策誇經海，師友懸知不負言。

其　二

時去惟應詠采薇，如公併恨潔身非。登臺淚盡晨號闕，破壘軍孤夜突圍。猛志常操干戚舞，怒潮應挾雪霜飛。稚兒曾憶三山見，誰爲藏車隱褐衣。

贈林奕卿社丈二首

蚤歲相從賦論都，全消壘塊湛冰壺。通家杖履連三世，故國章縫見一儒。即倚詩情高射策，頗愁文債劇飛符。看君眉眼稜稜健，鶴算還期倒鹿烏。

其　二

車騎雍容憶甚都，虛將鯢瀋巧窺壺。經旬酩酊無妨醉，徧野干戈未用儒。禪客自參紅粉隊，騷人公奉赤靈符。終言榮戟傳家在，庭柏曾栖漢殿烏。

甌安館詩集卷二十四

七言律八_{八十二首}

贈洪霞農

翁山霞采照簷橫,落筆龍蛇拂袖聲。保郡陰功應有後,辭官深意獨難明。舊交屢藉游揚達,新榜全誇藻鑑精。農丈斗南星正燦,菊尊須放百杯傾。

壽莊遲軒

龐公栖處鹿門幽,渡沔趨城亦少留。酒戶卑涼從瓦注,詩牌詰曲費牙籌。蔡郎應報泥金信,楊子舊經竹馬遊。床下可容吾獨拜,年年鷄黍話深秋。_{詩成數日,遲軒壻蔡君遂舉于鄉,頗驗。}

蔣用弢屢惠佳紙賦謝

柿葉深紅落未收,藤箋勞寄浣溪頭。鳳樓茅屋憑分造,虎僕龍賓得縱遊。學道漸銷文字障,題詩聊寫古今愁。人情似紙張張薄,誰料君輕百斛舟。

前遊栖霞洞詩凡五詠已竭闕菴黃公貽和遂至累章韻愈奇勉酬如數八首

鍼秘虛勞剝楚圭,平原鬲縣總名齊。探龍豈事矜遺爪,致虎真須決係蹄。酒渴千鍾愁短檻,樓高百尺費長梯。兩雄休苦嚃嚃鬬,自擇榆枋淺處栖。

其二

詩成草草字輕斜,園綺黃公本一家。浮海管寧看著絮,渡江溫嶠笑披紗。飛埃屢結宜紅霧,苦柏猶餐況紫霞。爭説幔亭謙挹甚,盡呼孫子隷賓嘉。

其　三

漫持圓璧敵方圭，取友端師宓不齊。喘月疲牛泥淖角，追風逸驥雪霜蹄。枕存鴻寶仍須鍊，官譬浮榮底用梯。最愛華陽貞隱客，長將壇館誌山栖。

其　四

風裛狼煙更不斜，靜眠龍戶馬人家。是誰仄路遮投璧，有女橫江出浣紗。縹緲玉笙綵嶺月，玲瓏珠閣赤城霞。鯨鯢浪息知非遠，終改縣名署獲嘉。

其　五

甕懸窩口寶明圭，倏睹千門萬戶齊。交厚愛烏憐彼屋，辨雄占馬白其蹄。更奇樂府皃翁濯，追憶彭城燕子梯。聰慧徐陵應有兆，鳳飛親夢左肩栖。

其　六

輕燕受風恰欲斜，更誰車過瀼西家。興來紅袖喧檀板，題處緇衣護碧紗。冉冉隨旌銷暑雨，軒軒上殿燦朝霞。靈芸甫到香煙遠，遮莫留懽醉孔嘉。

其　七

宛委書呈赤白圭，漸防迂怪集燕齊。東來鶴縞驚殘夢，西去牛青想異蹄。洛浦明珠遲解佩，華山博箭試鈎梯。六朝麗綺今誰數，空指遺碑詫簡栖。

其　八

蹴躓寒龜曳尾斜，也隨榮戟到山家。氾人自愛垂鮫淚，吳地今誇織蟒紗。遊宦三邦馳繡斧，學仙幾歲嚥流霞。便經陶菊東籬外，誰復台司擬孟嘉。

再和二韻以終前九章之義

偷光鑿壁笑匡圭，洞窔初開駁漏齊。伶去自彈冰柱瑟，客來公騁肉鬣蹄。負舟萬里坳浮芥，翫月中宵筋接梯。誰道佛高無住相，禪師舊共鳥爭栖。

其　二

九鯉湖乾隱麥斜，群仙行徒過西家。瑩將縹碧吳都玉，織就輕紅鄴郡紗。城近柳條空濕雨，岸窮桃樹徧殷霞。岑參自合中朝選，也爲青衣宿漢嘉。

次韻答張涇叔二首

猶存潭畔濯纓漁，風雨鱗鱗枉賸予。金簡總標塵外格，鐵函姑閉井中書。

信來柴市容歸髮,時去陳濤諱用車。不少榆關青草色,只今何處覓醫閭。

其二

誰家世擅宿沙漁,路隔江東遠跂予。三賦久虛皇甫序,一椎真負老人書。風高廣漠翔賓雁,日出鉤陳黯帝車。空笑草玄清静客,無端方語記林閭。

送王伯咨孝廉北上

乍到都門闕廟新,悲歡從此判泥塵。磨成寶劍吹將水,解却明璫擲與人。避世桃源虛宿約,逢時杏苑識前因。憑君莫話幽通賦,射策千言更有神。

壽贈黃闕葊兵憲二首

軍麾倥偬槊橫陳,河北湖南百鍊身。曾許山遊陪嘯詠,彌因海湧動威神。雛碑再靚龜趺跡,緵嶺初回鶴背賓。共溯家聲安陸郡,千年合祖圯橋人。

其二

導引珊然戞玉聲,英雄學道咄嗟成。圖將白嶽黃山勝,唱作清源紫峀行。臘近禁煙頒翠管,寒深官帽綴紅纓。醇醪十斛無消處,滿獻公堂酌壽觥。

樵郡詩話樓祀嚴滄浪爲周元亮使君手建二首

不因烽火廢登臨,一曲滄浪話到今。姓借前山嚴瀨迥,魂歸舊宅苕溪深。評詩要負金剛眼,訪古如聞玉笛音。長似使君幽興切,世間何物更煙沉。金剛眼,見《滄浪話》中。

其二

懷友字孤損食眠,知公道念最貞堅。藻蘋又薦樵川廟,桑梓粗依白下田。塔閉朝雲空有夢,灘含夕照自生煙。恰將韻事行推廣,周朴謝翱亦舊賢。

橋成承諸公携酒過落賦謝二首

橫空象漢閣非秦,挫產姑娛老病身。呼雀暫教勞鍛羽,種魚長許樂舒鱗。無心綠野橋稱午,有恨滄桑歲隸申。東睇洛江西筒水,問君何處是通津。

其 二

戽水疏溝椓杙忙，貧家事事費周章。看花柵判東西徑，肅客池連上下堂。風動漸聞車馬過，日斜猶趣酒肴將。便邀深夜笙簫駐，臥對欄杆月影長。

林希菴詩來賀橋成輒櫽括其意爲答

水淺冬寒脛沒泥，百車推出小虹霓。先扶母過憑鳩杖，恰遲君來聽馬嘶。問字仍煩芭載酒，傳經應伴向焚藜。圯橋家世遺書在，肯羨成都萬里題。

周芮公見和橋成韻步答二首

芝采商山老避秦，猶愁隔水憩閒身。石經鞭後磨如砥，波到檻前熨不鱗。鴻去從教呼乙乙，姊歸莫畏詈申申。延清口過平生恨，敢向明河更問津。

其 二

小奚來往遞詩忙，兼覿銀鈎鐵畫章。甕抱漢陰勞矻矻，柱題京兆美堂堂。逝梁發笱都休却，臨水登山合送將。終道君家橋獨勝，輸他老樸碧梢長。

即事書林希菴園館二首

到門深覺衆賓遲，剛及蘭孫出浴時。曲巷廻廊新粉色，輕綃素幅滿紅姿。草蕪廟口盤鷹爪，梅點墻頭綴兔絲。入坐青山憑柱頰，知公山立有佳兒。

其 二

弄孫課子坐支頤，可憶栖霞洞裏詩。屋後喬柯連廣畝，臺前曲水準靈蓍。客誇善飯人爭笑，奴蓄能歌主未知。夜禁霜嚴休犯却，城頭薄暮蚤飄旗。

楊碧湖臺館東偏改長廊臨水制殊佳漫題二首

吹臺磴折屬吟廊，過此能禁不盡觴。釣奕從容高隱處，笙歌縹緲冶遊塲。橫吞水氣當軒白，倒壓梅枝出檻香。酒令詩籌都誦遍，卷波公咽到啼螿。

其 二

袈裟初地倏宏寬，牓用松風柳月安。魚躍鏡中欹枕聽，花明綃外捲簾看。

流泉赤仄書能致，寫壁烏絲印未乾。猶欲効公園百一，三時信美不宜寒。

送張鴻儀還邵武

送客窮冬野寺虛，爲親涉遠意憐予。稚年慷慨登聞鼓，岐路徘徊下澤車。舟載米鹽姑浪迹，篋藏冠帶且幽居。嶺南便有鳧飛信，莫忘洞庭橘後書。君少嘗詣京，擊登聞鼓爲父訟冤。日且有東粵之遊。

臘霽夜偕楊碧湖橋上步月

一冬難遇最晴宵，月暖澄空白滿橋。無雪頗將資瀲灩，不仙何意踏瓊瑤。綠苞朱實貧能供，錦瑟清絲晚可招。來夜倚欄閒眺望，莫應微響動調刁。

過飲楊碧湖池廊再用前韻四首

情異當年響屧廊，邀懽合此坐飛觴。魚苗佇放潮通港，菜甲初收架罷塲。酷致頗傳安海釅，樹移猶帶遠山香。不妨急管繁絃奏，歌伴虛齋永夜螿。

其二

戶徙新豐匠字寬，食猶嫌飽敢求安。稍更揚子玄亭搆，誰當蘇州畫舫看。編舊墨簾波漾動，漆新朱檻日烘乾。鄭公隱處溪南北，未信風來獨釀寒。

其三

與君披髮謝巖廊，旬朔何曾不共觴。三戶沈寥依璧水，百年騰踏向騷塲。沿墻荔薜紅衣老，觸手柑橙白氎香。傾峽詞源從此悟，詎能啾唧學泥螿。

其四

小橋差遜畫廊寬，龍戶蝸居各自安。木石豈從錢樹落，賓朋兼費酒筵看。簪燈照水銀花濕，寺杵敲風玉漏乾。更插梅鬚千萬朵，月明林下美人寒。

周芮公誕日招集戲述所見

夕霽亭虛尊綠新，坐看潮上吐龍鱗。駑駘十載空誰長，弧矢中冬亦此辰。橋匠倣將銀漢體，雪兒吹作玉簫神。不辭爛熳深更醉，城豹狺狺苦吠人。余叨長十歲,誕辰適先一月。

閒步吳園

比鄰合得數經過,臺史當年盛綺蘿。樹木空繁緣制少,亭池便古奈頹何。尚餘巀谷蘢蔥竹,曾唱楊枝捉搦歌。吾亦一丘同寄傲,後來風景較誰多。

徙梅

閉置空山理入玄,巡簷佳趣也堪憐。爲看照水參差影,何似凌波綽約仙。紅白特宜相間出,詠觴容易損天然。惟應翠鳥啾啾夢,高伴先生枕月眠。

奧園觀梅同莊任公周芮公楊碧湖諸丈二首

霜幹遙應閱宋元,不妨疎淡擢芒繁。徑幽蘭杜紛披水,冬煖蝶蜂暗入園。調笑海鄉花當雪,放歌天際石開尊。莫因玉照亭亭久,愁絕當樓倩女魂。

其二

墻過窺知屋後山,虎岡蛇徑此中間。誰傳釀法青春美,各闢詩情白日閒。繡塔移來憑指點,瑤臺踏盡費躋攀。落梅似更添才思,鋪疊絨氈未放還。

席上偶見

驚詢白皙誰家郎,皓鬢料知不再蒼。溢口琵琶聲掩抑,殿中蘭竹話淒涼。幔亭曲擬曾孫宴,瑤席身叨大父行。祝爾能歌歌小海,吳兒元號石心腸。

承天寺山門植數榕樹爲臺間小石塔各琢圓龕像佛有足觀者爲識

夾道松風灑寺門,漫誇雙塔麗開元。識傳異跡停栖鴿,修到禪心入定猿。像設塗金垂愍淚,人來解夏恣夷蹲。吾鄉佛國諸先在,臺樹微茫合細論。

狀壁間石佛

得來崒嵂相輪端,龕閉容身不放寬。螺黛脊紋猶可數,石稜衣褶已全刓。

浮生轉轂從杯渡，老樹凭臺當壁觀。莫笑貧家供養闕，一杯清汁奉君歡。

可冲弟園梅大放喜詠二首

即論梅種誰希有，無此鮮葩異萼看。千樹玉鱗盤地舞，一簾香雪照人寒。韝縈宛轉珍珠絡，髻飾莊嚴明月冠。却笑孤山癯處士，徘徊淺水句凉酸。

其二

虛勞北嶺理吟裝，春在吾家綠野堂。丹頰可因愁月暈，白袍端擬破天荒。雕欄畫几仍相稱，暖日凄風各自香。聞道花神渾解語，莫應胎兆繡衣郎。

示淮孫

吾昔曾蒙大父賞，汝今驒丱亦如之。傳觀伯叔誇方俊，研習詩書趁此時。楊氏白環彪賜得，謝家瓊樹遇胡知。臨文未肯全褒許，要想衰翁蓄意慈。

奉高徵之郡伯

府公政美人爭頌，老我通家喜倍狂。全釋繭絲籌保障，恰廻霜雪煦春陽。武城百里猶微笑，畏壘三年合大穰。舊日試官今宇下，兕觥端擬獻羔羊。

送許以升應貢北上

春領餘寒凍合梅，離筵首歲爲君開。舊交奇赫推經聖，新史葳蕤見吏才。劍浦東流環越嶠，漁陽北望峻燕臺。明經射策知餘事，盈掌驪珠好探來。

和莊任公橋成韻

腹笥門徒苦誚邊，公勞彩筆點橋椽。問津敢意通迷渡，興役聊將救旱年。迢遞歲過悲晚暮，艱危朋塞美來連。誰能抱柱師癡尾，潮落潮生且醉眠。

賦得城東門二首

霸城青綺盛闤闠，弦引上東路不斜。高士抱關誰駐騎，故侯營圃自芸瓜。

人來別雨條條柳,女出如雲隊隊花。嶽帝行宮今剝落,往年春色屬誰家。
其　二
七星湖水避鹹潮,垂到重關控木橋。恒念驛虛疲使節,每逢官出課農謠。漚麻漚紵隨他好,賣劍賣刀總自饒。惟有郭門儒九尺,無人窺顙似唐堯。

觀迎春作三首
歲華流轉等蓬科,又見青旛播惠和。神馬上天勞爆送,土牛趨府費鞭呵。入城野女調脂粉,衝道番軍散馬騾。有客頗談京兆政,五官灰管小巫歌。
其　二
門前亦自響輪蹄,不及南街彩仗齊。猶覺臘心椒爛熳,已看春色柳端倪。芒人獻歲占風雨,故事裝神静鼓鼙。記憶兒時喧笑甚,踏橇驚過萬簷低。
其　三
便不班春春自知,紀綱循習漢官儀。牛亭寇折荒三舍,虎節官來擁丈旗。丹幘幾年寬解辮,綠林隨地攪團絲。鍾馗唉鬼堪誰見,且倩吳玄筆畫之。

臘月二十五日俗謂天神下降之期偶詠
神天隨處赫高臨,來本無期去不侵。蔬素暫時遮佛眼,雨風中夜試君心。旌旗閃鑠馳驅迅,簿領勾稽歲月深。但覓此腔安穩過,繩床三尺一條衾。

張挺玉奕師以逼除歸同安道阻復來話歎
晉同南去兩程遙,康店全憎野火燒。旋轍忽驚從間道,候門空望到窮宵。局中子勢寧愁劫,棲處朋心本耐僑。群盜有胸姑拊却,誰家不重歲盤椒。

除夕偕兄弟守歲二首
底煩喧馬過咸家,白自梅開絳自茶。歲內兒孫添小襦,堂前耆艾候慈媧。宅連南北歡相命,壺雜涼溫醉屢加。晨起仍當交拜慶,又看騎從簇如花。

其 二

老於塵世罷將迎，官禁特嚴爆竹聲。歲去堂堂誰墨守，詩來草草只叉成。松盆列炬思京輦，布被潛戈厭野兵。平海寒氊何日到，計途應發浙江程。時兄子知章授平海廣文，未歸。

步吳稚雲鄰丈韻答贈四首

辟穀丹書煉未成，呂梁深處敢游行。天機蟹蝑終誰躁，世法龍螭各自清。禿髮烏孤憎頂似，薰籠鑠子覺身輕。猶贏杜甫羈栖僻，人日從無一日晴。

其 二

詞苑芳華臺院霜，途行卻曲畏迷陽。竹慈全寫扶疎態，樟老漸舒荏苒香。三世朝衣榮井里，兩家春草夢池塘。鄭公通德名真美，未信尸鷄不字鄉。

其 三

春城北斗更廻杓，澹蕩春光費畫描。何惜解衣酬縞帶，頗憐遺履過圯橋。門無客到惟多雀，子與人歌或善簫。枚叔舊聞工七發，最雄風雨廣陵潮。

其 四

樹穿樓出俯波開，高探驪珠徑寸來。望氣過關玄可授，乘桴浮海勇仍裁。任誇邑子腰纏鏹，好護先人手植槐。稚幼通家驚了了，為公深祝孔融才。

再和吳稚雲韻四首

分無姬侍董雙成，冬夏涼温讓路行。華削三峰寧失險，涇澄五斗亦餘清。徒憎覓菓猢猻劣，為試穿花蛺蝶輕。身是南鄰詩酒伴，時來負手話陰晴。

其 二

柑橘堆盤美樠霜，也隨生菜鬧春陽。山田底用詢磽沃，海客那知別臭香。野衲窮年遲北棹，官軍昨夜出南塘。自經陳寶煙灰冷，何處春陵憶帝鄉。

其 三

觴客盛誇斗大杓，儘看圭采繡絲描。千金不買豐城劍，萬石空支閣道橋。怒許衝冠呈擊筑，饑從鼓腹聽吹簫。可應陵谷滄桑後，依舊江門日夜潮。

其　四

徑隱蓬蒿禁輒開,惟餘二仲屐聲來。青春縹碧杯分把,白地明光錦共裁。婺郡至今尊五馬,華門於我負三槐。建安賓客如雲盛,偏賞歷城季重才。

三和吳稚雲韻四首

昭文琴質孰虧成,便賦夔蛇據地行。田父久敦先世敬,酒徒公中聖人清。臘殘樹杪調笙澀,冰解波間撥刺輕。莫怪雨風吹面煖,昨來春色太暄晴。

其　二

春到難銷兩鬢霜,鴈飛端的近衡陽。爛階無恙鷄冠紫,凝寢自然雀舌香。營器蚤須栽梓漆,種魚相約護陂塘。綺黃似厭商山淺,又移枰楸入橘鄉。

其　三

旬始招搖見怒杓,奔波學士筆能描。漸窮庾嶺花前陣,空憶蘆溝月裏橋。薊子仍摩三丈狄,韋郎竟負再生簫。物情翻覆嗟何甚,孤準吳江兩信潮。

其　四

蝌蚪玄文十字開,千年碑蹟續州來。聞歌豈止精題品,夢錦還知妙剪裁。楚澤芳存纕戶芷,齊廷法重守宮槐。穿楊百步吾思息,輸汝東南竹箭才。

園中紅梅未謝小桃已萼山茶玉蘭各漸開二首

花發從無一葉塵,即看綠映亦清勻。世間寶見嬋娟雪,天表長留富貴春。粉指印窗經酒伴,朱旛入畫避風神。暖防蒸透寒禁住,調爕功微好細陳。惟山茶開時有葉,餘並花先葉後。

其　二

園丁澆灌一年勞,梅未開殘萼已桃。滇海旗槍懷我友,謝庭蘭玉慰兒曹。憑人踏徑沾鞋濕,學女攀枝出袖高。官職久抛嫌白手,上箋求署百花豪。

里中社集少宗伯張公維機冡宰莊公欽鄰宮保大宗伯林公欲楫並號達尊忝齒卑叨與末坐非倫幸家慈謝太夫人歲亦踰八矣輒有斯詠

洛陽耆會傳唐宋,我輩風流肯遜之。同負磻溪封呂意,恰逢商嶺避秦時。

六卿腰帶金犀玉，百歲頷鬚鬐毛頤。卑末敢希溫國例，綵衣長奉北堂慈。

元四日醵飲會者十人倣京師團拜禮雨寒甚

罷投門狀省驅車，春雨春盤薦豆初。團拜已殊簪紱舊，醵錢猶倒橐囊餘。中堂爇火勞添炭，末坐吹簫羨佩琚。刁斗夜嚴催散早，滿街新溜滴簷除。

兵寓楊園賦慰碧湖社丈

果園蔬圃畫廊開，梅柳何曾涴點埃。地以莊嚴生殺氣，人因調御見雄才。龍蛇陸起時方急，鳥獸群同意未猜。知爾食眠妨鼓戟，故應容我嘯歌廻。

送妾父張明宇還京師二首

張老崎嶇雪鬢頭，客帆孤向洞庭開。稍詢衚衕嗟殿屋，即論襠襦異漢裁。兒女情深勞聘問，交遊道息缺錢財。一樽別酒休辭淡，猶出中厨調和來。

其二

無人導引路加迂，携到衲僧亦酒徒。亂後舟車煩子細，春來花柳漸昭蘇。宅移郭外廲堆草，海盡天頭蚌字珠。他日外孫能上計，解裝先過酒家胡。

人日

昔賢每預登高會，今俗尚存剪綵遺。人不成人空忝爾，歲行閱歲復如斯。羹調寶粥生辰慶，磧落花釵幼稚嬉。誰向董勛詢舊禮，枉勞高適寄相思。

楊質人許惠詠橋詩未至趣之

嶺南直指鐵冠衣，阿大中郎禮不違。長柳未辭攀雨色，小橋能忘借春暉。欄獅攫猂雕鐫出，樹鳥鉤輈盼望飛。海客靈槎須早放，更無人識石支機。

寄鄭鳳超中翰兼懷郊邠二仲貢士

草開綸閣傍江磯，腕脫親看藻思飛。春盡原鴒空有淚，序移社燕欲安歸。

銀鈎落紙中宵急，鐵券銘勳末路非。二仲傳聞披剃盡，只君家護首山薇。

林俞卿丈佳詠索序病未遑賦代裁答二首

中丞世契夙歡然，孺子曾經拜几前。祇道諸昆能射遠，誰知五字更攻堅。逢人漸詫詩名大，覽古尤懷野興偏。一自謝庭春去後，禁他樓閣絮飛綿。

其　二

不妨梳抹學時流，詞致深蒼格韻幽。蘭崮怨消終向楚，黍離風降亦名周。三都鄭重宜皇甫，二仲殷勤有比丘。爲問碧雲垂暮色，更誰佳句似湯休。詩原有莊衲任公序。

甌安館詩集卷二十五

七言律九八十二首

三山舊寓林康懿公賜第追愴

壁輝藻火户穿窿,高壓三山海市東。四世尚書榮舊史,萬金華屋寵司空。驊騮盡去欄薰黑,燕雀群棲羽墮紅。不用登堂悲宿草,只今宮闕夕陽中。

薛文清有告老出京詩余雖百不逮公而易退粗同敬步原韻

報國平生分未酬,昔人先我興悠悠。年垂近艾慼非老,疏免連章喜即休。違世畣辭閩嶺轍,看山同理潞河舟。上丁膰祭凄凉甚,也復無心闕里秋。

書岳文肅傳後

集題類博舊名家,禍福紛綸轉日車。澩縣抄來猶帝里,甘州謫去更天涯。倒懷膽大容歸闕,誰妒才高遣放衙。青瑣紅絲牽獨艷,乘龍人詫李長沙。

讀王威寧伯詩絶伉爽想見其人

競傳樂府麗金元,西北人推渠帥尊。偏自雪霜窮虜部,更誰花柳盛侯門。詞多感慨懷高適,景取流便浹許渾。何事暮年閒未得,唾壺虧盡壯心存。

陳白沙莊定山自成一家詩趣亦瀟灑可念

粤江吳浦兩稱賢,逗破春風浴詠天。詩淡只題梅嶺樹,酒閒時壓雪篷眠。長存莽莽山林氣,肯結區區俎豆緣。猶有同舟汗漫客,欲將魔語試安禪。

追嘲楊南峰儀曹頗效其體

才逢韻險瀨生瀾,直把尋常景物攤。拍案顛狂書點染,迎門懶散客譏彈。金元小史蘇臺志,湖海高流禮部官。不信晚年憨態發,又誇靺鞈候金鑾。

李西涯懷麓堂一派最爲彼時所宗後葉福唐祖是

四海群推懷麓堂,朝回冠蓋盛春坊。同時峻節輸劉謝,後輩高吟失李康。巖岫徑夷通杖履,瀨溪濤息利舟航。敝閩不道長沙遠,遺響時時誦福唐。

王守溪較超然自得饒骨立不囿習氣

健筆高持震澤東,全卑籍湜祖韓公。微窺左右逢源後,業在躊躇滿志中。館閣頹波差免累,山林逸興亦能窮。同時豈少丹徒老,家駐六飛曲未終。

金山一點大如拳王文成兒時詠也奇偉可知

擬山難道擬如拳,華拓巨靈信有傳。兒眼許高能地負,聖胎須長合天全。霧消掌指容舒却,雷過啼聲只嗌然。安得寧馨今再見,盡翻銀海濯金蓮。

閩林貞肅詩峻挺如其人名廼在鄭善夫後當以德掩其言

諫章戎績鬱登朝,便不稱詩也自超。三署玉瑩丹表闕,一莊雲卧綠通橋。賦成壁壘嚴傳柝,望去衣冠峻珥貂。鄭谷總誇饒逸興,未應山隔鷓鴣遙。

王浚川夙負詩名宦屢謫晚忽超騰而才亦漸退知通宦乃不甚利詩於嚴介溪亦云

詩名蚤擅李何間,歲晚官高損舊顏。禁苑物華連浚水,團營踪跡入黔山。海波終繞贛榆縣,春色自疎槐柳班。知道渭城難再唱,此中情景愛清閒。

題王渼陂雜劇

天災不爲壽州幕,物望猶歸鄠杜家。憑我郢歌調白雪,聽君秦管叶紅牙。

王維俊邁輕翻曲，杜甫顛狂枉訴花。婁水稽山空有作，河西齊右更誰誇。徐渭、王衡各有南腔曲。

曇陽子

金閨淑女妙通玄，自結群真化度緣。靈照漉籬原悟佛，曇陽挽髻別稱仙。護龍躍去符猶在，綿竹書來信孰傳。不爾何因王大令，六時香靄法幢前。

郡黃孔昭山人工詩善畫品右諸名流鮮知者

布衣遊跡仗群公，南北鶯花笑語中。源委故從騷選峻，驂馳偏得馬班雄。地荒海島孤蘭秀，春入園亭滿樹紅。即望層巒蒼翠濕，筆端何減石田翁。

李卓吾墓在北通州郭外舊嘗一登

黃州跡削又通州，四海茫茫託鉢遊。莊子洸洋辭自恣，荀卿矯悍理難酬。窮年墨汁翻青簡，到老霜刀送白頭。不賴平生馬御史，一坏空咽帝城秋。

昔賢有雪月夜觀水晶碁詩戲倣

天意人工巧耐寒，水精楸拂夜漫漫。腕同玉麈容教下，鬢帶烏絲斥罷看。雪片斜飛沾局濕，月痕淡照琢冰殘。却防風景淒清過，畫準秋江釣樣丹。

王三明揮使示所藏范文正手書伯夷頌
宋元暨本朝諸公多題辭謬續其後二首

即論書法亦繇羲，況出巍巍百代師。料想含毫橫白練，思從滌硯界烏絲。謝安自要匡衰晉，荀或那堪擬伯夷。千頃義莊關俸積，不妨高並首山芝。

其二

宋室賢多半蹈虛，祇公躬試閫籩簠。猶存貫日凌霜氣，肯羨奔泉抉石書。洛下墳荒傾華表，吳門廟古式精廬。煩君什襲勤收却，防有雷丁夜燭諸。

得李澹河給諫信欣所舉士鄒君新擢狀頭兼簡劉稚川太史

濁河西去繞韓城，未厭梧風鎖院清。殿撰撰來歸殿撰，門生門下見門生。名流叠許鵷班簉，舊友深存馬笠盟。能憶仲淹中説在，他年唐史若爲評。

壽亘上人

黃蘗芙蓉取次新，報劬禪院若爲鄰。長年妙契三生約，浩劫全銷六入塵。獅子壑鳴風噴乳，象王河渡雪飛鱗。金剛諸相原須破，不道幻身是壽身。

園曇花盛開年至數次

寶地周圍燦爛金，敝園勞亦錫飛臨。瓣分細傅紅花粉，叢出橫抽紫玉簪。匝歲輪番如有約，群嬰襁脱屬誰妊。爲驚濁世稀逢物，莫試真僧不染心。

或餉波羅蜜喜詠

南海廟前樹拂雲，野人馳饋意何勤。盤中特卧瓜盈尺，眼裏新迎佛一員。刺蝟皮稜房飽乳，茨菰氣味子旋紋。蟠桃莫道難收種，三十年間刹那分。自云種三十年始實。

秋園偶興八首

宿鳥凌晨懶未飛，已看翁起覓絺衣。芙蓉自愛妝三醉，荔薜誰教網四圍。臨水濯纓消午夢，上臺延頸納西暉。干戈不動輸贏息，底事人誇戰勝肥。

其二
邇來踪跡罷浮夸，怒腹當車一任蛙。曾聽客彈貧士鋏，恰逢身賣故侯瓜。柵樊錦繡雌雄雉，庭落金錢子午花。多事翟門交態感，豈思天地有隆窪？

其三
仰媿高鳶俯媿魚，岸花汀草僅相於。兒諳北海分梨誼，婦預南山種豆書。蝸蠃負歸原有敖，驊騮騎出巷無居。誠知棄婌非佳理，也復無心鼠壤蔬。

其 四

小築透迤衹樹林，暗中澤晳換鰲黔。蒼鷹稍酷存雄氣，白獺雖憐惡盜心。餘熱尚隨床轉徙，末流真共世浮沉。四知楊震徒勞戒，邨有門生擬餽金。

其 五

屏息爲農且用天，未希混沌黑甜眠。蓼紅略點秋江態，梨赤終流北地涎。如蚓只宜依槁壤，匪龍安得縱溟淵。桔橰抽水機無害，枉譽區區抱甕賢。

其 六

惠安城北盡荆榛，盼子虛傳祭趙神。生世總歸無住相，得閒姑養不材身。屠牛欷紫幾非我，食豕睢盱恍似人。猶有債緣償未了，門樓寺塔事更新。

其 七

驪珠探得趣焚銷，家世貧居學緯蕭。拔白良辰空益老，衣朱舊夢已無僚。雁嚅出塞蘆憎繳，蟹執浮江稻趁潮。眉列五常誰較長，有人題品類蜂腰。

其 八

暮年娛母獲從兄，躬奉板輿遶徑行。丹鳥火流光閃爍，玄蟬枝曳韻凄清。龍猶致豢嫌多累，雁却遭烹責不鳴。朋舊招邀時一往，詎能長作閉門生。

曾節婦詩

立孤較死孰云難，直作尋常旦暮看。七載有懷猶錡釜，此中何日不心肝。大冬風雪嚴萋柏，幽谷蓬蒿巧儷蘭。青史標名吾汝媿，敢將門戶薄卑寒。

市民以其父笞於營將刺殺將坐死頗哀其志

復讐議駁衆紛疑，情法相衷庶得之。徒畏郅都如大府，豈憐杜審有佳兒。市廛猶篤犧麂愛，州邑竟牽狐兔悲。劍術便精嗟小用，不聞吳破郢師時。

詠開元寺雙塔三首

古人奇思動非常，千尺浮圖萬佛堎。雲日晝籠金頂相，海山宵散玉毫光。

護欄細現優曇鉢，懸鐸高吟替庋岡。應道雑橋工勢並，橫披卓竪較誰長。

其二

先木後甎劫火齊，自然龍虎奠東西。飛來寶蓋終朝煜，上到天門四望低。壁折霄窮疑接筍，枝撐戶出費懸梯。岑參杜甫詩千載，翹首慈恩莫漫題。

其三

老去龍鍾怯杖升，夢輸猿鳥最高層。微聞上界停僛瑟，久廢中秋點塔燈。逢亂每愁飄赤羽，破迷端賴晃金繩。扶搖水擊三千里，終信摶空有大鵬。

劉薦叔大行舊爲述所居九潭之勝索詩未果追題兼申嘅惋二首

略存圭角玉非溫，到底長身氣岸存。國破孤城猶與守，時危志士更何言。衣冠拜闕杯中藥，楮筆藏山劍外魂。誰把澄潭疏至九，瀑飛點滴是君恩。

其二

小園曾憶駐青駒，親話崋巍沜渫圖。山自手開登積石，潭從頭數演連珠。延津雨後雙龍峽，麥嶺秋來九鯉湖。慙愧負君非一事，枉將欲界望仙都。

李大姑至自惠邑傷其晚困

疎絲敝筐扮采薪，派同先考更何人。果聞慈母多驕子，誰道貧家有富親。途遠況經闌入禁，信來渾似再生身。白頭姑嫂宜相慰，太向燈前話苦辛。

題唐伯虎達摩畫

大江東去一蘆橫，窈窈誰知別有精。漢製紅衣絲似藕，胡頭赤髮辮成纓。鏡臺菩樹花開信，槁木寒灰壁面情。畫手信通禪悅味，不堪濡染到崔鶯。唐善畫達摩及崔鶯鶯，故云。

九月朔大風二首

人情久負薰蒸苦，天意漸舒殺伐威。憭慄三秋淒以厲，扶搖萬里怒而飛。合歡姑遣辭紈扇，成匹乍應問袳衣。海上即今方戰鬭，莫教游舸片帆歸。

其 二

驚策籬頭匝沍陰，昆陽洭水若爲臨。參軍孟子徒高興，爲政臧孫有越心。竹倒蘭攲傷晚節，猿啼虎嘯動哀音。不妨命酌悠然醉，孤看黃花滿地金。

曉霽登臺

鬖髮飄蕭策杖翁，昨宵初躲鯉魚風。肯留宿靄塵清曉，全掃浮飇净遠空。城雉不飛勞久戍，塔鈴無語廢前功。登臺敢望誇形勝，目極翰音嘹唳中。

壽江皡臣

居人分合獻肴觴，勞出南烹喚客嘗。路隔三山成久住，秋先七夕見重陽。神姿有偉金閨氣，妙筆無過玉篆章。便與海邦增勝事，風流何處不爲鄉。

家藏硯是宋孝宗淳熙丙午歲德壽宮慶壽物底用淡金墨書微滅可見二首

淡漾金書寫未眞，九重經奉屬車塵。時平戚畹歡文墨，歲久宮闈散玩珍。龍尾鳳咮天上寶，蛾眉蠑首輦前人。淳熙丙午窺何代，五百年來護有神。

其 二

高孝相傳南渡風，長編舊史考能通。王師竟罷符離役，皇帝端居德壽宮。不久金甌仍破缺，于今玉璞尚冲融。茅齋隱約悲身世，猶勝厓山拍浪中。

贈王豐功孝廉

橋斷江東客未歸，霜深重展昨年衣。道途只隔三程夢，烽火能禁九月圍。夔府詩存風格老，鄴山人去嶂顏非。不嫌私過謝臬羽，同上西臺眺落暉。

送蕭青水廣文簿崑山

囊將琴阮雜弓刀，別去吳閶撫字勞。師席歲深諳簿領，吏才名重達銓曹。

毛朱擢第千山秀,徐顧衡文百越高。亦有當年桓武孟,至今江雨濕林皋。

送歐陽伊湄經幕令粤昌化二首

崎嶇七載棘叢間,便賦南征未擬還。舟去好經龍劍浦,夢中空返鹿門山。俸錢券積懷清隱,禄命書開慰晚顔。天意終知酬汝厚,寧馨攜著出閩關。

其二

臨別詩章甫見投,襄陽耆舊最名流。簿書肯許微塵雜,梅竹惟應小榭幽。千樹月明窺庾嶺,一帆風靜泊瓊州。桄榔菴側麝香過,莫有眉蘇翰墨留。

漳圍急望援師未至二首

城閉經年信遂真,十分虧折九分人。金錢價賤家搜穀,樵採途窮骨代薪。誰更蓄藏儋石計,許多僵仆綺紈身。丹霞彩散雲深黝,哭斷南天問鬼神。

其二

救亂將如拯溺焚,豈同鄉飲禮紛紜。秦庭已厭申胥哭,楚壁猶屯宋義軍。明日可憐魚就餒,彼蒼何意虎連群。昔年千羨戚元敬,一到莆城便策勳。

聞漳城斗米直白金三斤餘援毫涕隕二首

黑雨濛濛蚤告凶,户盈百萬爨非饔。羹餘筋角寧須爛,吞罷秕糠敢望舂。鞭朴無論摧吏手,金銀強半入軍容。連天殺氣誰禁得,直向銅山哭老龍。

其二

虚誇霞紫暮朝丹,黝暗真同竈口看。攻宋楚師威未酷,潰梁河水勢初漫。鄧攸忍飯含雙頰,黔婁爲糜輟萬餐。待到城開人佇盡,更將何物益舖肝。

山陰劉北漁過訪略詢諸同人末狀二首

山會交情戀宿桑,因君粗復省存亡。漁樵不廢修真訣,佛老終爲救亂方。祁子挾醫遊汗漫,羽侯持鉢蹈虚荒。田單王蠋原同傳,一死誰知風厲長。

其二

蕭山虞水兩師門，亂後孰從駕短轅。魚腹三臺吳下史，龍頭一代榜中元。綠波空漲雄王廟，芳草又塵倩女村。依舊西興濤拍岸，可能呼駐伍胥魂。

部選郭亦仲堉第一惜不移之大對也寄勗

通泉寶氣鬱重重，歐冶驚看薛燭從。俗眼豈知天下士，長梢空放籜中龍。客衣塵浣金應盡，行卷光生玉乍逢。披褐懷歸吾望遠，莫教輕用破山鋒。

望後夜獨坐對月靜久胸次冷然

圓寶光盈漾蚌胎，偏於越夕意遲回。乳旁絮孔牽腸出，花下冰壺濯魄來。如覺月宮浮絳闕，頗愁塵世積黃埃。刀圭藥就勤須擣，不爲藍橋葦箔開。

優某頗爲漳人所憐戲嘲

糝徑楊花繞樹煙，勞將旖旎想當年。數聽溢浦琵琶曲，重憶揚州玳瑁筵。任育過江神恍惚，何戡登席興流連。有情癡種真難斷，爐火經聲更損眠。

詠　史

顛倒衣冠朔漠塵，中原痛哭豈無人。八王釁起猜宗室，三户謠傳驗鬼神。粵右星文原接楚，湘南地勢實臨秦。順流直建龍驤號，誰畏沉江鐵鎖新。

追悼漳烈士楊君祥圉

全生碌碌媿朝班，一綫孤留宇宙間。報國明心能骯髒，辭親就死更安閒。錯交宋陸傾危客，追結黃陳慘淡顏。午夜魂歸何處是，側身東望紫金山。

集楊園記即日事二首

兵子楊園占斷秋，昨教驅遣赴漳州。壁餘涕唾宜重浣，臺積莓苔尚昔遊。

觸客偶如偷亂隙,賦詩時愛動邊愁。便從樹底通源水,端向檻中結净樓。

其　二

繞徑沿隄柳岸斜,晚煙無數鬧罾蝦。僧貧擬施三間屋,樹老公開十月花。檀板曲翻憑客醉,蘭房光動報兒哇。即看畫障神仙侶,倒出蘆丹滿地砂。

經曾中丞桃浪舊館毀傷盡感題二首

昔年曾此駐旌車,轉盼灰飛信咄嗟。欄斷樹枯空有蘚,草荒池涸併無蛙。賊梟猛奪魚驅獺,戎馬驕嘶象避蛇。茅屋蓋頭真可罷,兒曹何苦慕豪華。

其　二

中丞意氣本矜高,樓俯源川眺望勞。金字額懸猶閃爍,石墻圍匝僅周遭。平泉木石流如寄,粵海緡錢守不牢。塵世浮泡誰蚤悟,滿園烏雀噪蓬蒿。

題朱晦翁墨像

巾裹雍容席整襟,恍聞雷動肅淵臨。漳泉舊蹟傳庠序,濂雒遺編閱古今。叢竹小山當日興,隱屏精舍晚年心。吳澄題贊宜刪却,宋士元官淚不禁。

步王豐功韻答贈

一飯虛勞國士心,夢先歸騎過溪潯。蛇憐北海蓬風遠,豹隱南山澤霧深。弧矢佇懸仙判決,琴書重拂客沉吟。敢辭玄晏三都序,爲怕黃龍洞裏音。

集闕武夷詩偶閱山志因憶戊辰舊遊追補宿漏四首

渡接裴村綠一灣,誰知道左傍雲關。詔從玉洞投龍去,人自虹橋控鶴還。文質相宣詩裏畫,舟車遞換木中山。茶香筍嫩連岡畝,可但丹砂藥駐顏。

其　二

地主群依魏子騫,君稱王號柱徒然。神仙不諱留棺槨,鄉里猶聞奏管絃。毛女逃秦空有竹,乾魚祀漢是何年。游人解妬黃冠福,接筍峰頭對月眠。

其 三

船板樓窗莫辨形，勞勞風雨漬莓青。怪如廩竈家中蓄，傳有弓刀塞上扃。樵客模鐘凌鼓子，法師驅蟒罷雷丁。儒流只要尊名教，精舍誇張大隱屏。

其 四

五岳天高策杖遲，暫經參嶺跡稱奇。金宮華麗徵文祖，葉艇飄颻遜武夷。亂後莫應縈宿莽，夢中猶自駐遊絲。幔亭宴罷曾孫曲，當日業懷異代悲。

宋末熊禾社本同避元不仕隱武夷詩以高之

遺蛻纍纍太恨屍，高人別負出塵姿。開山氣魄峰尤峻，蹈海精誠岸忽移。窮理致知朱氏學，清江碧嶂杜家詩。同安亦有丘葵老，一枕清風拂釣絲。

閩郡志蒲壽庚以城降元得官子孫貴顯泉人避其薰炙者九十年元亡乃已意悢然有感

蒲入國朝爲廢姓，不知元世劇喧闐。衣冠厄際東南會，劍戟威橫九十年。衰亂屢生梟獍種，孽妖偏狎虎倀眠。盍思天醉行當醒，鼠輩何曾直破錢。

朱紫陽有云泉人置蘇子容丞相不道好談呂太尉蔡新州事余讀其言而悲之

吾鄉月旦盛褒彈，覼記如斯理未安。周客枉然售鼠璞，楚人渾未別椒蘭。是非溷濁癡兒態，風節稜嶒異代看。蔡巷呂兜誰齒數，總留青史雪霜寒。

誦丘釣磯景炎元年七歌輒有今古不殊之歎

未窺天意護中華，椎髻羗冠等一家。二帝南奔情愈酷，三宮北狩禮猶加。金銀滿積高於斗，刀鋸橫施亂似麻。贏有釣磯容汝臥，只今何處靜胡沙。

有詢趙子昂書畫從未寫姓者漫答

吳興眉宇絕纖塵，派出天潢合自珍。葡酒酪漿馳驛裏，金題玉躞畫麒麟。

閒臨處士歸來帖,錯負昭君遠嫁身。宮裏水晶疎竹影,獨應愁對管夫人。

贈劉北漁越客

畫米籌沙算未奇,圮橋中夜授書時。論交孰過徐元直,決策初逢李藥師。灑灑墨飛傳露布,軒軒霞舉見風儀。爾鄉不少擒王手,曾泛濤舟到武夷。

漳圍解送諸孝廉南歸

驪歌別酒意憧憧,客舍稀疎費宿舂。沿路慘顏存血跡,入門悲淚見羸容。鴻臚榜落寧須歎,白犢家生未是凶。秉燭更闌渾夢寐,莫驚鄰寺息晨鐘。

治園徙芭蕉墻外

擢柯垂蔭競繽紛,秋後葉如剪碎裙。葵藿欲傾防蔽日,蘭萱齊訴罪遮雲。姑從斥遣平銓總,未忍誅鋤縱斧斤。修竹彈章連左證,難言沈約是風聞。

木芙蓉開匝月始盡賦酬兼頌

萬朵秋光占斷偏,拒霜翻復借霜妍。巧妝紅白真疑醉,淡漾露風更可憐。巖桂馥遲甘後輩,水荷凋易遜長年。月容再展尤吾快,郵得人心滿意圓。

追懷唐宋以來寓泉郡秦系韓偓李邴諸公

致來佳客屬誰功,南渡衣冠晉代風。九日峰高雲壑在,賜恩洞古月巖空。衰朝嶺海尊遺老,舊史春秋美寓公。莫道唐宣非令主,也曾留句佛門中。

周于呂陳旭之過酌二首

肯來深處靜煙蘿,舊出蘭芝玉樹柯。神廟史中留疏在,竟陵詩裏得名多。兩家父祖同風雅,此日賓朋一嘯歌。誰伴謝公臨海嶠,未妨酬唱到羊何。

其二

故人官罷跡暌孤,來往惟應兩酒徒。廷尉宅門題盡否,敬容賓客對殘無。

浮沉里社追袁盎,嫚罵衣冠狎灌夫。遊興蜀吳今不再,問君何似老桑榆。

贈李德御

衆中特立見巍峩,深巷席門軾屢過。銓省學徒推有數,鏡山詞客感無多。階前磬折官師禮,酒半瀾翻雅頌歌。令子蔚爲京國儁,五侯鯖味美如何。

甌安館詩集卷二十六

七言律十八十三首

某總戎索贈

銅柱勳高漢代如,師來千里迅搔除。金婆地勢連仙嶺,甌冶星文共女墟。頗祝穰苴嚴節制,還期郤縠(縠)悅詩書。幕中記室知名久,越客翩翩字北漁。

壽鄭寅台

曬綠池邊草帶長,少微光映鄭公鄉。星經華蓋窺黄道,家禮瓊山溯紫陽。舉案可知眉細曲,登山猶覺步高翔。三秋桂子花先甲,遲我重來獻壽觴。

柬石武夷司李為舊同官吳鹿友邑人

漳州殺氣蔽江開,全得清涼法水來。菓有荔支鴻外寄,珠如明月蚌中胎。于公早兆容車福,漢相猶傳數馬才。為問鄰東吳季札,觀風幾度到南陔。

扳轅圖題贈周元亮方伯

源山洛水蓋初傾,兩代惟看此送迎。隨處亂繩資解釋,信來嘉樹屬題評。牽衣父老恩何極,創杖掾胥夢亦驚。尤越恒清深拜手,酒人謬誤恕淵明。

周元亮方伯尊人偕壽詩

汴水章江歷盡難,江寧名郡舊郊壇。携將海錯杯心供,寫出峰容鏡面安。申伯望高推峻極,麗公禪靜話團欒。文章福慧堪誰並,真作神仙眷屬看。

爲楊碧湖銓部悼亡

盆經再鼓腹逾悲,惆悵三緐續斷絲。泉路翟車猶自貴,繡窗絨線更誰師。王陽肯唊庭中棗,杜甫兼懷紙上棋。眠食莫因愁損却,白頭長日慰孫飴。

送趙卧齋直指還都

瓦橋關外盻將歸,海國無緣迓繡衣。滿擬芙蓉雙劍合,俄驚蟢蛛片雲飛。折梅欲寄三山遠,携印重看八叠稀。棘院萍踪悲往事,吾生從此閉蓬扉。

寄高彙旃學憲

忠憲門風俯十洲,庭餘玉樹鬱葱浮。越閩夢斷書安寄,楊墨言歸恨未休。晚歲笠傾吳市雨,先朝航泊錫山秋。憑君隱保林巒勝,莫話長江滿目愁。_{前視楚學"以天下之言不歸楊"爲題試武陵致怪。}

寄門人任仙孟兼柬熊魚山年丈

任公投搋出嘉魚,魚腹浮沉十載餘。詞賦凌雲終好在,鬚髯植戟近何如。豐城夜閟雙龍劍,蜀道春廻五馬車。無數長楊誇羽獵,爲防熊館近周阹。

大　水_{余甲寅嘗於康店遇水,今四十年。}

旱乾望雨轉生災,殷殷俄驚動地雷。重恐浮圖攲寶蓋,莫應戰艦落高桅。池魚大上扶欄出,野鴿低飛入坐來。四十年前回首地,夜深康店驛門開。

懷　黃　俞　實

壽觴休遣興闌珊,世態真同掉臂看。路險鱗鴻恒間度,秋深羅綺未滋寒。帆檣極目華維棣,筦簟關心夢有蘭。聞道歲星牛女近,終須還汝舊琅玕。

九日或送菊偶詠

花事何曾有後先,恰逢良節鬭芳筵。幾人偃蹇江州守,千載淒凉楚澤賢。

特錫嘉名霜下傑，虛慙舊侶酒中仙。出郊眺望傷吾懶，屋角層臺也聳然。

柑柚數株餂于蟲遇風顛委賦示園丁二首

枝柯漸瘁暗生奸，灌溉無功剪剔難。金彈放飛娛我老，玉山推倒照人寒。仙翁奕隱根非固，稚女香搓手未乾。總道閩天霜氣淺，洞庭千頃浸波瀾。

其 二

實甘難怪不垂涎，便放逾冬也可憐。微竇只容針孔入，鉅苞終憶斗形懸。漢家桂蠹經南貢，楚客蘭芬怯北遷。誇李九標梨七絕，盡將此意傍貞堅。

記某年林園觀菊絕佳後覓不再得

入門衣袂各沾馨，歡看渡江斗大萍。疑汝玄心通地肺，照人黃色起天庭。風霜養就幽園綺，脂粉調勻麗尹邢。優鉢曇華時一見，誰能重晃佛頭青。

楊質人園居頗損于水賦呈二首

草玄亭在勢迻迆，一夕天公漲水嬉。山缺繫苞遮不住，澤鍾流惡閉何之。稻粱頗出粘衣桁，鷗鷺真飛集硯池。無計爲君謀徙宅，白門舊用竹樊籬。

其 二

水高三尺孰禁當，楊子徒誇上玉堂。花架漂餘存轉側，石橋填處欲低昂。中宵舉火蒼黃色，累日烘書濕潤香。猶憶移樽溪畔飲，夜深風急海茫茫。

范佩蘭遊歸過訪

十霜僑寓七閩遊，却媿閩生跡未周。逢我慨然緱解劍，閱人多矣鏡懸秋。琴身未許奚童負，篆法曾經秘史留。畿甸白門誰改得，金陵自昔帝王州。

賀徽客江皥臣得男

敝泉清紫鬱葱祥，解與遊人賦弄璋。長劍隨身彈出響，明珠入掌爛生光。

暫從土俗名呼囷，未信家鄉姓擅汪。爲問江淹疇贈筆，至今風采照漁梁。

謝爾玄孝廉自三山寄到曹石倉明詩選僅什二三詢之業半被焚燬撫卷愴然二首

劫火洞燒又一初，祖龍剛有未焚書。代桑衹爲衣文錦，汗竹寧教飽蠹魚。架上縑緗資寢處，壁中蝌蚪動欷歔。愛君猶覓備挑寄，鵠去空籠意藹如。

其二

幾年羅綺費縫紉，運去惟消一束薪。成住壞空原有數，嘉隆洪永更何人。引商刻羽歌如貫，煑鶴燒琴淚滿巾。遙想石倉碑版盡，只今花柳不勝春。

輓謝稚甫舅廣文

陸離苞采玉璘霈，高薦江鄉第二人。甫就青氊才遽失，前移紫石讖非真。外家遂覺瑤華盡，南國猶懷錦字新。昨者致君雙尺素，區區還擬達通津。

悼黃石齋二郎

囹中斗粟價金低，編派難堪誤遠栖。官吏豈能辭罪責，鬼神何意罷提攜。弱蘭並秀摧榛莽，雛鳳雙飛咽犬鷄。亂世肯容人獨善，有無中子續夷齊。

蔡無能書來告困戲答

匣中龍劍七星懸，姑買櫌鋤學治田。誰道范增工望氣，且憑鄒衍盛談天。仙翁玉雪愁飛汞，海估魚蝦敗販鮮。餐罷落英還飽否，無人送與酒家錢。

喜郭亦仲婿頗欲觀余所著書

藏副名山異代期，文章佳惡更誰知。蔡邕有女寧傳粲，郄鑒爲公不薄羲。賦草要觀塗乙處，經神莫在吐吞時。外孫他日如楊惲，一頃猶堪落豆萁。

贈林存悔

三紀年前劍氣橫，乍從溫嶠識啼聲。承家果應寒溪筍，到闕新飛禁樹鶯。

客坐竪眉占榮戟,孫枝充耳媿瓊英。午秋河漢光尤徹,高泛仙槎看此行。

送可賁弟之海澄

全漳形勢海西門,此地新瞻五等尊。秋盡興孤圭嶼塔,夜深啼苦石壕村。波濤忠信終無恐,墻壁詩書且莫論。聞道催租星火急,可能徼念梓桑源。

別高徵之郡伯

北轅長擬去秋期,羈滯逾年恨可知。宛轉雙雛懷繡褓,參差五馬見麻衣。官因久寓增蛇足,網任高張薄繭絲。冬盡到家春信接,滹沱冰解滿流澌。

可冲弟還自祖鄉頗聞海上之信

怨恩渾不芥心胸,難道文身責仲雍。披髮入山慙不早,乘桴浮海悵誰從。瞻雲變態多衣狗,致雨論功一土龍。諧世圓通需汝健,白頭吾合老疎慵。

李園見白竹異之

白竹竿中一綫青,入門狂叫走園丁。揚州篠簜今仍改,閬苑琨瑤昔未經。雨腳如銀傳秀詠,簫聲來鳳詫仙靈。解苞無數玉龍子,一洗南方草木腥。

聞楓亭驛焚

賊徒應識蔡襄名,公事稱戈阻去程。橋斷卧查橫碧瀨,驛焚嘉樹息紅英。前人覬作當關隱,老我叨從擁傳行。獨抱荔支深痛哭,舊聞方嫗却巢兵。有顧作楓亭驛丞者,見宋比玉詩。

題張二水先生白毫菴詩二首

馬蹄胠篋各超然,撫卷蒙莊內外篇。門限踏穿顛史帖,箭鋒參透散僧禪。白陶漫和心原澹,王孟重生骨是仙。誰道毫光今掩却,南湖秋水鏡長懸。

其二

詞林前輩例孤騫,坦蕩惟公客滿門。世事艱難紆鼎鉉,身名落拓信乾坤。

碑傳薦福人爭搨,室臥維摩佛與論。一派風流流不歇,內誇佳子外佳孫。

夜集林觀曾屋後園亭

臺心嘉樹秀當中,恰稱高居百叠雄。酒態頹唐依菊紫,月痕澄澹吐燈紅。時來競説滎陽貴,客返初知震澤通。永巷斜穿臨別戀,廣庭無夕不秋風。

夜　月

一年難遇此宵新,掃净長空萬里塵。凌漢塔鋒尖似筆,卧波橋脊白於銀。華分桂闕香生袂,夢入瑤宫冷逼身。便復騎鯨誰捉得,錦袍千載謫仙人。

賣珠兒

少年歌舞冠當時,誰遣重樓畫閣知。馬髻妝成愁齲齒,鶯箆奪得笑鷄皮。夏南漸長羞難掩,秦毒雖親怒不支。道路咨嗟寧敢説,昨朝千羨賣珠兒。

邑名公後有淪落者歎惋兼勗兒輩

門户凌夷廼弗堂,兒童猶指鄭公莊。人殊雉蛤三秋化,業墮弓箕七葉荒。何事叫囂隨牧圉,未應襏襫少耕桑。城南符也讀書地,分别龍豬隊兩行。

張挺玉奕師生日置酒

撫琴吾意樂無絃,荒館暫栖勝屢遷。饒子着高人縮瑟,到家時少客留連。塗中曳尾行爭看,葉上叢蓍策最先。飾鬢膏脣堪近否,先生明歲屬稀年。

黄季采之三山途阻還訪歎

南來北去店鷄聲,籃筍誰能信步行。欲到三山銀闕遠,曾經五嶺鐵冠横。禦人近郭途方戒,爲客他鄉理倍驚。同憶太平無事日,驛官牌報馬頭迎。

哭劉稚川殿撰四首

玉筍班中浥露清,彤墀射策冠羣英。即推榜下歡呼意,忍聽樽前涕淚聲。

遺襁歲周孤煦嫗,及門星散客零丁。韶華迅速功名薄,坐歎詩書誤此生。

其　二

窮年履薄更臨深,惟我知君一片心。當得意時恒慘戚,有遺書在細沉吟。勉從釋蹻登新席,終憶彈絲賞異音。楚寶自生還自碎,大鑪公看躍祥金。

其　三

孤寡縈縈不自存,更因離亂識乾坤。兩朝豈意容膚敏,三策無心問飽溫。黍谷吹廻呈杞梓,鶴樓搥碎泣蘭蓀。世間大有新奇事,屈子翻招宋玉魂。

其　四

浮生石火爆筒煙,剛掛朝簪只四年。楊慎尚誇蠻久成,黎淳差數楚先賢。著占鵩貌將無怪,枕秘鴻書未是仙。從此武昌音信斷,牙期山水絕鳴絃。楚鼎元自黎淳後,惟君繼之。

覩舊友吳縞菴手蹟感題

寫出銀鉤鐵畫微,故人一曲鶴南飛。才鋒猛利初無輩,韻宇凄清近亦稀。常畏覃思添宿痼,即看豎草悟真機。魏文自愛楊修劍,不道陳劉有是非。

重　理　藥　欄

樹柵宗文也費訶,碩人槃澗要弘邁。花楥詰曲修如網,竹格參差織代梭。漸引蝶飛依粉黛,最防蛙長蔽藤蘿。幻身猶恐如欄壞,早晚煩君小按摩。

傷友人楊惺之妻女流落狀

北人那慣狎波濤,十載鄉思折大刀。瓊管月沉家汎梗,鷺門花發客窺桃。枉誇翠袖吟如杜,誰脫蠻靴遇匪曹。編户團圞寧遽餒,浪馳萬里愛官高。

亘和尚托鉢詠

室中龍象苾蒭文,托鉢勞師發意勤。儀整宛如諸佛式,飯香應是大悲薰。鐘廻彭澤知誰解,米負丹陽信昔聞。不久金鷄橋就了,滿看虹臥碧江雲。

周芮公送二水鳧卻還占謝

穿萍唼藻繡毛衣，自媿貧家老釣磯。冬儉稻粱虧委積，夜深貓獺慕腥肥。驚栖故愛鵁文並，拜返終憐筈葉稀。最好龍池舒濯錦，一雙拍拍掠波飛。

唐萬首絶句何仲言詩與焉仲言梁何遜字也讀爲失笑

齊梁佳句琢寒冰，儜入歐虞法未應。薈蕞徒誇詩萬首，荒唐合飲墨三升。蘆枯鄴下牽曹武，花發揚州誤杜陵。更笑鄱陽洪學士，一生流水混淄澠。

盧仝詩有竹弟石兄之語戲嘲

石竹公從結弟昆，晚唐奇險劇專門。貢來象郡惟呼丈，寫作龍梢好放孫。李賀奚奴隨騎出，林逋妻室有梅存。三間破屋玉川子，蠛虱空憐月食魂。

於枇杷花下開小静室賦落二首

亭池高廣費錢修，卜築聊依广洞幽。賓至每宜深造膝，佛來時可小低頭。枝柯偃蹇巾恒墊，豆核稀疎席易周。不見河東焦處士，草廬形製學瓜牛。

其二

枇杷香散篆煙遲，接武纔看十步移。爐敗敢希丹熟後，室虛粗見白生時。談經寂寞嫌高足，養子殷勤寄杜冶。莫笑維摩無坐處，此中莖草納須彌。

賦得愁多知夜長

無計驅愁仗酒兵，侵窗月色澹微明。徒聞點鼠饞相趁，久怪寒鷄噤不聲。心弱巧容多少恨，枕欹孤數短長更。少年自愛衾裯煖，與說情懷似隔生。

爲張碓菴楊碧湖作贊許一觴潤筆哂寄

虎頭癡黠各清真，蔽日微雲眼裏人。要令旁觀謹婦孺，長教異代禮尊親。

斛斯本賣文爲活,摩詰終誇畫有神。筆底乾枯勞潤却,酒餘心膽大於身。

寡姊數有所責望媿之

杜陵撲棗任西鄰,況我同生骨肉親。舅宴長應歌許許,姊歸頗畏詈申申。室如懸罄誰知拙,官至腰犀莫亮貧。孫叔不逢優孟賞,百年丘寢屬何人。

高徵之遂不免彈章爲慨

自從驄馬策還燕,內顧私憂理不全。濡滯出關何所戀,離資盈室若爲憐。性寬詎免桑滋蠹,威過能辭烏冐弦。潯水杭湖雙處望,早應歸去服三年。

喜移竹已活

臘月東窗未可栽,杜陵詩句亦訛哉。九秋尚畏霜威重,一雨俄驚土脉回。緊護南枝青箬引,漸舒夕籜錦綳開。他年上番看盈畝,省乞湖州絹襪材。

靜室前鋪小石道狀如蛇引

時來繞指變堅鋼,枉矢邪流也吐芒。白石橫腰途詰曲,青蛇偃尾勢低昂。花生洞罅袁家渴,犬和鄰春華子岡。柱下首陽誰較拙,欲將此意問東方。

壽莊陽初冡宰八十

世居煙靄翠微間,管領清源一帶山。算比北堂無量壽,官爲南國最初班。筵開綠野金歸鑑,養就丹砂玉煉顏。便道蟠(磻)溪堪入夢,百年勳績讓高閒。

張晦中云冬月恒飲蔗漿即用爲頌

簾竿榨壓美金莖,本草重翻一部經。自可餐風同吸露,誰能啄腐更吞腥。櫻桃繫籠煩漿解,枳殼推牆破胃停。拔宅上昇知不遠,時看方睞照人青。

藏經所飯僧同林平菴宗伯

千衆如同一衲看,儒門淡薄慰瓢簞。笋蔬有味庖煙遠,瓶鉢無聲佛座安。

世事顰眉連釋子，僧綱統領屬春官。浮生擾擾誰能判，彌念長年素食難。

張伯夔還自海上晚過留酌

兵洗漸看倒漢河，入城猶避卒譏呵。兒傳紙筆三珠秀，友結蟬貂一鶚多。齊市盛誇車擊轂，翟門虛用雀張羅。五侯鯖美真嘗徧，且試樽前雪白醝。

罷　市

兵民何意互相侵，薪火卬烘隔釜鬵。驅鱷有誰誇妙手，狎鷗偏畏動機心。魯因隱忍方傳國，越亦浮輕易嘯林。勸爾豚魚歸格化，日中爲市古來今。

仲兄誕辰陪集李蟠卿楊質人黃孟汝三丈

車來深巷軌鄰鄰，共慶康強亥字身。供母有餘分坐客，敬兄誰酌讓鄉人。鷄冠入座花容秀，龍虱登盤海族新。家樂未應歌蝶靡，角弓行葦好娛賓。

送可冲弟之鷺門二首

蘭槳桂楫玉爲舟，衆往未應獨滯留。莫倚舊交恆爾汝，須知新貴極公侯。承筐幣帛存容禮，衣縕寒溫泯忮求。棹過祖鄉仍速反，倚閭人待潔晨羞。

其　二

百工技藝遍東徵，官闕白銀最上層。重將登壇嚴赤羽，諸君授簡盛朱繩。三山隱露同微黍，萬里橫飛見大鵬。爲問釣磯今在否，扶桑動處日初升。

答莆林台正文學

回環今古復何終，草藉荆班閱我躬。舉燭誰能酬郢説，刪詩特爲著秦風。簾垂玉筯仙湖畔，井閉金函佛寺中。不用冥搜誇往烈，汝家自有好燕公。_{林尊賓孝廉，字燕公，殉難甚烈。}

林祖夏示所著詩賦贈

南溪香水到江分，魚腹全經豹鱬群。古擬江淹三十首，書留尹喜五千文。

遂開藝苑西湖社，孤壯詞壇北地軍。小阮荒齋憨落拓，粗堪郵置念相聞。

和方八公來韻二首

思恢何意附噫鴻，胥嚭初來憤恨同。皐座枉勞人立雪，龍媒深怨鳥呼風。桃根渡古三山麗，荔子林香萬樹空。劬谷殿鈴誰解語，欲將消息問澄公。

其 二

恨賦江淹黯別魂，卑之良復畏高論。聞鐘只遣廻陶亮，寫墼偏宜置謝鯤。道廢詩書堪底用，時來僕隸自言尊。憑君莫話南泉勝，目擊終師伯雪溫。

寄鄭奚仲兼懷牧仲令昆二首

席前書帶等身長，影落南湖辟芷香。通志續成追夾漈，放言紛出廣蒙莊。彭衙虎窟懷孫宰，皐廡牛衣泣孟光。何事平原音鮮寄，莫因三易洞璣荒。

其 二

肯來園徑闢蒿藜，痛望曾城十字題。楊億答書名署倚，呂安陪鍛跡從嵇。猶存短髮誰甘薙，漸老荒山好共棲。憶自銅陵人去遠，黃龍無主鷓鴣啼。

李暉仲爲奚仲知交并寄

楓亭路梗瀨溪殘，亂後崎嶇過從難。帳裏論衡誰秘得，車前貨鷟試停看。塵埃野馬黃沙滿，荊棘銅駝白日寒。憨笑汝南應仲遠，尚思圭組重緇壇。

或邀送某貴人賦代辭免

斕斑風采照臺烏，念我抽簪嘯海隅。沿路競傳車翕赫，出門真被鬼揶揄。敝衣強攝憨佳客，頑舌愁乾恕腐儒。行矣諸公隨各趣，未妨賢裏一人愚。

夜長思畜一鳴雞爲節

飯牛漫漫旦何時，漏刻蓮花也自疑。惟有雄雞敦猛節，常先宿鳥動晨曦。

齊風樊圃衣顛倒,秦谷函關客紿欺。猶憶文昭高閣報,千官候爾肅朝儀。

送吳用退入都

芝生梅頂屬誰栽,穩送仙郎入直回。萬室供陶磁竈遠,三春襆被粉闈開。塵侵北道從薪桂,寇滿南荒念草萊。周樂縱觀交縞紵,懸知獨數晉卿才。

得兄子原含平海信

吏隱優游里社同,一年強半在城中。假完沐澣齋仍啓,行附轀軒路甫通。納婦宜家蒙就吉,稱師鼓篋業須工。傍階不少閑花卉,爲致蘭蓀玉幾叢。

公修城外石鼓塔

亂中公毀到浮圖,堞壘淒凉嶽廟孤。讖語荒唐傳昔老,喧聲鏗鍔入前湖。衲僧且發慈悲願,檀越誰非禮義徒。羅拜塔神群致祝,我邦從此罷鳴枹。

冬田歎

羽檄星馳各自功,戟門蓬戶冷煙中。漳骸七億堆猶在,泉庾十千蓄已空。秦粟晉輸連槀秸,楚師蕭潰泣芎藭。披裘拾穗嗟誰叟,與學餐芝甪里翁。

林綏之爲篆華罅二大字賦謝

桃源無復李營丘,文趙高名亦鮮儔。恒恨帳中虛玉版,豈期花底見銀鈎。額垂欹識形微匾,鈿飾丹青翠欲流。願汝窮追梁鵠妙,藝成須遣鬼神愁。篆推吳文壽承、趙凡夫,而吾鄉李平子亦稱能手。

冬夜雷

歛盡田疇百萬金,中宵霹靂動哀吟。寒暄節變遺星史,禍福幾先兆易林。蚊蚋潛窺聲唧唧,魚龍欲起氣沉沉。物情正值艱虞際,暗恐天機也不深。

擬駐某遊客行不果戲贈

清酒三升祖道旁，車輪四角馬蹄方。窮源博望踪飄梗，觀井彭城背繫桑。多事席前喧白打，幾家帷裏露紅妝。沈沈侯宴醒須解，且進黃昏獨活湯。

無　　題

書投卻返合聲吞，防滿持盈理莫論。齊客本因桃作梗，楚人何意鬼爲閽。有誰裋褐容窺坐，無數衣冠苦候門。寂寂柴扉勞晝掩，此生真怯慕扳援。

甌安館詩集卷二十七

七言律十一 八十四首

吳門申霖臣中翰過泉賦贈二首

路遶龍江榜枻聞,此中山水恰遲君。百年幾遇蘇臺客,三篋猶留漢殿文。聊借荔支銷暑雨,又看籃筍濕秋雲。陶家棗栗傳堪笑,敢望金貂七葉芬。

其二

心地清涼到處安,越盟笠馬重雞壇。稍詢近事顰眉說,同出新詩縮項看。山鷓叫聞聲鬢栗,海桐香發韻椒蘭。最驚匣劍關星象,夜氣稜稜六月寒。

壽林希菴社丈

全俯芳林等輩尊,追隨二叔漢東園。雙逢月日光炎午,盛致賓朋德厚坤。爲黍殺雞煩小婦,登堂酌兕見諸孫。觸傳樹下詩應就,續賦當年杜審言。前棚園律,寔步杜韻。

偶聞意外謗惕然

齒豁脣浮相所當,無端市虎觸人忙。當權喜怒誰從測,大海風波本易狂。晨起漫天需見晛,山行畫地阻迷陽。古傳弭謗無他法,止沸抽薪是禁方。

鄭牧仲貽札示所著書謝答二首

漢儒先後兩司農,帶草千年屬大宗。傍寺投僧悲半衲,開堂授館盛三雍。易觀否泰茅連茹,史感興衰杵罷舂。二仲肯來吾事足,餓餘吟諷尚從容。

其二

卓彼餘黎一丈夫,漉巾披髮亦吾徒。強將禮樂彌衰亂,知道章縫信有無。

秦吉南棲關性慧,蜀鵑暮哭欻形愚。敢從洙泗中分魯,兀者王駘跡未孤。

答鄭奚仲

人去西山悵孰從,舊傳李耳事商容。心期竺寺三生石,夢聽楓橋半夜鐘。身後華陰終致鳥,亂餘遼海僅稱龍。勞勞重祝加餐飯,附贅終煩割大癰。

贈王仁樞爲吾友忠端公冢孫

司馬長身泰華尊,奇峰旁魄祖崑崙。孔融骯髒稱男子,袁粲蕭騷字愍孫。北望團營千載恨,南依夾漈百篇存。吾家書籍行當付,倒屣中郎合細論。

賦酬陳季仲郭友日朱露初三丈

壺中洞壑富煙雲,磊落英多勝所聞。誰耐結縷從赴舉,更堪橫槊話參軍。繡餘絨線連機熨,開到木犀滿院芬。憑道六韜英衞飽,也知家世事河汾。

送權上人還南巖

何仇毛髮一刀空,高致窺君博浪同。長日避人逃竹裏,有時呼客出蘆中。焚香瀹手蘭浮練,杖錫隨身劍吐虹。歸去南泉溪閣在,佛魔降盡見神通。

傅朗人歸自粵東過酌

客裝猶帶嶺南塵,桄榔椰漿取次新。帳裏學徒詢楷法,市中君子見長身。烽煙阻道危於蟣,估舶凌風捷有神。旁郡雷廉聞再陷,許多桑梓未歸人。

夜偕陳石人鄭弼夫小坐

浮李沉瓜興未闌,玉盆高薦荔支丹。登筵客偉誇長鬣,避地僧孤笑禿冠。露坐庭中杯酌斗,風來樹底月涼肝。莫談粵楚兵戈事,天意微茫太白看。

黃俞實邀集吳園避暑同諸社丈

未妨亭午到人家,況睇寒茅百步賒。樟老有靈舒綠鳳,竹高隨意動青蛇。

稍開密隙風從入，爲障炎威月也遮。銷夏吳灣愁遠隔，且來歡試邵平瓜。

酒行聆蛙鼓爲節飲徒咸噱

山齋饌客令非無，且借鳴蛙永夜娛。韻省推敲憑置鼓，聲兼斷續代呼盧。當車俯式嫌多怒，入坐傳杯覺未迂。嗜酒揚雄箋再見，滑稽眞笑腹如壺。

送申霖臣還姑蘇

執贄稱師媿謬恭，綸扉舊事話從容。歸時舴艋千層雪，寓處浮圖百尺龍。窮海有緣天予客，故家多彥國爲宗。虎丘石畔笙歌夜，別後愁應夢裏逢。

莆田方鏘字八公與舊同官蔣公號同意箋之祈其少改

吾友勳名勒景鐘，李桃開爛遞長松。具敖不少山川禁，耆舊能忘里巷恭。論劍長卿空慕藺，授琴元數未齊邕。七賢九老隨君興，作奏終勞去葛龔。

戲爲吳長濤楊碧湖二丈解紛

室中何意動操戈，風日無心損過河。緘口莫談傷虎事，息心時聽牧牛歌。化形玉女誰緇涅，垂誡金夫亦切磋。爲射戟支思解鬭，相期戚黨樂熙和。

輓張伯羹

稍覺形容醬敗鱉，地文天壤相非齊。佇開蓮幕公將禮，新賦玉樓帝俾題。母老何堪雛泣鳳，兒賢竟賴角張麛。螺陽諸子工讒謗，論定分明鶴背栖。

門人新城趙良士令邵武再歲未一相聞旋掛彈章惜之

梟飛雙烏意何如，枉道閩川字鮮魚。觀汝事師情許淡，料他獲上理應疎。半生誦讀虧鷄帳，萬里驅馳困犢車。功令正苛歸橐盡，自慙無計効吹噓。

寄杭憲呂正始門人

嶺高分水若爲鄰，魚腹書來繡段新。杞縣風波猶憶汝，虎林煙靄最宜人。南僑白下家初徙，北望雲中宅舊湮。何日閩山紆劍履，況逢薇省有良媾。

答周元亮方伯

簿書風雅兩清超，猶記扶携徧洛橋。車過馬人收聽覽，檄聞龍伯奉科條。奇光玉吐瑩秦篆，秘色霜寒啜定窰。嘉樹堂中賓佐滿，灌夫狂酒屬誰驕。

酒間偶述

把酒能忘庾信哀，釣龍灰盡已無臺。橫空白鴈排書過，薄暮玄蟬曳冕來。物換星移徒益恨，天荒地老莫論才。建康城下石頭水，曾笑當年褚彥回。

頌陳家紫荔支

蔡公遺譜舊稱珍，五百年來護有神。隔户輸錢寧論價，登盤數顆僅供親。肉豐巧綴丁香核，皮薄高懸火齊身。宋綠藍紅嗟不再，因君重憶譜中人。

雨後督小僮收棗

僮豎如猱脚手柔，提筐挈筥傍高樓。核存敢望神仙分，皮皺空爲鼠雀謀。候比豳風先兩月，涼生伏雨並三秋。追思北地經過日，屋角紅裙撲未休。

步鄭牧仲韻答寄五首

駐年謬誤進昌陽，蛇藿猪苓各自香。無限雄心風裹絮，數莖怒髮鏡中霜。虎眠莫遣橫當路，牛暴姑應引就涼。便註蟲魚知好在，且將篆詁問三蒼。

其二

謝公空復憶支林，漫擬交情海未深。兒輩豈知哀樂理，客中仍愛唱酬音。

汞鉛糟粕規劉向,讖緯胚胎兆李尋。寒暑經天關二至,枉言大地有升沉。

其　三

范雲窮窶石崇奢,恨委胡中拍拍筕。當戶蘭生耡比艾,非時麟出賤如麕。泉城最侈東西塔,漳海恒誇旦暮霞。亂後凄涼誰注眼,自開自落刺桐花。

其　四

仲遠腰章有底榮,公稱太守炫康成。廬中算就遲三顧,谷口名傳俯列卿。鮑叔夷吾貧可賈,長沮桀溺耦而耕。不然寧作聾瘖子,吹笛騎牛慰隔生。

其　五

夢夢天心聖得知,觀圖玩象不堪悲。明堂璧水千官入,巍觀江陵一柱支。春去羽毛羞杜宇,樹深笙管澀黃鸝。祇應擲果安仁美,到處連縈詫小湄。

陳曾則有留別源墅詩賦和兼送還莆二首

百里驅馳未當遊,望中蜃氣結層樓。夢牽蟋蟀三更月,歸趁梧桐一葉秋。麥嶺尋真隨間道,沙溪覓信附扁舟。便教經史掀翻盡,句句淒人更欲愁。

其　二

珍重南州孺子來,隻雞漬水尚餘醅。石邊隱約藏書閣,花外巍峨翫月臺。魚識杖聲憑徙倚,鳥安梵唱罷驚猜。不嫌宿宿能重過,勒住寒枝待爾開。

傷舊輔史文簡宅奪于兵聞鄰郡林兼宇陳培所兩尚書家後亦然二首

禮堂鐘磬委寒煙,門過公看棨戟懸。傳世只宜營槁壤,噬人渾不避豪賢。里鄰環視悲非切,官府護持苦未堅。孫叔寢丘今在否,更誰搖首楚王前。

其　二

鵲巢何意集鵃鴉,偏怪高明鬼手拏。時去北平摧翠竹,道成東海漲泥沙。晉人福鮮盈三世,韓母墳空置萬家。便捨浮屠猶較永,祇今桑樹吐蓮花。

哭同年黃源簡侍郎

相望南北鬱嵯峨,高頰長髯未盡皤。七袠稀齡猶少靳,六男異母各能和。

市人擔避大夫步，童子春停相者歌。喬樹連岡橫隕却，白頭同籍更無多。

立秋大風雨二首

蓐收序進勢初雄，不比勾芒與祝融。殘暑却麛宵屏跡，怒飈橫起晝霾空。漢廷順氣驅強獸，周禮嘗新爵武功。鷹隼奮飛霜始殺，盍將此意問天公。

其　二

逢秋宋玉本增悲，況誦東山其雨詩。魚鳥竄歸同墐戶，棗梨飄盡見低枝。羈人撫枕懷孤子，戍婦登樓感別離。銀漢波生停去渡，年年牛女妬佳期。

曬　　書

風飄雨濕費烘書，脉望終愁飽蠹魚。再世兒孫仍讀此，四旁僕婢任窺予。持竿莫遣麥漂盡，堅犢寧知錦爛如。西狩羽陵猶致謹，老人憇媿負居諸。婢窺，用司馬宣王事。

送江嶠臣之三山

并州作客記多年，便渡桑乾亦偶然。途險刺船思躴體，節深携篋合裝綿。定從結駟登薇省，行遇承筐啓鹿筵。耆舊偶逢如見問，爲言遺老雪盈顛。

過林素菴栖緑園同黃俞實尤元禎二丈

故人相見動悲歡，園叟蕭條隱石磐。菜圃千畦懷雅淡，漁塘十畝度弘寬。生徒滿坐名雖闊，幣聘登門義未安。惟有此中堪累月，醉嘲二子落纓冠。

寄鄭海臣廣文

蠅頭細楷意良溫，寒夕燈窗宿誼存。會省官多勞罄折，鄰鄉客聚費壺飧。棘闈赴舉才猶健，臯座稱師道已尊。聞説齋厨蕭瑟甚，俸錢曾否給兒孫。

母黨稍替得謝表姪入泮爲喜

賦美無煩狗監嘘，潘楊世睦意何如。貽蘭久廢青青佩，采藻俄窺育育魚。

名族構堂山斗在，壯年燈火雨風餘。扶搖健翮凌秋便，先德二難厭念初。

林奕卿札來辨謗慰釋之

誼難披髮救鄉鄰，一任驚雷塞耳頻。長短不齊隨月旦，怨恩無著總天親。通家豈喫鷯鶄肉，説客姑收鷸蚌身。痛飲狂歌行復醉，知他讒口是何人。第五句，本泉郡俗語。

亘上人許爲修造净寺適貲竭未有應也識媿二首

瞻衡對宇屬鄰居，忍見荆榛匝地墟。磬室已嗟簪釧盡，沿門誰倒橐囊餘。移山土石堆王屋，注海金錢洩尾閭。一望甫田荒萬頃，驕驕維莠費荑鋤。

其二

重樓寶座積氛埃，空剩罳窗扇扇開。赤仄何時流漢府，黃金自古壯燕臺。難逢燭地連宵氣，最鮮凌雲合抱材。多媿禪師悲憫願，不將番部薄回回。

林翀漢光禄以甲乙聯第歲復甲午時年八十四矣秋榜佇開賦祝紀盛郡中林中丞錦峰見後壬戌林太守震西見後乙丑至公而三皆同姓爲奇二首

枝柯鬱鬱蔭喬林，源發陳江世澤深。百歲庚新欣杖玉，三秋甲滿慰泥金。稱觴恰值扶搖日，見獵能忘馨控心。蘿蔦施松瓜葛在，敢希鶴子和鳴陰。余孫周亮，爲公孫婿。

其二

耆英洛社最稱尊，有弟耄齡恪事昆。春日好延桃苑客，秋風曾掇棘闈元。三容後輩登同榜，獨見先生盛滿門。太守中丞芳蹟並，長留嘉慶與兒孫。公弟大宗伯，年八十。

和傅朗人惠州官署早梅詩二首

庾嶺炎蒸合較遲，嫣然一笑見仙姿。長卿四壁彈琴際，幼女三更拜月時。

春信偶如連雪信,北枝終覺損南枝。不因覊客清思切,多恐蝶蜂夢未知。

其　二

三年留滯北歸遲,官舍猶誇識異姿。爲問花神臨睡去,何如酒客半酣時。青油幕障懷疎影,金錯刀停訂別枝。仍道到家塵擾擾,却輸岑寂最先知。

諭　南　邑　里　正

食毛何敢緩輸征,頃刻粗寬頌滿城。田父歲號蟲作祟,里胥宵過犬爲驚。國嚴額外鉤金禁,官怪民間法石輕。群盜寡妻傳往詠,只今蛇鼠太縱橫。

童子爲小木舟長徑咫汎汎池中戲詠

龍伯焦僥本自同,一杯曾覆芥堂中。無人問渡恒依草,偶爾張帆亦信風。羅網忽覊金鳳子,紙船空使鐵梢工。長艫萬斛威何在,未必江神是越公。

送某禪僧往東洋應其國人之請二首

佛來葱嶺孰招尋,南北伽陵共好音。杯渡屢看針裏日,錫飛親映海中金。焚香禮座酬夷語,說法開堂破住心。問汝一龕牢戢影,誰傳姓字過鷄林。

其　二

捨將瓶鉢化鵝蠻,鷓子新羅去未閒。真覩龍鬚飛有雨,錯驚魚尾竪爲山。琉球日本扶桑外,臨濟趙州拐杖間。摩頂松枝勤記却,幾年白馬望西還。

途梗念諸子衿赴省非易

要聽呦呦席上歌,主寧爲鴈僕爲鵝。客郵盡撤遲炊火,秋氣兼炎困渡河。披髮禿衿前路滿,裹頭招手夕山多。稚年我亦崎嶇赴,四十光陰一迅梭。

諭　諸　親　友

鎖闈開處有神靈,未飽縑縅莫浪經。鴞炙豈從彈上得,鹿歌須向瑟邊聽。

夜闌燭短腸搜白，風動浪奔劍射青。若輦容顏堪強闖，萬人頭上試娉婷。

黃造夫爲余窗友長二歲日將赴科塲壯之

學堂宵誦兩燈熒，覊丱追隨白髮生。難道窮通關爾力，頗因衰健感臣精。唾壺屢擊歌猶壯，駑馬先驅齒已平。歸十二年君甫舉，故人相對合沾纓。

曉　　起

夢回魚鳥尚高眠，蝙蝠初飛感動先。侵曉大星光燭月，倚空喬樹氣籠煙。將無旦晝仍消却，大抵胸懷要灑然。日出事生原好語，誰催元相去朝天。事見武元衡詩話。

亭居枯坐日對群鴿而已偶成二首

雨連新舊客驅回，止水澄觀念久灰。看破癡王同不貴，坐深人鳥兩無猜。燒香掃地完僮課，問舍求田媿吏才。馴鴿久依忘恐怖，青螺佛頂也棲來。

其　二

肯因精少祀神君，兀兀齋心厭薄醺。滄海有時終茀草，泰山多事強蒸雲。鴿能遞信堪誰寄，虎不傷人亦與群。便入鵝籠隨止宿，猶嫌男女太紛紛。

林小眉有海上之行許歸日見過不果寄嘲三首

雪深盈尺太迂程，姑學嘉魚李世卿。莫爲玄纁光耀眼，終知洶湧浪移情。吟詩寫字吾猶可，負笈擔簦近鮮行。翟尉題門防貴賤，兩無貴氣復何營。

其　二

斗酒山中不乏供，無緣杖履過茅容。知誰解妬千金帖，識汝曾誇五鬣松。盟有宿心追少壯，棄如遺跡薄疎慵。中郎便賞柯亭異，琴譜還期字顧雍。

其　三

幾廻延佇問園丁，可有荀陳處士星。塵世恰逢仙眼白，雪山空詫佛頭青。文人藻盛嫌輕脫，老我年荒媿典刑。多事侯芭煩載酒，只今誰重子雲亭。

寄福州守彭公培元

攘幃露冕想高標，道阻無繇答贈瑤。千騎飽騰歡側荔，百城圖畫仰全椒。香凝燕寢傳清柝，水擊鵬程湧怒潮。特遣癡兒堂下拜，芃芃陰雨或膏苗。

莊心玄名善寫真爲余圖迺不甚肖

莆中英雋妙圖形，後起推君思杳冥。驚覷鍾繇存劍履，盛傳曹霸擅丹青。汝緣宿世聲吞啞，我輒逢人畫乞靈。骨相奇窮難寫似，峴山空禮浩然亭。

或饋梨偶憶河間佳種

赤點斕斑滓汁粗，敢將窮里望京都。十分淑氣鵝差並，千户侯封橘不殊。官道自通苞比玉，帝畿非昔淚如珠。張公大谷名空在，待伴羶腥飽鹿盧。

張碻菴招集楊園即事二首

二銓三館事全非，酒坐參差半白衣。愛客如君簪屢盍，賢甥似舅玉相輝。臺前絳樹紅燈出，檻外滄波赤鯉飛。間憶劍南詩句好，殘章零落舊珠璣。

其　二

聯翩赴闕復誰收，波隔櫺窗只自流。漫倚紅牙尋舊拍，同因白髮感新秋。佛宗五葉談滋柄，官鼓三更酒佐籌。有客羅浮清夢在，昨經航海過潮州。

夜飲輒先歸聞諸客有流連達旦者

户非卑小興摧藏，害葉病花自笑狂。紅袖喜陪終夜飲，白頭愁負少年塲。銜杯樂聖觥籌亂，滅燭留髡履舃香。龍德已衰辭酩酊，莫驚途卧蔡中郎。

姪知掌試南安前茅賀可冲弟

鳳毛五色爛繽紛，甫蹋詞壇便策勳。愛弟追隨儀足法，延師課督歲稱勤。

一門屢食公家餼,諸子行超北地群。兔魄秋光看漸滿,馬來鈴響最欣聞。

寄鄭平遠兼訊令子審之二首

棘道難脂赴省車,故人睽別廿年餘。尚懷深巷橘皮色,誰寄薄械魚腹書。將樂愛姬青鏡好,永嘉仙令白頭疎。便教握手歡相見,可似延津判袂初。

其 二

鄭郎初識髮垂肩,幾度秋風射策年。煙靄記無烏石徑,亂離耕否鼓山田。外家素竹原充棟,中國朱絲久罷絃。空笑舊交虛館閣,信來殊乏買書錢。

聞薦舉諸公多違限免寄楊質人表弟

輶軒四出號徵賢,沉夢漢兒一向眠。之國未宜安客寢,覓客那得遜人前？迂儒泥古崇三揖,熟宦趨時慕九遷。祇合城東楊吉士,改新服色預班聯。

詩梓垂成未便出書示兒輩二首

晚來題詠費光陰,梨棗工竣淚滿襟。亂草千篇留佛腹,圓瓢一合接江心。新朝不下焚書禁,異代空憐協律音。欲覓名山何處是,莫因龔隗識藏金。

其 二

使來歌拜鹿鳴三,柱下藏書隱老聃。翰墨罪人寧忍料,春秋知我亦虛談。蜀州陶甓高文塚,蘇寺轆轤臥史函。後學誰當完此念,絲絲不死是僵蠶。

酒勞諸寫刻工人

易事通功梓匠興,匠心工若合酬諸。千金敢詫懸秦市,三策差勞免魯魚。編就有期臣較勘,序成無藉甫吹噓。惟應太乙青藜火,解照蘭臺漆室書。

泓亭偶集呈席上主客二首

魚浮淺水類空懸,投餅紛争亦偶然。楊子談經能窈渺,周郎顧曲解嬋娟。

安閒自覺琴書潤，洗净真看木石鮮。銀燭亭亭高尺一，憑從麗豎照清妍。

其　二

熟客無勞苦召徵，昨宵酣飲興相仍。清歌俯仰存音節，妙帖淋漓中準繩。同就廣庭賒月色，盡銷殘暑濯冰稜。數叢墨竹尤幽韻，梅苑道人貝葉僧。

題祝京兆真蹟後三首

祝公蚤歲令興寧，批牘都如龍鳳形。里巷三村留秘草，兒童什襲講遺經。軍聲肅穆閒刁斗，物候春容散羽翎。領得此中瀟灑趣，神行官止亦庖丁。

其　二

廣州別駕建康丞，戈法遥傳逼永興。捲出蟲餘經折角，鋒藏墨裏罷舒稜。老人自苦求顛史，皇帝何勞賺病僧。祝沈文唐千載盛，風流吳下最誇稱。

其　三

震澤匏菴兩建杓，未妨林卧伴登朝。粵吳勝事全歸古，蘇米高名尚恨佻。粉墨妝成花有約，丹鉛寫出月爲招。最懷章草停雲帖，遲賦鄂君榜枻遥。

書　感

四十當途不動心，暮年曾懼雪霜臨。銅僊有淚波如水，鐵漢無私骨是金。人涉卬須憑既濟，小來大往任群陰。藜冠竹杖悲何極，歌出紛傳雅頌音。

韓退之云水大而物之大小畢浮余恒誦之

詩訣無功李杜愁，澄心養氣屬良籌。三章法豈前王出，百斛泉非隙地流。攻破長城師獨克，磨穿鐵硯爾何求。雕蟲刻鵠徒滋笑，材大終當倒萬牛。

擬渡海不果二首

鈴呼斷渡屬誰留，旅館枯眠困石尤。風伯餘威猶可懼，海王常理竟難求。臨河息轍行辭晉，從我乘桴或鮮繇。自是蓬萊宫闕□，□龍偏颺到來舟。

其 二

衣帶盈盈望不迷，塞人真遇角張齊。鯤鵬水擊誇吞象，珠貝雲屯詫駭鷄。雨驟風馳三夜震，濤奔浪湧萬山低。此生祇合蓬丘老，多事乘槎過海西。

過康店驛呈陳默菴社長憶蚤歲甲寅同過此越今五甲矣風景可知

今昔人殊代亦非，白頭同憶舊袗衣。荒庭自廢玄都觀，野火空存赤石磯。惟有臥橋形似砥，即看高壠姓稀韋。三秋雉蜃猶知化，五甲龍蛇早息機。舊韋族最盛。

甌安館詩集卷二十八

七言絕句 一百八首

夜集王季重先生樓頭二首

廿載江東臥季鷹，酒儈奕律事憑陵。坐懸屐履山如響，氣結金銀夜不燈。

其二

賢甥愛子總堪攜，葛戢苧蘿信手題。不管殘更留客醉，出門啼殺會稽雞。

南還過延平遣訊史二小二首

風流年少美能文，過盡千山獨憶君。昨夜斗間看紫氣，故人還滯劍州雲。

其二

建溪石子細如沙，雙頰紅花入暮霞。我作逐人經萬里，憐君猶自未思家。

燈詞四首

一曲梁州換一縑，大家高捲水晶簾。聽回羯鼓攔街笑，猶自山花壓帽尖。

其二

別有青綃字燭奴，九枝淚剪月糢糊。玉姬嬌慣嫌燈氣，入夜高懸三寸珠。

其三

薰衣傅粉學妖妝，月夜清簫騎白鳳。怪得倖郎多外宿，平頭十五足如霜。

其四

休說風流何地好，即看衫履逐年新。鼓來白眼縱橫出，酒後烏紗謾罵人。

檗谷祖鄉二首

衣冠陌上不勝塵，野性還應問水濱。親見海風吹斷雨，橫雲片片落龍鱗。

其　二

幾家煙火海頭居，東望白沙十里餘。破戶健貧終意氣，先人身佩兩銅魚。

自　酌

應接山川猶是煩，懶將叉手話寒暄。一杯徑醉呼誰共，天下英雄不數袁。
用曹孟德語。

紅　梅八首

一夜花神盡著緋，沈郎愛瘦王郎肥。斕珊滿眼驚雙鶴，喚促孤山處士歸。

其　二

春草榴花未破房，斑斑砂點擁銀床。燕支山下胡姬小，不信人間素面妝。

其　三

紅顏僊骨玉壺冰，繡幛重重護幾層。一代風流誰得似，錦袍供奉下金陵。

其　四

流霞剪雪各爭新，北阮羅紈南阮貧。千樹綠肥終婢氣，一枝紅冷絕佳人。

其　五

東鄰太赤爲施朱，又見名花傍酒胡。詞客早消紅半臂，僊人元著絳羅襦。

其　六

私看梅花嫁海棠，風姨木婢盛新妝。道逢妒雨胭脂濕，遍點春山一夜霜。

其　七

飛落紅塵不染煙，梅魂元是黏泥禪。亦知詩格薄濃艷，島瘦郊寒劇可憐。

其　八

連宵催冊紫霞君，親捧花師十賚文。弱柳夭桃驕不下，肯將春色與三分。

過　杉　關

不信今朝是異鄉，關門鼓角鴈悲涼。南雲送客到山盡，指與青杉出建昌。

永安寺看張天覺虞伯生二碑二首

重梯累榻讀殘碑，撥落梁泥久始知。古佛到今誰護得，風流居士大乘師。

其　二

茱萸亭子墮多時，何處王家洗墨池。只看前朝雙片石，擘窠字體細如絲。

午夜步庭中月白如畫二首

秋氣全吹天上塵，此懷和月各清真。冰稜玉骨看如土，等着梅魂變作人。

其　二

孤携謝朓立庭空，白氎青衫半臂紅。太息妙高峰頂月，無人更唱大江東。

聽人談劉總戎綎遺事四首

公然谷口埋生羝，先帝問郎憶李齊。燧火五更高漠北，徵書一袟下江西。

其　二

將軍二十健擊虜，天下只聞劉與杜。豈惜腐肉與烏餐，去聽遼東動地鼓。

其　三

黃昏急鼓鼓不起，虜火風頭連山紫。疾呼南八未吞聲，陷胸何自知程李。

其　四

箭鏃三升報至尊，不將歸革辱凶門。青貂白馬何辭死，玉勒朱弓尚有魂。

望　建　州

石齒如煙水亂流，歸期後鴈不勝愁。開篷夜半逢風惡，又道鄉心只建州。

壽徐侍御夫人二首

雙雙鸂鶒遶林飛，蒼樹黃花點繡衣。怪得薰風長護却，爲緣六月有霜威。

其　二

柏府烏棲自昔聞，鷥停鶴跱可如君。分司御史齊眉好，不向筵中乞紫雲。

邢州詢李于鱗先生遺蹟四首

先朝西署盛風流,白雪縱橫不待秋。三輔年年驅五馬,只今人説李邢州。

其　二

城樓西望太行孤,太守腰間雙轆轤。十二詩成誰可和,爲傳魚腹到東吳。_{李王有十二體詩。}

其　三

中原片地可相宜,俠客橋邊有道碑。作郡何妨鄰豫讓,築墳自昔傍要離。

其　四

雙袖明珠各自珍,一杯遥酹鮑山神。南風近日陵齊魯,好借包茅問楚人。

偶　成

搖落非秋也自寒,帝鄉何處下桑乾。不愁古衛三河口,獨看紅裙打棗竿。

投傅子訒二詩以新茶見答復戲柬之二首

屋上松風屋下煙,一甌隨意拂床眠。早知詩句猶堪換,虚費昨朝買茗錢。

其　二

旋掃落英手自烹,羅浮清夢月三更。長卿新買茂陵妾,渴疾未須愁友生。

踏　徑四首

踏徑穿橋路未叉,試猜歌舞屬誰家。荷花看罷仍通訊,乞看花邊杏子紗。

其　二

小袖避風故倚扉,低持拍板笑人肥。偏貪詞客狂言語,酒後合歌金縷衣。

其　三

荷翻燭盡不留髡,喚取鸚哥好護門。自失兒家上院犬,嚴催燈火過黄昏。

其　四

有客狂誇賦洛神,百杯仍唤酒來頻。先生伏日宜歸早,不管投壺郭舍人。

無題二首

同上烏山最末亭，仙風吹佩曲泠泠。自然道氣偏衣白，無奈花情別字青。

其二

東湖春水木蘭舟，誰遣暈妝人倚樓。青草燒餘霜寸短，梨花開早雨深愁。

西亭翫荷四首

門庭到處似耶溪，蒲柳垂垂蔭大堤。肯出紅裙歌盪槳，蓮舟雙繫小亭西。

其二

莫將濃豔鬭芳菲，翠蓋亭亭亦自稀。桃葉桃根千古恨，風流十倍惜青衣。

其三

諸公北闕方徵駿，老我東門合種瓜。乞取黃梅三尺雨，半留釀酒半澆花。

其四

疎簾白帢乍逢秋，鬢插花枝葉蓋頭。坐客東湖今幾載，不堪王粲獨荊州。

憶與諸君穿蓮東湖，俛仰遂七載矣。王何稱丈復遠客建州，撫舊興懷，因有此作。

小至二首

酒壚自判黃公家，忽憶長安道院茶。昨歲朝元班散後，火闌霜曉月如沙。

其二

春色寒光此夜分，一杯遙醉梅花雲。六宮繡女頻添線，獨賜新袍霍冠軍。

社日戲詠桃花二首

散拋梅豆撲鶯飛，忽愛濃花點翠微。社酒中人針線懶，半開妝閣試紅衣。

其二

深紅淺絳總堪誇，剪剪逢春乍破瓜。千載多情王子敬，桃根桃葉不桃花。

己巳虜警書事十首

三屯龍井戍營開，猶汰南兵罷敵臺。盡日關門催討虜，不知烽入薊州來。

其　二

銅城鐵壁委寒煙，趙帥沙場亦可憐。怪道遼東開府戟，有人拋擲向家眠。
趙率教首先入援，死之。舊有"銅遵化，鐵永平"之謠。

其　三

恒雲朔雪滿弓刀，詔給軍儲計部勞。畢竟偷營驚磔發，輸他海子綠林豪。

其　四

内家騾括馬騾車，火線葦簾製也疎。誰遣闉闍中夜啓，鋃鐺又及老尚書。

其　五

庸僧詣闕言無效，驍將拔營去不辭。煤斷西山搜黑子，車來南海貢紅夷。
申甫驟見拔用一流僧耳。

其　六

蟒袍貂帽賜仍頻，寧錦微功意護身。縛付金吾同腐鼠，太平天子自威神。
袁崇煥督師駐郭外，縋入論誅。

其　七

皮島無人鎖綠江，韓延戰死李陵降。胡兒用間今增巧，弓樣紅鞋十八雙。

其　八

牙旗先折滿家兵，新拜侍郎泣請行。三萬僵屍冰雪裏，也應勝似黑麻生。
滿桂、劉之綸、黑雲龍、麻登雲四人，別見。

其　九

凄涼京尹瘞羈魂，歲暮初開德勝門。北固昌平南護涿，廟謨倉卒尚能尊。

其　十

腰垂白羽幕青油，抵掌詞林趙大洲。獨洒乾坤憂國淚，三千記注屬螭頭。

謝唐行一孝廉惠炭二首

剩有銀魚碧未焚，蔚州灰斷博山文。更誰白璧堪酬此，便把青藜獨照君。

其　二

黑子西山動地塵，難將車脚試勞薪。腐儒炊冷猶堪念，愁盡樵蘇後爨人。

戲柬閔知愿解元二首

徐行後長雖爲訓,擲火狂奴亦可稱。處仲性剛偏拗酒,風流汝學王茂弘。

其　二

憂羹乍可依丘嫂,覓酒還宜就阮公。我是如來最小弟,不妨米汁偶能同。

偶　題

千人坐上生公石,九曲潭邊玉女峰。剩水殘山那得比,別有天地在其中。

爲南大司農鄭玄岳師題磻溪釣圖二首

讀罷陰符黯自悲,灌壇風雨夢多時。磻溪一勺龍蛇窟,不信皇家酒競池。

其　二

賜履尚書鬢尚玄,手持圖畫遠朝天。便將江水當磻水,還叅勳名二十年。

冒宗起大行索贈

酒語仙歌記幔亭,但愁不看桂林青。人間五岳何須徧,一部真君感應經。

過黃粱戲爲口號

炊罷黃粱夢已陳,飄飄雲海亦愁新。祇應喚取湯若士,狂舞狂歌看殺人。

宴楚邸頗有談藩封初事者即成

三千珠履盛春申,里子侍郎塚卧麟。潛向諸司傳小語,汝陽眉宇真天人。

口占別王六瑞昆弟二首

西莊松桂葉初乾,豫作稜稜九月寒。水闊湘江山大別,戀君未敢厭長安。

其　二

九郎眉宇婉清揚,差減令兄一尺長。不嫌試官頭腦惡,公來伴我宿僧房。

宿五龍道宮觀日月池池旁朱魚近萬頭娟静可愛二首

雷壇虛窈曲廉纖，朝禮金鷄暮玉蟾。紅葉滿山人不掃，盡飄霜醉上魚髯。

其二

憶向長安醉碧雲，沉瓜投餅客紛紛。更誰滌劍驚龍怒，私拂腰間北斗文。

穀豐樓詠爲童孩之明府四首

自將消息問玄同，不羨花開羨穀豐。銀闕金宮紛極目，使君清嘯玉壺中。

其二

虛簷捲雨棟飛雲，中夜笙簫縹緲聞。公有部民來授簡，自稱身是紫元君。

其三

親到玄都頂上來，芙蓉十丈筑城開。似聞謝允微相妬，云昔治羅媿爾才。

其四

襄樊西繞漢東流，恰好亭亭百尺樓。寂寞關門無限紫，可知何客駐青牛。

紅蓮花二首

橘刺籐梢緑浸溪，愛花偏不待花齊。明霞一片荔支色，飛入瑶池深處栖。

其二

小立亭亭獨笑風，任他耶浦鬪千叢。錢塘畫手戴文進，愛寫紅衫一葉中。

夾竹桃

此君作意嫌冰冷，別綰鬟眉散着花。遂使鳳鸞驚却遠，武陵從此是人家。

訪吳大車不値云有桃源之行戲題其壁二首

下馬臨階姓未通，呼兒具飯與翁同。似聞佳客徐元直，今夕當來就德公。

其二

書因誤記翻爲適，客不相逢亦是緣。悵望桃源花滿路，雙鳬飛去集誰邊。

七夕前三日集李園分賦二首

露濕銀笙璧月黃，沉沉寶閣賦催妝。秋風紈扇班姬恨，已覺靈河一夢長。

其　二

四圍紅樹穩蘭橈，何處路通烏鵲橋。預擬穿針樓上立，斷魂偏在兩三宵。

家有織成草書四幅失其一相傳七世祖處士公物祖生宣廟壬子底今壬申凡二百一年書法殊道媚如新觸手四首

彩毫絨線畫鱗鱗，幾度宮機裁熨新。即論茲綾三寸厚，宣皇何物不驚神。

其　二

纓燭香花太乙壇，龐眉扶杖曉來看。自云大父同遊射，兒輩空知漢武安。

其　三

甲子三周二紀餘，依然峴北鹿門居。鸞臺鳳閣王方慶，自表通天萬歲書。

其　四

七葉金貂五貴鯖，韋公家世只傳經。定知太姥曾孫宴，徧出龍蛇繡幔亭。

擬官軍收復登州口號三首

三易中丞兩濟師，巍城依舊漢旌旗。世間豈有白頭賊，好遣西秦俠少知。

其　二

芟後白蓮豈再芽，鯨鯢命合委流沙。爲將風雨糢糊血，遙祭新城太傅家。

其　三

十哲英靈憤未休，彎弓陰擬落旄頭。仍看海市蓬萊閣，不廢星河洙泗流。

旋聞賊劫留萊撫之報慨然二首

緩急應須濟世才，孤城目極轉堪哀。可能學取吳廷舉，虎穴從容縛虎回。

其　二

翶翔底事優高克，帷幄何人別柳渾。三北風塵天地隔，二東海岱古今存。

風乎亭詠爲林讓菴銓部三首

側生石笋面金鷄，路出臨漳西復西。李相學堂曾相墅，客來先醉林公堤。

其　二

登盤白白薦溪魚，隴麥洲蘆錦不如。三樹變爲三道士，月明偷聽讀殘書。

其　三

三角朱亭紮石欄，數從盃底落帆竿。可知風雨憂民意，剛隔祈年太乙壇。

霞亭訪周青丘賦四首

路隔黃龍江上潮，半橫浦口半山腰。新塡樂府誰抄出，自倚官腔調小喬。

其　二

夕餐蘭露曉荷珠，灌圃澆畦一事無。頑石琢開成瑪瑙，畫船撐住當屠蘇。

其　三

棋醫琴酒俠僧儒，又泛蓮舟問五湖。親見銀臺含笑説，阿連明悟老兄輸。

其　四

鄴侯仙去蔡邕死，君共何人慰寂寥。昨道家書僧寄到，一庭玉樹秀金蕉。

君夙遊李文節、蔡淸憲之間，小阮芮公時爲潤州司理。

問郭闇生疾二首

勒住寒花待爾開，昨逢佳節阻登臺。驪龍探罷詩堪瘦，況復明珠夜夜胎。

其　二

渴倚金莖玉露杯，廣陵濤賦客誰裁。應知三萬二千衆，惟有文殊最辯才。

洞中夜起占示某上人二首

簫鼓聲喧意自惺，花魂夢久佛燈靑。中宵露立知何語，似演金剛没字經。

其 二

無住分明破相宗，何妨泥裏茁芙蓉。山僧學博嫌多事，又去安禪制毒龍。

戲柬陳俶闇年丈

片片霞爲紅袖觀，碧梧深處不棲鶯。燈闌酒醒人誰共，恰喚吹簫王九官。

甌安館詩集卷二十九

七言絕句二一百九首

示五弟可程二首

謝家末婢材清妙，佛法阿難慧總持。書馬從來須帶五，汝看內史坐車時。

其　二

父書祖德禮壬林，孤露尤須寶寸陰。肯似母兄驕叔夜，誇他能鍛與能琴。

贈畫壽戈明府

雲覆衣冠雪覆眉，平山張路最狂癡。龍鍾似我癡於路，也獻公堂祝壽詩。

艤舟清湖敝甚蘭溪遇陳石夫司理為易假官舫占謝二首

小鳥帆穿不耐風，官人估客躶身同。彷徨屋下詢何物，恰喜江亭著沈充。

其　二

衢橘溪蘭信有神，靚妝公遣照簾新。昨宵可憶雷灘底，一葉孤舟兩個人。

漫　興四首

虛堂坐致空倉雀，小罨時分內院花。但使麋興安左次，何妨鶴去唳他家。

其　二

宣綸勸講讓時賢，政值涼生水木煙。一幅荊關看未足，有人詩釀放生錢。

其　三

合家解事強持齋，最小菴名放鹿柴。侍食雙姬憑覰見，准教徐積莫安排。

351

語本胡瑗,陸放翁詩每用之。

其　四

三食神僊字渺如,蒸梅閣雨費烘書。長安事事輸南遠,差慰多情老蠹魚。
燕中蠹不侵書,屢驗之,良信。

送周誠生醫士南還

家隸先朝陞楯郎,儒衣肘後也丹方。遼陽斷絕參稀貢,歸去洞庭橘未霜。

移僦書別鄰鶴二首

又飛杖錫傍觚稜,恰憶霜晨夢似冰。此夜鄰雞空膇膊,講堂何處木魚僧。

其　二

青猿倒掛院森沉,送與伊尼助好音。花鳥留連吾肯爾,相傳烈士感秋深。

趨朝口號二首

青袍白頸隊如鴉,月籠寒燈簇早衙。不信先朝先輩説,攔街經醉李長沙。

其　二

豈真崔銑狂難比,騷雅長沙近已無。不用臨風欷往事,羽書驚復犯中都。

得林婿存茹賢書報時在閩中二首

垂垂額角鬢猶紅,健翮飛騰不賴風。誰信泥金闈得住,數聲院皷闢門東。

其　二

內簾分隊錦衣齊,侵夜祥光燦斗奎。珍重鳳鏘龍躍句,他年留着序昌黎。

題　畫

竹石幽香態韻多,林良呂紀法如何。春風昨透幨綃夢,寂寂梅花語八哥。

將歸料閲所携書慨題其簡二首

排廟鋪宮費俸錢,但愁壓損驛人肩。南方卑濕嫌多蠹,未必携歸盡可憐。

其二

架滿瑤籤客未貧，扶携南北擬交親。兒曹莫笑歸囊澀，開値饑時也飽人。

饒州別錢東渤大行二首

薦福碑荒何處尋，白蘋淚點客分襟。梁園竹盡鄒枚老，盧橘還期賦上林。

其二

龍節仍高郭外舟，未堪閨裏詫封侯。素氅如雪分携去，合賣閩山顧渚秋。

喜郭婿亦仲捷秋闈書示次女二首

寶劍題成帝座通，棻中絲幭喜牽紅。誇他少小通泉尉，一見人呼郭代公。

其二

舉案仍須婉娩恭，上林花柳盛春容。黃公好女謙何甚，擇婿親看得臥龍。

騎八十里暮抵滕縣作三首

畏途天遣試行藏，欹段龍鍾強度岡。亭長公來詢姓字，與言官洗馬蹄忙。

其二

微紅杞棘帶霜殘，空閉車中興亦闌。憨媿嶧山勞送客，掃開青嶂夕陽看。

其三

遙遙坡轉隔人家，貪看暝光綺散霞。馬過斷橋時齧雪，鴈歸橫浦半眠沙。

贈萬瞻明都尉三首

戚里笙歌別院新，四朝簪笏燦星晨。祇應梧鳳參差影，曾識秦樓曲裏人。

其二

應制初唐入主家，園亭春護鬱金芽。銅山金埒嫌豪相，自禮經師帖絳紗。

其三

恰逢寒食鬭雞毬，綺屋新添海上籌。中使傳宣迎户拜，賜金朝出大長秋。

送客過金魚池同王光復朱茂如李括蒼年丈三首

藥王廟遠露朱扉，淰淰金魚一尺圍。沉李浮瓜看過鳥，知他秦楚幾行歸。

其　二

午餘煙靄席棚收，蟬氣先涼近早秋。莫惜移樽仍痛飲，十年誰伴出城遊。

其　三

御醫邮有禁方存，扶醉來敲楚客門。貪説武昌江月柳，不愁簷外雨翻盆。

寄王仲初山人三首

江鄉畫苑久灰塵，愛汝嶔崎歷落真。莫向藍田頻貰酒，驚他月夜輞川人。

其　二

妙蹟除應相國知，酒邊髮短墨淋漓。荒山淺水橫茅雪，試學吾家老大癡。

其　三

解道新詩也苦吟，遙遙歸興及秋深。里中空富鵝溪絹，畫虎終須貼眼金。

送周宜興先生南還四首

解網蠲租帝澤多，年來霜霰變陽和。漸愁秋氣穿林入，恰聽驪駒一曲歌。

其　二

綸羽曾驅十萬軍，功成辭賞獨超群。相逢肯話行間事，午夜勞勞過密雲。

其　三

祖帳東門惜別違，冤親平等屬綸扉。傷人可但防荊棘，桃李栽成也礙衣。

其　四

福唐遺鉢事依然，卮酒同看奉御筵。夢裏未須辭將相，世間那復有神仙。

晚過摩訶菴二首

薄暮征塵軟不飛，松篁深繞綠煙肥。嚴城甫隔心隨遠，何況深山古佛依。

其　二
佛前呼對紫蘇盤，齋罷渾忘客是官。驛馬行山原不慣，一聲催發夕陽寒。

聞朝士多從某皇親遊戲詠四首
武安權勢炙天薰，狗馬倡優海內聞。行酒故人嗔膝席，不知誰是灌將軍。

其　二
洞房深鎖夜留賓，微解羅襟苦泥人。公見臺官橫入奏，自稱臣是霍家親。

其　三
販賣衣冠趁市虛，崔駰班固盛長裾。臘羊三百誇豪貴，可憶當年誡子書。

其　四
臥雪袁安分寂寥，數將田寶戒前朝。避人又汎江南去，空載楊家靜琬腰。

追和黃石齋先生獄中雜詠十四首
擬從喬烏借雙鳧，殺氣誰甘箭納廚。苦把鱣名加赤鯉，勞將獸字換於菟。

其　二
爛銀鉗鈇替生愁，墨允何妨出覆舟。椰酒如漿齊取醉，無人解禮越王頭。

其　三
輸郢但辭送寶床，入秦無意飯肥梁。鹿猿熊虎憑君戲，悔寫青黏漆葉方。

其　四
刑章署下帝躊躇，城旦薪舂給也疎。旬逼季冬僕上雍，未應少答任安書。

其　五
萬卷何時殺汗青，夜深披髮自襄星。可能澤畔傳騷賦，自合人間有孝經。

其　六
琅當如簇赭衣圍，殺噉難推趙孝肥。移過西曹悲不徹，又看梁燕落圜扉。

其　七
盈寸驪珠照乘光，忍將鉤黨向人方。鶴飛但自漫天去，豈必遼東是故鄉。

其　八

逢萌入海客心孤，認得吳門市卒無。平日數囚常至九，畏聽兒女夜悲呼。

其　九

五殺何曾直得皮，難逢禽息復孫枝。焚琴煑鶴尋常事，更喫哀家熟後梨。

其　十

仙嶂卧爲秦代骨，武陵栽是晉時花。祇防南北嘩嘩狗，休問官私閣閣蛙。

其十一

蚺蛇借膽亦堪憐，多事黃金藥鑄年。馳到洛陽形未敗，至今東海屬齊田。

其十二

餐霞煆鐵合投林，併忌神仙玩世心。太學三千墟影裏，誰家彈得廣陵音。

其十三

準因獄解信孤笻，無奈絲蘿苦施松。楚客徒誇神女廟，閩山別有大王峰。

其十四

主恩終惜玉池光，不放燕臺亂雨霜。元緒勞勞空解語，險將焚殺百年桑。

再和前韻十四首

鐘官出冶自稱魁，獵客登盤各命厨。三楚椒蘭紛化盡，只今誰是闞於菟。

其　二

琵琶彈罷雨風愁，恰值潯陽送客舟。唐法尚寬今敢爾，逐臣見用木囊頭。

其　三

敗龜三脚代搘床，暫當邯鄲熟後粱。龍急自求孫處士，何緣上帝禁傳方。

其　四

怒猊渇驥薄躊躇，波險終知點畫疎。次仲檻車程邈繫，莫因秦相擅工書。

其　五

驚聞弱燕剪東青，怪道群猪掩斗星。睢渙柱容誇水續，武夷原記隸山經。

其　六

縛柳懸樹肯寬圍，頌繫愁供伍伯肥。羅織方嚴誰敢過，獄門親覩鐵爲扉。

其　七
麻油塗掌雜灰光，且乞矛頭淅米方。爲甚鴈門思慧遠，廬山雖好不如鄉。

其　八
出門消息判遺孤，知有上林帛鴈無。殿下不逢辛慶忌，即看攀檻亦狂呼。

其　九
八廚標榜例呼皮，猶是嚴陵寄樹枝。徐穉故貧懷漬酒，孔融從少讓消梨。

其　十
商山芝老桃源閉，何處秦人更著花。空笑伏波銅馬式，盡教銷鑄鼓旁蛙。

其十一
絳縣泥塗未足憐，傷心遷腐固收年。平原邸賣贖難就，更議芮虞讓後田。

其十二
愚公每壯移山願，申狄彌堅抱石心。不少嵯峨堪埋骨，無妨洶湧是知音。

其十三
萬山得得罷遊筇，跛虎蠻龍詫怪松。有客青柯坪上過，爲將名勒最高峰。

其十四
虛把桐絲苦繫光，浪中泡影石頭霜。不見荊州佳水鏡，人來坐樹手條桑。

宮詞十首

重門留柝奉宵衣，丙夜鐘沉玉漏微。猶有內官傳接本，密封批出是兵機。

其　二
鎮橫經席倚儒紳，禱雨驅雷法未神。冠劍昨頒獅子府，召來龍虎大真人。

其　三
冠蟻傅粉候番班，賜帶仍依品級山。最小玉瑺聲韻細，獨將桃李照容顏。

其　四
萬歲山前較射精，列侯偏賞李襄城。堂牌不遣中書寫，親灑宸章給到營。

其　五
車馬漸稀過濯龍，銅墀葉落悼昭容。管絃最是西宮冷，霜曉愁聞永巷鐘。

其　六

聲清色赤趣歸賓，緵嶺空存六歲身。道號真君陰勅撰，禮官顥不信神人。

其　七

亭荒海淀樹欹斜，舊賜金錢責外家。不道頻陵仙鳥叫，九蓮菩薩九鸞車。

其　八

九嬪垂選詔中停，鞠翟衣冠罷尹邢。夜指天孫河鼓畔，何因明著女床星。

其　九

碧鏤銀牓屬元良，寫倣談經事事長。朝會時從觀拜起，小冠低立聖人傍。

其　十

書簾高捲戶西開，也揀鄒枚侍從才。傘到朝街停下輦，定王步過永王來。

紛紜行頗及都下近狀八首

闔關手扣屬天開，高築黃金四望臺。彈鋏賣漿紛入對，何曾聘得劇辛來。

其　二

月壯颷馳盛引弓，埋羊縛馬直雲中。纍纍督撫僵西市，尚有人誇節鉞雄。

其　三

徵到循良宴未頒，縱橫意氣掖垣間。殘疆良牧詎愁少，乘障又勞遣狄山。

其　四

入宮初意學秦雎，請間無功衉折餘。孤憤說難身蹈却，楚人空復薦嘉魚。

其　五

即云詖險合誅夷，搒箠殿廷恐未宜。廉折春溫驥忌審，莫因絃蟨誤朱絲。

其　六

雷煥謬誇識斗星，燕昭華表照貍形。劍攜還向遐荒去，恰似山神厭五丁。

其　七

中台星坼事紛紜，劉屈氂亡譴未分。蕭傅素剛難就吏，故應門下得朱雲。

其　八

狀元超拜主恩新，可有彭商線襪塵。更越羣真題蕋榜，三年前是榜中人。

歸舟述沿河所見十首

張家灣口路迢迢，初出長安宿灞橋。謝罷知交辭役去，歸人從此試鳴橈。

其二
柂樓伐鼓下天津，南北魚鹽湊簇新。屯蹟葛沽嗟久廢，頗懷皮袴勸耕人。

其三
一望漕竿遠亙虹，辛勤御史趣回空。輕齎減盡南裝少，薰鼠略宜貸此中。

其四
驛倒無緣報水郵，纜夫催晚合停留。乍驚穴兔騰山逝，時見科蓬逐浪流。

其五
臨清繁麗想當時，破壘頹垣礫未移。山陝犛氊吳越綺，不堪馱去裹闖氏。

其六
更添籌柝繫船牢，防過梁山八閘高。我自裝輕沿岸見，多應負爾綠林豪。

其七
濁浪連天苦霧黃，淮流一線認微茫。盡携牲醴香花紙，去賽金龍四大王。

其八
小艇魚蝦拍棹呼，燕齊曠莽望中無。舟人莫漫謹神福，且濟高郵邵伯湖。

其九
帆檣漸卸息奔波，更奈孤吟寂寞何。僧老能談姑布術，姬新自唱廣陵歌。

其十
南客渡江已當家，金焦千樹片雲遮。驟聽吳語柔鶯囀，北固山前好杏花。

姑蘇赴徐九一官諭舟中宴占謝三首

羗舸勾欄接檻開，新聲唱徹涼州來。便從分手雙鴻遠，得聽吳歌祇此廻。

其二
詞林舊事話傷神，漢室相傳積滯薪。一躍龍門隨解化，愁他無數曝鰭鱗。

其　三

別酒吳江黯自携，半塘花柳弱鶯栖。煩公且擲東山伎，强起淮淝破羣氐。

寄訊徐一我師三首

笙歌救火事全非，箸畫寒灰始願違。剛賴急流能勇退，不深孤負老麻衣。

其　二

濁渾澄盡覓尼珠，將相元非大丈夫。遙望紫雲圍白氣，莫教橫出一枝無。

其　三

下關溪水繞村斜，曾此傳經演白車。乞取雪山麻粒米，種成持去飽家家。

歸抵楓亭家人未有至者戲成三首

南去雒江百雉餘，未因函信誤雙魚。擊牛釃酒虛相待，依舊身乘下澤車。

其　二

迎賓轂擊汗沾濡，老馬陰知首路驅。家世夙傳萬石謹，宦歸過里合卑趨。

其　三

問門前客終何益，驚里中兒亦太癡。歸第角巾稱白士，而今不比祖筵時。

甌安館詩集卷三十

七言絕句三 六言五言絕句附 共一百二十六首

變聞大臨四首

三月凶音五月聞，迢迢閩嶺隔燕雲。興亡舊例今翻覆，覆國驚看到聖君。

其二

天崩地塌欲何歸，四海悽惶泣帝畿。尤比大行嗟更慘，侍臣空著斬衰衣。

其三

腸斷煤山最上頭，椒闈鶴禁委荒丘。橋陵不少熊羆守，夜咽河聲過泗州。

其四

煖閣平臺鎮日論，京營十萬散無存。不知青史題多少，二十四臣解報恩。

金陵歎二首

渡江一馬不成龍，苑樹陵雲積翠重。盡徙遺民家郭外，秦淮兒女爲誰容？

其二

黔陽南走駕東驅，認得維揚相國無？四鎮隨風渾散却，孤留一劍答當塗。

三山口號二首

紫薇行省額黃銜，驟出高墙國未家。五虎眈眈山外向，有人意不在中華。

其二

靈源閣燧事先知，寇到延津踕乍移。六十年來騎馬去，王家猶擅玉爲池。

紀泉郡丙戌來三年亂狀八首

橋擁中亭俯敵臺，不知鋒過永春來。人家門户重重閉，剩有荒城白日開。

其　二

固山圍剿徧浯江，鐵騎蒙衝促受降。誰道北人風土異，喚教倡女唱蠻腔。

其　三

官法蕩然撲滿喧，雄蛇毒虺肆相吞。巡方自試霜前刃，守郡空嗟井底魂。

其　四

無人不恨趙提督，有客猶諛沈大廳。皋座作威終夜嚇，甕城流血至今腥。

其　五

空閉衣冠六十員，席前溲渤臭相熏。人情已懼同攖虎，天意猶憐免拍蚊。

其　六

暑駐三山歇馬遲，前旌垂近少人知。當年最恨遼陽李，却喜兒郎解用師。

其　七

桃花山淨寨營空，洛北漳南路甫通。百丈虹梁三毀折，萬金未補向來功。

其　八

艷妝偏喜嫁呼韓，夾道車迎窄袖官。惟有頑翁頑到底，自搔短髮月中看。

霍魯齋直指過飲賦呈二首

中朝舊事記分飛，悲睹樽前繡豸衣。雞唱日高談未了，自嗤渾不畏臺威。

其　二

天南地北聚雞壇，臘酒椒盤永夜寒。重見泉紳延按史，向來誰作一錢看。

酒過謝周元亮方伯二首

半醉誰教扶路來，華堂公覆掌中杯。不因狂乞如花妓，何事賓朋被笑回。

其　二

酒人謬誤恕愆儀，也見醇醪發性時。蔣濟偶酣真可笑，署墻鳴鏑合甘之。

哭仲兄餘菴別駕八首

十赴龍門點額回，歲華淹負出群才。身過二萬三千日，一日須傾一百杯。

其　二

千騎龍背戍無情，惆悵三秋晦日生。秋晦常生何足恨，如今最恨甲朱明。
卒甲午立夏前五日。

其　三

五馬團欒一馬嗟，枉將眉白向誰誇。兩京道路驅馳慣，不遣鳴騶到永嘉。

其　四

八襄慈親扠淚云，床前革履最先聞。前人合得後人報，兒女悲號哭斷雲。

其　五

莆陽歸匜一寒氊，及舉三朝饋奠筵。往事追思寧得比，喪車迢遞帝城邊。

其　六

一春桃李集芳園，僮豎尌知上坐尊。荔酒滿斝仍飲否，靈衣空藉帛爲魂。

其　七

魚躍源川網未收，興來題句滿南樓。樓欄藻飾纔三載，行樂真當秉燭遊。

其　八

收拾遺篇準備銘，家傳七世缺稀齡。母年踰耄兄兼長，爲放松梢久遠青。

次兒知雄有遠行臨別示三首

四野傾危首路知，擔簦負鋏欲何之。魚龍各自飛騰去，誰記風雷變化時。

其　二

二白粗知里巷謳，花盆小小拭能幽。便教閉户寧虞餒，苦慕平生馬少遊。

其　三

書堆滿壁慵曾看，婦娶多年苦未胎。遊子自濃驅馬興，老夫惟望卻車回。

邑舊紳先後出山賦助輿謳之疾三首

祖帳東門老稚疑，問官何事牽重脂。新朝禮數勤修却，拜起衣冠又一時。

其　二

麈尾風姿勞自照，龍頭月旦枉相評。還經北際南垂路，且賦新縑故素行。

其　三

談經莫話到關閩，酒社詩壇取次新。難道舊恩渾忘却，只今誰是報恩人。

感　題二首

丁無一識官逾達，口即三緘事總休。陳客底應呼夥涉，魯人全未重家丘。

其　二

喚趣黃粱一覺眠，盡銷豪氣入瓜田。便經醉尉呵猶得，醒醒呵人更可憐。

六言絶句附

韓雨公幽香谷詠二首

籌邊屢詢廢將，學道特遣瑤姬。似此肝腸鐵石，誰知韻宇蘭芝。

其　二

衡山老子墨妙，絳縣真人趣同。刻羽引商白雪，氾蘭轉蕙光風。

雜興同可賁弟八首

醉後猖狂阮籍，閒中緩嬾嵇康。信我三平二滿，繇他五角六張。

其　二

熾炭煨來榾柮，名花供去軍持。俗子酸鹹休問，幽人冷煖自知。

其　三

酒頌何能除酒，茶經底事毀茶。已罷蟻封試馬，休教蠻觸驚蝸。

其　四

會識居身本末，須參易地行藏。休管蛙鳴閣閣，請看燕視堂堂。

其　五

墨客頻勞答戲，方兄肯許全交。幽隱散人自署，醉狂風漢任嘲。

其　六

酒政每慭小户，仙方誰覓大還。說理頭頭奧窟，娛情面面佳山。

其七

澄練水平於掌,靚妝山翠到眉。策杖仍携卉婁,橫襟自掛荷衣。

其八

戢翼山頭凍雀,停眠水底鰥魚。樂事千杯濁酒,生涯一枕殘書。

自題小影四首

舉止不郎不秀,行藏非俗非僧。休道手堪炙熱,且看心浸壺冰。

其二

壯歲登朝館閣,艾前解組山林。頗許急流勇退,誰知晚景悲吟。

其三

親在禮宜諱老,國亡義豈謀身。澤畔行歌放士,洛濱積梗頑民。

其四

佩玉腰犀二品,堆墻掛壁五車。三酌狂能惑性,一生過在讀書。

偶述二首

遺秉滯穗廢畝,深山窮谷荒煙。已溺已饑何有,人啼人哭徒然。

其二

公侯爵誇井里,山海利盡東南。敢道枉尋直尺,私愁暮四朝三。

示侍僮三首

倉卒羹爛汝手,從容枕曲吾肱。閉戶長教羅雀,登臺底事呼鷹。

其二

晨齋久斷葷酒,晚飯時來弟兄。無德無才老子,自吟自醉先生。

其三

莫道無錢乞汝,須知索性為人。逢客茶湯滌器,事公筆硯揩塵。

答客二首

中年頗能好道,博學無所成名。高人宜黃鵠舉,下士作蒼蠅聲。

其　二
千尋嶺上懸橦，萬斛舟中把柁。問汝是難非難，答云無可不可。

五言絕句附

獨　坐二首
小雨連朝惡，春寒白紵薄。飯來人不知，側坐看花落。
其　二
非醉亦非醒，坐久花枝定。聲來可是鐘，寂寂煩人聽。

俠　客
輕衣短後裁，百飲不辭杯。雙劍繞風雨，跨驢夜半來。

麗　人
天上女冠子，花間肉水僊。故辭金屋寵，憔悴得人憐。

酒　徒
朝夢半頹唐，桃花覆酒床。婦言亦自可，渴死老高陽。

才　子
殢花兼宿酒，薄行古來悲。年少多輕口，呼誰作大兒。

仙跡山
松間一片石，上有仙人跡。客醉不知還，風吹日已夕。

石佛巖
片石三千尺，削成三世尊。上元遊冶子，走馬滿山樊。

銅鉢巖

銅鉢老龍蟠,上有青雲氣。破壁出東溟,霖雨隨所致。

琵琶街

階前聞拍手,彷彿琵琶聲。空谷原無響,絃從何處鳴。

采石磯二首

四面若無人,舟中意氣高。朝霞明遠水,猶似曳宮袍。

其二

我懷李太白,白也慕玄暉。千古風流地,金陵牛渚磯。

舟泊沙上題詩三首

我來左蠡湖,三夜見明月。日望匡廬山,風驚未敢發。

其二

向晚湖風靜,長天散赤霞。興來無紙筆,題咏滿溪沙。

其三

碧月上溪沙,照我沙中字。明朝來尋覓,不見題詩處。

阻水三首

繫船古樹下,半夜江水長。曉來欲放船,已在古樹上。

其二

放船復繫船,愁與濤俱壯。客子未可行,前頭多風浪。

其三

愁人開船窗,獨坐待天曙。兩槳不用篙,載儂武夷去。

望瀑泉

木末五龍飛,噴沫相濺薄。遠聽有餘音,應是珠璣落。

步屧

白楊墟曲間,相將共步屧。寒鴎蹲且鳴,秋風下落葉。

灌園二首

白日荒村静,茆檐鳥雀喧。丈人何處去,抱甕灌山園。

其二

抱甕白雲隈,石湫何冷洌。家家懸桔橰,吾獨愛吾拙。

道上見杜鵑花二首

煙中紅似火,知是杜鵑花。不見杜鵑叫,遊人已憶家。

其二

山花深淺紅,籠日復縈霧。無語喚人歸,人自欲歸去。

蜀茶二首

昨聞蜀魄叫,今見蜀花開。花鳥如相識,開時叫幾廻。

其二

分得三巴色,移來萬里春。看花憐久客,同是異鄉人。

秋夜聞雨二首

旅館秋風夜,獨行還獨宿。夜中寒雨聲,瀟瀟窗外竹。

其二

出門年覺駛,欹枕夜偏長。無計催殘夜,誰能憶故鄉。

墩上塔

我把覆釜墩,化作掞天筆。風動海濤驚,疑是蛟龍出。

賦得閒雲來竹房

盡日閉柴關,誰人共往還。君言無客到,日對白雲閒。

漁舟泛月

載酒兼葭涘,觀魚荇藻中。捉魚兼捉月,碎却水晶宮。

訪客不遇書壁二首

與君經歲別,一去何留滯。訪君尚未歸,天風吹薜荔。

其二

君去梅含白,君來楓飄赤。池頭見物華,知我長相憶。

紀戊子年六月五日事六首

前三首爲絕命辭,後三首爲回生歎,並紀實蹟,憤慨交心。
安所覓死處,城東縣學口。先師作證明,千載風霆吼。

其二

虛負累朝恩,遲回已足恥。風迎白刃來,持此報天子。

其三

胸中萬卷書,死去復何道。牆堵旁觀人,解哀黃閣老。

其四

神已冥漠遊,屬有留行者。白日自昭昭,視之等長夜。

其五

抽我口中柴,解我背上索。僵臥強含珠,未知誰失得。

其六

死生合自繇,恨制仇人手。試命一巡回,徐思亦烏有。

題畫二首

帖寄周益州,吾喜種菓樹。函封多不生,莫惜囊盛布。

其　二

桃杏或如之，荔支色恨紫。南客驚未嘗，宜以萄梅比。

園二十四景各系五言敢附輞川之遊終遵栗里之義云爾

湘隱堂
錯恨湘江闊，遺悲桂水深。只今南北望，孤負一生心。

甌安館
香氣澹瓷甌，舊聞杜陵語。家有太夫人，祝壽亦如此。

淙玉池
梅雨散淪漪，涓涓暗竇知。龜魚潛處適，呼作放生池。

申橋
裴公橋署午，而我易名申。申年逢底事，敢望太平人。

雪浪齋
昔過中山府，親摩雪浪石。閩天無雪飛，五夜清霜積。

連蜷室
揚子甘泉賦，蛟龍連蜷於。亦云梁沈約，雌霓静郊居。

桐疏
綺疏八字橫，桐陰遮其外。遙窺疏影中，芳面桃花靧。

棕臺
登臺不見棕，棕根猶未朽。爲問獻鵠人，鵠去籠空否。

榴皮蹟
慰慕沈東老，仙蹟薦榴皮。酒空金散盡，或有遇仙時。

曬郝軒
曬衣故浮華，曬腹亦饒舌。腹豈書櫃哉，曬久肚皮熱。

林壑之間
謝鯤自言狂，未甘庾亮比。所以顧長康，畫置丘壑裏。

杜治深處

二十四治通,杜治養謝公。昨朝官送扁,太傅最高風。

避賢

相罷避賢久,杯銜樂聖多。聖徂今不作,賢隱合如何。

思美

美人天一方,手植金光草。吾遣巫爲媒,靈占兆不好。

琴清酒朗

自來琴酒意,誰其朗且清。琴彈嵇叔夜,酒飲阮步兵。

水映花承

花水若有情,語具名園記。欲驗世盛衰,洛陽天下始。

覽德亭①

[闕題]

園壁慕鮮華,紅借寒衣色。舊誦楚騷詞,繽紛貫荔薜。

蕉圃

斥遣居墻隙,凌虛卷葉寬。若依修竹懇,毀汝過多端。

花藥欄

石棖十二條,中結蜘蛛網。雜英爛熳飛,時落酒杯上。

著書處

冬夏解栖身,雙丸旦暮賓。汝書堪就否,松作老龍鱗。

題四弟補山樓②二首

□□□□□,□□□□□。古有補天人,煉成石色五。

其二

□□□□□,□□□□□。磁佛威相尊,爪髮公然長。

清源登百丈坪③二首

□□□□□,□□□□□。乍恐天風吹,行行到窮海。

其 二

□□□□□,□□□□□。誰云裴道人,不授青烏訣。

【校記】

① 以下原缺半頁,缺詩四首。

② 此篇上半殘。

③ 此篇上半殘。題據卷前目錄補。

附　錄

鹿鳩集序

　　初入都，有以生鹿餉者。槎角不甚馴，時抵觸客，稍伐木爲柴畜之。鄰某給諫園特宏蒨，多猿鶴聲，晨夕響答，蕭若山寺。會移僦，因輓遺之。僦近古塔旁，庭二槐樹，可數圍。鼠耳漸長，遊絲滿院，小刺蝟輒蠕蠕其下。有雙白鳩日來栖止，鳴音淒異，毛羽縞如。

　　都中例鮮談詩。屬有勸講役，匆匆靡暇。出闈後益憒憒，無佳思，所存感懷、讌贈諸什，聊具體耳。什用鹿鳩爲顏，志始也。風始鳩，雅始鹿，僕何人，敢附斯義？抑《詩》疏云：鳩性拙，不能爲巢。情質差近。又，魏元忠有言，臣猶鹿也，獵者苟須臣肉，爲之羹耳。往歲所遭，廼不幸類之矣。

　　戊寅冬日，景昉識。

黄景昉傳　　　　　　　　　　錢海岳

　　黄景昉，字太稺，晉江人。天啓五年進士，改庶吉士，授編修，歷庶子，直日講。嘗忤温體仁，陳啓新希體仁指劾之。崇禎十一年，上御經筵，問用人之道。景昉曰：「考選不公，推官成勇、朱天麟廉能素著，不得預清華選。」又言：「鄭三俊不當久繫。」上皆嘉納。晉詹事。嘗召對，言：「近撤監視中官高起潛，關外輒聞警報。臣家海濱，將吏每遇調發，即報海警，冀得復留。觸害類而推，其情自見。」上頷之。十四年，掌翰林院。時庶常停選已久，具疏請復。又請召還劉同升、趙士春，皆不報。

　　十五年六月，拜禮部尚書、東閣大學士。明年，加户部尚書、文淵閣。嘗因召對，力言黄道周清修博學，并其永戍窮困狀。上意動，未幾，召道周還。南京操江故設文武二人，上欲裁去文臣，專任劉孔昭。持不可，忤旨，遂連疏引疾歸。紹宗即位，以戶部英武殿召，不赴。已遣陳翔以死力請，乃入直，加少傅。以福京潰兵山寇，兵單餉絀，根本動搖，議併事權，以憲臣節制二撫及兵道移駐福清。未幾，復告歸。永曆元年，鄭成功圍泉州，謀內應。十六年七月卒，年六十七。

子知白，字原虛。任尚寶丞。詩有才情格律。

兄景明，字可文。崇禎七年進士，授長樂知縣。養老式廬，平反被誣窩盜數十家。遷儀制主事、員外郎，出爲廣西督學副使。覓挽浮靡，文風一變，人不干私。調金、衢、嚴參議，雪臣冤，阻開礦。卒年八十三。

（《南明史》卷四十一《黃景昉傳》）

黃景昉傳　　　　張廷玉等

黃景昉，字太稚，亦晉江人。天啟五年進士。由庶吉士歷官庶子，直日講。崇禎十一年，帝御經筵，問用人之道。景昉言："近日考選不公，推官成勇、朱天麟廉能素著，乃不得預清華選。"又言："刑部尚書鄭三俊，四朝元老，至清無儔，不當久繫獄。"退復上章論之，三俊旋獲釋，勇等亦俱改官。

景昉尋進少詹事。嘗召對，言："近撤還監視中官高起潛，關外輒聞警報，疑此中有隱情。臣家海濱，見沿海將吏每遇調發，即報海警，冀得復留。觸類而推，其情自見。"帝領之。十四年以詹事兼掌翰林院。時庶常停選已久，景昉具疏請復，又請召還修撰劉同升、編修趙士春，皆不報。

十五年六月召對稱旨，與蔣德璟、吳甡並相。明年並加太子少保，改戶部尚書、文淵閣。南京操江故設文武二員，帝欲裁去文臣，專任誠意伯劉孔昭。副都御史惠世揚遲久不至，帝命削其籍。景昉俱揭爭，帝不悅，遂連疏引歸。唐王時，召入直，未幾，復告歸。國變後，家居十數年始卒。

（《明史》卷一百三十九）

校 點 後 記

《甌安館詩集》三十卷,明黃景昉著。

黃景昉(一五九六——一六六二),字太穉,號東厓,福建晉江東石湖頭人。明萬曆四十三年(一六一五),鄉試中舉,天啓五年(一六二五)成進士,選庶吉士。時魏忠賢權焰方熾,黃景昉乞假歸。崇禎元年(一六二八),授翰林院編修,參與纂修《熹宗實錄》。歷官庶子,直日講。明毅宗嘗問用人之道,黃景昉直言考選不公等事,進少詹事。十五年六月,由詹事與蔣德璟(亦晉江人)、吳甡(江蘇興化人,曾任晉江知縣)爲東閣大學士。翌年加太子少保,改户部尚書、文淵閣大學士。時黃道周被戍,毅宗召對,黃景昉力言黃道周清修博學,未幾,召還。後因事忤帝意,連續上疏引歸,在閣僅十個月。十六年九月出都,十七年三月,都城陷落,黃景昉聞訊哀慟欲絶。

隆武元年(一六四五),唐王在福州即位,詔入直,加少傅。黃景昉以爲事不可爲,未幾告歸。永曆元年(一六四七),鄭成功圍泉州,謀内應,未遂。家居十餘載,以著述爲事。康熙元年(一六六二)七月卒於家,享年六十七。

黃景昉自幼"好古能文,七歲作《顧鴻雁麋鹿》時藝即博贍陸離"(道光《晉江縣志》本傳)。一生著述甚富,著有《經史唯疑》、《左史唯疑》、《讀史唯疑》、《國史唯疑》、《古今明堂記》、《館閣舊聞》、《備邊略》、《古文篝卜》、《讀諸家詩評》、《甌安館制義》、《屏居十二課》等。詩集則有《燕楚遊吟》、《鹿鳩詠》、《湘陰堂集》、《甌安館詩集》、《甌安館詩續集》等。

這次整理的《甌安館詩集》,以日本内閣文庫所藏的清順治十一年(一六五四)刻本爲底本。是書刻於清順治十一年甲午,所録詩下限也在其年。

明王朝覆亡,黃景昉不甘心數十年所作詩焚於一旦,小心翼翼將詩稿藏曬於寺廟佛身之中,到了順治十一年,社會漸趨穩定,才得刊佈。

據錢南岳《南明史·藝文志四》,黃景昉尚有《甌安館詩續集》,當收錄順治十一年之後所作之詩,惜未見。

《甌安館詩集》載詩二千三百多首,内容豐富。黃景昉出仕時,明朝已經逐漸走向衰弱,他的一些作品表現出對國家安危的關切。明亡之後,詩作(約占《甌安館詩集》的三分之一)感時憂世,悲憤感人。

康熙間,吏部郎中閩縣孟超然作《龍性堂詩話》,對黃景昉詩頗多稱賞:"東厓先生當革代時,有《荒感》限韻詩八十二首(案:卷二十一《荒感》詩八組,每組十首,應爲八十首),中如'有淚銅人甘戀漢,無情玉馬苦朝周'、'先世豈知王氏獵,後人誰愛褚公書'、'罍尊醉益看花感,絃管淒增落葉哀'、'元亮詩成題甲子,伯仁宴罷泣山河'、'春去尚憐望帝魄,信來誰答子卿書'、'雁橫塞北鮑照恨,花發江南庾信哀'、'共道王嬙嬌勝畫,虛勞蔡琰雅能琴'、'市上駱駝驚馬脊,榜中蝌蚪見蟲書'、'鑪間突炭將疑啞,筑裏藏鉛未覺盲'、'啼烏也知亡國恨,汗牛空信古人書'、'芻狗已陳寧避爨,桔橰雖巧略嫌機'、'達官虛負白烏恨,狂客實含朱鳥哀'、'莫遣良朋知僞啞,須教侍婢信真盲'、'四野黃沙邊磧怨,千門綠柳曲江哀'、'枯魚此日將書至,旅雁何年繫帛回',哀聲險韻,不堪多讀。"

北京陷落之後,福王在南京建立政權;南京陷落後,唐王即位福州,隨後清兵入閩,唐王被殺,黃景昉多有詩記載其事。黃景昉實際上是一位非常重要的遺民詩人,由於他的詩流傳不廣,知之者甚少,論之者更少。

黃景昉作詩很有自己的特點。萬曆至崇禎間,竟陵詩派興起,論詩主清蒼幽峭;閩中詩人,則固守明初十子藩籬。這一時期,黃景昉出生和成長地泉州府,詩人輩出,何喬遠及其子九轉、九說、黃居中、黃克纘、蔡獻臣、丁啓濬、蘇茂相、蔡復一、池顯方、蔣德璟、黃汝良、鄭之鉉、張瑞圖等,有集者數十人,各自爲詩,不唯竟陵派馬首是瞻。

清初朱彝尊評黃景昉詩云:"相君務去陳言,專尚新警,其近體尤雕繪,如

《侍楚王宴》云:'隆準衣冠高帝後,夥頤宮闕大江濱。'《登太和絶頂》云:'天野星躔包兩戒,國朝嶽瀆視三公。'《南臺燕集》云:'仙家閬苑琉璃浦,禹貢揚州篠簜田。'《贈友》云:'少從魯國稱男子,家近茅山得異人。'《壽樊叟》云:'公餘秇子燒松液,酒半材官舞蔗竿。'《集北郭草堂》云:'誰邀玉佩神仙客,直唱清歌菩薩蠻。'《答友》云:'枚叔賦游梁上苑,伏生書重漢西京。'《寄友》云:'以吾一日長乎爾,如此三星粲者何?'要不沿襲語。《未央瓦》云:'客來移甓漢時宮,丞相經營想像中。武庫不隨蛇劍火,鄴城空貴雀臺銅。猶餘龍虎真人氣,未蝕蟲蠹累代功。敢向玉池輕點染,更無雄向似歌風。'《書事》云:'内家驟括馬騾車,火綫草簾製也疎。誰遣園扉中夜啓,銀鐺又及老尚書。'"(《静志居詩話》卷十八)朱氏所論,確爲精評。

編　者

二○一九年五月

圖書在版編目(CIP)數據

甌安館詩集/(明)黃景昉著;陳慶元點校.—北京:商務印書館,2019
(泉州文庫)
ISBN 978-7-100-17725-2

Ⅰ.①甌… Ⅱ.①黄… ②陳… Ⅲ.①古典詩歌—詩集—中國—明代
Ⅳ.①I222.748

中國版本圖書館 CIP 數據核字(2019)第 157324 號

權利保留,侵權必究。

責任編輯　閻海文

特約審讀　李夢生

甌安館詩集

(明)黃景昉　著

商務印書館出版
(北京王府井大街36號　郵政編碼100710)
商務印書館發行
山東鴻君傑文化發展有限公司印刷
ISBN 978-7-100-17725-2

2019年11月第1版　　　開本705×960　1/16
2019年11月第1次印刷　印張27.5　插頁2
定價:128.00元